OSCAR WILDE

Os retratos de Oscar Wilde

O Retrato do Sr. W. H.
PREFÁCIO, CRONOLOGIA E TRADUÇÃO
Aníbal Fernandes

O Retrato de Dorian Gray
TRADUÇÃO
Eduardo Almeida Ornick

Título dos originais: *The Portrait of Mr. W.H.* e *The Picture of Dorian Gray*
© *Copyright*, 2002. Editora Nova Alexandria Ltda.
© Copyright, 2009. 2ª edição. Editora Nova Alexandria Ltda.

Todos os direitos reservados.
Editora Nova Alexandria Ltda.
Av. Dom Pedro I, 840
01552-000 — São Paulo — SP
Fone/fax: (11) 2215-6252
E-mail: novaalexandria@novaalexandria.com.br
www.novaalexandria.com.br

Preparação de originais: Raquel Horácio de Souza (O Retrato de Dorian Gray)
Revisão de texto: Guilherme Laurito Summa (Nova ortografia) (O Retrato do Sr. W. H.)
   (O Retrato de Dorian Gray)
Capa: Lúcio Kume
Editoração: Eduardo Seiji Seki

Dados para Catalogação

Wilde, Oscar, 1854-1900
   Os Retratos de Oscar Wilde / Oscar Wilde ; tradução, prefácio e cronologia de Aníbal Fernandes (O Retrato do Sr. W. H.) e tradução de Eduardo Almeida Ornick (O Retrato de Dorian Gray). — São Paulo : Editora Nova Alexandria, 2009.

280 p.

ISBN 978-85-7492-200-3

   1. Literatura em língua inglesa   2. Literatura irlandesa   I. Fernandes, Aníbal
II. Ornick, Eduardo Almeida   III. Títulos

CDD-823

Índice para catálogo sistemático
   1. Romance: Literatura em língua inglesa   823

A ortografia da tradução de *O Retrato do Sr. W.H.*, incluindo seu prefácio e cronologia, foi alterada para seguir as normas ortográficas brasileiras, com o consentimento do tradutor português sr. Aníbal Fernandes.

Prefácio a
O Retrato do Sr. W. H.

Aníbal Fernandes

Divagação sobre a máscara ou a própria máscara — dir-se-á da obra literária de Oscar Wilde em muitos dos seus momentos. E na *Verdade das Máscaras*, ensaio seu de 1885, lê-se a frase apaixonada que defende, para elas, uma oportunidade e uma intervenção superiores no teatro: "As verdades metafísicas são as verdades das máscaras". Oscar Wilde consente-lhes, assim, a função do rosto sobrecarregado por verdades impossíveis ao suporte orgânico do ator; e que a sua leitura (inteligente, exterior) seja o prolongamento sublime da expressividade corporal, suporte de um conhecimento além-corpo-e-talento ou chave da câmara secreta que encerra — sempre — uma explicação satisfatória da personagem. Trata-se, pois, de uma aliança entre o leitor da máscara e o seu criador, de um pacto em que ambos vão interrogá-la de frente.

A máscara, porém, teatral ou não, tem dois lados e Oscar Wilde, teorizando-lhe embora a "verdade", não raras vezes se instala atrás dela manuseando-a como filtro de si mesmo. Em vez de acrescentar e superar, aliando-se ao leitor, interrogando-a do seu lado, propõe-se diluído na opacidade da espessura fazendo-se enigma da sua própria verdade para a nossa má percepção (dela). A interposição da máscara entre o criador e o leitor da criação é o seu estratagema defensivo, e simultaneamente uma relação especial, elitista e codificada, entre ambos. No final do Cap. IV do *Retrato do Sr. W. H.* veremos Oscar Wilde já esquecido da *Verdade das Máscaras* louvar as comodidades desse outro recurso, ou seja, a máscara "beleza do disfarce", ocultação "aliciante" das personagens, no seu caso refúgio esteticamente tratado que substitui os espaços proibidos do puritanismo vitoriano e os sugere em translucidez medida de si fazendo (nas suas personagens) uma verdade desfigurada só reconhecível pelos detentores da "chave".

Olhar por detrás da máscara não será em Oscar Wilde indício de má-consciência. Magoado com o meio social que o hostiliza, dela faz recurso e rosto ocultador, utiliza-a como um passaporte que permite — com o que supõe menor risco — aflorar as regiões superiores da sensibilidade. No *Príncipe Feliz* — um dos seus contos mais célebres — a jovem personagem morre no palácio sem ter conhecido o mundo e só desperta para ele diluída numa estátua de bronze que julga a cidade com o seu rosto inerte. Este, por certo, o maior elogio da máscara ocultadora — fria por fora, carregada de nobres sentimentos por dentro — que encontramos na sua obra.

No seu momento literário de maior prestígio, Oscar Wilde propõe certa variante mais complexa e perversa deste jogo: uma criação em planos múltiplos e sobrepostos, cada um deles de significado autônomo e cliente pré-determinado. Executada com talento e inteligência surpreendentes, essa máscara é *Dorian Gray*. A "respeitabilidade" vitoriana exige-lhe tal esforço. A atitude moralizadora que antecede a rainha Vitória e, adaptando na raiz o seu nome, irá prolongar-se ao fim do século XIX, crava impiedosamente as garras no sexo. Já sufocado nesse torniquete, William Thakeray lamentar-se-ia que Fielding tivesse sido o último inglês a poder "retratar um homem de corpo inteiro"[1]. Sob o olhar vitoriano, o homossexual Oscar Wilde é forçado a trilhar penumbras e a medir riscos. *O Retrato de Dorian Gray* faz um círculo inocente de mão em mão, reservando a certos iniciados a leitura transposta que é o percurso fracassado da intemporalidade tão cara aos anjos de Sodoma. A leitura superficial deste tema fantástico pouco ultrapassa a história de um artista decadente e esforçado em escapar à marca do tempo, para tanto recorrendo a uma sublimação estética que lhe anula a sensibilidade e o impede de envelhecer, propósito que findará em desastre exemplar (porque — na convicção de Oscar Wilde — a sublimação estética leva à hipersensibilidade e nunca ao entorpecimento ou anulação). Mas logo de início nos avisa este romance que encerra a possibilidade de uma leitura "oculta", di-lo no prefácio o próprio autor: "os que buscam sob a superfície, fazem-no correndo o seu risco; os que procuram decifrar o símbolo, também". O significado profundo de *Dorian Gray* está ligado, de fato, ao mito da intemporalidade, ainda mais do que a pureza afeita aos angelistas (como Oscar Wilde) e resolve-se numa dialética entre o tempo e o desejo só possível, aqui, através da máscara que os "iniciados" devassam mas tão hermética aos outros como o monstruoso cravo verde que um botânico de Londres fabricou e Oscar Wilde impunemente usou como símbolo, ostensivo mas enigmático, do seu principado sexual.

---

[1] Tom Jones, como é evidente.

PREFÁCIO A "O RETRATO DO SR. W. H."

Escrito um ano antes de *Dorian Gray, O Retrato do Sr. W. H.* utiliza na máscara um tecido menos espesso e na oportunidade um álibi que os vitorianos acharam provocatório. Nessa época que acabara de congeminar a mais "decente" edição dos Sonetos de Shakespeare (com as alterações de John Benson: versão que exclui oito poemas e troca os pronomes masculinos por femininos em todo o caso que levante suspeitas de um amor não heterossexual), o texto de Oscar Wilde não podia deixar de ser importuno. Frank Harris, um dos seus biógrafos, refere a celeuma e o azedume alimentados pela hipótese "leviana" deste Retrato híbrido de ensaio e conto. "*O Retrato do Sr. W. H.* fez-lhe um dano incalculável", afirma. "Pela primeira vez Oscar Wilde dava aos seus inimigos a arma que eles precisavam e usaram infatigavelmente e sem escrúpulos, com o feroz deleite dos que odeiam"[2].

Ao caso de Shakespeare e do jovem W. H. enfeita-o Wilde, apesar disso, com helenismos e sublimes relações autor-intérprete; propõe-no alterando a imagem desse amor, "salvando a honra" do poeta, desviando-o da suspeita injusta de "uma aventura vulgar". Acrescentar-lhe-á, porém, um reverso tão inevitavelmente complementar como astucioso: o elogio do andrógino e do seu mito, essa mesma totalidade que S. Tomé preconiza (lembremo-lo aqui) no seu Evangelho gnóstico ("Quando fordes ambos um só ser, quando fordes o dentro e o fora, o fora e o dentro, o alto e o baixo; quando fizerdes o macho e a fêmea num só, para o macho não ser macho e a fêmea não ser fêmea, podereis então entrar no Reino"). W. H. é o andrógino eleito pelos anseios de um homossexual, não limitado à complementaridade física dos sexos mas fusão numa totalidade unitária e ideal, impossível e, por isso mesmo, ainda mais desejada.

. . .

Vejamos agora por que existem duas versões de *O Retrato do Sr. W. H.*:
Em 1889 (andava Oscar Wilde nos 35 anos de idade e já tinha publicada a maior parte da sua poesia e dos seus contos) apareceu no *Blackwood Edinburgh Magazine* a primeira versão desse texto, especulação de um episódio controverso e "delicado" da vida de Shakespeare, glória nacional a preservar de todas as interpretações não-oficiais. "Oscar Wilde sentia prazer com a tempestade de opiniões contraditórias que o seu conto originara", diz Frank Harris. Talvez

---

[2] Frank Harris, *Oscar Wilde, Sua Vida e Confissões*, Companhia Editora Nacional, São Paulo, 1956.

por isso, e para maior força da tese incômoda que se propunha defender, o autor decidiu revê-lo e acrescentar-lhe dois capítulos, dando-lhe dimensão mais adequada à importância que desejaria vê-lo assumir.

Em 1893 os editores Elkin, Matthews e John Lane chegaram a anunciar essa nova edição ampliada, a qual não passou de projeto uma vez que o original foi devolvido a Oscar Wilde em 5 de abril de 1895, dia em que o tribunal divulgou a sentença que o condenava a dois anos de trabalhos forçados por corrupção de um menor (processo hoje célebre que opôs o marquês de Queensberry, pai do jovem lorde Alfred Douglas, ao escritor). O desfecho desse caso apanhou Oscar Wilde materialmente arruinado, atolado em dívidas, e a atuação dos credores — implacável — levou à precipitada venda pública de todos os seus bens. Objetos pessoais, obras de arte, manuscritos, foram dispersos por um leiloeiro inconsciente, apagando-se nessa feira o rastro de alguns originais literários inéditos. O texto ampliado de *O Retrato do Sr. W. H.* foi jogado na mesma roda e a um singular destino que inclui 26 anos de eclipse e uma aparição súbita, imprevisível, nos Estados Unidos da América onde um editor marginal de Nova York o publicou em 1921 (tiragem de 1.000 exemplares), consumada uma vintena de anos após a morte do autor. (Na Inglaterra, tinham, entretanto, aparecido duas edições em livro da primeira e reduzida versão: uma de 1897, clandestina e coincidente com o exílio na França de Oscar Wilde, outra de 1904, privada e póstuma.)

. . .

Os mil exemplares americanos foram diluídos em algumas bibliotecas particulares e a pouco e pouco sumidos, de uma ou outra forma, sem deixarem história. A descoberta acidental de um desses velhos exemplares permitiu, todavia, que em 1973 fosse recuperado o texto dessa versão "perdida" e anexado às suas *Obras Completas*.

O uso da máscara como rosto falso de uma verdade inconsentida não foi raro entre os homossexuais do século XIX. Referindo-se a esse fato, escreve André Gide no Primeiro Diálogo do seu *Corydon*:

"— Sois todos iguais, decididamente. Em casa e junto dos vossos pares, basófias não faltam; mas ao ar livre e em público, a vossa coragem evapora-se. No fundo vocês sentem a legitimidade da reprovação que vos traz acabrunhados. Em voz baixa o vosso protesto é eloquente mas em voz alta, indeciso.

"— À causa faltam mártires, de fato.

"— Não empregue palavras tão elevadas.

"— Emprego as palavras necessárias. Tivemos Wilde, Krupp, Macdonald, Eulenburg... Se lhe não chega...

"— Esses são vítimas, e vítimas encontramos quantas quisermos! Mártires é que não há nenhum. *Todos negaram e hão-de negar*"[3].

Vítima exemplar do puritanismo vitoriano, provocador incansável das suas iras e dos seus escândalos, nos instantes capitais, porém, não deixará Wilde de limitar a interpretação pública da sua realidade sexual ao campo sublimado dos afetos platônicos. São significativos certos passos dos depoimentos que fez nos processos judiciais em que foi, sucessivamente, acusador e acusado.

No primeiro processo:

"O JUIZ CARSON (lendo uma passagem de *O Retrato de Dorian Gray*): Quer convencer-me de que esta passagem descreve um sentimento natural entre homens?

"OSCAR WILDE: É a influência que uma bela personalidade exerce.

"O JUIZ CARSON: Uma bela pessoa?

"OSCAR WILDE: Eu disse "uma bela personalidade", mas pode interpretar como quiser. Dorian Gray era uma personalidade excepcional.

"O JUIZ CARSON: Poderei então concluir que o senhor nunca experimentou, como artista, um sentimento idêntico a este?

"OSCAR WILDE: Nunca deixei que uma personalidade alheia dominasse a minha arte.

"O JUIZ CARSON: Mas examinemos o passo frase a frase: 'Admito que cheguei a adorar-te loucamente'. O que pensa disto? Alguma vez adorou loucamente um rapaz?

"OSCAR WILDE: Nunca adorei outra pessoa além de mim próprio.

"O JUIZ CARSON: E acha o fato muito espiritual?

"OSCAR WILDE: Mesmo nada.

"O JUIZ CARSON: Nunca experimentou, portanto, um sentimento análogo...

"OSCAR WILDE: Nunca. Lamento ter de dizer que essa ideia bebi-a em Shakespeare... sim, nos Sonetos de Shakespeare.

"O JUIZ CARSON: Segundo sei, escreveu um artigo para demonstrar que os *Sonetos* de Shakespeare sugeriam um vício contra a natureza...

"OSCAR WILDE: Pelo contrário, escrevi um artigo para demonstrar que não era esse o caso"[4].

---

[3] André Gide, *Corydon*, Éditions Gallimard, Paris, 1925.
[4] H. Montgomery Hyde, *The Trials of Oscar Wilde*, Londres, s/d.

E no segundo processo:

"O JUIZ C. F. GILL: Que amor é este 'que não ousa dizer o seu nome'?[5]

"OSCAR WILDE: Neste século, o amor 'que não ousa dizer o seu nome' é a grande amizade de um homem mais velho por um rapaz, a que existiu entre David e Jônatas, que foi base da filosofia de Platão, a que encontramos nos sonetos de Michelangelo e Shakespeare. Esse profundo e espiritual afeto é tão puro como perfeito. Dita e anima grandes obras como as de Shakespeare, Michelangelo, as duas cartas que eu escrevi [a lorde Douglas], assim como elas são. É um afeto incompreendido neste século, tão incompreendido que podemos chamar-lhe o amor 'que não ousa dizer o seu nome'. Por causa dele me encontro na presente situação. É elevado, belo e o mais nobre de todos os afetos. Nada comporta contra a natureza. É apenas intelectual e frequente quando o mais velho tem um espírito esclarecido e o mais novo à sua frente toda a alegria, esperança e embriaguez possíveis. O mundo, porém, escarnece dele e chega às vezes a arrastar ao pelourinho os que o alimentam"[6].

Duplamente célebre, na literatura e na sexologia, o caso de Oscar Wilde tem inspirado estudos e interpretações que vão somando indícios, isolando fatos que se pretendem esclarecedores da sua gênese homossexual. A influência exercida pela mãe nos dias da sua infância apresenta-se carregada de singularidades que inquéritos dessa natureza valorizam, reconhecida que está, pela psicanálise, a estreitíssima relação entre o meio ambiente que dirige e filtra o chamado *Id* freudiano condicionando as pulsões em estado puro, doseando o "perverso polimorfo" que a criança é. Oscar Wilde nasceu em Dublim no ano de 1854, de um pai oftalmologista e uma extravagante poetisa que assinava com o nome de Speranza e era sobrinha de Ch. Robert Maturin, o autor de *Melmoth*. "A mãe exerceu nele e no seu talento uma forte influência, acalentando-lhe as tendências literárias, a fantasia, o pretensiosismo, o gosto de bem trajar, a falta de senso prático e a prodigalidade". (...) "Wilde era filho de uma mulher de caráter viril que se dedicou, desde muito nova, à política. Foi desejado e educado como uma menina, vestido de veludo, com blusas decotadas e xale escocês, coberto de laços, rendas e jóias. Venerou com um amor ideal a sua irmã Isola, que morreu aos 9 anos. Ele tinha 13. Vagueava solitário, ia velá-la ao cemitério, chorava e rezava. Aos 14 continuou a chorá-la num poema", escreve Guillaume de Saix. E acrescenta: "Oscar Wilde irá transformar-se num homossexual"[7].

---

[5] Trata-se de um verso célebre do poema *Two Loves* de Lorde Alfred Douglas.
[6] *The Trials of Oscar Wilde*, idem.
[7] Num artigo sobre o *bimetalismo* de Wilde, citado em *Sodome* de Marcel Erik.

PREFÁCIO A "O RETRATO DO SR. W. H."

Por sua vez, Arnold Stocker contribui com a narrativa de um incidente de capital importância na individualização das tendências do futuro escritor. O herói é um seu amigo dileto e a cena no momento em que Oscar Wilde deixa Portora School, onde estava internado com o seu Irmão Willy (circunstância que a situa em 1871, quando tem 17 anos): "O amigo era dois anos mais novo do que Oscar e haviam-se tornado inseparáveis. Tratava-se, digamos, de uma amizade intelectual. Durante os longos passeios que davam, Oscar Wilde contava-lhe tudo, principalmente os seus sonhos de grandeza, o que faria se fosse Alexandre ou Alcibíades. Quando Oscar partiu para o Trinity College, o seu amigo teve um ataque de ternura na estação de trem. Ao ouvir o sinal de partida, Oscar disse ao companheiro que descesse da carruagem. Este assentiu mas voltou-se e gritou com voz entrecortada: Ah! Oscar! E antes que o interpelado tivesse tempo de perceber o seu gesto, tomou-lhe o rosto nas mãos e beijou-lhe a boca. Depois fugiu e Oscar ficou sozinho, a tremer, com duas lágrimas frias que lhe corriam na cara. Estranhamente comovido, ao enxugá-las compreendeu com maravilhado horror: isto é o amor, o amor é isto"[8].

Desde esse momento a 1895 — quando o condenaram a trabalhos forçados por corrupção de um menor — decorreram 25 anos em que a sua natureza homossexual foi encontrando expressão cada vez mais forte. Em 1884, o casamento com uma rica herdeira de Dublim dará tema para uma revelação esclarecedora, a Frank Harris: "Quando me casei, a minha mulher era muito bela. Branca e elegante como um lírio, tinha irrequietos olhos, riso alegre e ondulante como a música. Mas, passado um ano a sua graça floral evaporou-se, ficou pesada, deselegante, disforme; arrastava-se pela casa, que metia dó, com o rosto cheio de borbulhas e um corpo horrível, enjoada por causa do nosso amor. Era-me desagradável ser bom para ela, tocar-lhe, beijá-la, e ela sempre enjoada e — o que era bem pior — com repugnância por tudo. Eu lavava a boca e abria a janela para desinfetar os lábios com ar puro. Como a natureza é nojenta, capaz de destruir a beleza e sujá-la! Desfigura o corpo branco de marfim que adoramos, faz-lhe maldosas cicatrizes com a maternidade, mancha o altar da alma. Como é possível chamar amor a uma intimidade destas? E como idealizar essa mesma intimidade? Ao artista só é possível o amor desde que estéril... Como poderia eu desejar o que estava deformado, deselegante, feio? A maternidade mata o desejo e a paixão é enterrada pela concepção"[9].

---

[8] Arnold Stocker, *O Amor Interdito*, Livraria Tavares Martins, Porto, 1946.
[9] Frank Harris, obra cit.

Nessa altura talvez Oscar Wilde não tivesse consciência plena da sua homossexualidade[10]. Mais tarde vemo-lo ainda embriagar-se com a ilusão de um ideal "grego" e um amor que lhe segue aderente e é dessexualizado, ou a fazer dele mentira pública que ora desvenda — provocatoriamente, esnobemente, em breves instantes de luta contra a sociedade que o hostiliza — ora exibe sob máscara em atos de inequívoca sexualidade. Esse jogo de alternativas mortais prosseguirá até à tristeza dos seus últimos dias. A verdade negada em vida e dificultada na literatura encontrará, porém, André Gide num dos seus momentos raros de franqueza sexual, e as melhores páginas de *Si le Grain ne Meurt* contam, decididas a total clareza, uma aventura que ambos tiveram na Argélia com adolescentes árabes, certa noite em que deambularam por cafés sórdidos e hospedarias de terceira classe[11].

Wilde abandonou o Norte da África a tempo de assistir em Londres à primeira representação de *A Importância de Ser Severo*, a sua melhor peça. Dias mais tarde recebia o célebre cartão de visita do marquês de Queensberry ("*For Oscar Wilde posing as somdomite (sic)*") e contra ele moveu (mal aconselhado por lorde Douglas, filho do ofensor) um processo de difamação. Bernard Shaw e Frank Harris fizeram todos os esforços para dissuadi-lo desse ato que suspeitavam prejudicado de início pelas ferocidades do puritanismo inglês e veio a culminar, de fato, na sentença que lhe fixou um regime de liberdade vigiada.

Frank Harris tomou a iniciativa de equipar um iate e pô-lo à disposição de Wilde, para a sua fuga, mas ele não aceitou o alvitre e a revisão do processo (entretanto, pedida por Queensberry) conduziu-o a novo julgamento e sentenciou-o em dois anos de trabalhos forçados cumpridos em Pentonville, Wandsworth e finalmente Reading.

Londres continuava a ter em cena as suas peças, mas com o nome do autor omitido dos cartazes. *Salomé* chegou mesmo a ser proibida pelo seu carácter necrófilo (o que aumentou, talvez, o êxito que obteve em Paris, representada no principal papel por Sarah Bernhardt).

Uma vez livre, Oscar Wilde decidiu fixar-se na França atrás do nome bizarro, mas significativo, de Sebastien Melmoth. Terá ainda um encontro rápido e decepcionante com lorde Alfred Douglas, em Nápoles, antes de se imobilizar definitivamente no Hotel Alsace de Paris. Os testemunhos são unânimes

---

[10] Segundo *Oscar Wilde and the Black Douglas*, o livro do marquês de Queensberry e Percy Colson (trad. francesa *Oscar Wilde et le Clan Douglas*), as primeiras relações homossexuais consumadas do escritor datam de 1886.
[11] Éditions Gallimard, Paris, 1926.

a realçar a sua decadência física e mental. "Não seria capaz de escrever duas linhas..." — remata Charles Henry Hirsh no prefácio de uma obra (provavelmente) sua[12].

Oscar Wilde morreu em 1900; de meningite, segundo a ciência da época.

• • •

A sua universalidade fez-se com *Dorian Gray*, com o seu teatro, com os seus contos, a sua poesia, aos quais veio somar-se um anedotário de gestos e ditos paradoxais. De muito lhe valeu, também, o inglês exemplar que às vezes avançava uma só vírgula por todo um dia de trabalho (diz-se). A sua obra literária (não raro de sabor decadentista, tecida com ornatos fim-de-século) soube resistir pela força autêntica dos grandes criadores que supera o transitório e deixa sempre a descoberto os valores mais clássicos da literatura.

O Retrato do Sr. W. H. é, na obra do autor, um texto singular: pela forma de ensaio e conto — ambiguidade que melhor serve o inquérito sobre W. H. conduzido à maneira de uma ficção policial-dedutiva (bizarra, de fato, já que, não espreitava atos e comportamentos do tempo do texto, mas versos antigos de mais de uma centena de sonetos). *O Retrato do Sr. W. H.* coleciona créditos e nega-os depois, deixando sistematicamente em falso último elo da cadeia dos fatos; acrescenta-se em deduções e hipóteses de natureza ensaística que a ação do conto anula, em jogadas sucessivas. O resultado mais evidente desse comportamento é um campo de vetores opostos entre si — os do ensaio (construtivos) e os do conto (destrutivos) — que arrasta o leitor a uma sensação frustrante só ultrapassável numa tomada de posição pessoal sobre a qualidade e a quantidade dos grupos antagônicos daquelas forças. A dúvida e a indecisão (bem difícil será não lhes cedermos) garantem a Oscar Wilde o triunfo da partida. O Sr. W. H. impõe-se, de fato, sob a forma do efebo traço a traço construído como verdade histórica subjacente aos Sonetos, sem que o autor assuma, porém, o risco da afirmação definitiva.

A polêmica sobre o destinatário dos *Sonetos* de Shakespeare, e sobre o verdadeiro significado da ambígua dedicatória que o editor Thomas Thorpe ligou à 1.ª edição de 1609 (sete anos antes de o autor morrer), está longe de parecer encerrada. Ao sabor de inspirações e de investigações, volta e meia faz-se uma "descoberta" que pretende fixar de vez a identidade do Sr. W. H. Em 1963, por exemplo, J. Dover Wilson podia provar que ele era William Herbert, conde

---

[12] Teleny (1.ª edição confidencial de 100 exemplares, datada de 1893).

de Pembroke; em 1964, A. L. Rowse podia provar que ele era Henry Wriothesley, conde de Southampton. São as hipóteses favoritas, as que têm obtido maior número de consensos e sabido despertar, também, menos irritações no meio universitário inglês.

Oscar Wilde (com *O Retrato do Sr. W. H.*) e Samuel Butler (com *Shakespeare's Sonnets Reconsidered*) surgiram em 1889 defendendo, quase ao mesmo tempo, uma tese que analisava o significado de muitos versos dos *Sonetos* para construir a imagem fugidia de um ator-efebo que o poeta teria amado. Anos mais tarde, lorde Alfred Douglas também publicou um estudo[13] com pretensões de acrescentar ao mesmo inquérito alguns dados "irrefutáveis". Todos três defendem a mesma razão: Samuel Butler sem se desviar da frialdade que bem vai aos ensaístas de teses difíceis; lorde Douglas revelando-se embaciado e frívolo como sempre foi; e Oscar Wilde assim, poeta e contista de muito talento, personificação literária do conhecido achado de Samuel Taylor Coleridge: o homem que em sonhos atravessa o Paraíso, colhe uma das suas flores e vê ao acordar que a tem, real e perfumada, nas mãos.

---

[13] *The True History of Shakespeare's Sonnets.*

Cronologia para
O Retrato do Sr. W. H.

Aníbal Fernandes

"De cada vez que li Shakespeare, pareceu-me
que retalhava os miolos de um jaguar."

LAUTRÉAMONT

◆ 1564 ◆

Stratford-upon-Avon, mais precisamente na Henly Street; e talvez seja abril quase no fim quando nasce William, o terceiro dos oito filhos que virão a ter John Shakespeare (fabricante de luvas, negociante de lã, peles e cavalos) e Mary Arden (brasonada do Warwickshire que a esse casamento plebeu trouxe uma nota de bom sangue e uma esperança em futuras herdades de Wilmcott e Snitterfield).

  Persistente e vingativa como o seu pai Henrique VIII, caprichosa como essa Ana Bolena que a deu à luz e foi mandada decapitar pelo seu amante e senhor, Elizabeth I está sentada no trono desde há seis anos e rodeia-se de teatro, música e dança, exibe uma superficial erudição falando grego, latim e italiano em ocasiões em que só o inglês bastava. Persegue católicos, como o pai, para fazer da Inglaterra uma nação exclusivamente anglicana. (Com mais três anos de guerrilha religiosa será excomungada pelo papa Pio V.) Virgem ficará — de fama — apesar do favorito Essex.

  Mais ao sul, Christopher Marlowe é uma criança com dois meses de idade (nascida na mesma semana que o italiano Galileu Galilei, futura vítima do sol); Francis Bacon (apontado — perante os futuros enigmas biográficos de Shakespeare — como provável autor das peças que nos chegaram com o seu nome) tem três anos e vive em Strand, perto de Londres; Montaigne, na França, tem 31; Cervantes, 17, e frequenta o Colégio da Companhia de Jesus em Sevilha; Torquato Tasso, vinte e ainda não está "louco"; Lope de Vega, dois. Fernão Mendes Pinto já anda pelos 55 e a sua transfiguradora memória há-de chamar-se *Peregrinação*; Luís de Camões, esse vive há onze anos na Índia; — turbulento, infeliz, arrasta-se pela babilônia comercial de Goa e talvez já tenha escrito um poema — *Disparates Seus na Índia* — que há-de ficar caso raro de *non-sens* em português.

◆ 1582 ◆

Terá Shakespeare frequentado a *free grammar school* de Stratford-on-Avon? Certo se tem que não anda por Cambridge nem Oxford, como Francis Bacon ou Marlowe; e que um revés econômico da sua família deve tê-lo obrigado a ser aprendiz de arte ou ofício desde muito novo. Aubrey, que escreveu a tempo de transmitir resultados de um inquérito a contemporâneos seus, diz que "o pai era magarefe", e de uns vizinhos soube que William "exercia a mesma profissão", matasse embora "os vitelos com estilo, e fizesse um discurso durante a operação".

A tão grande talento não deixa, realmente, de ser posta a reserva de más letras. Por exemplo Ben Jonson, que lhe apontou o "pouco latim e ainda menos grego"; por exemplo Jan Kott (o "proibidor" de Bruno Schulz na Polônia comunista dos anos cinquenta), que virá a recensear-lhe alguns delírios: "situa a Hungria à beira-mar, faz Proteu deslocar-se pelo mar desde Veneza a Milão, considera Florença um porto marítimo, põe Ulisses a ler Aristóteles, Timão de Atenas a citar Sêneca e Galileu, um relógio a bater horas no tempo de Júlio César, Cleópatra a usar espartilho, os canhões a funcionarem com pólvora no tempo de João-sem-Terra".

Garantida é a sua paternidade aos dezoito: — ela Anna Hathaway (oito anos mais velha do que ele e filha de um abastado agricultor da região); garantido é o seu casamento tão à pressa oficiado que o bispo de Worcester tem de autorizar uma única leitura de banhos, em vez de três, e achar que a cerimônia só será feita mediante uma caução de quarenta esterlinos.

Entretanto, o teatro inglês — que ele irá servir como ator e autor durante a maior parte da vida — ganha contornos de arte "séria" e protegida por subsídios reais. O espaço cênico de ocasião encontra estabilidade em Londres, onde há seis anos foi construído o Theatre, e pouco depois o Curtain — ainda que em pantanosos subúrbios e fora da jurisdição municipal, não fosse facilitar-se o acesso do povo àquelas sessões com "ameaças sociais". O poder olha, porém, o perigo com benevolência e até fomenta às claras essa arte que ali parece destinada a duradouro prestígio: "O teatro é o brilho da cidade", já nessa altura reconhece o escritor Thomas Heywood: "em que outra, além de Londres, se pode encontrar tão grande variedade de espetáculos?"

Brilhava o teatro apesar das guerrilhas de Elizabeth I — em terra contra os católicos, no mar contra os espanhóis, súditos de Filipe II que a intriga e desapóia perante o Vaticano (aliás o mesmo — mas isso menos interessa à rainha — que acaba de entrar em Portugal para consolidar sessenta anos de invasão estrangeira; Cervantes, por acaso em Lisboa, assistiu ao desfile triunfal do conquistador.)

Mas tudo tem uma contrapartida: se Portugal é dominado de fato, Jerusalém é libertada num poema que Torquato Tasso escreve no asilo de loucos de Santa Ana, onde foi parar por ter insultado o Cardeal de Este.

◆ 1583 ◆

Nasce Suzanna, filha de Shakespeare.
Morre Fernão Mendes Pinto: a *Peregrinação* será póstuma.

◆ 1585 ◆

Mais dois filhos de uma assentada: os gêmeos Hamnet e Judith.

◆ 1587 ◆

Em plena expansão territorial, a Inglaterra modifica a sua estrutura econômica e os tradicionais sistemas de organização da sociedade. As indústrias deixaram de consumir lenha e optam pelo carvão fóssil. O comércio colonial ganha um grande peso na economia do país e até a rainha se faz investidora (na Companhia do Levante[14]). Por outro lado a escocesa (sombra dos seus dias) deixou de ser um incômodo: — mandou executá-la, a essa Mary Stuart que ameaçava o trono Tudor e significaria, chegando ao poder, o "regresso" dos católicos.

---

[14] Concessão de direitos extraterritoriais à Inglaterra com a criação da Cia. do Levante, em Alepo, rota do caminho para as Índias; atual Assíria.

Também deste ano (talvez) a fuga de Shakespeare. Mas quando abandona mulher e filhos em Stratford-on-Avon devemos imaginá-lo seduzido pela companhia de teatro da rainha, que acaba de visitar a região, ou fugido ao matrimônio e pobre mestre-escola de província?; ou terá — como pretende uma tradição — roubado um gamo na propriedade de sir Thomas Lucy e sido obrigado a fugir para não o punirem?

♦ 1592 ♦

Shakespeare vive em Londres (e Marlowe também, saído de Cambridge após intervenção direta do conselho privado da rainha, que precisou atuar para lhe ser passado o "magister artium" a que tinha direito). Shakespeare não só vive em Londres como já é ator considerado e, ao que parece, autor de seis peças: *Henrique VI*, *Titus Andronicus*, *A Comédia dos Enganos*, *Os Dois Fidalgos de Verona*, *O Rei João*, *Ricardo III*.

Ascensão tão rápida pode inspirar invejas, pode deixar feridas algumas reputações. O dramaturgo Robert Greene, por exemplo, não consegue desabafar sem uma nota de incontido sarcasmo: "Não será estranho que todos me esqueçam de repente, a mim que sempre fui notado? E quem dirá que não pode suceder-vos o mesmo, se ficardes na minha situação? Sim, desconfiai, pois anda por aí um vilão, tal qual um corvo que se enfeitasse com as nossas penas, que tem coração de tigre metido na pele de um ator com a pretensão de entoar em decassílabos tão inspiradamente como o melhor de nós; e, não passando de um *johanes factotum*, julga-se o único *shakescene* [agita-palcos] do país".

É um parágrafo escrito para atingir Shakespeare, ator da companhia de lorde Strange e provavelmente já "favorito" de Henry Wriothesley, terceiro conde de Southampton (belo homem amado por homens e algumas mulheres, amigo íntimo do conde de Essex, o favorito da rainha) que protege o poeta com amizade, se não com dinheiro.

♦ 1593 ♦

De tal forma a peste mata, que os teatros fecham. Antes disso morre porém Marlowe — assassinado —, só com 29 anos de idade mas autor de um *Fausto* que irá dar-lhe direito (mais não tivesse escrito) à celebridade. Na França, outra morte na literatura que opõe suavidade àquela tão forte agressão: a de Montaigne, desfalecido e acabado a meio de uma missa.

Perde-se o rastro de Shakespeare. Como a peste mata em Londres, há quem o imagine na Itália ao lado do conde de Southampton. Uma coisa é certa: — com a veia teatral reprimida pela conjuntura, Shakespeare é essencialmente poeta de versos — *Vênus e Adônis*; *A Violação de Lucrécia* — ambos os poemas dedicados ao conde.

♦ 1596 ♦

Os teatros reabriram, Shakespeare foi integrado no elenco da companhia do lorde Camarista e a sua veia parece inesgotável: *A Fera Amansada*, *Penas de Amor Perdidas*, *Romeu e Julieta*, *Ricardo II*, *Sonho de Uma Noite de Verão*, *O Mercador de Veneza*. Embora sem nome de autor, pela primeira vez aparece impresso um texto seu: *Titus Andronicus*.

Más notícias de Stratford: — morreu Hamnet, o gêmeo de Judith.

Shakespeare regressa à terra natal e faz uma petição que será plenamente atendida a 20 de outubro e concede ao seu pai, John Shakespeare, o título de *gentleman*, honra que lhe fora recusada 21 anos antes, quando sonhou pela primeira vez com um brasão: pois ali o tem, com campo de ouro dividido por uma faixa transversal, uma lança de ponta prateada e um falcão de asas abertas apoiado numa coroa. A divisa é *"Non Sans Droict"*.

♦ 1597 ♦

Chefiados pelo conde de Tyrone, os irlandeses católicos revoltam-se contra a repressão de Elizabeth I.

Em Londres constrói-se o Teatro Swan, que aceita representar *A Ilha dos Cães*, de Thomas Nasche e Ben Jonson, segundo o Conselho Municipal um drama obsceno e caluniador. Nasche terá de andar a esmo e Ben Jonson será preso.

Proibidas as representações do Swan, há ainda melhores dias para a companhia do lorde Camarista. Shakespeare escreve a 1.ª parte de *Henrique VI*, a 2.ª parte de *Henrique III*, e demonstra grande alívio financeiro ao comprar New Place, uma das melhores casas de Stratford-on-Avon. (Contrastando com tanto alívio, Cervantes — o gênio da literatura espanhola dessa mesma época — prossegue a redação do *D. Quixote* numa prisão de Sevilha, onde foi parar acusado de um desvio de maravedis.)

♦ 1598/1599 ♦

É demolido o Theatre e construído o Teatro do Globo (assim chamado por ter na fachada um Hércules com o globo terrestre às costas). Shakespeare é um dos sócios da empresa que explora a nova casa de espetáculos.

Francis Meres publica o tratado *Palladis Tamia* onde se pode ler: "A alma delicada e eleita de Ovídio revive no Shakespeare suave e com língua de mel, o de *Vênus e Adônis* e de *Lucrécia*, o de açucarados sonetos que circulam discretamente entre os seus amigos".

W. Jaggard publica a coletânea de versos *O Peregrino Apaixonado*, que indica Shakespeare como seu autor mas só contém cinco poemas escritos por ele.

Na Irlanda, a situação agrava-se. Lorde Essex é nomeado comandante-chefe das tropas inglesas para reprimir os motins da ilha rebelde mas, em vez de derrotar Tyrone, celebra um acordo de paz. Elizabeth I, que gosta bem mais da guerrilha, expulsa-o da corte.

Shakespeare: *Muito Barulho por Nada*, *Júlio César*.

♦ 1601 ♦

Malogro da tentativa de revolta de Essex contra Elizabeth I.

Apesar de ter sido ajudado materialmente por Essex, Francis Bacon não hesita em escrever contra ele a *Declaração das Práticas e das Traições [...] do conde de Essex*, peça essencial da sua condenação à morte. Lorde Southampton é molestado por esse ato político pois tomou, com alguma imprudência, o partido do decapitado. O próprio Shakespeare consentira em levar à cena o seu *Ricardo II* na véspera da revolta, estabelecendo um paralelo incômodo entre Elizabeth I e Ricardo.

São dessa época as peças *Como Quiserdes*, *As Alegres Comadres de Windsor*, *Noite de Reis* e, sobretudo, *Hamlet*, onde as palavras de Horácio ao príncipe moribundo ("Boa noite, suave princípe, e que o voar dos anjos te leve ao repouso com o seu canto") passaram por alusão clara às que Essex disse antes de morrer: "Quando a vida se separar do meu corpo, envia bem-aventurados anjos para me receberem a alma e transportá-la às alegrias do Céu".

♦ 1602 ♦

Inegável prosperidade de Shakespeare: é proprietário de terrenos e de uma nova casa em Stratford-on-Avon.

No teatro: *Trófilo e Créssida*, *Bem Está o Que Bem Acaba*, *Medida por Medida*.

♦ 1603 ♦

Acaba-se o reino dos Tudors com a morte de Elizabeth I; nos seus últimos dias de vida foi designado James (um Stuart) para sucessor. O novo rei é baixo, fraco, e tanto medo tem de ser assassinado que usa sempre uma cota de malha por baixo da roupa.

Francis Bacon tem a recompensa da sua ajuda à condenação de Essex: é, de imediato, feito "sir", e um ano depois "conselheiro real", e quatro anos depois "solicitor general".

Dez dias bastaram, após a coroação do rei, para o teatro ser declarado atividade livre. E a companhia do lorde Camarista passa a ter uma direta proteção real, começando os seus membros a ser conhecidos por *King's Men*. Mas tanta "felicidade" profissional e material empurra — quem diria! — o dramaturgo Shakespeare para as tragédias: a *Otelo* (a primeira) irá seguir-se *O Rei Lear* e logo depois *Macbeth*, ou seja a paixão, as paixões, encenadas pelo excesso de três temperamentos "bárbaros".

♦ 1605 ♦

Bom ano para a literatura: *D. Quixote* (1.ª parte); *Volpone*; de Ben Jonson; *Instauratio Magna*, de Francis Bacon.

♦ 1607 ♦

Suzanna, filha mais velha de Shakespeare, casa com John Hall, um médico de Stratford.

Shakespeare escreve (ou escreveu há pouco) *Timão de Atenas, Antônio e Cleópatra, Coroliano e Péricles*.

♦ 1608 ♦

Morre Mary Arden, mãe de Shakespeare; nascem John Milton, Antônio Vieira (que um dia será padre) e Francisco Manuel de Melo.

Os *King's Men* atuam no novo teatro de Blackfriars, reservando o Globo (que é aberto) para representações de verão. Note-se, porém, que o nome de

Shakespeare não se encontra na lista dos atores da companhia desde 1603: a atividade que tem como dramaturgo será considerada participação suficiente para um sócio da empresa?

♦ 1609 ♦

Afinal, o movimento dos planetas é regulado por leis: acaba Kepler de anunciá-lo.

Com 45 anos feitos, Shakespeare fixa residência em Stratford-on-Avon e vai morrer em New Place. Continua a escrever para o Blackfriars, uma sala pequena iluminada por candelabros que pendem do teto (com ingressos seis vezes mais caros que os do Globo), capaz de suportar encenações mais íntimas e requintadas. É pensando nessas novas possibilidades que surgem os ambientes de *Cymbeline*, de *Conto de Inverno* e de *A Tempestade*.

Em Londres — e talvez sem conhecimento seu —, o editor Thomas Thorpe publica os *Sonetos*. ("Trata-se de uma história escabrosa; tão escabrosa que, nos fins de 1640, o literato que se encarregou da segunda edição apressou-se a alterar todos os pronomes masculinos para femininos, de forma a que o jovem amigo louvado pelo poeta se transformasse numa amiga. E os críticos literários vitorianos, desejosos de ilibar o maior poeta britânico da acusação de homossexual, escudaram-se no fato de a palavra "love", no inglês de Shakespeare como no dos nossos dias, poder significar apenas amizade" — Shakespeare, *Gigante da Literatura Universal*, edição de Arnoldo Mondatori.) ("Os Sonetos de Shakespeare têm a sua poética, o seu erotismo e a sua metafísica. Os cento e vinte e seis primeiros sonetos são dedicados ao jovem, sendo os outros dirigidos à Dama Negra. A ação dramática é a dupla traição, a do rapaz e da mulher. Uniram-se os dois. Ignora o homem por quem teria sido mais enganado, de quem deveria ter mais ciúme, quem nesse caso se vingou e de quem. E suplica, exorta, ameaça, persuade. Os dois últimos versos de cada soneto são diretamente dirigidos aos destinatários. São quase falados. São uma interrogação teatral. Os *Sonetos* são um prólogo. Prólogo ao erotismo de Shakespeare ou, pelo menos, ao das suas primeiras comédias. O verdadeiro assunto dos *Sonetos* é a escolha ou, mais exatamente, a impossibilidade de escolha entre o rapaz e a mulher, a frágil fronteira entre a amizade e o amor, a fascinação exercida por toda a beleza, a universalidade do desejo que tanto é impossível refrear como limitar a um único sexo.") — Jan Kott, *Shakespeare Nosso Contemporâneo*.

♦ 1613 ♦

Não se representava *Macbeth* (a peça de todos os azares), mas *Henrique VIII*, quando o Teatro do Globo se incendiou: a bucha acesa de um canhão, que fora levado para o palco, pegou fogo no teto de palha e quase tudo foi consumido pelas chamas. Os *King's Men* só demoraram um ano a reconstruir o edifício, mas a produção dramática de Shakespeare termina — coincidência?, decisão ligada à catástrofe motivada por uma exigência sua? — com essa infeliz representação. Shakespeare vive agora em Stratford e é raro aparecer em Londres, apesar da casa que comprou em Blackfriars, perto do teatro, e que deixará por habitar. Nicholas Rowe: "Os últimos tempos de vida levou-os Shakespeare — e todo homem de bom senso gostaria de fazer o mesmo — em solidão serena, que a conversa dos amigos alegrava. Tivera a sorte de acumular um patrimônio compatível com os seus méritos e os seus desejos". De fato, os seus amigos (Drayton, John Donne, Fletcher, Beaumont) passam a visitá-lo em Stratford, na Marmaid Tavern. John Fletcher chega mesmo a escrever, com a sua colaboração, uma peça: *Os Dois Nobres Primos*.

♦ 1616 ♦

Casa Judith, sua filha mais nova, com o vinhateiro Thomas Quiney: dificuldades nas relações entre os esposos, desgraças materiais, a morte dos seus três filhos, tudo irá acontecer nesse desafortunado matrimônio.

Em 25 de março, Shakespeare faz testamento — peça jurídica aprovada depois de emendas sobre emendas, até à forma final — porém, das "suas" peças nem fala (fato que muito irá interessar aos futuros adeptos da "hipótese Francis Bacon"). A maior parte dos seus bens vai para Suzanna; a Judith apenas cabem 150 esterlinos e a "taça grande prateada"; à sua irmã Joan deixa a casa de Henley Street e 20 esterlinos; ao padeiro Hamnet Sadler, seu velho amigo, 26 xelins; aos pobres de Stratford, dez esterlinos; a cada um dos atores Richard Burbage, John Heminge e Henry Condell, 26 xelins e oito pences para comprarem "em sua memória" um anel; a Anna, sua mulher, apenas o "segundo dos seus leitos, com os acessórios", demonstrando assim a pouca consideração que ela lhe merecia.

O fato de esse testamento ser feito um mês antes de morrer dir-nos-á que um tal desfecho era previsível? Ele próprio compôs, também, um epitáfio que pode ainda hoje ler-se na igreja paroquial de Stratford: "Querido amigo, por amor de Deus renuncia a cavar no pó aqui encerrado. Bendito seja quem poupar estas pedras, e maldito seja quem meus ossos remover".

Oscar Wilde

O Retrato do Sr. W. H.

1

Eu tinha jantado com Erskine na sua bela casa de Birdcage Walk, e estávamos sentados na biblioteca tomando café e fumando cigarros quando o problema das falsificações literárias veio à baila na conversa. Não posso agora lembrar-me do que nos fez refletir sobre um tema tão invulgar como esse era, na época, mas sei que travamos uma longa discussão sobre Macpherson, Ireland e Chatterton[1], e a respeito do último insisti no fato de as suas supostas falsificações serem simplesmente resultado de um desejo artístico de expressão perfeita; de não termos o direito de censurar um artista pelas condições em que ele decide apresentar a sua obra e, sendo toda a Arte, até certo ponto, uma forma de representação, uma tentativa de consumarmos a nossa própria personalidade num plano imaginativo qualquer, fora do alcance dos escolhos e das restrições da vida real, condenar um artista por uma falsificação seria confundir um problema ético com um problema estético.

Erskine, que era um pouco mais velho do que eu e me ouvira com a bem disposta deferência de um homem de quarenta anos, pousou repentinamente a mão no meu ombro e disse: — "O que me dirá de um jovem que tinha uma estranha teoria sobre determinada obra de arte, acreditou nessa teoria e consumou uma falsificação com o fim de a prová-la?"

— Ah! Que o problema é completamente diferente — respondi.

Durante alguns momentos Erskine permaneceu em silêncio, olhando para as espirais de fumaça cinzentas e tênues que se iam levantando do cigarro. — "Sim" — disse depois de uma pausa —, "completamente diferente".

---

[1] Três casos célebres: o de James Macpherson, que em 1760 publicou alguns poemas pretensamente traduzidos do gaélico; o de William Ireland, que publicou "inéditos" de Shakespeare; o de Chatterton, que publicou poemas assinados por Rowley e acabou por confessar a sua fraude. (*N. do T.*)

No tom de voz havia qualquer coisa, talvez uma leve sombra de amargura, que me espicaçou a curiosidade. "Conheceu alguém que já o tivesse feito?" — exclamei.

— Conheci — respondeu ele, atirando o cigarro para o fogo. — Cyril Graham, um grande amigo meu. Era muito sedutor, muito tonto, e muito desumano. Apesar disso, devo-lhe a única herança que em toda a minha vida recebi.

— O que era? — perguntei sorrindo. Erskine levantou-se da cadeira e dirigiu-se a um armário alto com embutidos, que havia entre duas janelas, abriu-o com uma chave e voltou para junto de mim trazendo um pequeno painel pintado, metido num tanto despolido e velho caixilho elisabetano.

Era o retrato de corpo inteiro de um jovem vestido à final do século XVI, ao lado de uma mesa e com a mão direita pousada num livro aberto. Parecia andar pelos dezessete anos de idade e tinha uma bastante singular beleza física, embora com algo evidentemente efeminado. Na verdade, não fossem as roupas e o cabelo cortado tão curto dir-se-ia que o seu rosto, com olhos sonhadores e melancólicos, com vermelhos e delicados lábios, era um rosto de donzela. No porte, em especial na forma como tratava as mãos, o retrato lembrava uma das últimas obras de François Clouet. O gibão de veludo negro com fantásticos bordados a fio de ouro, e o fundo azul-pavão contra o qual ele se exibia de modo tão delicioso, e do qual recebia tão valioso contributo de cor, eram do mais puro estilo Clouet; e as duas máscaras da Tragédia e da Comédia que um tanto solenes pendiam do pedestal de mármore tinham aquela pincelada rude — tão diferente da amena graciosidade dos italianos — que o grande mestre flamengo nem mesmo na corte de França chegou alguma vez a perder completamente, e em si própria constituiu, sempre, uma característica do temperamento nórdico.

— Que coisa maravilhosa! — exclamei. — Mas que encantador jovem é este, de uma beleza que a Arte em nossa intenção preservou com tanta felicidade?

— É o retrato do Sr. W. H. — disse Erskine com um sorriso triste. Talvez se tratasse de um acidental efeito de luz, mas pareceu-me que tinha os olhos rasos de lágrimas.

— Do Sr. W. H.? — repeti. — Quem era o Sr. W. H.?

— Não se lembra? — perguntou. — Olhe para o livro em que a mão dele assenta.

— Vejo que tem qualquer coisa escrita, mas não consigo distinguir o quê — repliquei.

— Pegue nesta lente de aumento e experimente — disse Erskine, com o mesmo sorriso triste a brincar-lhe na boca.

Agarrei na lente e, aproximando um pouco mais o candeeiro, comecei a decifrar a intricada letra do século XVI. "Ao único Inspirador Dos Sonetos Que Seguem"... "Santo Deus!" — exclamei. — "É o Sr. W. H. de Shakespeare?"

— O Cyril Graham costumava dizer que sim — respondeu Erskine num murmúrio.

— Mas não se parece mesmo nada com o Lorde Pembroke — repliquei. — Conheço muito bem os retratos de Wilton. Ainda há poucas semanas estive por aquelas bandas.

— Acredita realmente que os *Sonetos* são dedicados ao Lorde Pembrocke? — perguntou.

— Tenho a certeza — respondi. — Pembroke, Shakespeare e a Sr.ª Mary Fitton são as três personagens dos *Sonetos*; não há dúvida a tal respeito.

— Bem, concordo — disse Erskine —, mas nem sempre tive essa opinião. Costumava acreditar... bem, eu acho que costumava acreditar no Cyril Graham e na sua teoria.

— Mas qual era ela? — perguntei, a olhar para o maravilhoso retrato que já começava a seduzir-me de uma estranha forma.

— É uma história longa — murmurou, arrancando-me o quadro das mãos de uma forma um tanto brusca, segundo me pareceu na época — é uma história muito longa; mas posso contá-la se tiver interesse em ouvi-la.

— Gosto de teorias sobre os *Sonetos* — exclamei —, mas não creio que gostasse de converter-me a qualquer nova doutrina. O problema deixou de ser mistério para toda a gente. E espanta-me, na verdade, que alguma vez tenha sido.

— Como não acredito na teoria, não gostaria de convencê-lo — disse Erskine sorrindo —, mas talvez lhe interesse.

— Diga-me então como ela é — respondi. — Dar-me-ei por mais que satisfeito se tiver metade do encanto do retrato.

— Bem — disse Erskine, acendendo um cigarro —, vou começar por lhe falar do próprio Cyril Graham. Em Eton estivemos ambos na mesma casa. Eu tinha mais um ou dois anos do que ele, mas éramos imensamente amigos e partilhávamos todo o trabalho e todos os jogos. Claro está que havia um bom pedaço mais de jogos do que trabalho, mas não posso dizer que esteja arrependido. Há sempre uma vantagem em não recebermos uma sólida educação comercial, e o que aprendi a jogar nos campos de Eton muito mais me foi útil do que qualquer coisa aprendida em Cambridge. Devo dizer-lhe que o pai e a mãe do Cyril estavam ambos mortos. Tinham-se afogado num horrível acidente de iate ao largo da Ilha de Wight. O pai estivera na carreira diplomática e casara com uma filha, na verdade filha única, do velho Lorde Crediton que veio a ser tutor do Cyril depois da morte dos pais. Não creio que ao Cyril ligasse muito. Na verdade, nunca perdoara à filha que tivesse casado com um homem sem título. Era um velho e singular aristocrata que praguejava como um carroceiro e tinha maneiras grosseiras. Lembro-me de que uma vez o vi no dia da distribuição de prêmios. Resmungou comigo, deu-me uma moeda e disse que me não fizesse, quando crescesse, um "maldito radical" como o meu pai. O Cyril gostava muito pouco dele, e só o fato de passar conosco a maior parte das férias, na Escócia, o deixava muito satisfeito. Realmente, nunca se deram bem um com o outro. O Cyril achava-o casca-grossa e ele achava o Cyril efeminado. Nalgumas coisas era efeminado, suponho eu, apesar de soberbo cavaleiro e soberbo esgrimista. De fato, antes de deixar Eton ganhou os floretes[2]. Mas tinha maneiras muito lânguidas, e quanto ao aspecto não era de poucas vaidades; detestava fortemente o futebol ao qual chamava, por costume, "jogo bom para os filhos da classe média". Duas coisas lhe davam realmente prazer: versejar e representar. Em Eton andava sempre a maquiar-se e a recitar Shakespeare, e quando entramos para o Trinity fez-se membro da A. D. C. logo no primeiro trimestre[3]. Lembro-me de ter sentido sempre ciúmes das suas representações. Eu tinha-lhe uma estúpida fidelidade, penso que por sermos em muitas coisas tão diferentes. Eu era bastante desajeitado, um tipo franzino com enormes pés e horrorosamente sardento. As sardas espalham-se pelas famílias escocesas como a gota nas inglesas. O Cyril costumava dizer que entre as duas preferia a gota; sempre atribuiu uma absurda cotação elevada à aparência física e, certo dia, perante a nossa Sociedade de Colóquios leu um texto com o fim de provar que mais vale ser bonito que bondoso. Era, diga-se a verdade, maravilhosamente bonito. Os que não gostavam dele — filistinos, encarregados de curso e jovens que estudavam para padres — costumavam dizer que não passava de um lindo rapaz; mas no seu rosto havia muito mais do que simples beleza. Acho que era a criatura mais esplendorosa que alguma vez vi, e ninguém podia suplantá-lo na graça dos movimentos, no encanto das maneiras. Seduzia todos os que eram dignos de ser seduzidos, e muitíssimos daqueles que o não eram. A cada passo se mostrava impertinente, petulante, e eu costumava achar que extremamente falho de sinceridade. O que acima de tudo se devia, segundo penso, a um desejo exagerado de agradar. Pobre Cyril! Cheguei um dia a dizer-lhe que ele se contentava com vitórias muito fáceis, mas limitou-se a abanar a cabeça e a sorrir. Estragou-se, que doeu na alma. Todos os sedutores se estragam, imagino eu. É esse o segredo do seu atrativo.

---

[2] Um prêmio tradicional de Eton: o par de floretes oferecido ao melhor esgrimista do ano. (*N. do T.*)

[3] Amateur Dramatic Company. (*N. do T.*)

"Devo porém falar-lhe da representação teatral do Cyril. Como sabe, as mulheres não estavam autorizadas a representar na A. D. C. No meu tempo não estavam, pelo menos. Agora não sei como isso é. Pois bem! Claro que ao Cyril eram sempre dados os papéis de moça, e quando foi levado à cena o *Como Quiserdes* interpretou Rosalinda. Foi uma atuação maravilhosa. Pode rir-se de mim, mas garanto-lhe que o Cyril Graham foi a única Rosalinda autêntica que vi até hoje. Seria impossível descrever-lhe a beleza, a graciosidade, o requinte de tudo aquilo. Fez enorme sensação e aquele teatrinho execrando todas as noites ficou lotado. Ainda hoje, quando leio a peça não posso deixar de pensar no Cyril; parecia que o papel tinha sido escrito para ele, e ele interpretava-o com extraordinária graça e distinção. No trimestre seguinte obteve o diploma e veio para Londres estudar diplomacia. Mas nunca se aplicou. Passava os dias lendo os *Sonetos* de Shakespeare e as noites, no teatro. É evidente que andava louco por subir ao palco. De nada valia que o Lorde Crediton e eu o contrariássemos. Mas se tivesse subido ao palco talvez estivesse vivo. Se é sempre estúpido dar um conselho, dar um bom conselho é garantidamente fatal. Espero que nunca caia nesse erro. Pois se cair, vai arrepender-se.

"Bem! Mas voltando ao ponto da história que nos interessa, uma tarde recebi uma carta do Cyril pedindo-me que passasse naquela noite pelos aposentos dele. Tinha um bonito apartamento em Picadilly, com vista para o Green Park, e como era meu hábito ir vê-lo quase todos os dias fiquei bastante surpreendido por se ter dado ao incômodo de escrever. Claro que fui lá e, quando cheguei, encontrei-o num estado de grande excitação. Contou-me que conseguira finalmente descobrir o verdadeiro segredo dos *Sonetos* de Shakespeare; que estudiosos e críticos tinham todos andado por caminhos totalmente errados e ele tinha sido o primeiro, explorando apenas uma evidência intrínseca, a descobrir quem realmente era o Sr. W. H. O seu contentamento deixava-o exuberante ao máximo e, durante muito tempo, recusou-se a expor a sua teoria. Por fim apresentou-me um maço de apontamentos, foi buscar à prateleira do fogão o seu exemplar dos *Sonetos*, sentou-se e procedeu a uma demorada preleção sobre o tema.

"Começou por me fazer notar que o rapaz a quem Shakespeare dedicara aqueles poemas singularmente apaixonados devia ser alguém que representava um fator de progresso, na verdade vital para a sua arte dramática, não podendo tratar-se nem do Lorde Pembroke, nem do Lorde Southampton. Com efeito, fosse ele quem fosse não poderia tratar-se de alguém com nobre linhagem, como é muito claramente revelado no Soneto XXV, que estabelece paralelos entre ele e os homens "favoritos dos grandes príncipes"; di-lo de uma forma muito direta:

> *Glorifique-se de honra e soberbos títulos*
> *Quem tiver o favor da sua estrela,*
> *Que eu, privado p'la fortuna de tal glória,*
> *Tenho inesperado gozo no que mais venero*[4].

e termina o soneto a congratular-se pela condição humilde daquele a quem tanto adorava:

> *Feliz sou porque amo e sou amado*
> *Sem ter que alterar nem ser alterado.*

"Afirmava o Cyril que esse soneto seria incompreensível totalmente se o imaginássemos dirigido a qualquer dos condes, de Pembroke ou de Southampton, os dois homens com alta posição na Inglaterra e plenamente qualificados para lhes chamarem "grandes príncipes"; e a confirmar tal ponto de vista leu-me os Sonetos CXXIV e CXXV, onde nos diz Shakespeare que o seu amor não é "filho de grandezas", que "não sofre de afetadas pompas", mas se "construiu bem longe dos privilégios". Eu escutava com bastante interesse, pois julgo que um tal pormenor nunca tinha vindo à luz; mas ainda foi mais curioso o que veio a seguir e me pareceu, na altura, eliminar completamente a hipótese Pembroke. Por intermédio de Meres sabemos que os *Sonetos* foram escritos antes de 1598, e esclarece-nos o Soneto CIV que já existia há três anos a amizade de Shakespeare pelo Sr. W. H. Ora acontece que o lorde Pembroke, nascido em 1580, não chegara a Londres antes dos dezoito anos de idade, o que é dizer 1598, e as relações de Shakespeare com o Sr. W. H. devem ter começado em 1594 ou, o mais tardar, em 1595. Por conseguinte, Shakespeare não poderia ter conhecido o lorde Pembroke antes de os *Sonetos* estarem escritos.

"O Cyril também me fez notar que o pai de Pembroke não tinha morrido até 1601, e que pelo verso

> *Tiveste um pai, possa o teu filho dizer o mesmo,*

era evidente que o pai do Sr. W. H. estava morto em 1598; e dava grande ênfase ao testemunho prestado pelos retratos de Wilson, que representam o Lorde

---

[4] Estando aqui em causa o sentido dos versos (pois só dele se trata nesta "peregrinação" em busca de uma identidade para o Sr. W. H), a tradução dos sonetos, ou de fragmentos dos sonetos, tentará conciliar toda a literalidade possível com um mínimo da exigência formal intrínseca ao discurso poético. (*N. do T.*)

Pembroke como um morenaço de cabelos negros, enquanto o Sr. W. H. era alguém com cabelo que parecia fios de ouro, cujo rosto era lugar de encontro da "brancura do lírio" e do "vermelho vivo da rosa", ele próprio "louro" e "vermelho", e "branco e vermelho", e de aparência formosa. De resto, seria absurdo imaginar que um qualquer editor da época — e o preâmbulo é da mão do editor — sonhasse dirigir-se a William Herbert, conde de Pembroke, chamando-lhe Sr. W. H.; na verdade, o caso do lorde Buckhurst, a quem chamaram Sr. Sackville, não tem com este paralelo nenhum, pois o lorde Buckhurst, primeiro desse título, era um vulgar Sr. Sackville quando colaborou no *Mirror for Magistrates*, ao passo que Pembroke sempre foi conhecido por lorde Herbert enquanto o pai foi vivo. Até aqui tratara-se do lorde Pembroke, que a suposta hipótese Cyril facilmente eliminara comigo ali, sentado e pasmado. Mas com o lorde Southampton ainda teve menos dificuldade. Desde muito tenra idade Southampton fora amante de Elizabeth Vernon, não tendo precisado de instâncias alheias para se casar; não era bonito nem parecido com a mãe, como o Sr. W. H.:

> *Da tua mãe és o espelho, e ela em ti*
> *Revive o formoso Abril da sua Primavera;*

e antes de mais tinha Henry como nome de batismo, ao passo que os sonetos com jogo de palavras (CXXXV e CXLIII) mostram que o nome de batismo do amigo de Shakespeare era, como o dele, Will.

"Quanto às outras sugestões de comentadores desventurados — para quem o Sr. W. H. é um erro tipográfico de Sr. W. S., que significaria Sr. William Shakespeare; para quem *Mr. W. H. all* deve ler-se *Mr. W. HALL*; para quem o Sr. W. H. é o Sr. William Hathaway; para quem Sr. W. H. quer dizer Sr. Henry Willobie, o jovem poeta de Oxford mas com as iniciais do nome invertidas; e para quem deve pôr-se um ponto final depois de *wisheth*, passando o Sr. W. H. a autor e não a objeto da dedicatória[5] — soube o Cyril desembaraçar-se delas

---

[5] Para melhor compreensão de duas dessas hipóteses, que necessitam do conhecimento da dedicatória em inglês, dir-se-á que ela aparece na edição original em maiúsculas e com um ponto a separar todas as palavras. Assim: "THO. THE. ONLIE. BEGETTER. OF. THESE. INSUING. SONNETS. MR. W. H. ALL. HAPINESSE [...]". Se houvesse um ponto a mais, entre H e ALL, em vez de significar: "Ao único inspirador dos sonetos que seguem, o Sr. W. H., toda a ventura etc." significaria: "Ao único inspirador dos sonetos que seguem, o Sr. W. Hall, a ventura etc." — Quanto à hipótese de o Sr. W. H. passar de objeto da dedicatória a autor, uma vez considerado como ponto "real", o que está depois de WISHETH, temos: "*To the onlie begetter of these insuing sonnets Mr. W. H. all hapinesse and that eternitie promised by our ever-living poet wisheth. The well-adventurer* etc.". Ou seja: "Ao único inspirador dos sonetos que seguem, o Sr. W. H. toda a ventura e essa eternidade prometida pelo nosso imortal poeta lhe deseja. O que afavelmente se aventura etc." (*N. do T.*)

e não vale a pena referir as suas razões, embora eu recorde o ataque de riso que ele me provocou ao ler — congratulo-me em afirmar que não no original — alguns extratos de um comentador alemão, chamado Barnstorff, que insistia no fato de o Sr. W. H. mais não ser do que *Mr. William Himself*[6]. Nem por um momento podia admitir que os *Sonetos* fossem banais sátiras à obra de Drayton e de John Davies de Hereford. Para ele, como aliás para mim, eram poemas de conteúdo severo e trágico que tinham sido extraídos ao fel do coração de Shakespeare e o mel dos seus lábios tornara doces. Menos ainda queria admitir que fossem mera alegoria filosófica e Shakespeare se dirigisse neles ao seu Eu Ideal, ou à Humanidade Ideal, ou ao Espírito da Beleza, ou à Razão, ou ao Divino Logos, ou à Igreja Católica. Sentia — e aliás todos o sentimos, julgo eu — que os *Sonetos* eram dedicados a uma pessoa — a determinado jovem cuja personalidade, por uma razão qualquer, parecia ter enchido a alma de Shakespeare com uma alegria terrível e um não menos terrível desespero.

"Aberto dessa forma o caminho, se assim posso dizê-lo, o Cyril pediu-me para arredar do espírito todas as ideias preconcebidas que eu tivesse podido formar sobre o tema e desse à sua teoria um atento e desapaixonado ouvido. O problema era posto da seguinte forma: a que jovem, daqueles tempos e sem ser de nobre nascimento ou mesmo de classe nobre, se dirigiu Shakespeare com palavras de uma tão apaixonada adoração, a ponto de não podermos deixar de pasmar-nos com esse devotamento singular e quase recearmos dar a volta à chave que guarda o mistério do coração do poeta? Que beleza física seria esta, capaz de fazer-se a verdadeira pedra-angular da arte de Shakespeare, a verdadeira fonte de inspiração de Shakespeare, a verdadeira encarnação dos sonhos de Shakespeare? Olhá-lo simplesmente como objeto de alguns poemas de amor era confundir todo o significado desses poemas; porque a arte de que fala Shakespeare nos *Sonetos* não é a arte dos próprios sonetos, que realmente não passavam, para ele, de fúteis e secretas ninharias — é a arte do dramaturgo a que ele faz sempre alusão; e aquele de quem diz:

És toda a minha arte, e às alturas do saber
Fazes subir a minha rude ignorância;

aquele a quem prometeu a imortalidade:

Onde o sopro dos sopros persiste na boca dos homens;

---

[6] Ou seja, o Sr. William Ele Próprio. (*N. do T.*)

aquele que é, para ele, a décima "musa" e

> *Dez vezes mais forte*
> *Que as velhas nove, invocadas pelo rimador,*

por certo não era outro senão o rapaz-ator para quem criou Viola e Imogênia, Julieta e Rosalinda, Pórcia e Desdêmona, e até mesmo Cleópatra."
— O rapaz-ator das peças de Shakespeare! — exclamei.
— Sim — disse Erskine. — Era essa a teoria do Cyril Graham, como pode ver meramente desenvolvida a partir dos próprios *Sonetos*, e cuja aceitação bem menos depende de uma prova demonstrável, ou evidência formal, que de uma espécie de sentimento espiritual e artístico só por si capaz, reivindicava ele, de fazer com que o verdadeiro significado dos poemas fosse revelado. Lembra-me que leu este primoroso soneto:

> *Como pode a minha Musa temas inventar*
> *Enquanto respiras e enches o meu verso*
> *De suave inspiração, perfeita demais*
> *Para repeti-la um vulgar papel?*
> *Oh! Rende graças a ti mesmo se algo em mim*
> *For digno de os teus olhos verem;*
> *Quem será tão néscio para te não cantar*
> *Quando cobres tu a invenção de luz?*

e chamou a atenção para a forma como confirmava por completo o seu ponto de vista; na verdade, percorreu cuidadosamente todos os sonetos e mostrou, ou imaginou que mostrou, como algumas coisas que tinham parecido obscuras ou mórbidas, ou exageradas, de acordo com a nova explicação do seu sentido se faziam claras e racionais, e com elevado sentido artístico, ilustrando o modo como Shakespeare concebia as verdadeiras relações entre a arte do ator e a arte do dramaturgo.

"É pois evidente que deve ter havido na companhia de Shakespeare um qualquer rapaz-ator maravilhoso, de grande beleza, a quem ele confiava a apresentação das suas nobres heroínas; sim, porque Shakespeare tanto era um diretor teatral perito na matéria como um imaginativo poeta; mas já nessa altura o Cyril Graham descobrira o nome do rapaz-ator: era Will ou, como preferia chamar-lhe, Willie Hughes. É claro que encontrara o seu nome de batismo nos sonetos com jogo de palavras, CXXXV e CXLIII; de acordo com a sua opinião, o sobrenome escondia-se no sétimo verso do Soneto XX, onde o Sr. W. H. é descrito como sendo

De aparência um homem, que as demais aparências *domina.*

Na edição original dos *Sonetos*, "aparências" (*hews*)[7] está impresso em maiúsculas e em itálico mostrando isso claramente, segundo ele afirmava, que havia uma intenção de jogar com as palavras, ponto de vista em boa dose confirmado nos sonetos onde é feito um curioso trocadilho com as palavras *use* e *usury*[8], e ainda num verso como este:

Tão belo és no saber, como na aparência.

Não há dúvida de que fiquei desde logo convencido, e tão real a pessoa de Willie Hughes se me fez como a de Shakespeare. A única objeção que eu levantava à teoria era o nome Willie Hughes não constar na lista dos atores da companhia de Shakespeare, tal como foi impressa no primeiro fólio. Contudo, o Cyril chamava-me a atenção para o fato de a ausência do nome de Willie Hughes nessa lista ser real confirmação da teoria, pois o Soneto LXXXVI torna evidente que ele abandonara a companhia de Shakespeare para ir representar num teatro rival, é provável que uma qualquer peça de Chapman. Isso mesmo referia Shakespeare no grande soneto sobre Chapman, em que diz a Willie Hughes:

Mas quando o teu ser lhe encheu os versos
Faltou-me o tema; e os meus enfraqueceram,

sendo claro que a expressão "quando o teu ser lhe encheu os versos" diz respeito à beleza do jovem ator que dava aos versos de Chapman vida, realidade e acrescido encanto, ideia que também ressalta do Soneto LXXIX:

Enquanto só eu fui a pedir-te auxílio,
Só tinha o meu verso a tua amável graça,

---

[7] Nas edições atuais, a palavra é *hues*, forma atualizada de *hews*, mas qualquer delas muito parecida foneticamente com Hughes. (N. do T.)
[8] Oscar Wilde também vê na fonética de *use* e *usury* a intenção de sugerir o nome Hughes. (N. do T.)

Mas veio derrotada hoje a formosa rima
E minha Musa enferma dá lugar a outra;

e ainda no soneto imediatamente anterior, onde Shakespeare diz:

Toda a pena alheia me apanhou o estilo [use]
E sob valor teu espalha a poesia,

sendo óbvio que há um jogo de palavras (use = Hughes), e a frase "sob valor teu espalha a poesia" significa que, "mediante o seu concurso, o ator dá a conhecer ao público as peças de outrem".

"A noite estava maravilhosa, e passamo-la em vigília a ler e a reler os *Sonetos* quase até de madrugada. Porém, a partir de certa altura comecei a ver que antes de poder apresentar-se a teoria ao mundo, com uma forma realmente perfeita, era necessário arranjar uma qualquer prova independente sobre a existência do jovem ator Willie Hughes. Pudesse ela alguma vez encontrar-se, e deixaria de haver dúvidas em identificá-lo com o Sr. W. H.; mas de outro modo, a tese cairia por terra. De muito veemente forma pus essa condição ao Cyril, que bastante enfadado ficou com aquilo a que chamava 'o meu estado de espírito filistino' e um tanto azedo, na verdade, em relação ao assunto. Fi-lo porém prometer que, no seu próprio interesse, não publicaria a descoberta até isentar de dúvidas toda a questão; e durante semanas e semanas investigamos os registros das igrejas da City, os manuscritos Alleyn em Dulvich, os arquivos nacionais, os livros do lorde Camarista — tudo, enfim, que pudéssemos imaginar suscetível de conter uma qualquer alusão a Willie Hughes. Claro está que não descobrimos nada e, conforme os dias iam passando, a existência de Willie Hughes parecia-me que se ia tornando mais problemática. O Cyril encontrava-se num estado lastimoso e ganhou o hábito de revolver vezes sem conta a questão por inteiro e minuciosamente, e de me suplicar que acreditasse nela; mas eu só via a lacuna da teoria e recusava-me a ser convencido até a real existência de Willie Hughes, rapaz-ator do palco elisabetano, ficar isenta de todas as dúvidas ou todos os sofismas.

"Um dia o Cyril saiu da cidade para ir ter com o avô, pensei eu na época, embora mais tarde ouvisse dizer ao lorde Crediton que não era verdade; e, cerca de quinze dias passados, recebi um telegrama seu expedido de Warwich pedindo que fosse nessa noite, sem falta, jantar com ele em sua casa, às oito horas. Disse-me ele assim quando lá cheguei: 'S. Tomé era o único apóstolo que não merecia provas, e S. Tomé foi exatamente o único apóstolo a tê-las'. Perguntei-lhe o que queria dizer com isso. Respondeu que não só estava em condições de confirmar a existência de um rapaz-ator do século XVI chamado Willie Hughes, como provar, pela mais conclusiva das evidências, que era o Sr. W. H. dos *Sonetos*. De momento não quis dizer nada, mas depois do jantar apresentou solenemente o retrato que lhe mostrei e disse-me que o tinha descoberto por mero acaso, pregado a um dos lados de um velho cofre que adquirira na casa de uma quinta do Warwickshire. Claro está que o próprio cofre, belo exemplo de lavor elisabetano e da maior autenticidade, fora comprado juntamente com ele; e era inegável que tinha gravadas no centro do painel frontal as iniciais W. H. Esse monograma é que despertara a sua atenção, mas me disse que só dias depois de ter o cofre na sua posse pensara fazer-lhe um exame cuidadoso ao interior. Certa manhã tinha notado, porém, que o lado direito do cofre era muito mais espesso do que o outro e, olhando mais de perto, descobrira que tinha pregado um painel encaixilhado. Ao retirá-lo descobrira o retrato que ali se encontrava pousado no sofá. Estava muito sujo e coberto de bolor mas conseguira limpá-lo e compreendera, com grande alegria, que um mero acaso tinha-o feito encontrar precisamente aquilo que o preocupava. Tratava-se de um retrato autêntico do Sr. W. H., com a mão pousada na página da dedicatória dos *Sonetos*; e esmaecido num canto do quadro podia ver-se o nome do rapaz — Master Will Hews — escrito com douradas letras iniciais no desmaiado fundo *bleu de paon*.

"Bem, o que podia eu dizer? Do Soneto XLVII claramente se infere que Shakespeare estava na posse de um retrato do Sr. W. H.; e parecia-me mais que provável tratar-se realmente daquele 'festim pictórico' onde o seu olhar foi, por ele próprio, convidado a banquetear-se; o verdadeiro retrato que levava a sua alma até um 'prazer de olhos e coração'. Nem por um instante me ocorreu que o Cyril Graham estivesse a pregar-me uma partida, ou tentasse provar a sua teoria recorrendo a uma falsificação."

— Mas é uma falsificação? — perguntei.

— Claro que sim — disse Erskine. — Uma falsificação belíssima mas uma falsificação, apesar de tudo. Na altura pensei que o Cyril estava muito calmo, tendo em vista o assunto de que se tratava; mas ele próprio garantia, lembro-me bem, que não achava necessário esse gênero de provas e pensava que a teoria, mesmo sem ela, ficava completa. Ri-me dele, disse-lhe que sem ela a teoria caía inteira por terra, mas felicitei-o calorosamente pela maravilhosa descoberta. Desde logo assentamos em que o retrato deveria ser gravado, ou facsimilado, e posto no frontispício de uma edição Cyril dos *Sonetos*; e durante três meses nada fizemos além de percorrer verso a verso cada um dos poemas, até deixarmos resolvidas todas as dificuldades de texto ou de sentido. Num dia de má sorte, estava eu em Holborn numa loja de estampas quando vi em cima do balcão alguns desenhos à ponta seca, de extrema beleza. De tal modo fui atraído por eles que os comprei; e o dono da loja, um homem chamado Rawlings, disse-me que eram obra de um jovem pintor, de nome Edward Merton, que apesar de muito talentoso vivia numa pobreza franciscana. Alguns dias depois fui ter com Merton — pois obtivera o seu endereço no vendedor de estampas — e deparei com um pálido e atraente rapaz casado com uma mulher de aspecto bastante vulgar — seu modelo, vim eu mais tarde a saber. Disse-lhe como tinha admirado os seus desenhos, o que pareceu agradar-lhe muito, e perguntei se não gostaria de mostrar-me outras obras suas. Estávamos a examinar uma pasta cheia de coisas realmente encantadoras — pois Merton tinha um traço muito delicado e agradável — quando fui repentinamente surpreendido por um esboço do retrato do Sr. W. H. A tal respeito, não havia nenhuma dúvida. Quase se tratava de um fac-símile — com uma única diferença: as duas máscaras, da Tragédia e da Comédia, não estavam penduradas na mesa de mármore, como no retrato, mas caídas no chão aos pés do rapaz. "Em que diabo de lugar encontrou isto?" — perguntei. Atrapalhou-se um pouco e disse: — "Oh! É uma ninharia. Nem me lembrava que estivesse nessa pasta. Não é coisa que tenha qualquer espécie de valor". — "Foi aquilo que fizeste para o Sr. Cyril Graham" — exclamou a mulher — "e se esse senhor quiser comprá-lo, deixa que o faça." — "Para o Sr. Cyril Graham?" — repeti. "Pintou o retrato do Sr. W. H.?" — "Não percebo o que quer dizer" — respondeu corando muito. Bem! O caso era, todo ele, muito desagradável. A mulher acabou por desembuchar. Dei-lhe cinco libras quando saí. Ainda agora não consigo pensar nisso, mas o certo é que fiquei furioso. Fui direto ao apartamento do Cyril; com aquela horrível mentira estampada no rosto esperei lá três horas, até ele chegar, e disse-lhe que tinha descoberto a trapaça. Ficou muito pálido e respondeu: "Fi-lo apenas por tua causa. Não querias convencer-te de outra forma. Mas isso em nada afeta a verdade da teoria". —"A verdade da teoria!" — exclamei. "Quanto menos falarmos no assunto, melhor. Tu próprio nunca acreditaste nela. Acreditasses tu, e não terias consumado uma falsificação para a provar." Trocamos palavras exaltadas; tivemos uma discussão tremenda. Quer-me parecer que fui injusto, pois na manhã seguinte estava morto.

— Morto! — exclamei.

— Sim, matou-se com um tiro de revólver. Quando cheguei — o criado dele tinha-me chamado imediatamente — a polícia já estava lá. O Cyril deixara uma carta para mim, como é evidente escrita em estado de enorme agitação e aflição de espírito.

— O que dizia ela? — perguntei.

— Oh! Que acreditava absolutamente em Willie Hughes; que a falsificação do retrato não passava de uma simples concessão à minha pessoa e não invalidava, mesmo nada, a verdade da teoria; e com o fim de me demonstrar como era firme e completa a sua fé em tudo aquilo, oferecia a vida em sacrifício pelo segredo dos *Sonetos*. Era uma carta insensata, desesperada. Acabava por dizer, lembro-me bem, que confiava às minhas mãos a teoria Willie Hughes, que cabia a mim apresentá-la ao mundo e desvendar o segredo do coração de Shakespeare.

— É uma história muitíssimo trágica — exclamei. — Mas afinal por que não levou a cabo os seus desejos?

Erskine encolheu os ombros. — "Porque é uma teoria completamente falhada do princípio ao fim" — respondeu.

— Meu caro Erskine — exclamei, levantando-me da cadeira —, a respeito desse assunto não tem razão nenhuma. É a única chave perfeita que alguma vez se construiu para os *Sonetos* de Shakespeare. Completa em todo o pormenor. Acredito em Willie Hughes.

— Não diga isso — respondeu Erskine em tom grave. — Acho que é uma concepção com algo de funesto, e que nada poderá dizer-se a seu favor sob o ponto de vista intelectual. Aprofundei o problema por inteiro e garanto-lhe que a teoria é falaciosa por completo. Até certo ponto plausível. E depois, acabou-se. Meu querido amigo, por amor de Deus não se entregue ao tema de Willie Hughes. Vai dilacerar com ele o coração.

— Erskine — respondi —, é seu dever apresentar a teoria ao mundo. Se o não fizer, faço-o eu. Cortando-lhe as asas ofende a memória do Cyril Graham, o mais jovem e admirável dos mártires da literatura. Suplico que lhe renda esse simples ato de justiça. Ele morreu por essa ideia, não permita que a sua morte tenha sido vã.

Erskine olhou para mim espantado. — "Deixou-se arrastar pelo que há de emocionante em toda a história" — disse ele. "Está esquecendo-se de que uma coisa não é necessariamente verdadeira só porque um homem morreu por ela. Fui devotado amigo do Cyril Graham. Para mim, a sua morte foi um choque horrível. Durante anos não consegui refazer-me dele. Nem acho que algum dia venha a estar refeito. Mas Willie Hughes! Nada tem dentro, essa teoria do Willie Hughes. Nunca existiu tal pessoa. E quanto a apresentar ao mundo o assunto — o mundo julga que o Cyril Graham se matou por acidente. A única prova do seu suicídio está no conteúdo da carta que me escreveu, e a respeito de tal carta nunca o público ouviu nada. O Lorde Crediton julga, ainda hoje, que tudo foi acidente".

— O Cyril Graham sacrificou a vida por uma grande teoria — respondi — e, se não quer falar do martírio dele, fale ao menos da sua fé.

— A sua fé — disse Erskine — assentava numa coisa que é falsa, numa coisa sem nexo, numa coisa que nenhum estudioso de Shakespeare aceita um momento que seja. A teoria iria levar a que as pessoas rissem. Não faça de si um louco nem vá por um caminho que não conduz a lado nenhum. Começa por admitir a existência da própria pessoa cuja existência é que tem de ser provada. Além disso, toda a gente sabe que os *Sonetos* foram dedicados ao Lorde Pembroke. A questão está encerrada de uma vez para sempre.

— A questão não está encerrada — exclamei. — Vou retomar a teoria onde o Cyril Graham a deixou, e provarei ao mundo que ele tinha razão.

— Rapazinho tonto! — disse Erskine. — Vá para casa, porque já passa das três, e nunca mais volte a pensar em Willie Hughes. Lamento ter-lhe falado no caso, e na verdade lamento muito tê-lo convertido a uma coisa em que não acredito.

— Deu-me a chave do maior mistério da literatura moderna — respondi — e não descansarei até o convencer, até convencer toda a gente de que o Cyril Graham era o crítico shakespeariano mais sutil do nosso tempo.

Eu já ia saindo da sala quando Erskine me chamou. "Meu caro amigo", disse ele, "deixe-me aconselhá-lo a não perder tempo com os *Sonetos*. Estou falando muito a sério. Ao cabo e ao resto, o que nos dizem eles a respeito de Shakespeare? Simplesmente que era escravo da beleza."

— Bem! É a condição necessária para se ser artista! É — repliquei.

Por alguns momentos, fez-se um silêncio estranho. Depois, Erskine levantou-se, olhou para mim com os olhos meio fechados e disse: — "Ah! Como me lembra o Cyril! Costumava dizer-me exatamente esse gênero de coisas". Esforçou-se por sorrir mas na sua voz havia uma nota de acerba comoção que ainda hoje recordo, como de alguém a lembrar-se do som de um singular violino que o tivesse encantado, o toque de uma singular mão feminina. Muitas vezes, os grandes acontecimentos da vida deixam-nos impassíveis; apagam-se da consciência e fazem-se irreais quando pensamos neles. Exatamente como as flores vermelhas da paixão que crescem, dir-se-ia, no mesmo prado que as papoulas do esquecimento. Lamentamos o fardo da sua memória e temos contra elas sedativos. Mas as pequenas coisas, as coisas sem peso, trazemo-las conosco. Numa qualquer minúscula cela de marfim, o cérebro armazena as mais delicadas e mais fugitivas impressões.

De regresso para casa, cortei pelo St. James Park e a aurora acabava de romper sobre Londres. Os cisnes permaneciam dormindo na superfície lisa e polida do lago, como se fossem penas brancas pousadas num espelho de aço negro. Vermelho-escuro, o soturno Palácio recortava-se no verde-claro do céu e os pássaros começavam a cantar no jardim de Stafford House. Lembrei-me de Cyril Graham, e os meus olhos encheram-se de lágrimas.

2

Quando acordei passava do meio-dia e o sol escorregava, com longos raios tímidos de empoeirado ouro, pelos cortinados do quarto. Disse ao criado que não estaria em casa para ninguém, e depois de saborear uma xícara de chocolate e um *petit-pain*, fui à biblioteca buscar um exemplar dos *Sonetos* de Shakespeare e um fac-símile editado in-quarto por Tyler, que comecei a percorrer com atenção. Cada poema me parecia confirmar a teoria de Cyril Graham. Eu sentia a mão como que pousada no coração de Shakespeare, e contava-lhe cada um dos impulsos e das pulsações da paixão. Pensava no maravilhoso rapaz-ator e em todos os versos via a sua face.

Anteriormente nos meus tempos Lorde Pembroke, se assim posso chamar-lhes, eu sempre tinha achado muito difícil compreender que o criador de Hamlet, de Lear e Otelo pudesse dirigir-se em tão perdulários termos de elogio e paixão a um simples e banal rapaz nobre da sua época. Como a maior parte dos estudiosos de Shakespeare, senti-me obrigado a fazer dos *Sonetos* um caso à parte e totalmente estranho à evolução do autor como dramaturgo, quem sabe mesmo se indigno do lado intelectual da sua natureza. Porém, naquele momento eu começava a verificar qual era a verdade da teoria de Cyril Graham, via como os estados de alma e as paixões que lá se refletiam eram em absoluto inerentes à perfeição de Shakespeare como artista que escrevia para o palco elisabetano, e que às singulares condições teatrais de um tal palco os poemas iam, eles próprios, buscar a sua origem. Lembro-me da alegria que senti ao perceber como aqueles maravilhosos sonetos,

> *Sutis como a Esfinge; suaves e musicais*
> *Como a luzente lira de Apolo, de cordas feitas com o seu cabelo,*

não só se afastavam muito pouco das grandes forças estéticas da vida de Shakespeare, como constituíam parte essencial da sua atividade dramática e algo nos revelavam sobre o segredo do seu método. Ter descoberto o verdadeiro nome do Sr. W. H. nada era comparado com o resto; tê-lo-iam outros feito, ou talvez viessem a fazê-lo; descobrir-lhe a profissão é que era revolucionário sob o ponto de vista crítico.

Dois sonetos, recordo eu, me impressionaram particularmente. No primeiro (o LIII), ao felicitar Willie Hughes pela versatilidade da representação, pela grande diversidade dos papéis — como sabemos, uma diversidade que se estende desde Rosalinda a Julieta, desde Beatriz a Ofélia diz-lhe Shakespeare assim:

> *Que matéria a tua, de que és tu feito*
> *Para milhões de estranhas sombras te seguirem?*
> *Pois cada qual tem apenas uma imagem, só uma,*
> *E tu, que um só és, toda a sombra podes suscitar;*

versos sem sentido se não dirigidos a um ator porque a palavra "sombra", nos tempos de Shakespeare, tinha um significado técnico relacionado com o palco. "Os melhores neste gênero não passam de sombras", diz Teseu dos atores no *Sonho de Uma Noite de Verão*; e

> *Não passa a vida de sombra vagabunda, de um pobre comediante*
> *Que se mexe e pavoneia em cena, a horas certas*

exclama Macbeth no momento do seu desespero, existindo na literatura da época muitas alusões semelhantes a essa. O soneto integra-se, como é evidente, na série onde Shakespeare disserta sobre a natureza da arte de ator e sobre o estranho e excepcional temperamento, essencial ao perfeito ator do teatro. "Como é possível", diz Shakespeare a Willie Hughes, "que tantas personalidades possuas?", e chega a fazer notar que a sua beleza é de tal ordem que parece assumir toda a forma e todo o matiz da fantasia, encarnar cada um dos sonhos da imaginação criadora — tese que ainda surge mais desenvolvida no soneto seguinte, onde Shakespeare abre com um belo pensamento:

> *Oh, como a beleza mais bela se parece*
> *Com o suave enfeite que a verdade dá!*

e nos convida a observar como a verdade do jogo cênico, a verdade da representação visível no palco, acrescenta o prodígio da poesia, dá vida às suas belezas e uma realidade autêntica à sua forma ideal. Não obstante, no Soneto LXVII Shakespeare conjura Willie Hughes a abandonar o teatro com o seu artificialismo, a sua vida irreal de rosto pintado e máscara, as suas influências imorais e sugestões, os seus alheamentos de um verdadeiro mundo de nobre ação e sincera linguagem:

> *Ah! Quem pode forçá-lo a esta vida impura,*
> *Honrando a crueldade com a sua presença,*
> *Para ganhar a falta de si toda a vantagem*
> *E ele próprio enfeitar-se em companhia sua?*
> *Por que imita o rosto uma pintura falsa*
> *E a cor lhe extrai como a lividez mortal?*
> *Que indireto esforço a pobre da beleza faz*
> *P'ra ter rosas de sombra, se rosado ele é?*

Pode parecer estranho que um tão grande dramaturgo como Shakespeare, consciente como artista da sua própria perfeição, e consciente como homem da sua humanidade plena, no plano ideal da escrita cênica e do jogo cênico consiga escrever nestes termos sobre teatro; devemos, porém, lembrar-nos como ele se mostra, nos Sonetos CX e CXI, muito farto desse mundo de títeres e cheio de vergonha por ter feito de si mesmo um "bobo ao olhar do mundo". O Soneto CXI é particularmente amargo:

> *Oh! Por mor de mim maldirás a Sorte,*
> *Deusa culpada deste mal que eu faço,*
> *Pois minha vida nada soube dar,*
> *Só moeda pública de uma vida pública.*
> *Daí meu nome que o ferro marcou,*
> *Escravo inevitável, como o tintureiro,*
> *Da manchada mão que o trabalho faz;*
> *Tem pena de mim, deixa-me ser outro...*

e em diversos lados muitos sinais há do mesmo sentimento, sinais familiares a todos os verdadeiros estudiosos de Shakespeare.

Um ponto me intrigou demasiado ao ler os *Sonetos* e passaram-se dias antes de me ocorrer a sua verdadeira interpretação que parecia ter escapado, na verdade, ao próprio Cyril Graham. Eu não podia compreender o alto preço que Shakespeare dava ao casamento do seu jovem amigo. Ele próprio casara jovem, com infeliz resultado, e não era provável que pedisse a Willie Hughes para cometer erro idêntico. O rapaz-intérprete de Rosalinda nada teria ganhado com o casamento ou paixões da vida real. E dir-se-ia que os primeiros sonetos, que estranhamente incitam a ter filhos, constituíam uma dissonante nota.

A explicação do mistério surgiu-me de forma repentina e encontrei-a na singular dedicatória. Recorde-se que é feita como segue:

> AO.ÚNICO.INSPIRADOR.DOS
> SONETOS.QUE.SEGUEM.
> O.SR.W.H.TODA.A.VENTURA.
> E.ESSA.ETERNIDADE.
> PROMETIDA.PELO.
> NOSSO.IMORTAL.POETA.
> LHE.DESEJA.
> O.QUE.EMPENHADAMENTE.
> SE.AVENTURA.A.
> DAR-LHES.ORDEM.
> DE.PARTIDA.
>   T.T.

Alguns estudiosos supuseram que a palavra *begetter* queria ali dizer apenas "fornecedor dos *Sonetos*" ao editor Thomas Thorpe; nos dias de hoje, porém, é opinião geralmente posta de parte, e as mais altas autoridades na matéria concordaram em absoluto que ela só deve ser tomada na acepção de "inspirador", metáfora extraída a uma analogia com a vida física[9]. Vi então que o próprio Shakespeare usara a mesma metáfora ao longo de todos os seus poemas, o que me fez enveredar pela boa pista. Acabei por fazer a minha grande descoberta: o casamento que Shakespeare propõe a Willie Hughes é o "casamento com a sua Musa", expressão posta em relevo no Soneto LXXXII onde inicia, com a alma amargurada pela deserção do rapaz-ator para quem tinha

---

[9] O significado dessa dedicatória, o valor das suas palavras, têm sido pontos controversos nas traduções dos *Sonetos*. O contexto em que ela surge neste livro leva-nos porém a adotar para *begetter* o equivalente português que responde à interpretação pretendida por Wilde, ou seja, *inspirador*. Vejamos, no entanto, como tem dividido os tradutores:
Gomez de la Serna é de opinião que *begetter* significa *engendrador* ou *progenitor*, e nega a validade da interpretação que faz dela François Victor Hugo (filho do célebre escritor) numa das mais conhecidas traduções francesas dos *Sonetos*, ao optar por *aquisidor*, *comprador*; Oscar Mendes, no Brasil, escolhe *engendrador*; Jean Fuzier decide-se por *obtenteur*, de significado muito mais vago; Léo Lack por *inspirateur*; Henri Thomas por *générateur*; Agustin Garcia por *procurador*; Pierre-Jean Jouve por *engendreur*. A edição portuguesa dos *Sonetos* (Lello & Irmão — Editores, 1988) não traduz a dedicatória. (*N. do T.*)

escrito os seus maiores papéis, e cuja beleza o impressionara realmente, o seu lamento a dizer:

Reconheço que não desposaste a minha Musa.

Os filhos que lhe pede para gerar não são filhos de carne e osso; são mais do que isso, filhos imortais de imperecível glória. Todo o ciclo dos primeiros sonetos não passa de um convite que Shakespeare faz a Willie Hughes para subir ao palco e tornar-se ator. Que coisa estéril e vã a tua beleza é, diz ele, se não for aproveitada:

Os quarenta Invernos, quando a face te assaltarem
E no campo da beleza te riscarem fundos sulcos,
Há-de o selo altivo de um verdor que ora se exalta
Ser esfarrapada veste que ninguém venera:
A quem pode perguntar-se onde jaz tua beleza
E os tesouros todos dos teus dias de volúpia?
Dizê-la presente em teus olhos tão cavados
Vergonha será, vileza e perdulário insenso.

Alguma coisa deves criar na arte, pois o meu verso "teu será e de ti *nascido*"; dá-me ouvidos só a mim porque

Darei à luz eternas harmonias que muito irão sobreviver;

e tu, com formas saídas da tua própria imagem povoarás o imaginário mundo do teatro. Estes filhos que procrias, continua ele, não vão fenecer como os outros filhos mortais, pois viverás neles e nas minhas peças; mas

Faz outro igual a ti, por mor de mim,
Possa nos teus ou em ti a beleza reviver!

Não receies renunciar à tua personalidade, dar "a qualquer outro a tua aparência":

Saberás preservar-te com a oferenda de ti próprio
E deverás viver, pintado pela tua meiga arte.

Posso não ser versado em astrologia mas leio, nas "estrelas perenes" que os teus olhos são,

> esta sentença:
> Como devem crescer juntas verdade e beleza
> Se de ti mesmo, ao teu espólio, quiseres tu passar.

Os outros que te importam?

> Deixa os que a Natureza não criou para reserva sua;
> Pereçam os duros, disformes e rudes inférteis.

Contigo é diferente, a Natureza

> Gravou-te para seu selo e quer assim dizer
> Que outros deves tu gravar, sem deixares morrer a tua imagem.

Também deves lembrar-te de como deserta bem cedo a própria Beleza. Tão fraco é o seu poder como uma flor, e vive e morre como uma flor. Pensa "nas ventanias fortes de um dia de inverno", no "gume estéril do eterno frio da Morte" e,

> antes que sejas destilado,
> Faz tu um qualquer doce licor; recolhe em qualquer lado
> O tesouro da Beleza, antes que ela própria se destrua.

Porque, porque nem as flores morrem completamente. Quando as rosas murcham,

> Da sua morte suave fazem-se os aromas mais suaves

e tu, que "minha rosa" és, não te vás desta sem deixar na Arte a tua forma; pois na Arte há o verdadeiro segredo da alegria.

> Dez vezes mais feliz serás do que já és
> Se dez filhos teus dez vezes te encarnarem.

Não precisas dos "espúrios emblemas de feira", do rosto pintado, das máscaras exóticas dos outros atores; por tua causa,

> ... as tranças douradas dos mortos,
> Privilégio do sepulcro,

não precisam de ser tosquiadas. Em ti

> *... são visíveis as velhas e sagradas horas*
> *Sem nenhum enfeite, autênticas, verdadeiras,*
> *Sem verão fazerem do alheio verde.*

É necessário tudo isto para se "copiar o que em ti está escrito"; para seres levado à cena como és na vida real. Todos os velhos poetas que escreveram sobre "falecidas damas e seus belos cavalheiros" sonharam com alguém como tu e

> *Os seus louvores não passam, todos, de profecias*
> *Deste nosso tempo, que te prefiguram.*

Pois dir-se-ia que a tua beleza pertence a todas as idades e a todas as terras. De noite o teu espectro visita-me mas quero olhar-te a "sombra" à luz do dia, quero ver-te no palco. Uma simples descrição de ti não bastará:

> *Pudesse eu descrever a beleza dos teus olhos*
> *E cantar em versos novos as graças que tens,*
> *Futuros dias diriam que "o poeta mente;*
> *Que traços tão divinos não pousaram nunca em face terrestre".*

É necessário que "um qualquer filho teu", uma qualquer criação artística que te encarne e ganhe vida pela tua imaginação, te apresente ao espantado olhar do mundo. Mesmo os teus pensamentos são teus filhos, descendência de razão e espírito; dá-lhes uma expressão qualquer e verificarás como serão

> *Bem-tratados esses filhos saídos do teu cérebro.*

Sucede, também, que os meus pensamentos são meus "filhos". São-no de geração tua, sendo o meu cérebro

> *O túmulo onde germinaram.*

Porque essa nossa grande amizade é de fato um casamento, é um "casamento de verdadeiros espíritos".

Reunindo todas as passagens que me pareciam confirmar esse ponto de vista, grande impressão me fizeram e mostraram como era realmente completa a teoria de Cyril Graham. Também vi que era muito fácil separar os versos onde Shakespeare fala dos próprios *Sonetos*, dos outros onde fala da sua grande obra teatral. Até à época de Cyril Graham, esse ponto era totalmente ignorado pelos críticos. E também era dos mais importantes em todo aquele conjunto de poemas. Shakespeare sentia-se mais ou menos indiferente em relação aos *Sonetos*. Não desejava que a sua fama se apoiasse neles. Eram, como ele próprio os chamava, a sua "Musa frívola" e apenas se destinavam, como nos diz Meres, à circulação que se restringia a poucos, muito poucos amigos. Por outro lado, tinha perfeita consciência do alto valor artístico das suas peças e revelava uma nobre confiança no seu próprio gênio dramático. Quando diz a Willie Hughes:

> *Mas nunca há-de morrer o teu verão eterno,*
> *Nem há-de perder o que tens de belo;*
> *Nem dirá a morte: à minha sombra erras,*
> *Quando fores crescendo em versos eternos*
> *Enquanto respirar o homem e seus olhos virem,*
> *Enquanto isto viver e te for dando vida,*

a expressão *versos eternos* é alusão clara a uma das peças que acabava de lhe enviar nessa altura, tal como a estrofe final testemunha a crença que tinha na viabilidade de as suas peças continuarem sempre a ser representadas. Na sua invocação à Musa Dramática (Sonetos C e CI), encontramos uma idêntica convicção:

> *Onde estás, Musa, que há muito te esqueces*
> *E não falas do que suscita toda a tua força?*
> *Desperdiças fúria em cantares de nenhum valor*
> *Escurecendo o gênio para iluminares defeituosos temas?*

exclama ele, e resolve censurar as padroeiras da Tragédia e da Comédia por "desleixarem a verdade de beleza colorida", dizendo:

> *Emudeces porque ele não precisa de louvor?*
> *Não defendas o silêncio; pois está em ti*
> *Que ele sobreviva muito a um dourado túmulo*

E em tempos futuros venha a ser cantado.
Faz o teu papel, Musa, pois vou ensinar-te
A mostrá-lo no porvir como agora o vemos.

No Soneto LV, porém, é que Shakespeare dá talvez a mais acabada forma a tal ideia. Imaginarmos que a "poderosa rima" do segundo verso alude ao próprio soneto seria não compreender perfeitamente o seu pensamento. Dado o sentido geral do poema, parece-me fortemente provável que determinada peça lhe estivesse na ideia e que tal peça era, nem mais nem menos, *Romeu e Julieta:*

Nem mármore, nem dourados monumentos
De príncipe terão mais vida que esta poderosa rima;
E em tal matéria mais brilho terás
Do que a não chorada pedra desluzida pelo tempo sujo.
Quando as estátuas forem derrubadas pela insaciável guerra
E a discórdia arruinar alvenarias,
Nem espadas de Marte, nem guerreiros fogos queimarão
O testemunho vivo da tua memória.
Contra a morte e o nocivo esquecimento
Irás levantar-te; para o teu louvor haverá lugar
Mesmo aos olhos de quem há-de vir
E ser levado à queda final por este mundo.
E até acordares para um tal Juízo,
De mim viverás preso, em olhar de amantes.

Também é muito sugestivo reparar como Shakespeare, aqui e noutros lados, prometia a Willie Hughes a imortalidade, e como o fazia de um modo que apelava ao olhar dos homens — isto é, sob uma forma espetacular, numa peça feita para ser vista.

Durante duas semanas trabalhei duramente nos *Sonetos* sem quase nunca sair de casa, recusando todos os convites. Dia após dia me pareceu descobrir qualquer coisa nova e Willie Hughes transformou-se, para mim, numa espécie de presença espiritual, numa personalidade superdominante. Quase podia imaginá-lo parado na sombra do meu quarto, tão bem tinha sabido Shakespeare pintá-lo com o cabelo dourado, a delicada graça de flor, os olhos de sonhadora profundidade, os esguios membros flexíveis e as mãos brancas de lírio. O próprio nome me fascinava. Willie Hughes! Willie Hughes! Que musical o seu som! Sim; além dele que outra criatura poderia ter sido o senhor-senhora da paixão de Shakespeare[10], o dono do amor a que ele rendia vassalagem[11], o delicado favorito do prazer[12], a rosa de todo o universo[13], o arauto da primavera[14] enfeitado com a altiva libré da juventude[15], o encantador rapaz que era uma suave música para o ouvido[16] e cuja beleza constituía o verdadeiro paramento do coração de Shakespeare[17], por assim dizer a pedra-de-toque da sua força dramática? Como toda a tragédia da sua deserção e a sua afronta pareciam agora amargas! — afronta que só a magia da sua personalidade tornou doce e encantadora[18] mas não deixou, por isso, de ser menor afronta. Se o próprio Shakespeare lhe perdoou, por que não havemos de perdoar-lhe também? Eu não estava interessado em indagar o mistério do seu pecado ou do pecado — se pecado havia — do grande poeta que tão ternamente soubera amá-lo. "Sou o que sou", diz Shakespeare num soneto de nobre desdém:

> *Sou o que sou, e quem me apontar*
> *Os excessos medirá os que são seus;*
> *A prumo talvez eu esteja, e eles vergados;*
> *Os seus pensamentos não denunciam os meus atos.*

A deserção de Willie Hughes do teatro de Shakespeare era um caso diferente, e eu investiguei-o em profundidade. Acabei por concluir que Cyril Graham se enganara ao considerar Chapman o rival do dramaturgo no Soneto LXXX. A Marlowe, evidentemente, é que ele aludia. Na altura em que os *Sonetos* foram escritos — o que deve ter acontecido entre 1590 e 1595 — uma expressão como "a altiva e enfunada vela do seu grande verso" não podia ser aplicada à obra de Chapman, ainda que viesse a ser lícito fazê-lo em relação ao estilo das suas últimas peças da época de James I. Não, Marlowe era obviamente o poeta rival de quem Shakespeare fala em tão elogiosos termos e o inacabado *Herói e Leandro* foi o hino que ele escreveu em honra de Willie Hughes, sendo o

> *Amável e familiar fantasma*
> *Que à noite o engana, com inteligência,*

[10; 11; 12; 13] Sonetos XX.2; XXVI.1; CXXVI.9; CIX.14, respectivamente. (N. do A.)

[14] Soneto I.10 (N. do A.); embora seja essa a indicação dada nas edições inglesas mais conhecidas deste livro, trata-se de uma expressão do Soneto LXXXVI. (N. do T.)

[15; 16; 17; 18] Sonetos II.3; VIII.1; XXII.6; XCV.1, respectivamente. (N. do A.)

o Mefistófeles do seu *Doutor Fausto*. Sem dúvida, Marlowe fora seduzido pela beleza e a graça do rapaz-ator, e desviou-o do Teatro Blackfriars para ele poder interpretar o Gaveston do seu *Eduardo II*. Que Shakespeare tinha algum direito legal de reter Willie Hughes na sua companhia parece evidente no Soneto LXXXVII, no qual diz:

> *Adeus! És caro demais para eu te possuir,*
> *E bons cálculos fazes do valor que tens;*
> *A carta de mérito dá-te liberdade,*
> *E estão cortados, entre nós, todos os laços.*
> *Poderei reter-te sem acordo teu?*
> *E que títulos tenho para tal riqueza?*
> *Não há causa em mim para tão belo dom*
> *E o meu privilégio foi-te devolvido.*
> *Tu próprio te ofereceste sem saber quanto valias,*
> *Ou teu erro foi fazer-me essa entrega;*
> *O teu grande dom cresce pois em desespero,*
> *De um melhor juízo regressando à fonte.*
> *Cheguei a possuir-te como em lisonjeiro sonho,*
> *Adormecido rei, mas desperto nada.*

Mas aquele que não pôde reter pelo amor, não quis reter pela força. Willie Hughes faz-se membro da companhia de Lorde Pembroke e talvez tenha representado, no pátio aberto da taberna do touro Vermelho, o papel do delicado favorito do rei Eduardo. Com a morte de Marlowe parece que regressa a Shakespeare e, malgrado o que pudessem pensar do caso os seus associados, não tardou a perdoar o capricho e a traição do jovem ator.

Além do mais, que bem pintou Shakespeare o seu temperamento de ator! Willie Hughes era um desses que...

> *Não fazem o que mais apregoam,*
> *Que os outros comovem ficando eles próprios de pedra.*

Podia interpretar o amor mas não podia senti-lo, podia mimar a paixão sem a compreender.

> *Ao olhar de muitos, a história de um coração falso*
> *Traduz-se em humores, sobrancelhas franzidas e rugas estranhas,*

mas Willie Hughes não era assim. "O céu", diz Shakespeare num soneto de louca idolatria,

> O céu ao criar-te decretou
> Que o doce amor fosse morar para sempre no teu rosto;
> Fizesses o que fizesses de pensamento ou coração,
> Não diria o teu aspecto mais do que brandura.

No "espírito inconstante" e no "coração falso" era fácil reconhecer-lhe a falta de sinceridade e a perfídia que parece de algum modo inseparável da natureza artística, bem como o amor à lisonja, esse desejo de aprovação imediata que caracteriza todos os atores. Além disso, mais afortunado do que outros nesse ponto, certa imortalidade Willie Hughes conheceu. Intimamente ligado às peças de Shakespeare, viveria através delas e das suas encenações:

> Há-de o teu nome conhecer aqui glória imortal,
> E eu, quando partir, morrerei para o mundo inteiro;
> Pode a terra dar-me apenas uma campa rasa
> Quando estiveres, no olhar dos homens, sepultado.
> Meu verso nobre há-de porém ser teu monumento
> Que futuros olhos irão conhecer,
> E vozes do porvir hão-de repetir-te o ser,
> Já morto o sopro desta geração inteira.

Com a sua venenosa língua, Nash voltou-se contra Shakespeare por "ter assentado a eternidade na boca de um ator", óbvia alusão aos *Sonetos*.

Para Shakespeare, porém, o ator era um circunspecto e responsável camarada executante que dava forma e consistência à imaginação de um poeta e introduzia na obra dramática os elementos de um nobre realismo. Podia ter um silêncio tão eloquente como as palavras, e gestos tão expressivos como elas, e nesses momentos terríveis de suplício titânico ou de uma dor como que divina em que o pensamento ultrapassa a elocução, em que a alma excessivamente se agoniza em balbuciares de angústia ou emudece, e a verdadeira veste da linguagem se dilacera e rasga de paixão na sua tempestade, nessa altura o ator pode — um só momento que seja — transformar-se num artista criador e atingir, por simples presença e personalidade suas, essas fontes de terror e piedade a que a tragédia faz apelo. Reconhecer de forma plena a arte do ator, e o poder do ator, era uma das coisas que distinguiam o drama romântico do clássico e, consequentemente, uma das coisas que devemos a Shakespeare; pois ele, afortunado que era sob muitos pontos de vista, também era afortunado neste e conseguiu descobrir Richard Burbage e moldar Willie Hughes.

Com que prazer ele divaga sobre a influência de Willie Hughes no seu auditório — os "admiradores", como lhes chama; que encanto de fantasia o seu ao analisar toda essa arte! Até no *Lamento de Amante* fala da sua representação e diz-nos que tinha uma natureza muito sensível à qualidade das situações dramáticas, ao ponto de poder assumir "todas as singulares formas".

Dos inflamados rubores ou das torrentes de lágrimas,
Ou da palidez do desmaio,

explicando adiante, e mais completamente, que intenção a sua ao dar-nos Willie Hughes como capaz de convencer os outros pela maravilhosa capacidade de

Corar às falas grosseiras, chorar com desgraças,
Ou ficar branco e desmaiar com o espetáculo da tragédia.

Até hoje nunca houve quem fizesse notar que o zagal dessa pastoral encantadora, cuja "mocidade na arte e arte na mocidade" é descrita com tanta sutileza de frase e paixão, mais não era que o Sr. W. H. dos *Sonetos*. E, contudo, não há dúvida a tal respeito. Não só no aspecto físico são os dois mancebos parecidos, como idênticos são de natureza e temperamento. Quando o pérfido zagal murmura à inconstante donzela:

Os meus delitos, que em todo o lado vês,
São erros do sangue e não do espírito;
Não foi o amor quem os fez;

quando diz dos seus amantes:

Magoei mas nunca fui magoado;
Seus corações reduzi à escravatura ficando o meu livre
Para reinar e exercer a sua monarquia;

quando nos fala dos "sonetos com uma grande profundidade de espírito" que um deles lhe mandou, e exclama com infantil orgulho:

Os corações partidos, que meus são,
Verteram no meu poço as suas fontes,

será impossível não sentirmos que é Willie Hughes a falar conosco. Na verdade foi Shakespeare quem lhe entregou "sonetos com uma grande profundidade de espírito", "joias" que aos seus olhos desatentos não passavam de "ninharias", embora...

Cada pedra preciosa,
Habilmente alardeada, sorrisse ou desse um gemido;

e esvaziou no poço da beleza a suave fonte da sua canção. Que se aludia em ambas as passagens a um ator, também era claro. A ninfa traída fala-nos do "falso fogo" na face do amante, da "forçada desmesura" dos seus suspiros e dos "gestos falhos de verdade"; de fato quem, senão um ator, poderia fazê-la dizer que "os seus pensamentos, as suas personagens e palavras" "não passavam de Arte" ou que

Para fazer rir quem chora, e chorar quem ri,
Tinha a linguagem e talentos vários,
Todas as paixões exprimindo ao sabor da vontade?

O jogo de palavras do último verso é idêntico ao usado nos sonetos com "chave", e continua a ser feito na estrofe seguinte do poema, onde se refere a mocidade que,

em geral, reinava sobre os corações
De jovens e velhos; e seduzia ambos os sexos,

e também daqueles que

... escreviam para ele as réplicas que devia dar,
Impondo as suas vontades, e a tais Vontades fazendo obedecer[19]

Sim! O "Adônis de faces rosadas" do poema *Vênus*, o pérfido zagal do *Lamento de Amante*, o "terno campônio", o "belo mesquinho" dos *Sonetos* não eram mais do que um jovem ator e, quando percorri as várias descrições que

---

[19] De novo, significando *vontade*, a palavra inglesa Will. (*N. do T.*)

Shakespeare faz dele, verifiquei que lhe dedicava um amor igual ao amor do músico por um qualquer instrumento delicado em que se delicia a tocar, o amor do escultor por um qualquer raro e requintado material que inspira uma nova forma de beleza plástica, um novo modo de expressão plástica. Porque toda a Arte tem o seu veículo próprio, o seu material, seja ele palavras ritmadas, uma cor agradável ou suave som sutilmente modulado; e, como fez notar um dos mais fascinantes críticos da nossa época, às qualidades inerentes a cada material, que lhe são específicas, devemos o elemento sensual da Arte e tudo o que na Arte é, com ele, essencialmente artístico. O que poderá dizer-se do material que a obra dramática exige para a sua representação perfeita? O que dizer do Ator, único veículo que o Drama tem para poder fazer de si próprio uma revelação autêntica? Nessa estranha pantomima da vida que os vivos fazem e é modo e método da arte teatral, por certo existem sensuais elementos de beleza que mais nenhuma arte possui. Sob determinado ponto de vista, os vulgares atores da cena inundada por amarelo-açafrão constituem os mais completos, os mais satisfatórios instrumentos da Arte. Não há paixão no bronze, nem movimento no mármore. O escultor tem que renunciar à cor, e o pintor à plenitude da forma. A epopeia transforma atos em palavras, e a música transforma palavras em harmoniosos sons. Só a obra dramática, para citarmos a feliz expressão de Gervino, utiliza ao mesmo tempo todos os meios e, apelando simultaneamente para os olhos e o ouvido, tem à sua disposição e ao seu serviço forma e cor, tom, olhar e palavra, a rapidez do movimento, o intenso realismo da ação visível.

Nessa grande perfeição do instrumento talvez resida o segredo de alguma fraqueza na arte. Mais felizes são as artes que empregam um material afastado da realidade; e há um perigo na identidade absoluta entre veículo e matéria, o perigo do realismo ignóbil e da desimaginativa imitação. Na verdade, o próprio Shakespeare era ator, e escrevia para atores. Via que possibilidades ocultas residiam numa arte que até à sua época só lograra exprimir-se de grandiloquente e apalhaçada forma. Deixou-nos as mais perfeitas regras de representar que alguma vez tinham sido escritas. Criou papéis que só a cena podia verdadeiramente relevar-nos, escreveu peças que precisavam do teatro para a sua realização integral, e não pode espantar-nos que tanto tenha venerado alguém que não só era o intérprete da sua visão, como encarnação dos seus sonhos.

No entanto, nessa amizade havia mais do que o mero agrado de um dramaturgo por alguém que o ajudava a alcançar o seu fim. Havia realmente um sutil elemento de prazer, senão mesmo de paixão, e uma base nobre de camaradagem artística. Mas os *Sonetos* não nos revelaram só isso. Por detrás deles qualquer coisa havia. Havia a alma, bem como a linguagem, do neoplatonismo.

"O temor de Deus é o início do saber", dizia o austero profeta hebreu; "o início do saber é o amor", era a indulgente mensagem dos gregos. E o espírito do Renascimento, que em tantos pontos já aflorava o helenismo, apreendendo o sentido íntimo dessa frase e adivinhando-lhe o segredo procurava elevar a amizade à subida dignidade do ideal clássico, fazer dela um fator vital da nova cultura e uma forma de desenvolvimento intelectual consciente. Em 1492, apareceu *O Banquete* de Platão traduzido por Marsino Ficino e o seu maravilhoso diálogo, talvez o mais perfeito entre todos os diálogos platônicos, pois é o mais poético, começou a exercer nos homens uma curiosa influência, a colorir-lhes as palavras e os pensamentos, a sua maneira de viver. Com sutis sugestões de sexo na alma, em curiosas analogias traçadas entre o entusiasmo intelectual e a paixão física do amor, no seu sonho da encarnação espiritual dotada de um *travail* e de uma sugestão de parto, era algo que seduzia os poetas e os eruditos do século XVI. Por certo, Shakespeare ficou por ele seduzido e leu o diálogo, se não pelo trabalho de Ficino que encontrou forma de escoar muitos exemplares na Inglaterra, talvez por essa tradução francesa de Leroy que teve a contribuição de Joachim du Bellay em tantos harmoniosos e metrificados versos. Quando diz a Willie Hughes:

> *aquele que te invoca, deixa que traga à luz*
> *Versos eternos, capazes de viver muito tempo,*

está pensando na teoria de Diotima que faz da Beleza a deusa tutelar do nascimento e expõe à luz do dia as obscuras concepções da alma; quando nos fala do "casamento de verdadeiros espíritos" e exorta o amigo a gerar filhos que o tempo não possa destruir, limita-se a repetir palavras que a profetisa usa para nos dizer que "os amigos estão unidos por mais amplo laço do que esses, que geram filhos mortais, pois mais belos e imortais são os filhos da sua descendência comum". Na dedicatória que fez no *Herói e Leandro*, Edward Blount também fala das obras de Marlowe como de "verdadeiros filhos" que lhe tivessem "saído do cérebro"; e quando Bacon proclama que "as obras melhores, e com maior mérito junto do público, nasceram de homens não casados e sem filhos cujo afeto e cujos bens foram, qualquer deles, concedidos e doados ao público", faz paráfrase de uma passagem de *O Banquete*.

De fato, a amizade não pôde desejar melhor garantia quanto a permanência ou a fervor do que a teoria platônica, ou a convicção — se melhor lhe chamarmos assim — de que o mundo das ideias é o verdadeiro mundo e essas ideias assumem forma visível encarnando no homem; e só conscientes da influência do neoplatonismo no Renascimento podemos compreender o verdadeiro sentido das frases de amor e das palavras que os amigos, nessa época, costumavam dizer uns aos outros. Havia uma espécie de transferência mística das expressões do mundo físico para uma esfera espiritual alheia ao grosseiro apetite do corpo e onde a alma era soberana. Na verdade, o amor entrou no jardim das oliveiras da nova Academia, mas trajando as mesmas vestes cor de fogo e trazendo nos lábios as mesmas palavras de paixão.

    Michelangelo — o "espírito mais elevado da Itália", como lhe chamaram — dirigiu-se ao jovem Tominaso Cavalieri em tão ardentes e apaixonados termos que alguns pensaram nos sonetos em questão como se fossem peças destinadas a uma nobre dama, a viúva do Marchese di Pescara em cuja mão branca os lábios do grande escultor depositaram um beijo na altura em que ela morria. Foram, porém, escritos para Cavalieri e torna-se evidente que é legítima a sua interpretação literal, não só por Michelangelo fazer jogos de palavras com o nome dele, como Shakespeare fez com o nome de Willie Hughes, mas pelo testemunho direto de Varchi, que conhecia bem o rapaz e diz que realmente possuía, "para lá de incomparável beleza física, um muito forte encanto natural, uma tal excelência de dotes e um tal encanto de maneiras que mereceu, e continua a merecer, que o amem cada vez mais, à medida que for mais bem conhecido". Por estranhos que tais sonetos nos possam agora parecer, uma vez interpretados corretamente apenas servem para mostrar com que intenso e religioso fervor o próprio Michelangelo se dirigia ao culto da beleza intelectual e — empregando uma bela frase de Symonds como trespassava o véu da carne para procurar a divina ideia que lá estava aprisionada. No soneto que escreveu para Luigi del Riccio sobre a morte do seu amigo Cecchino Bracci, também podemos descobrir — como Symonds faz notar — a sua concepção platônica do amor que nada significa se não for espiritual, e da beleza como forma de encontrar a imortalidade no fundo da alma do amante. Cecchino foi um mancebo que morreu aos dezessete anos; e quando Luigi pediu a Michelangelo para lhe fazer o retrato, ele respondeu: "Só retratando-vos poderei fazê-lo, pois ainda vive em vós":

> *Se o amado no amante resplandece,*
> *Não pode a Arte operar sozinha*
> *E terás de ser esculpido para o revelar ao mundo.*[20]

---

[20] Trata-se dos últimos três versos do Soneto LII de Michelangelo (*se l'un nell'altro amante si transforma, / po'che sanz'essa l'arte non v'arriva, / convien che per far lui ritragga vio.*) que em tradução mais literal querem dizer: *"se um no outro amante se transforma, / porque a arte sem isso me não chega, / convirá que a vós retrate para o fazer a ele"*. (N. do T.)

Também é posta em evidência a mesma ideia no nobre ensaio de Montaigne sobre a amizade, uma paixão que ele classifica com mais alta nota do que o amor de irmão a irmão ou o amor de um homem por uma mulher. Diz-nos — cito a tradução de Florio, um dos livros familiares a Shakespeare — como a "amizade perfeita" é indivisível, como "possui a alma e sobre ela exerce toda a soberania", e como "no amado nasce o desejo de uma concepção espiritual, quando uma beleza espiritual se interpõe". Faz referência a uma "beleza interior difícil de conhecer e de abstrusa revelação" que entre amigos, e só entre amigos, se revela. Aflige-se pela morte de Etienne de la Boëtie com inflexões de bravia mágoa e de inconsolável amor. O erudito Hubert Languet, irmão de Melanchthon e um dos chefes da igreja reformada, contou ao jovem Philip Sidney o modo como retivera o retrato dele em seu poder durante algumas horas, para saciar a vista, e como o seu apetite "aumentou com essa visão, mais do que diminuiu", tendo-lhe escrito Sidney: "depois da bênção eterna do céu, a principal esperança da minha vida há-de ser sempre o deleite de uma verdadeira amizade, ocupando vós o primeiro lugar". Mais tarde alguém apareceu na casa de Sidney, em Londres — que um dia seria queimado em Roma, pelo pecado de ver Deus em todas as coisas — um tal Giordano Bruno que acabava de triunfar perante a Universidade de Paris. *A filosofia è necessario amore*, eram as palavras que tinha sempre nos lábios, havendo qualquer coisa na sua estranha e ardente personalidade capaz de fazer os homens sentirem que ele tinha descoberto o novo segredo da vida. Ao escrever a um dos seus amigos, Ben Jonson assina "o teu fiel amante"; e a dedicatória do seu nobre encômio sobre Shakespeare é: "à memória do meu Bem-Amado". No *Terno Pastor*, Richard Barnfield flauteia como que à maneira de uma simplória e virgiliana poesia pastoril a história da sua ligação com um destacado jovem elisabetano. Entre todas as *Éclogas*, Abraham Fraunce escolhe para traduzir a segunda, e os versos que Fletcher dedicou a Master W. C. mostram que fascinação esconde o simples nome de Alexis[21].

Não é pois de espantar que Shakespeare fosse instigado por um espírito que instigou tanto a sua época. Críticos houve, como Hallam, pesarosos por os *Sonetos* terem sido escritos e neles viram qualquer coisa de perigoso, qualquer coisa que chegava a ser ilícita. Bastaria responder-lhes com as nobres palavras de Chapman:

---

[21] Trata-se da segunda écloga de Virgílio, a que canta o amor entre "o belo Alexis" e Coridon, um pastor. (*N. do T.*)

> *Não há perigo quando um homem sabe*
> *O que é viver e morrer: nenhuma lei*
> *O excede em tal saber; nem será legal*
> *Que tenha de dobrar-se a qualquer outra lei.*

Era evidente, porém, que os *Sonetos* não precisavam de uma defesa destas, e quem falou de "loucura excessiva e deslocado afeto" não foi capaz de interpretar, quer a linguagem, quer o espírito desses grandes poemas tão intimamente ligados à filosofia e à arte do seu tempo. Entregue-se alguém a uma paixão absorvente, e não haverá dúvida de que é o mesmo que renunciar a segurança de uma vida banal; mas uma tal renúncia pode ser frutuosa, como sucedeu certamente a Shakespeare. Quando Pico della Mirandola franqueou o limiar da *villa* de Careggi e parou à frente de Marsilio Ficino com toda a graça e elegância da sua encantadora mocidade, parece que o velho erudito viu nele a concretização do ideal grego e resolveu consagrar os anos que lhe restavam à tradução de Plotino, esse novo Platão "em que o elemento místico", como nos lembra Pater, "se desenvolveu até ao limite extremo da visão e do êxtase". Uma romântica amizade com um jovem romano do seu tempo iniciou Winckelmann no segredo da arte grega, instruiu-o sobre o mistério da sua beleza e o sentido da sua forma. Não só Shakespeare encontrou em Willie Hughes o mais delicado instrumento para dar a conhecer a sua arte, como a encarnação visível da sua imagem de beleza; e não será demasiado dizer-se que a esse jovem ator, cujo verdadeiro nome os obtusos escritores do seu tempo se esqueceram de passar à crônica, muitíssimo deve o Movimento Romântico da literatura inglesa.

3

Uma noite julguei que tinha realmente descoberto Willie Hughes na literatura elisabetana. Num relato prodigiosamente vivo sobre os últimos dias do grande conde de Essex, o seu capelão Thomas Knell diz-nos que, uma noite antes de morrer, o conde "chamou William Hewes, seu músico, para tocar espineta e cantar. 'Toca, Will Hews, a minha canção', disse ele, 'e eu mesmo a cantarei'. Fê-lo o mais alegremente possível, não como o barulhento cisne que mantém o olhar baixo e faz o pranto do fim, mas como a meiga calhandra levantando do chão as patas e de olhar posto no seu Deus, subindo aos céus de cristal e alcançando com o seu cantar infatigável o cume dos mais altos firmamentos". Por certo, o rapaz que tocou espineta para o moribundo pai de

Stella de Sidney mais não foi do que aquele Will Hews a quem Shakespeare dedicou os *Sonetos* e que ele próprio descreve como uma "música digna de se ouvir". No entanto, lorde Essex morreu em 1576, tinha Shakespeare doze anos de idade. É impossível que um tal músico pudesse ser o Sr. W. H. dos *Sonetos*. Dar-se-á o caso de o jovem amigo de Shakespeare ser filho do tocador de espineta? Já significava qualquer coisa descobrir que Will Hews era um nome elisabetano. E além disso parece que o nome Hews estava estreitamente ligado à música e ao teatro. A primeira das atrizes inglesas era a encantadora Margaret Hews que o príncipe Rupert tão loucamente adorou. Haverá coisa mais provável do que ter aparecido, entre ela e o jovem músico de Lorde Essex, o rapaz-ator das peças de Shakespeare? Em 1587, um certo Thomas Hews levou à cena no Gray's Inn uma tragédia de Eurípedes intitulada *Os Infortúnios de Artur* e foi muito ajudado, no que se refere à composição das mímicas, por um tal Francis Bacon, na época estudante de direito. Tratava-se, provavelmente, de um parente próximo do outro jovem a quem Shakespeare disse:

> Leva meu amor, quantos amores tenho; sim, leva-os todos;

esse "usurário sem lucro" de "inusitada beleza", como ele o descreve. Mas as provas, os elos de ligação — onde estavam? Ai de mim! Não conseguia encontrá-los. Parecia-me sempre que estava à beira de uma verificação absoluta, mas realmente nunca conseguia chegar lá. Achando estranho que nunca se tivesse escrito uma história dos rapazes-atores ingleses dos séculos dezesseis e dezessete, eu mesmo resolvi levar a cabo a tarefa tentando investigar as suas verdadeiras relações com a arte dramática. Certamente seria um tema de grande interesse artístico. Esses mancebos tinham sido as delicadas flautas por onde os nossos poetas fizeram soar acordes suavíssimos, os graciosos vasos de honra onde eles verteram o vinho vermelho do seu canto. E o maior de todos era, naturalmente, o jovem a quem Shakespeare confiara a realização das suas criações mais requintadas. Beleza assim nunca a nossa época viu, ou raramente viu, beleza que parecia combinar o encanto de ambos os sexos e casava, como os *Sonetos* nos dizem, a graça de Adônis com a doçura de Helena. Também possuía um espírito eloquente e vivo, e dos seus lábios belamente recortados que o autor satírico meteu a ridículo saiu o grito apaixonado de Julieta e o resplandecente riso de Beatriz, as palavras de Perdita que eram verdadeiras flores, as canções erráticas de Ofélia. E tal como o próprio Shakespeare foi uma espécie de deus entre gigantes, Willie Hughes apenas foi alguém que floresceu entre os muitos e maravilhosos mancebos a quem o nosso Renascimento inglês deve alguma coisa do segredo da sua alegria, parecendo-me também merecedores de algum estudo e registro.

Num pequeno livro com folhas de formoso velino e capa de seda adamascada — um capricho meu nesses caprichosos dias — fui reunindo quanta informação podia encontrar a seu respeito, e ainda hoje alguma coisa me seduz no pobre registro das suas vidas, na simples menção dos seus nomes. A todos julguei conhecer: Robert Armin, o mancebo que era filho de um ourives e Tarlton convenceu a subir ao palco; Standford, que lorde Burleigh pôde ver interpretar a cortesã Flamantia no Gray's Inn; Cooke, que fez o papel de Agripina na tragédia *Sejanus*; Nat. Field, cujo imberbe retrato quando jovem Dulwich nos oferece sereno e conservado, que interpretou a "casta e bela Rainha e Caçadora" em *As Origens de Cíntia*; Gil Carie, usava atavios de ninfa montanhesa e, nessa mesma encantadora pantomima, cantava a Narciso a canção do lamento de Eco; Parsons, o Salmácia do singular intermédio medieval que *Tamburlaine* é; Will. Ostler, que foi um dos "Meninos de Coro da Capela da Rainha" e acompanhou o rei James à Escócia; George Vernon, a quem o rei enviou um manto de tecido escarlate e uma capa de veludo vermelho; Alick Gough, que interpretou o papel de Caenis, concubina de Vespasiano, no *Ator Romano* de Massinger, e três anos mais tarde o de Acanto no *Retrato* do mesmo dramaturgo; Barrett, a heroína da tragédia *Messalina* de Richards; Dicky Robinson, "um lindíssimo indivíduo", como no-lo diz Ben Jonson, que era membro da companhia de Shakespeare e tão conhecido pelo requintado gosto no vestir como pelo amor que tinha aos atavios de mulher; Salathiel Pavy, cuja morte precoce e trágica Jonson chorou num dos lamentos fúnebres mais delicados da nossa literatura; Arthur Saville, que era um dos "atores do Príncipe Charles" e desempenhou um papel de rapariga numa comédia de Marmion; Stephen Hammerton, "um dos mais ilustres e belos atores-mulher" cuja face oval, com olhos de pesadas pálpebras e boca um tanto sensual, fixa em nós o olhar numa curiosa miniatura desse tempo; Hart, que obteve o primeiro êxito fazendo a Duquesa na tragédia *O Cardeal* e, num poema que alguns *Sonetos* de Shakespeare claramente influenciaram, é descrito por alguém que o viu como uma "beleza para os olhos e música para os ouvidos"; e Kynaston que, segundo diz Barton, levou "gente de bom senso a discutir se alguma mulher podia transmitir o sentimento da paixão com mais sensibilidade do que ele", dotado de mãos brancas e cabelo cor de âmbar que retardaram vários anos, segundo parece, a admissão de atrizes nos nossos palcos.

Claro está que os Puritanos, com morais grosseiras e espíritos ignóbeis, troçaram deles e insistiram na inconveniência de haver rapazes que se disfarçavam de mulher e aprendiam a simular maneiras e paixões do sexo feminino. A respeito de Gosson, que tinha voz áspera, de Prynne, que deixou cedo de ter quem o ouvisse devido a muitas e vergonhosas calúnias, e de outros a quem era negada a rara e sutil sensibilidade da beleza abstrata, do alto do púlpito e através de panfletos disseram absurdas ou insensatas coisas para os denegrir. Para Francis Lenton, que escrevia em 1629, aquilo a que ele chama

> *licenciosa atuação, gesticulada mímica*
> *De um pobre rapaz metido em principescos trajos,*

só é um entre os muitos

> *incentivos à tentação do Inferno,*
> *E que mais juventude atrai à prisão maldita*
> *Da desenfreada luxúria do que tudo quanto pode fazer o Demônio,*
> *Depois de obtida a primeira queda.*

Fazia-se uma citação do Deuteronômio, e eram obrigados a culpa os mal digeridos ensinamentos do seu tempo. Todavia, nem mesmo a nossa época tem apreciado as qualidades artísticas do drama elisabetano e do tempo de James I. Uma das mais brilhantes e intelectuais atrizes deste século riu com a ideia de um mancebo de dezessete ou dezoito anos interpretar Imogênia, ou Miranda, ou Rosalinda. "Por mais dotado e intencionalmente treinado que fosse, como poderia um jovem evocar essas formosas e nobres mulheres perante o auditório (de forma vaga, que fosse)?... Uma pessoa até sente pena de Shakespeare por ter sido obrigado a ver estragadas, adulteradas e saqueadas as mais brilhantes das suas criações." No livro *Os Antecessores de Shakespeare*, John Addington Symonds também falou dos "desajeitados rapazelhos" que tentavam exprimir o patético de Desdêmona e a paixão de Julieta. Teriam eles razão? Têm eles razão? Não achei que a tivessem. Nem acho agora que a tenham. Quem se lembrar da encenação de *Agamenon*, em Oxford, da bela declamação e da marmórea dignidade de Clitemnestra, da romântica e imaginativa interpretação da loucura profética de Cassandra, não poderá concordar com lady Martin ou com Symonds nas suas censuras às qualidades do teatro elisabetano.

Entre todos os temas dramaticamente curiosos que os nossos grandes dramaturgos utilizaram, nenhum há mais sutil ou fascinante do que a ambiguidade dos sexos. Essa ideia, inventada por Lyly — na medida em que é possível dizer-se que uma ideia artística é inventada —, aperfeiçoada e em nossa intenção requintada por Shakespeare, parece-me que busca a sua origem, como certamente busca a possibilidade de apresentação verossímil, na circunstância de o teatro elisabetano, como o dos gregos, não admitir representações femininas. Por Lyly ter escrito para os rapazes-atores do teatro de S. Paulo é que temos a confusão de sexos e os complicados amores de Filida e Galatéia; por Shakespeare ter escrito para Willie Hughes é que Rosalinda veste gibão, calções, e a si própria chama Ganimedes; é que Viola e Júlia vestem roupas de pajem, que Imogênia foge mascarada de homem. Dizer que só uma mulher pode interpretar paixões de uma mulher e nenhum rapaz pode, por isso, fazer o papel de Rosalinda, é espoliar a arte de representar de qualquer pretensão de objetividade e atribuir ao mero acidente do sexo o que pertence, por direito, à perspicácia imaginativa e à energia criadora. Na verdade, se o sexo for um elemento da criação artística, mais propriamente se poderá alegar que a deliciosa combinação de finura e romantismo, característica de tantas heroínas de Shakespeare, era pelo menos provocada, se não realmente causada, pelo fato de os atores de tais papéis serem homens e jovens cuja apaixonada pureza, fantasia viva e versátil, e saudável independência de sentimentalismos seria difícil deixarem de inspirar um novo e encantador tipo de moça ou mulher. Como faz notar o professor Ward, a própria diferença de sexo entre o ator e a personagem do papel que ele representava também devia ter constituído "mais um apelo às capacidades de imaginação dos espectadores", e tê-los defendido da identificação super-realista do ator com o seu *rôle* que é um dos pontos fracos da crítica teatral moderna.

Também será preciso admitir que devemos a esses rapazes-atores a introdução dos belos trechos líricos que cintilam nas obras de Shakespeare, Dekker e tantos outros dramaturgos da época, desses "fragmentos de canção de pássaro ou canção divina", como lhes chama Swinburne. Porque a maior parte desses mancebos saiu dos coros das catedrais e das capelas reais da Inglaterra e, desde verdes anos, foi treinada no canto de motetes, madrigais, e em tudo o que respeitasse à sutil arte da música. Escolhidos principalmente pela beleza da voz e, de igual modo, por certo garbo e frescor do físico, eram depois iniciados no gesto, na dança, na declamação e, quer tragédias, quer comédias, aprendiam a representar tanto em inglês como em latim. Parece, na verdade, que a arte de representar fazia parte da educação normal daquele tempo e era muito estudada, não só pelos alunos de Eton e Westminster como estudantes das Universidades de Oxford e Cambridge, tendo alguns deles subido mais tarde a palcos do teatro público, como acontece com frequência nos dias de hoje. Os grandes "atores também tinham alunos e aprendizes que lhes estavam formalmente ligados por contrato legal, a quem transmitiam os segredos da sua arte; e em tanto apreço eram tidos, que um dos diretores do Teatro da Rosa — lemo-lo em Henslowe — comprou por oito moedas de ouro um experiente rapaz chamado James Bristowe. Ao que parece, as relações entre professores e alunos eram de caráter o mais cordial e afetuoso possível. Tarlton considerava Robin Armin seu filho adotivo, e Augustine Phillips um querido amigo de Shakespeare e ator seu camarada num testamento datado do "quarto dia de maio, anno Domini 1605", doou a um dos seus aprendizes "o seu manto cor de púrpura, a sua espada, a sua adaga", a sua "ampulheta com suporte" e muitos ricos trajes; a outro uma soma em dinheiro e muitos belos instrumentos de música, "a entregar quando expirasse o contrato celebrado tendo em vista a sua aprendizagem". De vez em quando, um qualquer ator intrépido raptava um rapaz destinado ao palco, dando origem a grande clamor ou a um inquérito. Em 1600, por exemplo, um certo fidalgo de Norfolk, chamado Henry Clifton, veio viver em Londres por causa do filho, que andaria pelos treze anos de idade e tinha, assim, possibilidade de frequentar a Bluecoat School, permitindo-nos saber, por uma petição que apresentou à Câmara Estrelada e ainda há pouco Greenstreet trouxe à luz do dia, que o rapaz, numa manhã de inverno, caminhava, muito sossegado, em direção ao claustro da Christ Church, quando foi atacado de surpresa por James Robinson, Henry Evans e Nathaniel Giles, e foi arrastado até ao Teatro Blackfriars "onde o deixaram na companhia de um bando de atores mercenários, lascivos e dissolutos", tal como o pai dele os chama, destinando-se a ser treinado "para interpretar papéis em peças e intermédios de baixa craveira". Ao saber da desgraça do filho, o Sr. Clifton desceu de imediato ao teatro e pediu que lho entregassem, mas "os referidos Nathaniel Giles, James Robinson e Henry Evans, responderam-lhe, sem mais demora e com a maior arrogância, que tinham autoridade bastante para reter qualquer filho de nobre daquele país" e, entregando ao jovem estudante "um rolo de papel contendo parte de uma das suas peças e um dos seus intermédios, chamemos-lhe assim", ordenaram que os fosse aprendendo de cor. De qualquer forma, mediante ordem lavrada por Sir John Fortescue, no dia seguinte o rapaz foi restituído ao pai e parece que o tribunal da Câmara Estrelada suspendeu, ou cancelou, os privilégios de Evans.

A verdade é que Elizabeth I, seguindo um precedente aberto por Ricardo III, nomeara uma comissão que autorizava determinadas pessoas a reterem ao seu serviço, pela força, todos os rapazes que tivessem belas vozes, fazendo-os cantar para ela na Capela Real; e Nathaniel Giles, seu delegado principal, descobrindo que vantagens teria em colaborar com os diretores do Teatro do Globo, acedera a abastecê-los com mancebos graciosos e de boa figura para interpretarem, a pretexto de serem postos ao serviço da rainha, papéis femininos. Os atores tinham, por conseguinte, uma certa quantia legalmente autorizada à sua disposição, e será interessante referir que muitos rapazes destes, desviados da escola ou do lar como Salathiel Pavy, Nat. Field e Alvery Trussel, tão seduzidos ficaram pela sua nova arte que eles próprios se ligaram permanentemente ao teatro e não quiseram abandoná-lo.

A certa altura pareceu que as moças iam ocupar no palco o lugar dos rapazes e, entre os batismos consignados nos registros de St. Giles, em Crippelgate, encontra-se a seguinte inscrição sugestiva e estranha: "Comédia de humilde nascimento, filha de Alice Bowker e William Johnson, um dos atores da rainha, 10 fev. 1589". Essa criança, porém, que era alvo de tão elevadas esperanças, morreu aos seis anos de idade e sabemos que, mais tarde, quando algumas atrizes francesas vieram até aqui e representaram em Blackfriars, foram "assobiadas, vaiadas e expulsas do palco à batatada". Se tivermos em conta o que eu acima disse, penso que não será preciso, de forma nenhuma, lamentá-lo. Por métodos próprios e maneiras próprias, a cultura essencialmente masculina do Renascimento inglês encontrava a mais completa e mais perfeita das suas expressões.

Lembro-me de que eu costumava, nesse tempo, perguntar a mim mesmo qual seria a posição social e o tipo de vida dos primeiros anos de Willie Hughes, antes de Shakespeare o conhecer. As investigações que fiz sobre a história dos rapazes-atores despertaram-me a curiosidade para os mais insignificantes pormenores que lhes dissessem respeito. Teria ele lido de pé, na estala trabalhada de um qualquer coro dourado, um grande livro com notas quadradas pintadas em vermelho e compridas pautas de linhas negras? Pelos *Sonetos* sabemos como era clara e pura a sua voz, e que talento mostrava na arte da música. Nobres fidalgos, como o conde de Leicester e o lorde Oxford, tinham a seu serviço companhias de rapazes-atores que faziam parte das suas casas. Em 1585, quando Leicester foi aos Países Baixos levou consigo um certo "Will" designado como "ator". Seria Willie Hughes? Teria ele atuado para Leicester em Kenilworth, e teria sido ali que Shakespeare o viu pela primeira vez? Ou não passaria, como Robert Armin, de um mancebo de baixa extração mas possuidor de uma qualquer estranha beleza e de um maravilhoso poder de sedução? Nos primeiros sonetos é evidente que não tinha ligação de espécie nenhuma com o teatro, quando Shakespeare o encontrou pela primeira vez; e não era de nobre nascimento, como já foi demonstrado. Comecei a pensar nele, não como o delicado corista de uma capela real, não como o amimado favorito treinado para cantar e dançar nas aparatosas pantomimas de Leicester, mas como um louro mancebo inglês que Shakespeare tivesse visto e seguido numa das movimentadas ruas de Londres, ou nos verdes e silenciosos prados de Windsor, por ter pressentido as possibilidades artísticas que jaziam ocultas na sua tão garbosa e graciosa figura, e por ter adivinhado, com um penetrante e sensível instinto, que ator poderia dar aquele mancebo se pudesse convencê-lo a subir ao palco. Como sabemos do Soneto XIII, o pai de Willie Hughes já estava morto a essa altura e a mãe, cuja beleza notável nos é dito que ele herdou, deve ter sido levada a autorizar que se fizesse aluno de Shakespeare, pois estes rapazes intérpretes de personagens femininas eram pagos com salários extremamente altos, na verdade salários mais altos que os oferecidos aos atores adultos. De qualquer modo, aluno de Shakespeare sabemos nós que ele se fez, e sabemos como constituiu um fator vital para o desenvolvimento da sua arte. De uma forma geral, a capacidade de um rapaz-ator para representar no palco papéis de rapariga estendia-se, quando muito, a meia dúzia de anos. Claro está que personagens como Lady Macbeth, a rainha Constança e Volúmnia continuavam sendo reservadas aos possuidores de verdadeiro gênio dramático e de nobre presença. Nesse caso, uma indiscutível juventude não se revelava necessária nem sequer desejável. Mas com Imogênia, e Perdita, e Julieta, era diferente. "A tua barba começa a crescer, e a Deus peço que a voz te não fique rachada", diz Hamlet a troçar do rapaz-ator da companhia ambulante que o foi visitar em Elseneur; e por certo, quando os queixos ficavam ásperos e as vozes engrossavam perdia-se muito do encanto e da graça da representação. Daí a apaixonada preocupação de Shakespeare com a juventude de Willie Hughes, o seu terror à velhice e aos anos destruidores, o feroz apelo ao tempo pedindo-lhe para poupar a beleza do amigo:

> *Deixa as estações ficarem leves e tristes com o teu voo,*
> *Faz o que queres, ó tempo de ligeiro pé,*
> *De todo o mundo e dos seus prazeres efêmeros;*
> *Mas quero proibir-te um odioso crime:*
> *Que as horas não marquem a formosa fronte ao meu amigo,*
> *Nem com a velha pena deixes lá traçados os teus sulcos;*
> *Poupa-lhe o corpo ao rastro do teu curso*
> *P'ra ser ideal, na beleza, a homens futuros.*

Dir-se-á que o tempo ouviu as preces de Shakespeare, ou então Willie Hughes tinha o segredo da eterna juventude. Três anos mais tarde ainda estava intato:

Para mim, formoso amigo, nunca serás velho
Pois teus olhos são, desde que te vi,
De uma igual beleza. Três invernos frios
Venceram no bosque três verões altivos,
A cresta do outono passou a beleza de três primaveras;
As estações mudavam e eu podia ver que em tal desfile
Perfumes de abril se iam queimar em três junhos quentes,
Verde só és tu, desde que um dia viçoso te vi.

Mais anos passaram, e a frescura da sua adolescência parece não o ter abandonado. N'*A Tempestade*, quando Shakespeare repele pela boca de Próspero a varinha mágica da sua imaginação, e depõe a soberania poética nas delicadas, nas graciosas mãos de Fletcher, talvez a Miranda que ali fica espantada não seja mais do que o próprio Willie Hughes; e o inimigo a temer, do último soneto que o amigo lhe dedica, não é o Tempo mas a Morte:

Ó tu, belo rapaz que em teu poder tens
O cristal móvel do tempo, foice das horas;
Que ao declinar te elevas, mostrando assim
Que os teus amantes murcham e engrandeces tu de harmonioso eu;
Se a Natureza, senhora soberana da ruína,
Te faz retroceder enquanto andas,
Estás a poupar-te com um fim; porque é sagaz
Pode matar a má sorte do tempo e os míseros minutos.
Teme-a porém, porque favorito és do seu prazer!
Ela retém mas não pode possuir o seu tesouro.
Mesmo tardio, o seu juízo sabe dar resposta
E devolver-te para saldar a dívida.

4

Só depois de passadas algumas semanas do início do estudo deste tema, me aventurei a abordar o curioso grupo de sonetos (CXXVII-CLII) no qual se trata da mulher morena que atravessa como sombra ou objeto de mau agouro o grande romance de Shakespeare e se ergue, durante uma temporada, entre ele e Willie Hughes. Foram, como é evidente, impressos fora do lugar que lhes compete, pois deveriam intercalar-se entre os Sonetos XXXIII e XL. Razões de ordem psicológica e artística apontam para a necessidade de uma tal alteração, alteração que virá a ser adotada por todos os futuros editores, segundo espero, e sem a qual é completamente falsa a impressão que se transmite sobre a natureza e o desenlace dessa nobre amizade.

Quem era ela, a mulher de sobrancelhas negras, pele cor de azeitona, com uma boca amorosa "que o próprio Amor modelara", "olhar cruel" e "grosseiro orgulho", um singular talento a tocar espineta, e de enganosa, de sedutora natureza? Um superestranho erudito da nossa época viu-a como símbolo da Igreja Católica, da Noiva de Cristo que é "negra mas formosa". Seguindo os passos de Henry Brown, o professor Minto considerou todo esse grupo dos *Sonetos* como simples "exercícios de destreza, levados a cabo com um espírito de desenfreada provocação e gozo dos lugares-comuns". Sem nenhuma prova histórica nem probabilidade, Gerald Nassey insistiu no fato de terem sido dedicados à célebre Lady Rich, a Stella dos sonetos de Sir Philip Sidney, a Filocléia do seu *Arcádia*; de não conterem nenhuma revelação sobre a vida e os amores particulares de Shakespeare, e terem sido escritos em nome e a pedido de lorde Pembroke. Tyler alvitrou que aludiam a uma dama de honra da rainha Elizabeth I, chamada Mary Fitton. Nenhum desses esclarecimentos responde, porém, aos dados do problema. A mulher que se levantou entre Shakespeare e Willie Hughes foi uma mulher que realmente existiu, com cabelo preto, casada e de má reputação. Na verdade, a fama de Lady Rich era bastante má, mas tinha um cabelo com

> *belos fios de belíssimo ouro,*
> *Em anéis frisados como os que um homem sonha afagar,*

e ombros como "pousadas pombas brancas". Tal como o rei James disse a Lorde Muntjoy, amante dela, tratava-se de "uma mulher loura com alma satânica". Quanto a Mary Fitton, sabemos que não estava casada em 1601, época em que foram divulgados os seus amores com Lorde Pembroke; além disso, e tal como Cyril Graham demonstrou, todas as teorias que ligaram Lorde Pembroke aos *Sonetos* ignoravam por completo que ele ainda não tinha chegado a Londres na altura em que os *Sonetos* foram escritos e lidos por Shakespeare aos seus amigos.

De qualquer forma, não era o seu nome o que me interessava. Eu dava-me por satisfeito ao defender, com o professor Dowden, que "esse estranho talismã não brilharia, entre os despojos do tempo, ao olhar de nenhum mergulhador". O que eu queria descobrir era a natureza da sua influência sobre Shakespeare, bem como as características da sua personalidade. Duas coisas eram certas: tinha muito mais idade do que o poeta, e a sedução que exercia sobre ele era ao princípio puramente intelectual. Shakespeare começou por não sentir por ela nenhuma atração física. *"Não te amo com os olhos"*, escreveu.

> *Nem se encantam meus ouvidos ao som da tua linguagem;*
> *Nem um terno sentimento se dispõe a vis contatos,*
> *Nem gosto, nem olfato querem convites receber*
> *Para um sensual festim onde sozinha estejas.*

Nem mesmo formosa achava que era:

> *Os olhos da minha amante tudo lembram menos sol;*
> *É mais vermelho o coral que o vermelho dos seus lábios;*
> *Se eu disser que a neve é branca, direi que é pardo o seu seio.*
> *Se houver cabelo de arame, negro arame o seu será.*

Há momentos em que a detesta, pois dir-se-ia que ela procura, não contente em escravizar a alma dele, montar aos sentidos de Willie Hughes uma armadilha. A essa altura, Shakespeare grita bem alto:

> *Dois amores tenho de conforto e desespero,*
> *E como almas querem os dois vencer-me,*
> *Anjo o melhor, e homem muito louro,*
> *Mau espírito a mulher, dotada de sinistra cor.*
> *Tenta levar-me a mulher-mal para o Inferno,*
> *De mim aparta, com afagos, o melhor anjo*
> *E perverte o santo para ele ser demônio,*
> *Corteja-lhe a pureza com infame orgulho.*

A essa altura, a vê como realmente é, "baía percorrida por todos os homens", "lugar público do vasto mundo", mulher que está "em pleno estrume" das suas más ações e é "lúgubre como o Inferno, escura como a noite". Nessa mesma época, redige o grande soneto sobre a Luxúria (*O dispêndio do espírito num abismo de vergonha*), considerado por Theodore Watts, com muita razão, o maior que alguma vez se escreveu. E também é momento de lhe oferecer em hipoteca a sua própria vida e o seu gênio bastando que ela consinta em restituir-lhe o "gentilíssimo amigo" que arrebatou.

Para atingir esse fim, ele próprio se entrega, finge-se cheio de uma ânsia de posse que o obceca e enche de volúpia, forja falsas palavras de amor, mente e diz-lhe que mente:

> *O que eu penso e digo é loucura,*
> *Ausências de verdade inutilmente expressas;*
> *Pois jurei que és bela, imaginei-te branca,*
> *E és betume ou breu de inferno e tens a escuridão da noite.*

Em vez de reconhecer que o amigo foi pérfido, ele próprio prefere ser pérfido para o amigo. Para lhe proteger a pureza, ele próprio se aviltará. Conhecia a natureza frágil do rapaz-ator, a sua sensibilidade aos louvores, o seu desmesurado amor à admiração, e deliberadamente se empenha a seduzir a mulher que entre eles se levantara.

Nunca é impune os lábios de alguém recitarem a Litania do Amor. As palavras têm um poder místico sobre a alma, e o estilo pode gerar o sentimento de onde ele teria nascido. Muitas vezes a própria sinceridade, a ardente e momentânea sinceridade do artista, é o inconsciente resultado do estilo e, no caso de esses temperamentos raros, extremamente sensíveis às influências da linguagem, o emprego de certas frases e formas de expressão pode suscitar o verdadeiro impulso da paixão, pode acelerar nas veias o sangue vermelho e transformar numa singular energia sensual o que a princípio apenas era impulso estético e desejo de arte. Parece, pelo menos, que foi assim com Shakespeare. Começa por fingir que ama, exibe vestes de amante e tem nos lábios palavras de amante. Mas que importa? Não passa tudo de representação, não passa de uma comédia na vida real.

Repara de repente que a sua alma ouviu o que a língua disse, as roupas que vestiu para se mascarar são de espantalho, uma coisa envenenada que lhe come a carne e não pode deitar fora. Depois surge o Desejo com as suas muitas doenças, a Luxúria que nos faz amar tudo quanto detestamos, a Vergonha de rosto cor de cinza e sorriso secreto. Fascinado por aquela mulher morena, afasta-se do amigo durante uma temporada e transforma-se no "desgraçado vassalo" de uma criatura que ele sabe maldosa, perversa e tão indigna do seu amor quanto é do amor de Willie Hughes. *Oh*, diz ele, *de que poder...*

> *te chega essa poderosa força*
> *Que me governa, vulgar, o coração?*
> *Que obriga o meu fiel olhar a todas as mentiras*

> E a jurar que a luz não realça o dia?
> De onde te chega este acordo às coisas más
> Que todos os teus atos contradiz
> Com força tamanha e jeito seguro
> Para o teu pior, no meu juízo, vencer o melhor?

Tem uma aguda percepção do seu próprio aviltamento e compreende, por fim, que o seu gênio para ela nada significa quando cotejado com a beleza física do jovem ator; com uma navalha certeira corta o elo que os liga um ao outro e diz-lhe adeus neste soneto amargo:

> Ao amar-te sou perjuro, bem o sabes,
> E a dobrar perjura és, jurando amar-me:
> Com ação traíste o leito e nova fé tu rasgaste
> Ao sofrer um novo amor, depois de novo ódio jurado.
> Não te acuso por quebrares dois juramentos.
> Se eu próprio quebrei vinte! Mais perjuro sou
> P'lo meu voto que é só fúria de te maltratar.
> Já em ti se me perdeu a boa fé:
> Blasfemei com juras altas por tua grande bondade,
> Por teu amor, tua verdade e constância;
> Também fiz a teu favor um olhar cego,
> Ou levei-o a fazer juras contra aquilo que ele via.
> Pois jurei que eras bela; mais perjuro sou
> Contra vontade jurando tão atroz mentira!

Em todo esse caso, a sua atitude para com Willie Hughes mostra ao mesmo tempo o zelo e a renúncia do grande amor que lhe dedica. Há uma ácida nota patética no final deste soneto:

> Formosos danos vai fazendo a liberdade
> Quando às vezes fujo do teu coração.
> Quadram-te à beleza e ao verdor que tens
> Porque atrás de ti corre a tentação.
> És meigo e feito pr'a ser conquistado,
> És belo e feito pr'a sofrer um cerco;
> Se a corte é de mulher, de mulher haverá filho
> Que queira rejeitá-la antes da vitória?

> *Ai de mim! Podias ter respeito pelo meu lugar,*
> *Censurar tua beleza e a errante mocidade*
> *Que bem longe te levam com o seu tumulto*
> *E uma dupla fidelidade te obrigam a trair:*
> *A dela, que a faz tentar-se p'la tua beleza,*
> *A tua, que é de enganar-me com a beleza que tens.*

Neste outro, porém, torna-se evidente como era perfeito e completo o seu perdão:

> *Não lamentes mais o que fizeste:*
> *Tem espinhos a rosa, e lodo a prateada fonte;*
> *Eclipses e nuvens cobrem Sol e Lua*
> *E vive o feio verme na mais doce flor.*
> *Erra todo homem como eu próprio erro*
> *Ao aceitar-te ofensas por analogia.*
> *Eu próprio me degrado a perdoar-te as faltas,*
> *Desculpando-te os pecados com maiores pecados meus;*
> *Ao legitimar-te no pecado sensual —*
> *É tua defesa a parte contrária —*
> *A mim próprio instauro um processo-lei:*
> *Entre amores e ódios meus há guerra civil,*
> *Terei, pois, de tornar-me necessário cúmplice*
> *Do amável e cruel ladrão que me vem roubar.*

Pouco depois, Shakespeare deixou Londres por Stratford (Sonetos XLIII-LII) e, quando regressou, Willie Hughes estava, ao que parece, muito cansado da mulher que tão pouco tempo o tinha seduzido. O seu nome não volta a ser mencionado nos *Sonetos*, nem lhe é feita qualquer alusão. Tinha saído das suas vidas.

Mas quem era ela? Apesar de não ter chegado até nós o seu nome ser-lhe-á feita alguma referência na literatura da época? Embora mais culta do que a maior parte das mulheres do seu tempo, não me parece que fosse de nascimento nobre, e é provável que se tratasse da dissoluta mulher de um qualquer velho e opulento cidadão. Sabemos que as mulheres dessa classe começavam a ascender aos primeiros planos da vida social e eram singularmente seduzidas pela nova arte de representar no palco. Quando se encontravam em cena espetáculos dramáticos, quase todas as tardes eram vistas no teatro, e a

Admoestação aos atores é eloquente a respeito dos seus amores com os jovens do palco.

Em *Amanda*, Cranley fala-nos de uma pessoa que gostava de imitar os trajes dos atores e um dia apareceu "embelezada, agaloada, perfumada, com uma resplandecente ostentação... tão admirável como uma condessa"; e, no dia seguinte, "toda de luto, negra e triste", ora com uma capa cinzenta de moçoila do campo, ora "com um esmerado traje de mulher da cidade". Tratava-se de uma mulher estranha, "mais inconstante e indecisa do que a Lua", e os livros que gostava de ler eram *Vênus e Adônis* de Shakespeare, *Salmácis e Hermafroditus* de Beaumont, folhetos amorosos, "canções de amor e requintados sonetos". Esses sonetos, para ela os seus "livros de devoção", por certo seriam, nem mais nem menos, que os do próprio Shakespeare, pois toda a descrição que lá se lê é como que o retrato da mulher que se apaixonou por Willie Hughes e, para não haver nenhuma dúvida a tal respeito, diz-nos Cranley, pedindo emprestadas as palavras de uma peça de Shakespeare, tratar-se de alguém, "com as suas estranhas metamorfoses à Proteu", que

mudava de matizes[22] *como o camaleão.*

Na *Agenda* de Manningham também existe uma alusão clara à mesma história. Manningham era estudante do Middle Temple no tempo de Thomas Overbury e Edmund Curle e, ao que parece, partilhou com eles um apartamento; o seu diário, que continua a pertencer aos manuscritos harleyanos[23] do Museu Britânico, é um pequeno livro *in-12*, escrito numa letra bonita e razoavelmente legível que contém muitas anedotas inéditas sobre Shakespeare, sir Walter Raleigh, Spencer, Ben Jonson e outros. Registradas com muito cuidado, as datas vão desde janeiro de 1600-01 a abril de 1603 e, sob o cabeçalho "13 de março de 1601", Manningham conta-nos que ouviu um membro da companhia de Shakespeare falar de certa mulher casada com um homem da cidade, que uma tarde foi ao Teatro do Globo, apaixonou-se por um dos atores e, "de tal forma ele lhe caiu no gosto, que antes de acabar a peça já tinha ajustado um encontro para essa noite"; mas Shakespeare, que "ouvira casualmente o aprazado", antecipara-se ao amigo e chegara antes dele à casa da dama — "antecipou-se e foi obsequiado", assim se exprime Manningham com alguns acrescentos licenciosos ao discurso que não é necessário registrar aqui.

---

[22] Outra vez a palavra *hews*, aqui na acepção de "matizes". (*N. do T.*)
[23] A biblioteca harleyana reúne livros e manuscritos colecionados por Robert Harley, conde de Oxford, e por seu filho Edward Harley. (*N. do T.*)

Estávamos, ao que parece, perante uma banal e distorcida versão da história que os *Sonetos* nos revelam, a história do amor da mulher morena por Willie Hughes e da louca tentativa que Shakespeare fez para ser amado por ela no lugar do amigo. Não será preciso, bem-entendido, aceitá-la como totalmente verídica em todo o pormenor. De acordo, por exemplo, com o informante de Manningham, o nome do ator em questão não era Willie Hughes mas Richard Burbage. É proverbial, porém, que à tagarelice das tabernas falte rigor e não haja dúvidas de que Burbage foi arrastado para a história a fim de conferir peso à estúpida brincadeira que a parte final do diário de Manningham registra sobre Guilherme, o Conquistador e Ricardo III. Burbage era o maior dos nossos "atores trágicos, precisasse embora de todo o gênio para contrabalançar os defeitos físicos da baixa estatura e da corpulência impostas à sua atuação, e não seria o tipo de homem capaz de seduzir a mulher morena dos *Sonetos* nem ser por ela seduzido. Não restam dúvidas de que se refere a Willie Hughes e que o diário íntimo de um jovem estudante de direito dessa época confirma desse modo, e curiosamente, a maravilhosa conjetura de Cyril Graham sobre o segredo do grande romance de Shakespeare. Avaliada a *Agenda* de Manningham em conjunto com *Amanda* parece-me, na verdade, que um elo extremamente forte na cadeia de evidências coloca a nova interpretação dos *Sonetos* num plano que funciona como uma firme base histórica; e o fato de os poemas de Cranley não terem sido publicados até à morte de Shakespeare realmente surge, por assim dizer, a favor desse ponto de vista, pois não é provável que ele se tivesse atrevido a reavivar a memória dessa trágica e amarga história durante a vida do grande dramaturgo.

Essa paixão pela dama morena também me permitiu fixar a data dos *Sonetos* com uma certeza ainda maior. A partir de uma evidência intrínseca, a partir das características da linguagem, do estilo, ou assim, é evidente que pertencem ao primeiro período de Shakespeare, o período das *Penas de Amor Perdidas* e de *Vênus e Adônis*. Estão, de fato, intimamente ligados à peça. Revelam o mesmo eufemismo delicado, o mesmo prazer pela frase caprichosa e por singulares expressões, a obstinação artística e as graças rebuscadas daquela mesma "língua bela, vitrine de vaidades". Rosalinda, a

caprichosa alva com a fronte de veludo,
Com duas bolas de breu coladas à face, fazendo de olhos,

que nasceu "para fazer negro o que é louro" e cuja "graça se converte na moda do dia", é a dama morena dos *Sonetos* que faz do negro "o legítimo herdeiro da beleza". Tanto naquela comédia como nos poemas encontramos essa filosofia meio sensual que exalta o prazer dos sentidos pondo-o "acima de todas as lentas e mais penosas formas de conhecimento"; e — como sugere Walter Pater — Berowne talvez seja um reflexo do próprio Shakespeare "exatamente na altura em que ele ficou apto a distanciar-se o bastante para avaliar a sua poesia do primeiro período".

Apesar de *Penas de Amor Perdidas* não ter sido publicada antes de 1598, altura em que Cuthbert Burby a apresentou "novamente corrigida e acrescentada", não há dúvida de que foi escrita e levada à cena em data muito anterior, provavelmente — segundo o professor Dowden indica — em 1588-9. Sendo assim, claro fica que o primeiro encontro de Shakespeare com Willie Hughes deve ter sido em 1585, e é bem provável que esse jovem ator possa ter sido na sua meninice o músico de Lorde Essex.

De qualquer modo, é evidente que o amor de Shakespeare pela dama morena deve ter passado à história antes de 1594. Nesse ano, sob a chancela editorial de Hadrian Dorell, surgiu o fascinante poema ou série de poemas *Avisa de Willobie*, descrito por Swinburne como o único livro da época que ele imagina capaz de projetar uma luz qualquer, direta ou indireta, sobre a matéria mística dos *Sonetos*. Por ele ficamos sabendo que um jovem fidalgo do St. John College de Oxford, chamado Henry Willobie, se apaixonou por uma mulher muito "bela e casta", a quem chamou Avisa por nunca ter sido vista uma beleza assim, ou porque fugia como um pássaro à armadilha da paixão e abria as asas para voar, mal ele conseguia tocar-lhe na mão. Ansioso por conquistar a amada, consultou W. S., seu amigo íntimo "que sofrera, não há muito tempo, os horrores de uma paixão idêntica e de um idêntico contágio dos quais, já naquela altura, se tinha refeito". Shakespeare encorajou-o no cerco que ele estendia ao Castelo da Beleza, dizendo-lhe que toda mulher deve ser cortejada, toda mulher deve ser conquistada; examinara de muito longe essa "comédia de amor", movido pelo objetivo de verificar "se, com esse novo ator, ela teria um final mais feliz do que tivera com o velho comediante"; e, "com a lâmina afiada de um condescendente amor-próprio, abriu mais a ferida" sentindo o interesse puramente estético do artista pelos humores e pelas emoções dos outros. Não me é, porém, necessário aprofundar mais essa singular passagem da vida de Shakespeare, pois só quero realçar que em 1594 ele estava curado do seu grande entusiasmo pela dama morena e, pelo menos há três anos, conhecia pessoalmente Willie Hughes.

Estava agora completo todo o meu esquema dos *Sonetos* e, repondo na ordem e na posição que lhe são devidas o que diz respeito à dama morena, verifiquei que consumada unidade e perfeição o conjunto tinha. O drama — pois na verdade constroem um drama e uma tragédia de alma com paixão ardente e pensamento nobre — está dividido em quatro cenas ou atos. No primeiro (Sonetos I-XXXII), Shakespeare convence Willie Hughes a subir ao palco como ator, a pôr a maravilhosa beleza física e a requintada graça da sua juventude ao serviço da Arte, antes que a paixão vá roubá-lo a uma e os anos privá-lo da outra. Ao fim de algum tempo, Willie Hughes consente em ser ator da companhia de Shakespeare e, logo depois, faz-se verdadeiro centro e nota dominante da sua inspiração. De repente, num julho em brasa (Sonetos XXXIII-LII, LXI e CXXVII-CLII), aparece no Teatro do Globo uma mulher morena com maravilhosos olhos, que se apaixona perdidamente por Willie Hughes. Incomodado pela doença do ciúme, e enlouquecido por muitas dúvidas e medos, Shakespeare tenta seduzir a mulher que se levantou entre ele e o amigo. O amor começa por ser fingido, passa a verdadeiro, e ele próprio acaba fascinado e dominado por uma mulher que sabe maldosa e desprezível. Para ela, o gênio de um homem nada vale quando comparado à beleza de um rapaz. Durante algum tempo, Willie Hughes faz-se seu escravo e joguete dos seus caprichos, terminando o segundo ato com a partida de Shakespeare para fora de Londres. No terceiro ato, essa influência vai longe. Shakespeare regressa a Londres e reata a amizade com Willie Hughes a quem promete, nas suas peças, imortalidade. Marlowe, que ouvira falar do encanto e da graça do jovem ator, consegue afastá-lo do Teatro do Globo para interpretar Gaveston na tragédia *Eduardo II*, ficando Shakespeare separado do amigo pela segunda vez. O último ato (Sonetos C-CXXVI) fala-nos do regresso de Willie Hughes à companhia de Shakespeare. Desagradáveis rumores difamam agora a imaculada pureza do seu nome, mas o amor de Shakespeare ainda resiste e é intocável. Do mistério desse amor e do mistério da sua paixão são-nos ditas singulares e maravilhosas coisas, e os *Sonetos* terminam com um *envoi* de doze versos cujo tema é o triunfo da Beleza sobre o Tempo, e da Morte sobre a Beleza.

 E qual o fim do que tão caro foi ao espírito de Shakespeare, dotado de uma presença e de uma paixão que conferiram realismo à arte de Shakespeare? Quando rebentou a guerra civil[24], os atores ingleses tomaram o partido do rei e muitos deles, como esse Robinson asquerosamente chacinado pelo major Harrison na tomada de Basing House, sacrificaram a vida ao seu serviço. Talvez o cadáver de Willie Hughes fosse encontrado no espezinhado pântano de Marston ou nas colinas ermas de Naseby por quaisquer rudes campônios

---

[24] A guerra civil de 1642-1649, que opôs Cromwell aos Stuarts. (*N. do T.*)

do distrito, com o cabelo de ouro "salpicado pelo sangue" e o peito perfurado por muitas feridas. Ou quem sabe lá se a Peste, muito frequente em Londres nos princípios do século XVII e, na verdade, olhada por muitos cristãos como castigo infligido à cidade pelo seu amor às "peças frívolas e aos espetáculos idólatras", não atingiu o jovem durante uma representação e ele não se arrastou até à casa onde se hospedava para morrer sozinho, com Shakespeare muito longe, em Stratford, e aqueles que afluíam em grande número para o ver, os "admiradores" que ele "desencaminhava", como os *Sonetos* nos dizem, não sentiram demasiado medo do contágio para se aproximarem! Na época foi muito divulgada uma história desse gênero sobre um jovem ator, e os Puritanos utilizaram-na nas suas tentativas de sufocar a livre evolução do Renascimento inglês. No entanto, se esse ator fosse Willie Hughes, notícias da sua morte trágica por certo não deixariam de chegar rapidamente aos ouvidos de Shakespeare e, quando ele estivesse deitado a sonhar debaixo da amoreira do seu jardim de New Place não teria deixado de chorar, numa elegia tão suave como a que Milton escreveu sobre o rei Eduardo, aquele jovem que tanta alegria e tantas penas lhe trouxera à vida, e tão vital e intimamente estivera ligado, como personagem, à sua arte. Qualquer coisa me levava a ter a certeza de que Willie Hughes sobrevivera a Shakespeare e, em determinada medida, realizara as altas profecias que o poeta a seu respeito fizera; e uma noite, de repente, o verdadeiro segredo do seu fim desvendou-se-me ao espírito.

Tinha sido um dos atores ingleses que atravessara o mar até à Alemanha, em 1611, o ano em que Shakespeare abandonou o teatro, e representara perante o grão-duque Henry Julius de Brunswick — ele próprio dramaturgo de qualidade a não desprezar — e representara na corte desse estranho eleitor de Brandeburgo tão enamorado da beleza que comprara, dizia ele, o jovem filho de um mercador ambulante grego por igual peso de âmbar e, em honra do seu escravo, oferecera espetáculos ao longo de todo esse tremendo ano de fome de 1606-7, quando o povo até nas ruas da cidade morria de inanição e, por um período de sete meses, não choveu. Ainda hoje a Biblioteca de Cassel possui um exemplar da primeira edição do *Edward II* de Marlowe, como nos diz Bullen o único que existe. Quem poderia tê-lo levado para aquela cidade senão ele, criador do papel do favorito do rei, na verdade escrito em sua intenção? Talvez as suas mãos brancas um dia tivessem tocado nessas páginas manchadas e amarelas. Também sabemos que *Romeu e Julieta*, uma peça particularmente ligada a Willie Hughes, em 1613 foi posta em cena na cidade de Dresde, juntamente com *Hamlet*, o *Rei Lear* e algumas peças de Marlowe, e com certeza mais ninguém, senão o próprio Willie Hughes, recebeu em 1617, de um membro da comitiva do embaixador inglês, a máscara mortuária de Shakespeare, lembrança pálida do passamento daquele grande poeta que tão ternamente o amara. Na verdade, há qualquer coisa de particularmente adequado nessa ideia de o rapaz-ator, cuja beleza foi um elemento tão vital ao realismo e ao romantismo da arte de Shakespeare, ter sido o primeiro a levar a semente da nova cultura até à Alemanha e, à sua maneira, ter sido o precursor da *Aufklärung* ou Iluminação do século XVIII, esse movimento esplêndido que, idealizado ao princípio por Lessing e Herder, e levado ao apogeu e a um consumado fim por Goethe, em não desprezível parte foi ajudado por um jovem ator — Friedrich Schroeder — que despertou a consciência popular a favor dele e, por intermédio de simuladas paixões e métodos de mímica próprios do palco, pôs em evidência a íntima, a vital ligação entre vida e literatura. Se assim foi — e nada há, por certo, que nos mostre o contrário — não é improvável que Willie Hughes tenha sido um desses comediantes ingleses (*mimi quidam ex Britannia*[25], como a velha crônica os chama) chacinados em Nuremberg durante um súbito levantamento popular e secretamente enterrado numa pequena vinha, fora da cidade, por alguns jovens "que tinham sentido prazer com as suas representações e procurado elucidar-se quanto aos mistérios da nova arte". Não há, com certeza, lugar mais adequado do que essa pequena vinha, fora das muralhas da cidade, para aquele de quem Shakespeare disse: "A tua arte é toda a minha arte". Pois não é verdade que a Tragédia nasceu das mágoas de Dionísio? O riso luminoso da Comédia, com a sua despreocupada alegria e as suas respostas prontas, não saiu pela primeira vez dos lábios dos vinhateiros sicilianos? Ainda mais: não foi a tinta vermelha e cor de púrpura da espuma do vinho, na face e nos membros, que deu pela primeira vez ideia do encanto e da sedução que os disfarces têm? — dessa forma, no tosco clarear da arte revelou-se o desejo da auto-ocultação, o sentido do valor da objetividade. De qualquer forma, repouse onde repousar — na pequena vinha às portas da cidade gótica ou num qualquer dos obscuros cemitérios de igreja de Londres, em pleno tumulto e alvoroço da nossa grande cidade — nenhum vistoso monumento assinala a sua jazida. Tal como Shakespeare previu, o seu verdadeiro túmulo é o verso do poeta, o seu verdadeiro monumento é a perenidade do drama. E o mesmo aconteceu a outros cuja beleza deu novo e criador impulso à sua época. O corpo de marfim do escravo da Bitínia apodreceu no lodo verde do Nilo, e as cinzas do jovem ateniense foram espalhadas nas colinas amarelas do Cerâmico, mas Antínuo vive na escultura, e Cármides na filosofia.

---

[25] *Certos atores da Inglaterra.* (N. do T.)

5

Um jovem elisabetano, enamorado de uma moça tão branca que ele próprio lhe chamava Alba, deixou-nos registrada a impressão que lhe causou uma das primeiras representações das *Penas de Amor Perdidas*. Por admiráveis que fossem os atores — e diz-nos ele que interpretavam "com muito dedo", especialmente os que faziam papéis de amantes —, tinha consciência de que tudo aquilo era "fingido", que nada lhes "saía do coração" e, posto que parecessem afligir-se, "não sentiam nenhuma dor" e limitavam-se a oferecer "um espetáculo brincando". Não obstante, com ele sentado entre o público, essa caprichosa comédia de um irrealista romantismo transformou-se de repente na verdadeira tragédia da sua vida. Parecia que os seus estados de alma adquiriam forma, substância, e lhe desfilavam à frente. A sua dor tinha uma máscara que sorria, e as suas penas envergavam um alegre traje. Por detrás do aparato cênico refulgente e em mutação constante, via-se como alguém que descobrisse a sua própria imagem num espelho fantástico. Até as palavras que saíam dos lábios dos atores eram arrancadas ao seu sofrimento. As lágrimas falsas que eles choravam, ao seu próprio pranto.

Entre nós poucos há que não tenham sentido qualquer coisa desse gênero. Quando vemos *Romeu e Julieta* fazemo-nos apaixonados, e o *Hamlet* faz de nós estudantes. O sangue de Duncan molha-nos as mãos, bramimos com Tímon contra o mundo e, quando Lear vagueia no pântano, somos atingidos pelo terror da loucura. Nossa é a branca inocência de Desdêmona e nosso, também, o pecado de Iago. A arte, mesmo a arte de mais largo alcance e visão ampla, realmente não consegue nunca mostrar-nos o mundo exterior. Tudo isso nos é revelado na própria alma, o único mundo de que temos uma qualquer percepção real. E a própria alma, a alma de cada um de nós, para cada um de nós mistério será. Esconde-se na treva e medita, e o conhecimento íntimo não pode revelar-nos os seus movimentos. Na verdade, o conhecimento íntimo é insuficiente para explicar-nos o teor da personalidade. A Arte, e só a Arte, nos revela perante nós mesmos.

Estamos sentados no teatro com a mulher que amamos, ou ouvimos música num jardim qualquer de Oxford, ou damos com o nosso amigo um passeio pelos frios corredores da casa do papa, em Roma[26], e de repente tomamos conhecimento de paixões nossas que nunca tínhamos imaginado,

---

[26] Talvez uma memória do próprio O. Wilde, pois cerca de cinco anos antes de escrever esse texto visitou Roma com o seu amigo lorde Alfred Douglas. (*N. do T.*)

pensamentos que nos metem medo, prazeres cujo segredo nos fora negado, penas que as nossas lágrimas ocultaram. O ator não tem consciência de que ali estamos; o músico fica absorvido pela sutileza da fuga, da sonoridade do seu instrumento; os deuses de mármore que nos sorriem de tão estranho modo são feitos de insensível pedra. Mas deram forma e substância ao que existe dentro de nós; permitiram-nos compreender a nossa personalidade; e um sentimento de perigosa alegria, ou qualquer leve ou forte sensação de dor, ou essa curiosa autopiedade que o homem tantas vezes sente por si mesmo, invade-nos e deixa-nos diferentes.

De fato, uma sensação como essa é que os *Sonetos* de Shakespeare me provocaram. No jardim ou no quarto li-os e tornei a lê-los desde opalinas auroras a poentes rosa-velho, e parecia-me que decifrava a história de uma vida que outrora tinha sido minha, desenrolava a crônica de um romance que, sem eu o conhecer, até mesmo a textura da minha natureza tinha colorido, matizara-a com singulares e sutis tonalidades. Como tantas vezes sucede, a Arte tomara o lugar da experiência pessoal. Tive a sensação de ser iniciado no segredo daquela amizade apaixonada, daquele amor da beleza e daquela beleza do amor que Marsilio Ficino nos refere e do qual podem os *Sonetos* talvez considerar-se, pelo mais nobre e mais puro dos significados que têm, a expressão perfeita.

Sim, tudo isso vivi. Estive no teatro circular a céu aberto e com estandartes a baterem ao vento, vi o palco drapejado a negro para uma tragédia, ou arranjado com joviais grinaldas para um qualquer espetáculo mais animado. Iam chegando os jovens elegantes com os seus pajens e ocupavam os lugares à frente da cortina fulva pendurada nas colunas com sátiros esculpidos da cena interior. Ficavam, com os seus trajes fantásticos, insolentes e alegres. Alguns usavam penteados à francesa e gibões brancos de cerimônia com bordados italianos a fio de ouro, e meias altas de seda azul ou amarela. Outros estavam todos de negro e traziam enormes chapéus de plumas. Eram os seguidores da moda espanhola. Enquanto jogavam às cartas e sopravam, de minúsculos cachimbos que os pajens lhes acendiam, tênues volutas de fumaça, os aprendizes de malandro e os estudantes ociosos apinhavam-se no pátio a troçarem deles. Eles, porém, limitavam-se a sorrir uns para os outros. Nos camarotes laterais estavam sentadas algumas mulheres com máscara. Uma delas, com olhos ávidos e mordidos lábios, esperava que o pano abrisse. Quando a trombeta soou pela terceira vez, inclinou-se para a frente e vi-lhe a pele azeitonada, o cabelo cor de asa de corvo. Conheci-a. Durante uma época tinha perturbado a grande amizade da minha vida. Não obstante, havia nela qualquer coisa que me seduzia.

Consoante o meu humor, a peça mudava. Às vezes era o *Hamlet*. Taylor fazia de príncipe, e muitos havia a carpir quando Ofélia enlouquecia. Às vezes era *Romeu e Julieta*. Burbage fazia de Romeu. Era difícil vê-lo no papel de jovem italiano, mas na sua voz havia uma calorosa música e em cada um dos gestos uma beleza ardente. Vi *Como Quiserdes*, *Cymbeline*, *Noite de Reis*, e em todas as peças alguém havia cuja vida estava intimamente ligada à minha, que em minha intenção realizava todos os sonhos e dava forma a todas as fantasias. Que gracioso a mover-se! A assistência não tirava os olhos dele.

Além disso, era nesse século que tudo tinha acontecido. Eu nunca tinha visto o meu amigo mas desde há muitos anos andava comigo e à sua influência eu devia a paixão pela arte e pelo pensamento gregos e, na verdade, toda a minha simpatia pelo espírito helênico. [*Philosophein met erotos!*[27]] Como essa frase me excitara nos tempos de Oxford! Na época, não compreendi o porquê. Mas compreendia agora. Ao meu lado tinha havido sempre alguém. Os seus pés de prata trilharam os tenebrosos prados da noite, e as suas mãos brancas correram as cortinas trêmulas da alvorada. Percorreu comigo pardacentos claustros e, quando eu lia sentado no meu quarto, também lá estava. Que importa se não tive consciência disso? A alma possuía uma vida própria, e o cérebro uma esfera própria de ação. Em nós qualquer coisa havia que tudo ignorava sobre sequências ou durações não obstante ser, como o filósofo da Cidade Ideal, espectadora de todos os momentos e de toda a vida. E tinha sentidos que se estimulavam, paixões prestes a nascer, êxtases espirituais de contemplação, fervores de um esbraseado amor. Nós é que éramos irreais, e a vida consciente era a parte menos importante do nosso desenvolvimento. A alma, a alma secreta, era a única realidade.

Como tudo isso me foi revelado de forma tão singular! De repente, um livro de sonetos publicado há perto de trezentos anos, escrito por uma mão morta e em honra de um jovem morto, explicava-me toda a história do romance da minha alma. Recordo-me de que uma vez, no Egito, assisti à abertura de um sarcófago com afrescos pintados que fora encontrado em Tebas num dos túmulos de basalto. Tinha dentro o corpo de uma jovenzinha, envolto em apertadas faixas de linho e com uma máscara dourada na face. Debrucei-me para ver melhor e reparei que uma das pequenas e ressequidas mãos empunhava um rolo de papiro amarelo coberto de estranhos sinais. Que pena agora sinto de não me terem lido! Talvez dissesse qualquer coisa mais sobre a alma que se escondia em mim e tinha mistérios de paixão que eram seus e eu

---

[27] *Filosofar de amor imbuído!* (N. do T.)

continuava a ignorar. Que estranho, sabermos tão pouco sobre nós mesmos e a nossa personalidade mais íntima manter-se, perante nós mesmos, oculta! Será necessário procurar a nossa verdadeira vida em túmulos, e a saga dos nossos dias na arte?

Semana após semana me absorvi nesses poemas, e cada nova forma de conhecimento me parecia um modo de reminiscência. Por fim, decorridos dois meses decidi fazer a Erskine um veemente apelo para ser prestada justiça à memória de Cyril Graham e ser entregue ao mundo a sua maravilhosa interpretação dos *Sonetos* — a única que abordava o problema na sua totalidade. Não tenho, lamento dizê-lo, nenhuma cópia da carta, nem tive oportunidade de recorrer ao original; mas lembro-me de que fazia um minucioso exame a toda a questão, e gastei folhas de papel com uma apaixonada reiteração dos argumentos e das provas que o estudo me suscitara.

Eu achava que não me tinha limitado a restituir Cyril Graham ao lugar que lhe compete na história da literatura; também furtara a honra do próprio Shakespeare à memória nefasta de uma banal intriga. Tinha posto na carta todo o meu entusiasmo. Tinha posto na carta toda a minha fé.

A verdade é que, mal a enviei, uma estranha reação tomou conta de mim. Parecia que a minha capacidade de acreditar na teoria de Willie Hughes sobre os *Sonetos* estava morrendo, que algo me fugia, por assim dizer, e deixava completamente indiferente a todo aquele tema. O que tinha acontecido? É difícil dizê-lo. Ao deparar com uma paixão assim, tão perfeitamente expressa, talvez eu tivesse esgotado a própria paixão. As forças emocionais, tal como as forças da vida física, têm limites concretos. Talvez o simples esforço de converter alguém a uma teoria tenha implícita uma certa forma de renúncia à faculdade de acreditar. Influenciar não passa de uma transferência de personalidade, um modo de distribuir aquilo que nos é mais precioso, e o seu exercício provoca uma percepção e, quem sabe lá, uma efetivação de perda. Todos os discípulos roubam qualquer coisa ao mestre. Ora, talvez eu me tivesse cansado com tudo isso, enfadado com a sua sedução, e uma vez consumido o meu entusiasmo a minha razão fosse abandonada ao seu próprio e desapaixonado juízo. Seja como for aconteceu, e não posso ter pretensões de explicá-lo, não há dúvida de que Willie Hughes se me transformou repentinamente num mito banal, num ocioso sonho, na fantasia pueril de um jovem que sentisse, como acontece aos mais ardentes espíritos, maior ânsia em convencer os outros do que a si próprio.

Terei de admitir que me era amarga a decepção. Eu tinha percorrido cada uma das fases desse grande romance. Tinha vivido com ele, e ele fizera-se parte integrante da minha natureza. Como era possível que me tivesse abandonado?

Teria eu aflorado um qualquer segredo que a minha alma desejasse ocultar? Ou não há constância na personalidade? As coisas entram e saem do cérebro em silêncio, velozmente e sem deixar rastro como as sombras num espelho? Andaremos à mercê das sensações que a Arte ou a Vida resolvem dar-nos? Parecia-me bem que sim.

Durante a noite é que eu senti isso pela primeira vez. Tinha mandado o criado pôr a carta para Erskine no correio e estava sentado à janela, olhando para a cidade azul e dourada. A Lua ainda não tinha nascido, só havia no céu uma estrela, mas as ruas estavam cheias de muito rápidas e cintilantes luzes, e as janelas de Devonshire House iluminadas para um grande jantar oferecido a alguns dos príncipes estrangeiros de visita a Londres. Vi as librés escarlates das carruagens reais e a multidão que se concentrava ao pé das escuras portas do pátio.

De repente, disse comigo mesmo: "Estive sonhando e nestes dois últimos meses toda a minha vida foi irreal. Nunca houve Willie Hughes nenhum". Algo parecido com um indistinto grito de dor me subiu aos lábios, como se começasse a compreender até que ponto me tinha iludido, e meti a cabeça entre as mãos, ferido pelo maior desgosto que sentira desde os tempos de menino. Alguns momentos depois, levantei-me, fui à biblioteca buscar os *Sonetos* e comecei a lê-los. Mas de nada valia: nada me devolviam daquele sentimento que eu lhes tinha conferido; nada me desvendavam do que eu encontrara oculto nos seus versos. Dar-se-ia o caso de eu me ter apenas influenciado com a beleza do falso retrato, enfeitiçado por aquele rosto do tipo *Shelley* à custa de credulidade e fé? Ou, como alvitrara Erskine, fora a comovente tragédia da morte de Cyril Graham o que tão profundamente me tinha impressionado? Não saberei dizê-lo. Até hoje não consigo compreender o princípio nem o fim deste singular episódio da minha vida.

No entanto, como eu tinha dito na carta a Erskine várias coisas muito injustas e amargas, decidi vê-lo o mais depressa possível e pedir-lhe desculpas pelo meu comportamento. E assim, na manhã seguinte, desci até Birdcage Walk e encontrei-o sentado na biblioteca com o falso retrato de Willie Hughes à frente.

— Meu caro Erskine! — exclamei. — Vim pedir-lhe desculpa.

— Pedir-me desculpa? — disse ele. — Por quê?

— Pela minha carta — respondi.

— Nada tem a lamentar na sua carta — disse ele. — Pelo contrário, prestou-me o maior serviço que podia prestar. Mostrou-me que a teoria do Cyril Graham tem a maior lógica.

Fiquei a olhar para ele embasbacado, confundido de espanto.

— Não vai dizer-me que acredita em Willie Hughes! — exclamei.

— Por que não? — replicou. — Provou-me que aquilo é verdade. Julga que não sou capaz de dar o justo valor a uma prova?

— Mas não há prova nenhuma — gemi eu, afundando-me numa poltrona. — Quando lhe escrevi, estava sob a influência de um entusiasmo perfeitamente absurdo. Tinha ficado impressionado com a história da morte do Cyril Graham, seduzido pela sua teoria artística, cativado pelo que há de maravilhoso e de novidade em toda aquela concepção. Vejo agora que a teoria se baseia num logro. A única prova da existência de Willie Hughes é o retrato que tem à sua frente, e esse retrato é uma falsificação. Nesse assunto não se deixe levar pelo sentimento. Seja qual for o romance que se possa contar sobre a teoria Willie Hughes, a razão está contra ela.

— Não o entendo — disse Erskine a olhar para mim, estupefato. — Com a sua carta convenceu-me de que Willie Hughes é uma incontestável realidade. Por que mudou de ideia? Ou dar-se-á o caso de ter estado apenas brincando comigo?

— Não sei explicar-lho — retorqui —, mas vejo agora que realmente não pode dizer-se nada a favor da interpretação do Cyril Graham. Talvez os *Sonetos* não tenham sido dedicados ao Lorde Pembroke. É provável que não. Mas, pelo amor de Deus, não desperdice o seu tempo na insensata tentativa de descobrir um jovem ator elisabetano que nunca existiu, e a pôr uma marionete-fantasma como centro do grande ciclo dos *Sonetos* de Shakespeare.

— Vejo que não compreende a teoria — replicou.

— Meu caro Erskine — exclamei — não a compreendo! Por que, se tenho a impressão de a ter inventado? A minha carta mostrou-lhe, com certeza, que não me limitei a aprofundar toda a questão, e até contribuí para ela com toda a espécie de provas. A única falha na teoria é pressupor que existe a pessoa cuja existência é o tema em discussão. Se admitirmos que houve na companhia de Shakespeare um jovem ator chamado Willie Hughes, não é difícil fazer dele o objetivo dos *Sonetos*. Mas como sabemos que na companhia do Teatro do Globo não havia nenhum ator com esse nome, é ocioso levar mais longe a investigação.

— Mas é exatamente isso que não sabemos — disse Erskine. — Que o seu nome não consta da lista fornecida pelo primeiro fólio, é inteiramente verdade; mas se nos lembrarmos de que Willie Hughes abandonou perfidamente Shakespeare por um dramaturgo rival, isso constitui, tal como o Cyril faz notar, mais uma prova a favor da sua existência que o contrário. Além do mais — e serei obrigado a admitir que Erskine teve, por assim dizer, o que me parece agora uma boa dedução, embora eu na época me tivesse rido dele —

não há razão nenhuma para não se admitir que Willie Hughes subisse ao palco com um pseudônimo. Na verdade, é muitíssimo provável que o tenha feito. Sabemos que havia nessa época preconceitos muito fortes contra o teatro, e nada mais verossímil do que a sua família insistir na adoção de um *nom de plume* qualquer. Na verdade, os editores do primeiro fólio devem tê-lo registrado com o nome artístico, o nome mais conhecido do público, mas claro está que os *Sonetos* são um caso totalmente diferente e na dedicatória o editor dirige-se-lhe, como é indicado, pelas verdadeiras iniciais. Assim sendo — e parece-me que a explicação mais simples e racional do problema é essa — considero a teoria do Cyril Graham como absolutamente provada.

— Mas que prova tem? — exclamei, pousando a mão na dele. — Não tem prova absolutamente nenhuma. É uma simples hipótese. E qual dos atores de Shakespeare pensa você que Willie Hughes era? O "bonito rapaz" de que Ben Jonson nos fala, que gostava de se travestir com trajes de moça?

— Não sei — respondeu num tom um tanto irritado. — Ainda não tive tempo para investigar esse ponto. Mas tenho a certeza absoluta de que a minha teoria é a verdadeira. Claro que se trata de uma hipótese, mas uma hipótese que explica tudo; se o tivessem mandado estudar ciências em Cambridge, em vez de o mandarem vadiar literatura em Oxford, saberia que uma hipótese que tudo explica é uma certeza.

— Sim, não ignoro que Cambridge é uma espécie de instituto educativo — murmurei. — Sinto-me feliz por lá não ter andado.

— Querido amigo — disse Erskine, voltando repentinamente para mim os verdes e perspicazes olhos —, acredita na teoria do Cyril Graham, acredita em Willie Hughes, sabe que os *Sonetos* foram dedicados a um ator, mas por uma razão qualquer não pode admiti-lo.

— Gostaria de poder acreditar — repliquei. — Daria tudo para me ser possível fazê-lo. Mas não posso. Trata-se de uma espécie de teoria lunática muito linda, muito sedutora, mas intangível. Quando a gente pensa que lhe pôs a mão, foge. Não, para nós o coração de Shakespeare ainda continua a ser "um retiro nunca devassado por olhos de cristal", como ele próprio o chama num dos sonetos. Nunca chegaremos a conhecer o verdadeiro segredo da paixão da sua vida.

Erskine levantou-se bruscamente do sofá e começou a andar de um lado para o outro na sala. "Agora já sabemos", exclamou, "e qualquer dia o mundo há-de sabê-lo".

Nunca o tinha visto tão agitado. Não podia admitir que me fosse embora tão depressa, e insistiu para eu passar lá o resto do dia.

Discutimos o problema durante horas, mas nada do que eu pudesse dizer conseguiu abalar a sua fé na interpretação de Cyril Graham. Declarou-me que tencionava dedicar a vida à comprovação daquela teoria e estava resolvido a fazer justiça à memória de Cyril Graham. Pedi, zombei dele, implorei, mas não quis saber. Por fim, separamo-nos, se não exatamente zangados pelo menos com uma sombra entre nós. Ficou pensando que eu era fútil, fiquei pensando que ele era insensato. Quando voltei a procurá-lo, o criado disse-me que tinha partido para a Alemanha. As cartas que lhe escrevi ficaram sem resposta.

Dois anos mais tarde, ia eu entrando no meu clube quando o porteiro me entregou uma carta com carimbo estrangeiro. Era de Erskine e tinha sido escrita no Hôtel d'Angleterre de Cannes. Ao lê-la enchi-me de horror, embora não pudesse realmente acreditar que ele fosse louco bastante para executar o que tinha decidido fazer. Na essência a carta dizia que, trilhados todos os caminhos possíveis para comprovar a teoria de Willie Hughes, fracassara; e tal como Cyril Graham oferecera a vida por essa teoria, ele próprio resolvera oferecer a sua vida à mesma causa. As palavras finais da carta eram estas: "Continuo a acreditar em Willie Hughes e, na altura em que receber estas linhas, já me terei suicidado por amor de Willie Hughes: por amor dele e por amor do Cyril Graham que arrastei à morte com o meu leviano ceticismo e a minha ignorante falta de fé. Também a você a verdade lhe foi uma vez revelada, mas rejeitou-a. Aqui a tem de novo, manchada com o sangue de duas vidas — não se desvie dela".

Foi um horrível momento. Senti-me doente de angústia, embora não pudesse acreditá-lo capaz de levar a cabo aquela promessa. Morrer pelas opiniões teológicas de alguém é a pior forma de um homem fazer uso da vida; mas morrer por uma teoria literária!... Parecia impossível.

Olhei para a data. Era uma carta da semana anterior. Se uma circunstância qualquer não me tivesse impedido de ir ao clube durante vários dias, talvez tivesse tido tempo de o salvar. Mas talvez não fosse tarde demais! Fui para casa, fiz as malas e parti de Charing Cross no comboio-correio dessa noite. Uma viagem insuportável. Pareceu-me que nunca mais chegava.

Mal desembarquei, dirigi-me ao Hôtel d'Angleterre. Era absolutamente verdade: Erskine estava morto. Contaram-me que tinha sido enterrado dois dias antes no cemitério inglês. Em toda aquela tragédia havia qualquer coisa de terrivelmente grotesco. Disse tudo o que me veio à cabeça, e as pessoas que estavam no vestíbulo da entrada olharam para mim com curiosidade.

De repente, Lady Erskine atravessou a sala, de luto carregado. Quando me viu aproximou-se, murmurou qualquer coisa sobre o pobre do seu filho e desfez-se em lágrimas. Levei-a para o quarto. Estava lá um idoso cavalheiro lendo um jornal. Era o médico inglês.

Falamos um bom tempo a respeito de Erskine mas não toquei no motivo que o levara ao suicídio. Era evidente que não tinha posto a mãe a par da razão que o arrastara a tão funesto, a tão louco ato. Por fim, Lady Erskine levantou-se e disse: "O George deixou-lhe uma recordação. É uma coisa a que ele dava muito valor. Vou buscá-la".

Mal saiu do quarto, voltei-me para o médico e disse: "Que tremendo choque deve ter sido para a Lady Erskine! Espanta-me que o suporte tão bem".

— Oh! Sabia há meses que ia dar-se — respondeu.

— Sabia há meses! — exclamei. — E por que não o impediu? Por que não o vigiou? Erskine não devia estar em seu perfeito juízo.

O médico olhou espantado para mim. "Não entendo o que quer dizer" — respondeu.

— Bem! — exclamei eu. — Se uma mãe sabe que o filho vai cometer um suicídio...

— Suicídio! — repetiu. — O pobre do Erskine não cometeu suicídio nenhum. Morreu de tísica. Veio morrer aqui. Logo que o vi, soube que não tinha salvação. Um dos pulmões quase não existia, e o outro estava muito afetado. Três dias antes de morrer perguntou-me se havia qualquer esperança. Disse-lhe francamente que não havia nenhuma e apenas lhe restavam alguns dias de vida. Escreveu várias cartas e mostrou a maior das resignações, manteve-se consciente até ao fim.

Levantei-me da cadeira, fui até à janela e olhei para o picadeiro apinhado. Lembro-me de que as sombrinhas vivamente coloridas e os guarda-sóis alegres me pareceram enormes borboletas fantásticas a esvoaçar à beira de um mar azul-metálico; e o intenso cheiro das violetas, que chegava do jardim, fez-me pensar no maravilhoso soneto onde Shakespeare nos diz que a fragrância dessas flores lhe lembra sempre o amigo. O que queria tudo isso dizer? Por que me teria Erskine escrito aquela extraordinária carta? Estando ele às portas da morte, por que se voltou para trás e me disse o que não era verdade? Vitor Hugo teria razão? A única coisa que acompanha um homem nos degraus do cadafalso é o fingimento? Erskine só teria querido provocar um efeito dramático? Não era o seu gênero. Uma coisa dessas parecia-se muito mais com o que eu mesmo costumo fazer. Não: só tinha atuado pelo desejo de me voltar a converter à teoria de Cyril Graham, e julgou-me capaz de acreditar que ele também dera a vida por ela, de ser iludido pela patética falácia que o martírio é. Pobre Erskine! A minha prudência aumentara muito desde a última vez que tinha estado com ele. Para mim, o martírio já não passava de uma forma trágica de ceticismo, de uma tentativa de consumar pelo fogo o que fracassara pela fé. Nenhum homem morre pelo que sabe ser uma verdade. Os homens morrem pelo que desejam que seja verdade, por aquilo que um qualquer terror lhes diz, no coração, que não é verdade. A rematada inutilidade da carta de Erskine fez-me ficar duplamente penalizado. Eu via as pessoas naquele vaivém, no seu giro pelos cafés, e perguntei a mim mesmo se alguma delas o teria conhecido. A poeira branca ia sendo soprada no caminho crestado pelo sol, e as palmeiras emplumadas mexiam-se impacientes no ar agitado.

A essa altura, Lady Erskine voltou ao quarto trazendo consigo o fatal retrato de Willie Hughes. "Estava o George prestes a expirar e pediu-me para lhe entregar isto", disse ela. Quando o recebi, lágrimas suas me caíram na mão.

Essa estranha obra de arte está agora pendurada na minha biblioteca, onde os meus amigos artistas a admiram muito; um chegou a fazer-me uma gravura a partir dela. Já decidiram que não é Clouet, mas Ouvry. A mim nunca me deu para lhes contar a sua verdadeira história, mas às vezes, quando olho para ela, sinto que realmente há muita coisa por dizer a favor da teoria Willie Hughes sobre os *Sonetos* de Shakespeare.

Oscar Wilde

O Retrato de Dorian Gray

Prefácio

O artista é o criador do belo.
O objetivo da arte é revelar-se e ocultar o artista.

O crítico é aquele que é capaz de transpor, de maneira diferente, ou de traduzir em elementos novos sua impressão do belo.

A forma de crítica mais elevada, assim como a mais baixa, é uma espécie de autobiografia.

Aqueles que enxergam grosserias nas coisas belas são corruptos sem serem elegantes. É um erro.

Aqueles que veem nas obras belas significações belas são espíritos cultos. Para esses há esperança.

Eles são os eleitos, para quem as coisas belas significam unicamente o Belo.

Não se pode qualificar um livro de moral ou imoral.

Ele está bem ou mal escrito. Apenas isso.

A aversão do século XIX pelo realismo é a raiva de Calibã por ver sua imagem num espelho.

A vida moral do homem é um dos temas do artista, mas a moralidade da arte consiste no uso perfeito de um instrumento imperfeito. Nenhum artista deseja provar nada. Mesmo aquilo que é verdadeiro pode ser provado.

O artista não tem preferência ética. A preferência ética no artista é um maneirismo de estilo imperdoável.

O artista nunca é mórbido. O artista pode exprimir tudo.

O pensamento e a linguagem são, para o artista, os instrumentos de uma arte.

Vício e virtude são, para o artista, matérias para uma arte.

Do ponto de vista da forma, o modelo de todas as artes é a do músico. Do ponto de vista do sentimento, o modelo é o ofício do ator.

Toda arte é ao mesmo tempo superfície e símbolo.

Aqueles que buscam o que está abaixo da superfície o fazem por própria conta e risco.

Aqueles que interpretam o símbolo também o fazem por própria conta e risco.

Na realidade, é o espectador, e não a vida, que a arte espelha.

Diferentes opiniões a respeito de uma obra de arte indicam que essa obra é nova, complexa e vital.

Quando os críticos divergem, o artista está de acordo consigo próprio.

Pode-se perdoar um homem por produzir uma obra útil, mesmo que ele não a admire. A única desculpa para se produzir uma obra inútil é a intensa admiração por ela.

Toda arte é inútil.

Oscar Wilde

1

Um intenso perfume de rosas envolvia o ateliê e, quando a suave brisa de estio agitava as árvores do jardim, imiscuía-se pela porta aberta o aroma pesado do lilás ou da fragrância delicadíssima de flores silvestres que desabrochavam em vermelho claro.

Recostado num canto do sofá e apoiado sobre almofadas de tecido persa, Lorde Henry Wotton fumava, como sempre fazia, um cigarro após o outro, enquanto observava despreocupadamente as pequenas flores cor de mel de um laburno, cujos trêmulos ramos pareciam não suportar o peso de sua cintilante beleza; e, de quando em quando, as fantásticas sombras de pássaros em voo projetavam-se nas altas cortinas de tussor, produzindo, por momentos fugazes, algo como o efeito pictórico japonês, fazendo-o lembrar-se daqueles pintores de Tóquio, com pálidas faces de jade, que buscam, por meio de uma arte necessariamente imóvel, fornecer a sensação de velocidade e movimento. O taciturno zumbido das abelhas, traçando suavemente seus caminhos por entre a grama não aparada, ou circulando, com insistência monótona, em torno das urnas douradas cheias de pólen de uma ampla madressilva, parecia deixar aquela tranquilidade mais opressiva. O indistinto ruído que vinha de Londres soava como o bordão grave de uma nota tocada num órgão distante.

No centro do quarto, preso a um cavalete, estava o retrato de corpo inteiro de um jovem extraordinariamente belo e, bem em frente, a pequena distância dele, encontrava-se sentado o próprio artista, Basil Hallward, cujo desaparecimento repentino, havia alguns anos, causara tal excitação pública que deu origem, na época, a diversas conjecturas estranhas.

No momento em que contemplava a delicada e amável figura que seu pincel havia reproduzido com tanta arte, um sorriso de prazer iluminou-lhe a face, de tal forma que parecia poder permanecer longamente ali. Mas ele ergueu-se de repente e, fechando os olhos, colocou os dedos sobre as pálpebras, como se procurasse reter em sua mente algum sonho curioso que ele temia perder se acordasse.

— Este é seu melhor trabalho, Basil, a coisa mais bela que você já pintou — disse Lorde Henry, languidamente. — Você deve certamente enviá-lo a Grosvenor[1] no próximo ano. A Academia é grande demais e também muito vulgar. Todas as vezes que estive lá, havia tanta gente que não consegui ver os quadros, o que é terrível, ou tantos quadros que não consegui ver ninguém, o que é pior ainda. A Grosvenor é o melhor lugar.

— Não penso que deva enviá-lo a lugar algum — respondeu ele, atirando a cabeça para trás daquele jeito estranho que tantas vezes havia provocado risadas de seus amigos em Oxford. — Não, não vou expô-lo em parte alguma.

Lorde Henry levantou os olhos, fitou-o com espanto, através de tênues espirais de fumaça que subia de seu forte e opiado cigarro, entrelaçando-se caprichosamente no ar.

— Não expô-lo em parte alguma? Meu caro, mas por quê? Há algum motivo para isso? Vocês, pintores, são sujeitos muito estranhos! Fazem qualquer coisa para conquistar boa reputação. Tão logo a conquistam, parecem ansiosos para se livrarem dela. É tolice de sua parte porque, se existe algo pior do que falarem de nós, é certamente não falarem. Um retrato como esse colocaria você muito acima de todos os jovens da Inglaterra e causaria inveja a todos os velhos, caso os velhos ainda sejam capazes de qualquer emoção.

— Já sei que vai rir de mim — replicou Basil. — Mas eu realmente não posso expor esse quadro. Coloquei nele muito de mim mesmo.

Lorde Henry estendeu-se no sofá e riu.

— Pode rir à vontade, eu já esperava por isso. Mas o que eu disse continua sendo a mais profunda verdade.

— Muito de você mesmo nesse quadro? Palavra, Basil, não sabia que você era tão presunçoso; e, olhando para sua fisionomia vigorosa e rude, seus cabelos negros como carvão, não consigo notar a menor semelhança entre você e esse jovem Adônis, que parece ser feito do marfim e pétalas de rosas. Porque, meu caro Basil, ele é um Narciso, e quanto a você... bem, é claro que você tem uma expressão altamente intelectual e tudo o mais. Mas a beleza, a beleza autêntica acaba onde começa a expressão intelectual. A inteligência é, em si mesma, uma espécie de distrofia; ela destrói fatalmente a harmonia de todo e qualquer rosto. No momento em que alguém põe-se a pensar, torna-se todo

---

[1] Tratava-se de uma galeria de arte especializada na exibição de artistas da vanguarda da época, como os Pré-Rafaelitas. (N. do E.)

nariz, todo fronte ou não sei o quê horrível. Repare nos homens eminentes, em qualquer ramo do saber: são todos perfeitamente hediondos. Excetuando-se, claro, os da Igreja. Mas é que a gente da Igreja não pensa. Aos oitenta anos, um bispo repete o que lhe foi ensinado quando tinha dezoito; a consequência natural é que conserva sempre um aspecto absolutamente delicioso. O seu jovem amigo, um misterioso adolescente de quem você esconde o nome, mas cujo retrato estranhamente me fascina, não pensa. Tenho disso a mais íntima convicção. Trata-se de uma bela criatura sem cérebro, que poderia estar sempre presente, no inverno, quando não há mais flores para contemplar, e no verão, quando sentimos a necessidade de refrescar a inteligência. Pare de vangloriar-se, Basil, você não se parece absolutamente com ele.

— Você não me entende, Harry — respondeu o artista. — Claro que não me pareço com ele. Sei disso perfeitamente bem. Na verdade, ficaria desolado se me parecesse com ele. Você dá de ombros? Estou-lhe falando com toda a sinceridade. A fatalidade acompanha quem é superior física e intelectualmente, essa mesma fatalidade que notamos através da história perseguindo os passos claudicantes dos reis. É melhor não ser diferente de nossos companheiros. Aos feios e aos tolos cabe o melhor quinhão deste mundo. Podem sentar-se à vontade e portarem-se tolamente durante o espetáculo. Se ignoram a vitória, em compensação, não sofrem com a desdita da derrota. Vivem como todos nós deveríamos viver: tranquilos, impassíveis, sem preocupação. Não arruínam ninguém, tampouco são arruinados por outros. Conosco é diferente: você, Harry, porque possui nobreza e fortuna; eu, porque tenho inteligência e talento; e Dorian Gray, em razão de sua rara beleza; nós três sofreremos de maneira horrível pelos dons que recebemos dos deuses.

— O nome dele é Dorian Gray? — perguntou Lorde Henry, cruzando o ateliê em direção a Basil Hallward.

— Sim, é esse seu nome. Mas eu havia prometido a mim mesmo não revelar seu nome a ninguém.

— Mas por quê?

— Não sei como explicar. Não gosto de dizer aos outros os nomes das pessoas que me agradam infinitamente: sinto como se as estivesse traindo. Aprendi assim a amar o segredo. Parece-me o único meio para introduzir na existência moderna um pouco de mistério e encanto. Quando está oculta, a coisa mais trivial converte-se numa delícia. Agora, quando saio da cidade, já não digo em casa aonde vou; isso me faria perder todo o prazer. É um costume tolo, confesso; mas acrescenta à vida um componente romântico que a engrandece muito. Tudo isso deve parecer-lhe um tanto louco, não?

— De modo algum — respondeu Lorde Henry —, de maneira alguma, meu caro Basil. Esquece que sou casado? O único encanto do casamento é que ele proporciona, para ambas as partes, uma vida de ardis e fugas absolutamente necessárias. Nunca sei onde está minha mulher e minha mulher jamais sabe aquilo que eu faço. Se, por acaso, nos encontramos — e isso ocorre de vez em quando, porque, uma vez ou outra, jantamos fora um e outro, ou fazemos uma visita ao duque —, não imagina com que seriedade contamos um ao outro as histórias mais tresloucadas. Nesse campo, minha mulher é muito superior a mim. Por exemplo, nunca se atrapalha com datas, como eu. Contudo, mesmo quando me flagra em algum deslize, nunca fica irritada. Eu até gostaria que ficasse, mas ela se contenta em rir de mim.

— Não gosto de ouvi-lo falar assim de sua vida conjugal, Harry — disse Basil Hallward, dirigindo-se para a porta que dava para o jardim. — Tenho mesmo a certeza de que você é um excelente marido, mas que se envergonha das próprias virtudes. Você é realmente um marido exemplar! Nunca diz uma palavra que seja imoral e nunca pratica uma ação que seja má. Seu cinismo não passa de encenação.

— Aquilo que é natural também é uma encenação — exclamou, rindo, Lorde Henry. — A mais enervante de todas.

E os dois jovens saíram juntos para o jardim, sentando-se num grande banco de bambu, à sombra de alguns loureiros. Os raios do sol deslizavam pelas folhas brilhantes. Margaridas brancas sobressaíam-se entre a grama.

Após alguns momentos de silêncio, Lorde Henry olhou para o relógio:

— Sinto ter de deixá-lo, Basil. Antes de partir, porém, posso pedir-lhe que responda à pergunta que há pouco lhe fiz?

— Que pergunta? — tornou o artista, os olhos fixos do chão.

— Você sabe perfeitamente. Explique-me por que não quer expor o retrato de Dorian Gray? Desejo saber a razão verdadeira.

— Eu já lhe disse a razão verdadeira.

— Ora! Você apenas me disse que há muito de você no retrato. Isso é infantilidade.

— Harry — retrucou Basil Hallward, fixando seu interlocutor —, todo retrato que se pinta com sentimento profundo é um retrato do próprio artista, não do modelo. Esse é apenas um acaso. Não é ele que é revelado pelo pintor; é o próprio pintor que se revela na tela. A razão que me leva a não expor esse retrato é o receio de nele haver traído o segredo de minha própria alma.

Lorde Henry começou a rir e perguntou:

— E qual é esse segredo?

— Vou dizer-lhe — replicou Hallward, cuja expressão demonstrava certa perturbação.

Olhando-o ternamente, Lorde Henry declarou:

— Aguardo com avidez o que você tem a dizer.

— Tenho pouco a dizer, Harry, e creio que você terá dificuldade para compreender; ou mesmo para acreditar.

Lorde Henry sorriu, inclinou-se, colheu no relvado uma margarida de pétalas rosadas e examinou-a. Depois disse:

— Compreenderei, certamente — replicou, os olhos fixos no pequeno disco de ouro da flor branca —, quanto a acreditar, sabe que sou muito crédulo, desde que tudo seja efetivamente inacreditável.

Uma rajada de vento agitou os arbustos e folhas das árvores e também os pesados ramos de lilás oscilaram languidamente. Próximo ao muro, uma cigarra ziziava insistentemente, enquanto uma libélula azul, fina como um fio, vibrou suas asas de gaze. Lorde Henry sentia-se como se pudesse ouvir o coração do amigo bater e imaginava o que estava por vir.

— Aqui está a história, em toda sua simplicidade — disse, finalmente, o artista. — Há dois meses eu estava num encontro de gala na casa de Lady Brandon. Você sabe, nós, pobres artistas, devemos exibir-nos na sociedade, de tempos em tempos, para mostrar ao público que não somos selvagens. Com uma casaca e uma gravata branca, dizia-me você outro dia, até mesmo um agente de câmbio pode fazer figura de civilizado. Eu estava ali já havia uns dez minutos, conversando com damas carregadas de enfeites e acadêmicos enfadonhos, quando, subitamente, tive a sensação de que alguém me observava. Voltei-me um pouco e, pela primeira vez, avistei Dorian Gray. Quando nossos olhares se entrecruzaram, empalideci. Apoderou-se de mim um terror estranho. Encontrava-me na presença de um ser de tão grande encanto pessoal que, se eu cedesse à fascinação, todos meus sentidos, meu coração, até minha arte, tudo ficaria subjugado. Ora, eu não estava disposto a suportar tal influência. Você bem sabe, Harry, como sou independente por natureza. Fui sempre senhor de meu destino, ou melhor, tinha-o sido até meu encontro com Dorian Gray. Por isso... Mas, como poderei eu explicar aquilo que senti? Algo me dizia que uma crise iminente e terrível ia perturbar minha vida. Estava sob aquela estranha sensação de que o acaso saía a meu encontro, portador de alegrias deliciosas e deliciosas dores. Tive medo e resolvi abandonar o salão. Não foi a consciência que me ditou essa resolução, foi uma espécie de covardia. Não me vanglorio por ter fugido.

— Consciência e covardia são, na realidade, a mesma coisa, Basil. A consciência é a razão social da firma. Assim é.

— Não acredito nisso, Harry. Nem você, penso eu. Seja o motivo que for — medo, orgulho talvez, porque eu era então muito orgulhoso — o caso é que me precipitei para a saída. Foi quando surgiu Lady Brandon: "Não vá embora assim tão cedo, senhor Hallward", gritou, com aquela voz esganiçada.

— Sim, Lady Brandon é muito parecida com um pavão real, menos na beleza — disse Lorde Henry, desfolhando a margarida que tinha nas mãos nervosas.

— Por mais que fizesse, não consegui desvencilhar-me dela. Apresentou-me às altezas reais, depois a personagens cobertos de condecorações e jarreteiras, depois a idosas damas que usavam joias caras e tinham narizes de papagaio. Falava a todos a meu respeito como de seu mais querido amigo. Antes, só havíamos nos encontrado uma vez, mas ela queria fazer de mim a atração da noite. Parece que um de meus quadros acabava então de conquistar grande êxito. Em todo caso, os jornais tinham falado muito a respeito e isso, no século XIX, é o critério da celebridade. De repente, encontrei-me face a face com o jovem cuja personalidade me havia emocionado estranhamente. Estávamos muito perto um do outro, quase nos tocando. Nossos olhares entrecruzaram-se de novo. Fui imprudente, mas pedi a Lady Brandon que me apresentasse a ele. Mas, afinal de contas, creio que seria de fato inevitável, pois, tivéssemos sido apresentados ou não, falaríamos um com o outro de qualquer jeito, tenho certeza disso. Mais tarde, Dorian confessou-me a mesma coisa. Como eu, ele havia pressentido que estávamos destinados a nos conhecer.

— Que lhe disse Lady Brandon desse fascinante jovem? Sei que ela tem a mania de fazer um sucinto *précis*[2] de cada um de seus convidados. Um dia, lembro-me, apresentou-me a um idoso cavalheiro, truculento e apoplético, coberto de condecorações de todas as ordens que se podem imaginar, sussurrando ao meu ouvido — numa ênfase tão trágica que todos na sala puderam ouvir — confidências absolutamente espantosas. Claro que tratei de escapulir. Gosto de conhecer as pessoas por mim mesmo. Mas Lady Brandon procede com seus convidados exatamente como o leiloeiro apregoa suas mercadorias. Descreve-os de maneira horrenda ou então revela tudo a respeito deles, exceto o que queríamos saber.

---

[2] Resumo, breve descrição. Como nesse caso, manteremos todas as palavras e expressões, em outros idiomas, usadas originalmente por Oscar Wilde. A significação de cada uma delas será apresentada em notas de rodapé. (*N. do E.*)

— Pobre Lady Brandon, você é duro com ela, Harry! — exclamou Hallward com indiferença.

— Meu caro companheiro, ela tentou fundar um *salon*, mas conseguiu apenas abrir um restaurante. Como poderia admirá-la? Mas, diga-me, o que ela lhe disse sobre o Sr. Dorian Gray?

— Disse algo do tipo: "Rapaz charmoso — sua querida mãe e eu somos inseparáveis. Não me recordo o que ele faz, receio que não faça nada — ah, sim, ele toca piano; ou será violino, Sr. Gray?". Caímos na gargalhada e logo ficamos amigos.

— Não é nada mau começar uma amizade rindo. Também é a melhor maneira de terminá-la — disse o jovem lorde, pegando mais uma margarida.

Hallward balançou a cabeça.

— Você não entende o que é amizade, Harry — murmurou ele — ou inimizade. Você gosta de todo mundo, ou seja, todos são indiferentes para você.

— Como você é injusto! — exclamou Lorde Henry, atirando o chapéu para a nuca e contemplando no ar nuvens diáfanas que, semelhantes a flocos de seda branca e lustrosa, fugiam sob o céu azul-turquesa de verão. — Sim, uma terrível injustiça. Estabeleço muita diferença entre as pessoas. Escolho meus amigos por sua bela aparência — meus conhecidos por sua fama e meus inimigos por sua inteligência. Deve-se dar a maior importância na escolha de seus inimigos. Não tenho um único que seja tolo. Possuem todos certo valor intelectual, o que faz com que saibam apreciar-me. Será vaidade demais de minha parte? Claro que há, mas pouco importa.

— Não me custa acreditar nisso, Harry, mas se for aplicar a regra de classificação que você propõe, não devo passar de um simples conhecido para você.

— Meu caro Basil, você é para mim muito mais que um conhecido.

— E muito menos que um amigo. Digamos, uma espécie de irmão.

— Ah — os irmãos! Não ligo para meus irmãos! O mais velho teima em não morrer e os mais novos seguem-lhe o exemplo.

— Harry! — exclamou Hallward, franzindo a testa.

— Não me leve muito a sério, meu amigo. Mas, que posso fazer? Detesto meus parentes. Isso porque, certamente, é difícil ver nos outros nossos próprios defeitos. Concordo plenamente com a democracia inglesa, em seu ódio contra aquilo que chama de vícios das altas classes. As massas acreditam que a embriaguez, a loucura e a devassidão deveriam ser exclusivamente delas; e mal um de nós se desencaminha, é como se estivesse invadindo suas terras. Quando o pobre Southwark compareceu perante o Tribunal de Divórcios, a indignação do povo atingiu o sublime. E, todavia, não acredito que dez por cento dos proletários vivam corretamente.

— Não aprovo uma única frase desse discurso; mais ainda: aposto que nem você acredita nisso.

Lorde Henry alisou a barba castanha, talhada em ponta e, com sua ornada bengala de ébano, tocou a ponta da botina de verniz.

— Ah! Você é um perfeito inglês, Basil! É a segunda vez que me faz a mesma observação. Apresente uma ideia para um verdadeiro inglês — empreitada sempre perigosa — e ele nunca procurará saber se a ideia é verdadeira ou falsa. Sua única preocupação é saber se acreditam nela. O valor de uma ideia nada tem, portanto, que ver com a convicção daquele que a expressa. Melhor ainda: quanto menos sincero é o defensor dessa ideia, tanto mais probabilidades tem a ideia de ser puramente intelectual, porque, em tal caso, não reflete nem seus interesses, nem seus desejos, nem seus preconceitos. Não quero, porém, discutir política, sociologia ou metafísica. Gosto das pessoas muito mais que dos princípios e, acima de tudo, gosto das pessoas sem princípios. Voltemos, então, a nosso assunto: Dorian Gray. Tem-no visto com frequência?

— Sim, diariamente. Não ficaria feliz se não o visse todos os dias. Ele me é absolutamente indispensável.

— Isso me surpreende! Julgava que sua arte estava acima de tudo.

— Ele agora é toda minha arte — pronunciou gravemente o pintor. — Chego a pensar que não existem na história do mundo senão dois fatos verdadeiramente dignos de marcar época. O primeiro foi o aparecimento de um novo tipo de técnica na arte. O segundo foi o surgimento de uma nova personalidade dentro da arte. O que foi para os venezianos a invenção da pintura a óleo e para os últimos escultores gregos o rosto de Antínoo[3], o mesmo será o rosto de Dorian Gray, um dia, para mim. Não somente porque o pinte, desenhe, esboce. Certamente, fiz tudo isso. Mas ele é para mim muito mais que um motivo ou um modelo vivo. Isso não quer dizer que eu esteja descontente com aquilo que dele tirei, nem que sua beleza seja tal que a arte não possa traduzi-la. Nada há que a arte não possa exprimir, e sei, com absoluta certeza, que todos os trabalhos que fiz, após meu encontro com Dorian Gray, são muito bons, os melhores de minha vida. Mas, por alguma razão curiosa, me pergunto se você pode compreender isso: a personalidade de Dorian

---

[3] Belo jovem da Bitínia, afogou-se no Nilo em 130 d.C. Foi favorito do imperador Adriano (76-138 d.C.), que fundou a cidade de Antinoópolis em sua homenagem e lhe erigiu templos. Serviu de padrão estético para escultores do período. (N. do E.)

conduziu-me a uma maneira, a um estilo de arte, inteiramente novos, completamente imprevistos. Já não tenho a mesma visão nem formo das coisas o mesmo conceito.

Depois de um suspiro, Basil continuou:

— Agora, é fácil para mim recriar a vida segundo ritmos que antigamente me eram inacessíveis. Quem foi que disse: "Um sonho de beleza em dias de meditação?". Não sei. Mas é isso que Dorian Gray tem sido para mim. A simples presença visível desse adolescente — porque, a meus olhos, não passa de um adolescente, apesar de seus vinte anos feitos! — sim, só sua presença visível!... Mas me pergunto se você pode compreender o que tudo isso significa. Inconscientemente, Dorian fornece-me as linhas de uma escola nova, de uma escola que pode unir, num só tempo, a paixão do espírito romântico e toda a perfeição do espírito grego. A harmonia da alma e do corpo, algo esplêndido! Em nossa loucura, separamos esses dois componentes e inventamos um realismo que é vulgar e um idealismo que é oco. Se você soubesse, Harry, o que Dorian Gray significa para mim! Lembra-se daquela paisagem pela qual Agnew ofereceu-me um elevado preço, mas da qual eu não quis separar-me? Foi uma das coisas mais acertadas que fiz. E por quê? Porque, enquanto a pintava, Dorian Gray estava sentado a meu lado. Uma influência sutil emanava dele para mim, e, pela primeira vez em minha vida, em simples arvoredos, foi-me revelada essa magia a que eu tanto aspirava e que antes nunca havia conseguido captar.

— Basil, isso tudo é extraordinário! Preciso conhecer esse Dorian Gray.

Hallward levantou-se do banco e começou a passear pelo jardim, regressando logo depois.

— Harry — disse —, Dorian é para mim simplesmente um motivo artístico. Pode ser que ele não desperte nada em você. Nele, eu descubro um mundo. Nunca está tão presente em minha obra do que quando dela sua imagem não figura. Eu lhe disse: ele me sugere um novo estilo. Encontro-o na curva de certas linhas, na graça e na sutileza de certas cores. Isso é tudo.

— Então — perguntou Lorde Henry —, por que não quer expor o retrato dele?

— Porque, sem o querer, expressei nele minha estranha idolatria de artista. É certo que fiz o possível para não me trair diante de Dorian. Ele ignora-o absolutamente. E há de ignorá-lo sempre. Mas o mundo poderia vir a perceber e eu não pretendo expor minha alma, cruamente, aos olhos frívolos e curiosos de um público inquisidor e vil. Há nesse retrato muito de mim mesmo, Harry, demasiado de mim.

— Os poetas não têm tantos escrúpulos como você. Sabem quanto a paixão pode contribuir para o sucesso. Atualmente, um coração amargurado vende muitas edições.

— Por isso eu os detesto — reagiu Basil. — Um artista deve criar coisas belas, mas não deve colocar nelas nada de sua própria vida. Em nossos dias, trata-se a arte como se fosse apenas uma das formas naturais da autobiografia. Perdemos o sentido abstrato da beleza. Um dia quero revelá-la ao mundo. E é por isso que o mundo jamais verá o meu retrato de Dorian Gray.

— Na minha maneira de pensar, você faz mal, Basil. Mas não quero discutir com você. Apenas os perdidos intelectualmente discutem. Diga-me uma coisa: Dorian Gray lhe tem em alta conta?

O artista ensimesmou-se por instantes, e respondeu:

— Sim, gosta de mim. Sei que gosta de mim. É verdade que o elogio demasiadamente. Tenho um prazer singular em lhe dizer coisas das quais sei que me arrependerei depois. Em geral é gentil comigo e ficamos em meu ateliê conversando longamente sobre diversas coisas, as mais variadas. Em compensação, há dias em que ele se mostra absolutamente frio, seco, e parece ter prazer em causar-me sofrimento. Nesses instantes, sinto que entreguei toda minha alma a um ser que não a trata diferentemente de uma flor que se coloca na lapela do paletó, uma condecoração para apregoar a vaidade, um inútil ornamento para um dia de verão.

— São bem longos os dias de verão — sussurrou Lorde Henry. — Quem sabe você venha a se cansar de Dorian antes de ele próprio. Por mais triste que seja esse pensamento, sem dúvida que o Gênio é mais duradouro do que a Beleza. Isso explica nosso sofrimento para nos aprimorarmos. Nessa luta feroz pela vida, sentimos a necessidade de uma força que permaneça; e enchemos o espírito com banalidades, na esperança de garantir nosso prestígio. O cavalheiro que sabe tudo a fundo — eis o ideal de hoje em dia. E, todavia, quão horroroso é o espírito do cavalheiro que sabe tudo a fundo! É como a loja de um negociante de velharias. Somente poeira e monstruosidades, e tudo cotado acima do devido valor. Ainda assim, acredito que será você o primeiro a enfastiar-se. Um belo dia, olhará para seu amigo e perceberá que seus traços já não são tão impecáveis, ou então alguma coisa lhe parecerá chocante na tonalidade de sua cor, ou que sei eu? Amargamente você irá censurá-lo no fundo de seu coração e irá perceber que ele tem agido muito mal com você. Na próxima visita que ele fizer, você terá para com ele unicamente frieza e indiferença. O mais triste de tudo é que, a partir desse dia, você deixará de ser o mesmo homem. O que você acaba de contar-me é um verdadeiro romance; se quiser, vamos chamá-lo de romance artístico. Ora, o mal de um romance vivido, seja ele qual for, é que no fim das contas, nos deixa bem pouco românticos!

— Não fale assim, Harry. Enquanto viver, permanecerei submisso aos encantos de Dorian Gray. É um sentimento que você não pode compreender. Você é muito inconstante.

— Justamente por isso, meu caro Basil, é que posso compreender. Aqueles que são fiéis no amor só lhe conhecem a trivialidade; são os que são infiéis que lhe conhecem as tragédias.

Retirando um cigarro de sua delicada cigarreira de prata, Lorde Henry acendeu-o e começou a fumar, cheio de si e satisfeito, como um homem que, numa simples frase, acaba de resumir o universo.

Barulhentos pardais agitavam-se por entre a folhagem espessa das heras e as sombras azuladas das nuvens, como andorinhas, perseguiam-se umas às outras sobre a relva. Como tudo estava bem naquele recanto de jardim! E como eram deliciosas as emoções das pessoas — muito mais deliciosas, pensava Harry, do que as ideias delas. A própria alma de alguém e as paixões de seus amigos constituíam as duas grandes fascinações na vida. E, num silêncio divertido, imaginava aquela tediosa refeição que a longa visita a Basil Hallward acabava de lhe fazer perder. Caso tivesse ido à casa de sua tia, certamente teria encontrado Lorde Goodbody e seria obrigado a ouvir tagarelices sobre a necessidade de assistir os pobres e a eles propiciar habitações-modelo. Cada um teria exaltado as virtudes que sua condição lhe dispensava de praticar na vida. Os ricos teriam louvado os benefícios da economia e os ociosos dissertado eloquentemente a respeito da dignidade do trabalho. Que esplêndido ter podido escapar daquilo tudo! Ao pensar na tia, veio-lhe de repente uma ideia. Voltando-se para Hallward, disse:

— Acabo de lembrar-me!

— De que é que se lembrou, Harry?

— De onde ouvi falar a respeito de Dorian Gray.

— E de onde foi? — perguntou Hallward, as sobrancelhas levemente franzidas.

— Oh! Não me olhe com esse ar zangado. Foi na casa de minha tia, Lady Agatha. Disse-me, um dia, que acabava de descobrir um rapaz fabuloso, o qual queria muito ajudá-la em suas obras assistenciais em East End[4], e que se chamava Dorian Gray. Asseguro, porém, que não disse palavra a respeito de sua beleza física. As mulheres, pelo menos as mulheres honestas, não sabem

---

[4] East End é a parte proletária de Londres. (*N. do E.*)

apreciar a beleza física. Disse-me ela que o tal jovem era muito correto e que lhe parecia possuir bom caráter. Veio-me, imediatamente, a imagem de um coitado de óculos, cabelos desalinhados, sardento, tropeçando em seus pés enormes. Era então seu amigo!

— Agrada-me que o tenha ignorado, Harry.
— Mas, por quê?
— Porque não quero que o conheça.
— Não?
— Não.
— O Sr. Dorian Gray está no ateliê, senhor — anunciou o criado que chegara até o jardim.
— Agora será obrigado a apresentá-lo — exclamou, sarcasticamente, Lorde Henry.

O artista voltou-se para o criado, que permanecia aguardando sob o sol ofuscante.

— Parker, diga ao Sr. Dorian Gray que espere um pouco, por favor. Irei vê-lo dentro de alguns instantes.

O homem inclinou-se e subiu a alameda do jardim.

Então, Basil Hallward, com os olhos fixos em Lorde Henry, suplicou:

— Dorian Gray é meu melhor amigo. É uma criatura bela e cândida. Sua tia nada lhe disse a respeito dele que não seja verdade. Não o estrague, não exerça sobre ele sua influência perniciosa. Há muitas criaturas admiráveis neste enorme mundo. Não tire de mim a única pessoa que fornece encanto a minha arte. Repousa em Dorian minha vida como artista. Não traia minha confiança!

Falava com voz lenta, como se cada palavra lhe custasse enorme esforço.

— Quanta tolice você está me dizendo! — observou Lorde Henry, sorrindo.

E, segurando Hallward pelo braço, conduziu-o quase à força.

2

Tão logo entraram, avistaram Dorian Gray. Sentado ao piano, de costas para eles, folheava uma coleção de partituras de Schumann: *As cenas da floresta*.

— Basil! — exclamou ele. — Você tem de emprestar-me estas partituras, quero aprendê-las. São divinas.

— Está bem, Dorian, desde que hoje você faça uma boa pose.

— Ah, não! Estou cansado de posar e, além disso, não sei o que faria de meu retrato em tamanho natural! — respondeu o jovem, voltando-se na banqueta do piano, de forma petulante e voluntariosa. Ao ver Lorde Henry, seu rosto corou um pouco. Levantou-se rapidamente.

— Desculpe, Basil. Não havia percebido que você estava acompanhado.

— Caro Dorian, apresento-lhe Lorde Henry Wotton, meu amigo desde os tempos de Oxford. Eu estava justamente falando-lhe que você era um modelo incomparável, e agora você estragou tudo.

— Mas não me tirou o prazer em conhecê-lo, Sr. Gray — completou Lorde Henry, estendendo-lhe a mão. — Minha tia falou-me muitas vezes do senhor. O senhor é uma de suas pessoas prediletas, embora isso também possa significar que seja uma de suas vítimas.

— Eu consto agora do livro negro de Lady Agatha — respondeu Dorian, com um engraçado olhar de preocupado. — Na última terça-feira eu devia acompanhá-la a um certo clube de Whitechapel, mas acabei me esquecendo completamente. Íamos tocar juntos um dueto, ou, creio eu, até mesmo três. Ela deve estar furiosa comigo, tanto que nem me atrevo a ir à sua casa.

— Pode deixar que eu me encarrego de reconciliá-la com o senhor. Ela o aprecia muito. A propósito, creio que seu esquecimento não tenha tido importância maior. É provável que o público tenha mesmo acreditado ouvir um dueto, pois quando tia Agatha toca piano, ela realmente faz barulho por dois...

— Trata-se de uma afirmação bastante desagradável para ela e pouco elogiosa para mim — disse Dorian, rindo.

Lorde Henry olhava-o o tempo todo. Era, de fato, belo, muito belo. Os lábios vermelhos, sutilmente desenhados, os olhos azuis, transmitindo franqueza, os cabelos em anéis dourados. Seu rosto inspirava confiança logo de imediato, refletindo uma inocência ao mesmo tempo cândida e jovialmente ardorosa. Notava-se que aquele adolescente havia-se conservado puro, protegido do mundo. Por que então espantar-se com a admiração de Basil Hallward?

— O senhor é demasiado encantador para dedicar-se assim à filantropia.

E, ao dizer isso Lorde Henry sentou-se no sofá, colocando a mão no casaco para apanhar a cigarreira.

Nesse meio tempo, o artista tinha feito sua palheta e preparado os pincéis. Transparecia aborrecimento. Quando ouviu a última observação de Lorde Henry, lançou-lhe um olhar desaprovador. Hesitou um segundo, mas depois falou:

— Harry, eu queria terminar hoje o retrato de Dorian. Não querendo faltar-lhe com a consideração nem aborrecê-lo muito, será pedir-lhe demais que nos deixe a sós?

Lorde Henry sorriu e, voltando-se para Dorian, perguntou:

— Senhor Gray, quer que eu me vá?

— Por favor, de modo algum, Lorde Henry! Basil está num de seus dias de mau humor, e quando isso acontece, não consigo suportá-lo. Além disso, gostaria que o senhor me explicasse por que não deveria dedicar-me à filantropia.

— Não tenho muito a dizer-lhe sobre isso, Sr. Gray. Trata-se de um assunto muito entediante e que não merece que dele se fale com seriedade. Mas, considerando que não deseja que eu parta, então ficarei. Você fica zangado comigo, Basil? Disse-me tantas vezes que lhe agrada que conversem com seus modelos.

Hallward mordeu os lábios.

— Se é essa a vontade de Dorian, não me oponho. Os caprichos de Dorian têm força de lei para todos, exceto para ele.

Lorde Henry pegou o chapéu e as luvas.

— Você é realmente muito amável, Basil, mas a verdade é que preciso ir embora. Tenho um encontro às cinco, no *Orléans*. Até logo, Sr. Gray. Venha ver-me uma tarde dessas, em Curzon Street. Estou quase sempre em casa em torno das cinco horas. Mas me avise quando decidir fazer essa visita. Ficaria desapontado se não pudesse encontrá-lo.

— Basil — exclamou Dorian Gray —, se Lorde Henry Wotton for embora, eu também vou. Quando está pintando, você nunca diz nada, e não há coisa mais chata do que ficar aí em cima do estrado, tentando fazer uma cara expressiva. Peça-lhe que fique, insisto.

— Fique, Harry, para satisfazer Dorian Gray e também a mim — disse Hallward, sem tirar os olhos do retrato. — É verdade que quando trabalho, não falo, nem escuto e isso deve ser terrivelmente tedioso para meus pobres modelos. Peço-lhe que fique.

— E quanto a essa pessoa a quem devia encontrar no *Orléans*?

O pintor desatou a rir.

— Estou certo de que não vai aborrecer-se muito com isso. Sente-se outra vez, Harry. E agora, Dorian, suba para o estrado e procure não se mover muito nem prestar atenção ao que lhe disser nosso Lorde. Trata-se de alguém que exerce péssima influência sobre todos seus amigos, menos sobre mim.

Postando-se como um jovem mártir grego, Dorian Gray subiu ao estrado, fazendo uma *moue*[5], de tédio a Lorde Henry, com quem já simpatizava.

---

[5] Palavra francesa que significa beicinho. "Fazendo uma *moue*", isto é, fazendo beicinho. (N. do E.)

Como ele era tão diferente de Basil! Que delicioso contraste entre eles! E a voz de Lorde Henry era tão bela! Ao final de alguns instantes, disse-lhe:

— É verdade que exerce péssima influência, Lorde Henry, como Basil disse?

— Não existe boa influência, Sr. Gray. Toda influência é imoral... cientificamente imoral.

— Mas por quê?

— Porque influenciar alguém é transmitir-lhe nossa própria alma. Aquele que é influenciado já não pensa com seus pensamentos nem se queima com as próprias paixões. Tampouco suas virtudes lhe pertencem. Seus pecados — se é que eles existem — tornam-se igualmente um empréstimo. Ele acaba transformando-se no eco de uma música alheia, desempenhando um papel preparado para outro. A finalidade da vida é o autodesenvolvimento. Foi para expandir plenamente nossa natureza que viemos ao mundo. Hoje em dia, infelizmente, as pessoas têm medo de si mesmas. Esqueceram o dever primordial, o dever para consigo mesmas. É verdade que são caridosas; alimentam os que têm fome, vestem os maltrapilhos. No entanto, não alimentam a própria alma. A coragem nos desertou, se é que algum dia a tivemos. O temor da sociedade, que é a base da moral, o temor a Deus, que é o segredo da religião... eis os dois princípios que nos governam. E, contudo...

— Vire a cabeça um pouco mais para a direita, Dorian, como menino bem comportado — solicitou o pintor, que, absorto em seu trabalho, havia percebido no rosto do adolescente uma expressão que nunca notara.

— E, contudo — continuou Lorde Henry, com sua voz grave e harmoniosa, enquanto flexionava a mão, repetindo o mesmo gesto ondulante que lhe era peculiar desde os tempos de colégio em Eton —, creio que se um homem ousasse viver sua vida inteira e plenamente, caso se atrevesse a manifestar todos os sentimentos, a expressar todos seus pensamentos, a realizar todos seus sonhos, o mundo receberia tal impulso novo de alegria, que esqueceríamos todas as tolices da Idade Média, e voltaríamos ao ideal grego — talvez mesmo a algo ainda mais belo e mais completo que esse ideal. No entanto, o mais corajoso entre nós tem medo de si mesmo. O costume selvagem da mutilação tem sua medonha continuidade na renúncia pessoal que destrói nossas vidas. Carregamos o peso de nossas renúncias. Cada desejo que tentamos sufocar penetra nosso espírito e nos envenena. Ao pecarmos, nosso corpo se liberta do pecado, porque a ação possui uma força purificadora. Resta-nos, somente, a lembrança de um prazer ou a volúpia de um remorso. O único meio de se livrar da tentação é ceder a ela. Quando resistimos, nossa alma adoece, consumida pelo desejo daquilo que ela se proibiu a si mesma, daquilo que suas leis monstruosas tornaram ilícito e monstruoso. Alguém já disse que os grandes acontecimentos do mundo passam-se no cérebro. É no cérebro, e unicamente no cérebro, que têm lugar os grandes pecados do mundo. O senhor mesmo, senhor Dorian Gray, ainda florescendo entre as rosas vermelhas da juventude e entre as rosas brancas da infância, o senhor já terá sentido paixões que lhe causaram medo, pensamentos que o congelaram de terror, sonhos que perseguiram seus dias e suas noites, cuja simples lembrança poderia fazer seu rosto corar de vergonha...

— Basta — balbuciou Dorian Gray. — Basta! O senhor me deixa confuso. Não sei o que dizer. Tenho uma resposta a dar-lhe, mas não consigo encontrá-la. Não fale mais. Deixe-me tentar refletir, ou, melhor, esforçar-me para não pensar.

Durante quase dez minutos permaneceu imóvel, os lábios entreabertos, os olhos brilhando. Perturbado, sentia agir em si influências inteiramente novas, mas que, acreditava ele, emanavam, entretanto, unicamente dele mesmo. As poucas palavras que o amigo de Basil lhe dirigira — palavras aparentemente pronunciadas ao acaso e repletas de paradoxos — tinham tocado nele uma corda secreta, até então nunca tangida, mas que vibrava agora e palpitava em emoções estranhas.

A música já o havia comovido assim e o perturbara inúmeras vezes. Porém, a música era inarticulada. Não era um mundo novo, mas antes um segundo caos que criava nele. As palavras, as simples palavras, como eram terríveis! Como eram claras, agudas e implacáveis! Não se podia fugir delas. E, no entanto, quão repletas de sutil magia! Pareciam dar forma plástica ao que era informe, e ter música tão doce e suave quanto a do violino ou da harpa! As palavras, as simples palavras! Havia no mundo algo mais real do que as palavras?

Sim, certos acontecimentos de sua infância tinham-lhe parecido, durante largo tempo, sem sentido. Compreendia-os agora. A vida, subitamente, parecia a seus olhos violentamente abrasadora. Havia caminhado através dessas chamas! E por que antes não tivera consciência disso?

Lorde Henry observava-o com um sorriso sutil. Conhecia bem a conveniência psicológica do silêncio. Sentia-se verdadeiramente interessado. Estava surpreso pela repentina impressão que suas palavras haviam produzido e, lembrando-se de como certo livro, lido quando tinha dezesseis anos, desvendara-lhe um mundo de coisas ignoradas, perguntava-se se Dorian não passava, naquele momento, por uma experiência semelhante. Atirara uma flecha para o ar, sem grandes intenções. Teria ela atingido o alvo? Como era encantador aquele rapaz!

Basil Hallward continuava a pintar sem descanso, naquela perfeita segurança de si mesmo e com essa delicadeza que, em arte como no resto, resulta de uma autêntica força. Não percebera o silêncio ali reinante.

— Basil! — exclamou repentinamente Dorian Gray. — Estou cansado de ficar nessa posição. Preciso sair e sentar-me no jardim. O ar aqui está sufocante!

— Desculpe-me, meu caro amigo. Quando estou pintando, desligo-me de tudo. Mas você nunca posou de maneira tão excelente. Ficou totalmente imóvel. E consegui o efeito que desejava: os lábios semicerrados, o brilho vivo do olhar. Harry, sem dúvida, disse-lhe algo que deu motivo a essa maravilhosa expressão. Deve ter-lhe feito muitos elogios. Mas não dê crédito a nenhuma palavra que ele tenha dito.

— Na verdade, não me fez elogio algum. E talvez seja por isso que não acredito em nada do que ele me disse.

— O senhor sabe que acredita em tudo — disse Lorde Henry, envolvendo o rapaz com um olhar sonhador e lânguido. — Acompanho-o até o jardim. Aqui no ateliê está um calor sufocante. Por favor, Basil, mande que nos sirvam alguma coisa gelada, algo com morangos.

— Certamente, Harry. Apenas toque a campainha, e quando Parker entrar, pedirei a ele o que você quer. Como ainda tenho de terminar este fundo, mais tarde irei me juntar a vocês. Não demore muito tempo, Dorian. Sinto hoje, como nunca, disposição para pintura. Este retrato será minha obra-prima. Mesmo assim como está, já é minha obra-prima.

Lorde Henry dirigiu-se para o jardim. Encontrou aí Dorian Gray, o rosto escondido nos cachos frescos de um lilás, embriagando-se com seu perfume, como se fosse vinho. Chegou-se a ele e pousou-lhe a mão no ombro.

— Ora, aí está um procedimento digno de louvor — murmurou. — Coisa alguma, a não ser os sentidos, é capaz de curar a alma, da mesma forma que coisa alguma, a não ser a alma, é capaz de curar os sentidos.

O rapaz estremeceu e endireitou-se. Estava de cabeça descoberta. Um ramo da árvore emaranhara-se nos anéis rebeldes de seu cabelo, confundindo todos os fios de sua cabeleira de ouro. Os olhos amedrontados abriam-se, engrandecidos como os daqueles que acordam estremunhados. Suas narinas delicadas fremiam e, sob o golpe de secreta emoção, seus lábios trêmulos haviam perdido a cor escarlate.

— Sim — continuou Lorde Henry —, é um dos grandes segredos da vida: curar a alma por meio dos sentidos, curar os sentidos por meio da alma. O senhor é uma criatura extraordinária. Sabe muito mais coisas do que julga saber, e também conhece muito menos coisas do que aspira a conhecer.

Dorian Gray franziu o cenho e desviou a cabeça. Não podia deixar de gostar daquele grande e belo rapaz, que estava em pé junto dele. Sua figura romântica, a tez azeitonada, certo ar de lassidão, atraíam-no irresistivelmente. Sua voz grave e dolente exercia sobre ele verdadeira fascinação. As próprias mãos, frescas e alvas como flores, possuíam um encanto estranho. Seus movimentos rítmicos acrescentavam-se, qual música, a suas palavras. Pareciam possuir uma linguagem peculiar. E, todavia, Dorian tinha medo dele e vergonha de ter medo. Então, tinha sido preciso que um estranho viesse revelá-lo a si mesmo? Havia meses que conhecia Basil Hallward, sem que essa amizade houvesse provocado nele qualquer mudança. Depois, repentinamente, alguém atravessara seu caminho e com uma única palavra revelara-lhe o mistério da vida. Mas, afinal, do que ele havia de ter medo? Se fosse um colegial ou uma donzela, isso sim! Seus temores eram perfeitamente ridículos.

— Vamos sentar-nos à sombra — propôs Lorde Henry. — Parker acaba de servir os refrescos. Além disso, se permanecer nesse sol de fogo, irá comprometer seu rosto e Basil não quererá continuar a pintá-lo. Não, o senhor não tem o direito de se deixar queimar. Não seria bonito.

— E isso, que importa? — perguntou alegremente Dorian Gray, sentando-se no banco, no fundo do jardim.

— Importa muito para o senhor, Sr. Gray.

— Por quê?

— Porque o senhor possui a mocidade mais maravilhosa e porque a mocidade é o único bem que vale a pena ter.

— Não tenho essa impressão.

— Não, por agora não a tem. Mas dia virá em que ficará velho, feio, decrépito, em que o pensamento terá lavrado em sua fronte sulcos áridos e a paixão feito murchar seus lábios. Nesse dia, há de ter essa impressão, em todo seu horror. Presentemente, para onde quer que vá, seu encanto se irradia sobre o mundo. Será sempre assim?... O senhor possui um rosto de extraordinária beleza, Sr. Gray. Não vale franzir a testa. É um fato. Ora, a Beleza é uma das formas do Gênio. Que digo eu? Ela é mesmo superior ao Gênio, porque não carece de explicação. E uma das realidades supremas deste mundo, como o esplendor do sol, como o despertar da primavera, como o reflexo nas águas sombrias dessa concha de prata, que se chama lua. A Beleza não se discute. Reina por direito divino, tornando um príncipe todo aquele que a possui. O senhor sorri? Ah, o senhor deixará de sorrir, quando a houver perdido. Dizem, às vezes, que a Beleza é superficial. Talvez. Em todo caso, menos superficial do que o Pensamento. A meu ver, a Beleza é a maravilha das maravilhas. Só os espíritos levianos julgam pelas aparências. O verdadeiro mistério do mundo é o que é visível e não o invisível... Sim, Sr. Gray, os deuses foram-lhe propícios. Mas o que eles dão também estão prontos a reaver. Restam-lhe bem poucos anos para gozar verdadeiramente, perfeitamente, plenamente a vida. Sua juventude desaparecerá e com ela sua beleza e, de repente, o senhor descobrirá que nada restam de seus triunfos, ou então terá de contentar-se com triunfos medíocres, que tornarão mais amarga a recordação do passado. Cada mês que se escoa torna mais próximo o drama terrível. O tempo tem inveja do senhor e faz guerra a seus lírios e a suas rosas. Um dia, sua tez se tornará descorada, suas faces parecerão lívidas, seus olhos ficarão sem brilho. E sofrerá de maneira abominável. Ah, enquanto dura a mocidade, trate de pedir-lhe tudo quanto ela é capaz de dar. Não dissipe o ouro de seus dias. Não dê ouvidos a tolices, não sonhe aliviar infortúnios irremediáveis, não pense em dedicar-se ao serviço de seres vis, ignorantes e vulgares. É esse o sonho doentio, o falso ideal de nosso tempo. Viva! Viva a vida maravilhosa que possui. Não perca nada! Busque constantemente sensações novas. Não recue diante de coisa alguma!... Um novo hedonismo, eis do que nosso século está à espera. Por que não será o senhor seu símbolo visível? Como a riqueza de tais dons pessoais, nada lhe será impossível. Durante um lapso de tempo, o mundo será seu! Desde o instante em que o encontrei, compreendi que não tinha plenamente consciência nem do prodígio que é nem do prodígio que poderá ser. Tantas coisas me encantavam no senhor, que me senti imperiosamente levado a falar-lhe um pouco de si mesmo. Que catástrofe, pensava eu, se tantos atrativos se perdessem! E tão efêmero é o tempo que durará sua mocidade! Infelizmente, é muito curto! As modestas flores da colina murcham, mas tornam a florir. Esta giesta, quando vier outra vez o mês de junho, ficará toda dourada como agora. Dentro de um mês, essa clematite cobrir-se-á de estrelas de púrpura e, de ano para ano, as mesmas estrelas de púrpura iluminarão a noite glauca de sua folhagem. Nós, porém, jamais recuperaremos nossa mocidade. O pulso que aos vinte anos bate febrilmente de alegria se torna cada vez mais lento. Nossos membros curvam-se, nossos sentidos deterioram-se. Dentro em pouco, seremos apenas umas marionetes hediondas, obcecadas pelas lembranças das paixões de que tivemos muito medo e das tentações deliciosas a que não tivemos a coragem de ceder. Ah, a mocidade, a mocidade! Não há nada no mundo, absolutamente nada, senão a mocidade!

    Dorian Gray, os olhos dilatados, ouvia com espanto. O ramo de lilás que segurava entre as mãos caiu no saibro da alameda. Uma abelha dourada veio, zumbindo, voltejar, durante uns instantes, depois começou a subir de flor em flor, pelos flancos ovais do pequeno globo estrelado. Dorian observou-a com a estranha atenção que dispensamos às coisas mais banais, quando outras de muito maior importância nos preocupam, ou quando uma emoção indefinível nos perturba, ou um pensamento que julgamos formidável nos assalta o espírito e reclama nossa aquiescência. A abelha não tardou a retomar o voo. Dorian viu-a escorregar pelo cálice de uma trepadeira de cor violeta. A flor tremeu, depois ficou a balançar-se docemente na pequenina haste.

De repente, o pintor surgiu no limiar do ateliê e, gesticulando nervosamente, fez-lhes sinal para entrarem. Voltaram-se um para o outro e sorriram.

— Estou à espera de vocês — gritou ele. — A luz está incomparável. Nada impede que transportem os refrescos para cá.

Levantaram-se ambos e lentamente desceram pela alameda. Duas borboletas de tons verdes e brancos saltitavam perto deles e, na pereira situada no canto do jardim, um melro desatou a assobiar.

— Ficou contente por haver-me encontrado, Sr. Gray? — perguntou Lorde Henry, os olhos fixos no rapaz.

— Sim, agora estou contente. Quem sabe, porém, se será sempre assim?

— Sempre! Que palavra terrível! Nunca ouço pronunciá-la sem um certo arrepio. As mulheres empregam-na com verdadeiro frenesi. E estragam todas as aventuras, por quererem que durem sempre. Aliás, é uma palavra vazia de sentido. A única diferença entre um simples capricho e uma paixão eterna é que o capricho dura um pouco mais!

Entrando no ateliê, Dorian Gray pousou a mão no braço de Lorde Henry e, envergonhado com a própria audácia:

— Se assim é — murmurou —, façamos de nossa amizade um capricho. — Depois, subiu para o estrado e começou nova pose.

Recostado numa larga poltrona de vime, Lorde Henry observava-o. Nada perturbava o silêncio, a não ser os leves toques do pincel sobre a tela e, de quando em quando, um ruído de passos, quando Basil recuava para apreciar melhor seu trabalho. Nos raios oblíquos que se filtravam através da porta entreaberta, o pó turbilhonava em grãos dourados. Parecia arrastar-se sobre as coisas um forte perfume de rosas.

Ao cabo de um quarto de hora, Hallward parou de pintar, contemplou demoradamente Dorian Gray, demoradamente o retrato, depois, mordiscando a ponta de um dos seus grandes pincéis e carregando o semblante...

— Por esta vez, está acabado! — exclamou. E curvando-se, após sua assinatura num canto à esquerda, em letras altas, com vermelhão.

Lorde Henry veio examinar o quadro. Incontestavelmente, era uma obra de arte maravilhosa e era também um maravilhoso retrato, de semelhança surpreendente.

— Minhas felicitações muito sinceras, caro amigo. Este retrato é o mais belo dos tempos modernos. Venha cá, Gray. Venha contemplar-se a si mesmo.

O rapaz estremeceu, como se o despertasse de um sonho e, descendo do estrado, indagou:

— Está realmente acabado?

— Sim, completamente — respondeu o artista. — E hoje você posou de maneira notável. Não sei como agradecer-lhe.

— Mas é a mim que se deve esse comportamento — interveio Lorde Henry. — Não é verdade, Sr. Gray?

Dorian adiantou-se devagar, sem responder. Chegando junto do cavalete, voltou-se para seu retrato, teve um ligeiro sobressalto e não pôde deixar de enrubescer de contentamento. Nos olhos, ateou-se-lhe uma luminosidade alegre, como se, pela primeira vez, reconhecesse a si mesmo. Permanecia ali, trespassado de surpresa, mal dando conta de que Hallward lhe falava, deixando deslizar as palavras, sem compreendê-las. A irradiação da própria beleza iluminava-o como uma revelação. Nunca, até aquele dia, dela se havia compenetrado. Nos cumprimentos de Basil Hallward, quis ver apenas o exagero encantador da amizade. Tinha-os escutado a rir, depois esquecera-os. Não tinham exercido nele a mínima influência. Então, aparecera Lorde Henry Wotton, com seu estranho panegírico da mocidade, depois a terrível advertência de sua breve duração. Essa conversa tinha-o imediatamente impressionado e agora que o êxtase o deixava imóvel diante da imagem da própria beleza, eis que, numa claridade meridiana, apreendia toda a verdade. Sim, chegaria o dia em que seu rosto ficaria cavado pelas rugas e flácido, os olhos vagos e sem brilho, a graça de suas linhas deformada e falsa. O escarlate desapareceria dos lábios e os cabelos perderiam seu fluido de ouro. A vida, à medida que lhe formasse a alma, deformar-lhe-ia o corpo. Teria de ficar horrível, hediondo, grotesco.

Ao pensar nisso, sentiu-se trespassado por uma dor aguda, como lâmina fina, e um estremecimento sacudiu-lhe as fibras mais íntimas. Os olhos velaram-se-lhe de um azul sombrio de ametista, embebendo-se de lágrimas. Parecia que mãos de gelo lhe comprimiam o coração.

— Não lhe agrada o retrato? — perguntou enfim Hallward, até certo ponto melindrado com o silêncio do jovem e sem saber a que pudesse atribuí-lo.

— Naturalmente que lhe agrada — disse Lorde Henry. — A quem é que deixaria de agradar? É uma das obras-primas da arte moderna. Dou por ele tudo quanto você quiser, mas faço questão de o possuir.

— Não sou eu o dono, Harry.
— Então, a quem é que ele pertence?
— Ora essa, a Dorian Gray — respondeu o pintor.
— Aí está um rapaz que pode considerar-se feliz.
— Que lástima! — murmurou Dorian Gray, os olhos presos ainda no retrato. — Que lástima! Ficarei velho, horrível, repelente. E essa pintura permanecerá sempre jovem. Nunca será mais velha do que este dia de junho. Oh, se fosse o contrário! Se fosse eu que ficasse sempre jovem e o retrato que envelhecesse! Para conseguir esse milagre daria tudo, tudo. Na verdade, nada haveria no mundo que não estivesse pronto a sacrificar! Para conseguir esse milagre, daria até a alma.
— Aí está uma combinação que não me parece venha a ser de seu agrado, Basil — aparteou rindo, Lorde Henry. — Seria desagradável para sua arte.
— Opor-me-ia a isso com a máxima energia — assegurou Hallward.
Dorian Gray voltou-se para ele e, fixando-o, disse:
— Creio efetivamente que você recusaria, Basil. Você prefere sua arte a seus amigos. Para você, tenho tanto valor quanto qualquer figurinha de bronze esverdinhada. Na realidade, valho tanto quanto isso.
Espantado, o pintor contemplou o jovem. Essa maneira de falar era tão estranha na boca de Dorian! Que teria então acontecido? O rapaz parecia verdadeiramente irritado. O sangue subia-lhe ao rosto e tinha as faces afogueadas.
— Sim — prosseguiu —, você faz de mim tanto caso quanto de seu Hermes de marfim, ou de seu fauno de prata. A esses, você amará sempre. Mas durante quanto tempo lhe agradarei eu? Até aparecer-me a primeira ruga, de certo. Sei agora que, perdendo a beleza, muita ou pouca, perde-se tudo. Sua pintura ensinou-me. Lorde Henry Wotton tem perfeitamente razão. A mocidade é o único bem que vale a pena. Ao primeiro sinal de decrepitude, mato-me.
Hallward, que se tornara pálido, tomou-lhe a mão:
— Dorian, Dorian! — exclamou. — Não fale assim. Nunca tive e jamais terei um amigo como você. Ora, não vá ter ciúme de objetos materiais, que você excede a todos em beleza.
— Tenho inveja de toda a beleza que não morre. Tenho inveja do retrato que você fez de mim. Por que é que ele há de conservar aquilo que eu hei de perder? Cada minuto que passa acrescenta a seu encanto aquilo que rouba ao meu. Oh, por que não o contrário? Se o retrato mudasse e eu permanecesse aquilo que hoje sou! Por que quis você pintar este retrato, cuja ironia, a ironia cruel, não tardará em perseguir-me?

Lágrimas ardentes brotaram de seus olhos. Afastou a mão do aperto de Basil e, caindo em cima do sofá, escondeu o rosto nas almofadas, como se fosse rezar.

— Aí está a sua obra, Harry! — disse o pintor em tom amargo.

Lorde Henry deu de ombros.

— Aí está o verdadeiro Dorian, simplesmente.

— Ah! Isso não!

— Seja. Em todo caso, nada fiz para isso.

— Você devia ter ido embora quando eu lhe pedi — murmurou Basil.

— Se fiquei foi a seu pedido — observou Lorde Henry.

— Harry, não quero discutir ao mesmo tempo com meus dois melhores amigos. Mas vocês tornam odioso o mais perfeito de meus trabalhos e vou destruí-lo. Afinal, que valem um pedaço de tela e um pouco de tinta? Não consentirei que este retrato venha a estragar a existência de nós três.

Dorian levantou então das almofadas sua cabeça loura e, feições alteradas, os olhos avermelhados pelas lágrimas, observou Basil. O pintor foi direto à grande mesa de madeira branca, colocada diante da janela de largas cortinas. Que estaria ele fazendo? Suas mãos procuravam alguma coisa na confusão dos pincéis e dos tubos de estanho. Sim, era aquela fina lâmina de aço flexível, a comprida faca da palheta. Encontrando-a, por fim, preparou-se para rasgar a tela.

Abafando os soluços, o rapaz saltou do sofá, correu para Hallward, arrancou-lhe a faca das mãos e atirou-a para o fundo do ateliê.

— Oh, não, Basil! Não! Seria um crime!

— Encantado por ver que você afinal começa a apreciar meu quadro, Dorian — disse o pintor, reposto da própria surpresa. — Não ousava mais esperá-lo.

— Apreciá-lo, diz você? Mas eu o adoro, Basil. Sinto que ele faz parte de mim mesmo.

— Bem, meu caro. Logo que "você" estiver seco, será envernizado, emoldurado, levado em domicílio e aí fará de si o que melhor lhe aprouver.

E, atravessando a sala, tocou a campainha para mandar servir o chá.

— Você toma uma xícara de chá, não, Dorian? E você também, Harry? A não ser que esse prazer lhes pareça simples demais.

— Mas eu tenho loucura pelos prazeres simples — disse Lorde Henry. — É esse o último refúgio das almas complicadas. Em compensação, não gosto do drama, exceto no palco. Vocês dois são verdadeiramente absurdos! Quem foi que teve o atrevimento de definir o homem como animal racional? Eis a definição mais prematura que já se apresentou. O homem é tudo quanto quiserem, menos racional. E, afinal de contas, acho isso ótimo. Todavia, meus caros amigos, não desejaria que este retrato fosse motivo de briga entre vocês. O melhor que você, Basil, poderia fazer, seria ceder-me. Esse rapaz caprichoso não se importaria e eu tenho um desejo louco de possuir este quadro.

— Se você, Basil, o der a alguém que não a mim, nunca o perdoarei! — exclamou Dorian Gray. — E não dou licença a ninguém de chamar-me de rapaz caprichoso.

— Sabemos perfeitamente que o retrato é seu, Dorian. Antes mesmo de pintá-lo, já lhe havia dado.

— E também sabe, Dorian — disse Lorde Henry —, que acaba de ser um tanto caprichoso e não pode levar a mal que alguém lhe recorde sua extrema juventude.

— Esta manhã ter-me-ia ofendido com isso, Lorde Henry.

— Esta manhã, sim, mas depois disso o senhor viveu.

Bateram à porta. O mordomo entrou e depositou, numa pequena mesa em estilo japonês, a bandeja preparada para o chá. Ouviu-se um tilintar de xícaras e pires; uma chaleira canelada do período georgiano chiava. Um criado trouxe dois pratos de porcelana chinesa em forma de globo. Dorian Gray começou a servir o chá. A passos lentos, os dois homens aproximaram-se da mesa e lançaram um olhar para os pratos chineses cobertos.

— E se nós fôssemos hoje ao teatro? — propôs Lorde Henry. — Num lugar ou noutro, devem representar alguma peça interessante. Prometi que jantaria em casa de White, mas, como se trata de um velho amigo, bastará mandar-lhe um bilhete dizendo que não estou passando bem ou que novo convite me impediu de ir. A desculpa seria, segundo me parece, bastante gentil e teria todo o imprevisto da candura.

— É uma maçada ter de vestir casaca — resmungou Hallward. — E, vestida, ela é um autêntico horror!

— Com efeito — respondeu, num devaneio, Lorde Henry —, o vestuário do século dezenove é odioso. É sombrio demais, entristece. Aliás, o pecado é a única nota de cor viva que subsiste na vida moderna.

— Harry, você não devia dizer essas coisas diante de Dorian.

— Diante de qual Dorian? Daquele que presentemente nos serve o chá? Ou o do retrato?

— Diante de nenhum deles.

— Gostaria muito de ir com o senhor ao teatro, Lorde Henry — declarou o rapaz.

— Então venha. Está combinado. E você também, Basil? Não?

— Na realidade, não me é possível. Prefiro ficar. Tenho muitíssimo que fazer.

— Bem, então iremos só nós dois, Sr. Gray.

— Seria para mim imenso prazer!

O pintor mordeu os lábios e, com a xícara na mão, dirigiu-se para o retrato.

— Eu ficarei com o verdadeiro Dorian — disse tristemente.

— Será esse o verdadeiro Dorian? — perguntou, olhando o original do retrato e adiantando-se por sua vez.

— Sou realmente como ele?

— Sim, exatamente como ele.

— Como isso é curioso!

— Pelo menos na aparência, você é assim. Ele, porém, jamais mudará — suspirou Basil Hallward. — Já é alguma coisa.

— Quanto caso as pessoas criam por causa da fidelidade!... — exclamou Lorde Henry. — Entretanto, mesmo no amor ela é uma questão puramente fisiológica. Nossa vontade nada tem que ver com isso. Os moços desejariam ser fiéis e não o são; os velhos quereriam ser infiéis e não podem. É tudo quanto se pode dizer.

— Dorian, não vá esta noite ao teatro — suplicou Hallward. — Fique. Jantaremos juntos.

— Impossível, Basil.

— Por quê?

— Prometi a Lorde Henry Wotton que iria com ele.

— Ele não vai gostar ainda mais de você se mantiver a promessa. Ele próprio viola constantemente suas promessas. Suplico-lhe, não vá.

Dorian sacudiu a cabeça rindo.

— Imploro que não vá — insistiu Basil.

O rapaz teve um momento de hesitação. E voltou-se para Lorde Henry que, junto da mesa, observava um e outro, com um sorriso divertido. Depois, respondeu:

— Decididamente, Basil, vou ao teatro.

— Muito bem — disse Hallward, voltando para junto da bandeja a fim de depositar sua xícara —, já é bastante tarde e, se tem de vestir-se, não deve perder tempo. Até depois, Harry. Até mais, Dorian. Voltem logo para me ver. Venham amanhã.

— Certamente.

— Não vai esquecer, Dorian?

— Não — declarou ele.

— E você... Harry?

— Sim, Basil?

— Lembre-se daquilo que lhe pedi esta manhã, quanto estávamos no jardim.

— Já não me recordo.
— Tenho confiança em você.
— Se eu ao menos pudesse ter confiança em mim mesmo! — disse, rindo, Lorde Henry. — Vamos, Sr. Gray. Meu coche está lá embaixo e posso deixá-lo em sua casa. Até depois, Basil. Fico-lhe devendo uma tarde deliciosa.

Depois que a porta se fechou atrás dos dois amigos, o pintor deixou-se cair no divã e seu rosto tomou uma expressão de sofrimento.

3

No dia seguinte, por volta de meio dia e meia, Lorde Henry Wotton caminhava despreocupadamente de Curzon a Albany Street, onde ficava a casa de seu tio, Lorde Fermor. Era um velho solteirão, simpático, embora um pouco rude. Como não era fácil tirar algo dele, muitos que não privavam de sua amizade chamavam-no de mesquinho; a verdade, porém, é que ele não poupava gentilezas a quem era de seu agrado, e isso era reconhecido pela sociedade. O pai tinha sido embaixador da Grã-Bretanha em Madri, na época em que Isabella era moça e muito antes que se começasse a falar de Prim[6]. Contudo, acabou abandonando a carreira diplomática, ressentido por não lhe terem oferecido a embaixada de Paris, para a qual se julgava naturalmente indicado, dado seu berço, sua indolência, o inglês magnífico de seus telegramas e seu gosto pelos prazeres. Desempenhando as funções de secretário, o filho pediu demissão junto com o pai, havendo quem achasse o gesto um tanto falso e precipitado. Porém, alguns meses mais tarde, tornou-se herdeiro de um título, e passou a consagrar-se inteiramente à aristocrática arte de não fazer nada neste mundo. Era proprietário, em Londres, de duas casas magníficas, mas preferia viver num apartamento, julgando que isso evitava-lhe preocupações, pois, afinal, era em seu clube onde, frequentemente, fazia as refeições. Ocupava-se um pouco de suas minas de carvão dos condados de Midland[7], e, querendo desculpar-se dessa faina empresarial, afirmava que, por ser um nobre, seu único interesse era o de permitir que gente honrada pudesse manter o lume aceso em suas residências. Politicamente era conservador, ao menos até quando os conservadores não haviam chegado ao poder. Desde que o conquistaram, contudo, censurava-os duramente dizendo que não passavam de radicais. O

---

[6] Rainha Isabel e General Prim, importantes personagens na Revolução Gloriosa (Espanha – 1868). (*N. do E.*)

[7] *Midland*: região central da Inglaterra. (*N. do E.*)

criado de quarto, que exercia extremo poder sobre ele, considerava-o um semideus, mas para a maior parte dos parentes que, por sua vez, ele pretendia governar, não passava de um ser terrível. Tal homem só podia ter nascido na Inglaterra, embora ele não cessasse de mandar a Inglaterra às favas. Seus princípios eram antigos, mas seus preconceitos não deixavam de ser muito interessantes.

Lorde Henry encontrou o tio no quarto. Trajando um simples terno de caça, fumava um comprido charuto, enquanto lia o *The Times*, resmungando.

— É você, Harry? — disse o velho aristocrata. — O que o traz assim tão cedo? Considerava que, como o dândi que é, nunca se levantasse antes das duas horas e jamais aparecesse antes das cinco.

— Coisas do amor filial, tio George, juro! Tenho uma coisa para pedir-lhe.

— Dinheiro, é claro! — disse Lorde Fermor, esboçando uma careta. — Sente-se e fale-me disso. Atualmente os jovens pensam que dinheiro é tudo.

— Sem dúvida — assentiu Lorde Henry —, e com o passar do tempo ficam absolutamente convencidos disso. Contudo, não é de dinheiro que eu preciso. Somente quem paga suas dívidas passa por essas dificuldades, tio George, e eu nunca pago as minhas. O crédito não falta aos filhos de boa família e com isso pode-se viver razoavelmente bem. A propósito, procuro sempre os banqueiros que servem a Dartmoor. Dessa maneira, vivo em paz. Não, aquilo que venho procurar é apenas uma informação. Nem ao menos uma informação útil, apenas uma informação inútil.

— Bravo, Harry. Posso dizer-lhe tudo quanto se encontra nos Livros Azuis[8] ingleses, embora ali apenas se encontrem tolices. Em meus tempos de diplomata, era muito melhor. Porém, segundo me consta, agora entra-se na carreira por concurso, de maneira que não há motivo para admiração. E os exames desses concursos não passam de uma grande piada. Um *gentleman* tem conhecimentos de sobra e, para aquele que não o é, a ciência só pode fazer mal.

— O Sr. Dorian Gray não consta dos Livros Azuis, tio George — interrompeu Lorde Henry serenamente.

— O Sr. Dorian Gray? Quem é ele? — perguntou Lorde Fermor, franzindo as sobrancelhas espessas e desgrenhadas.

— É exatamente o que gostaria de saber, tio George. Na verdade, sei quem é Dorian Gray. É o último neto de Lorde Kelso. A mãe pertencia aos Devereux; Lady Margaret Devereux. É sobre a mãe que desejava indagá-lo. Como era? Casou-se com quem? Em sua época, o senhor conheceu toda ou quase toda a gente da sociedade. Certamente a conheceu também. O Sr. Gray interessa-me bastante neste momento. Acabamos de nos conhecer.

---

[8] Registro de pessoas importantes. (N. do E.)

— Neto de Lorde Kelso — repetia o velho —, neto de Lorde Kelso!... Sim, conheci a mãe dele intimamente. Acredito mesmo que assisti a seu batismo. Margaret Devereux era uma jovem extremamente bela. Todos os homens queriam morrer de ódio no dia em que ela fugiu com um rapaz sem posses, um zé-ninguém, oficial subalterno de um regimento de infantaria ou algo assim. Claro, lembro-me de toda a história como se fosse ontem. O coitado foi morto num duelo em Spa, alguns meses depois de casar e, a respeito, muita vileza foi dita. Contou-se que Kelso havia contratado um mercenário belga, um bruto, para insultar o rapaz em público e que havia pago por esse trabalho infame; e que o tal belga havia espetado o rapaz com a espada, como se fosse um pobre pombinho indefeso. Abafaram tudo, mas, no clube, Kelso ficou durante muito tempo isolado, comendo sozinho sua costeleta. Trouxe a filha para sua companhia — foi o que disseram na época —, mas ela nunca mais falou com ele. Sim, foi uma coisa terrível. Ela também morreu, no ano seguinte. Então, ela teve um filho? Não me lembrava disso. Caso se pareça com a mãe, deve ser muito bonito.

— Sim, muito bonito — concordou Lorde Henry.

— Espero que tenha juízo — continuou o velho. — Se Kelso fez o que devia, deixou uma grande herança para o rapaz. A mãe também possuía fortuna considerável. Ela herdou do avô todos os bens de Selby. Esse avô detestava Kelso. Achava-o um completo canalha, o que de fato era. Foi uma vez a Madri, enquanto eu ali morava. Juro que me envergonhou. A rainha perguntou-me mais de uma vez quem era aquele cavalheiro inglês que sempre discutia com o cocheiro na hora de pagar a conta da corrida. Falou-me muito a esse respeito, e por essa razão não me atrevi a reaparecer na corte por uns tempos. Espero que tenha tratado melhor o neto do que tratava os cocheiros de Madri.

— Não sei — respondeu Harry. — Imagino que um dia estará tranquilo. Ainda é menor de idade. Mas possui Selby, segundo ouvi ele próprio dizer. Então, a mãe era muito bela?

— Margaret Devereux era uma das mulheres mais fascinantes que conheci em toda minha vida, Harry. Nunca pude compreender por que portou-se daquela maneira. Para casar-se, tinha mil opções. Carlington amava-a alucinadamente. Era muito romanesca, coisa comum entre as mulheres dessa família, na qual os homens eram inexpressivos. Mas as mulheres, meu caro, eram maravilhosas! Carlington ajoelhava-se a seus pés. Ele próprio contou-me, rindo. E olhe que muitas moças lindas corriam em Londres atrás dele. Em relação a casamentos tolos, Harry, sabe o que seu pai veio a me contar? Que Dartmoor pretende se casar com uma americana? Será que ele não conseguiria encontrar entre as moças inglesas nenhuma que lhe servisse?

— Agora, casamentos com americanas estão na moda, tio George.

— Eu prefiro as inglesas, contra todas as outras, Harry — disse Lorde Fermor, batendo na mesa com o punho fechado.

— As americanas estão muito bem cotadas.

— São frágeis, segundo me contaram — murmurou o velho.

— Sua índole não está voltada para relacionamentos duradouros; são mais propensas a curtos relacionamentos. Pegam tudo o que encontram pelo caminho. Mas não acredito que Dartmoor tenha qualquer chance.

— E os familiares? — resmungou o tio — Ela tem alguém?...

Lorde Henry balançou a cabeça:

— Está bem, as americanas escondem seus pais, mas as inglesas escondem o passado deles — disse isso e levantou-se para sair.

— Suponho que sejam negociantes de conservas de porco.

— São meus votos a Dartmoor, tio George. Dizem que, na América, a conserva de porco é aquilo que rende mais, depois da política.

— Ela é bonita?

— Pelo menos finge que é. A maior parte das americanas faz o mesmo. É esse o segredo do encanto delas.

— Mas por que é que elas não ficam em sua América? Todo mundo diz que lá é o paraíso das mulheres.

— Exatamente por isso é que elas, como Eva, procuram ansiosamente fugir de lá. Até breve, tio George. Se eu demorar mais tempo, atraso-me para o almoço. Obrigado por suas informações. Aprecio saber tudo a respeito de meus novos amigos e nada acerca dos antigos.

— Onde é que você vai almoçar?

— Na casa de tia Agatha. Convidei-me a mim e ao Sr. Gray. Ele é o mais novo protegido de titia.

— Ah, Harry! Diga para sua tia Agatha que pare de me perturbar com pedidos para as obras caritativas dela. Estou cansado disso. Ela julga, naturalmente, que não tenho mais que fazer do que assinar cheques para suas obsessões idiotas.

— Claro que eu lhe direi, tio George, mas será inútil. Os filantropos perderam todo o senso de humanidade, é uma característica deles.

Concordando com o sobrinho, o velho emitiu um grunhido e chamou o criado. Lorde Henry atravessou um arco pequeno e cortou a Burlington Street e depois seguiu para Berkeley Square.

Eis aqui a história do nascimento de Dorian Gray. Apesar de secamente narrada o impressionara muito, por parecer um romance, desses escritos em estilo moderno. Uma formosa mulher sacrificando tudo por seu amor insano.

Uma felicidade de poucas semanas destruída por um crime horrendo e ardiloso. Uma gestação vivida num silêncio doloroso e o nascimento de um ser, fruto proibido dessa dor. A mãe, transida pela morte do amado e, depois, a criança sozinha no lar de um velho autoritário e avarento. Tratava-se de um cenário que realçava a figura do rapaz e, provavelmente, acentuava-lhe ainda mais a beleza perfeita. Atrás de tudo quanto é belo, encontra-se sempre a tragédia. Para o desabrochar da flor mais humilde, a natureza urdiu incontáveis labores... Como se mostrara fascinante no jantar realizado no clube na noite anterior: um brilho nos olhos, um tímido sorriso de prazer nos lábios, o frescor púrpura e maravilhoso do rosto, acentuado pelas luzes. Conversar com ele era como tocar um violino dos deuses. Vibrava sob o arco, sensível ao menor toque, ao mais ligeiro rumor. Ele exercia sua influência sob a forma de um jogo imensamente cativante. Teria havido sensualidade que pudesse comparar-se à dele? Lançava a alma de maneira graciosa e a deixava fluir por um instante; emitia suas ideias para que elas retornassem num eco, enriquecidas pela deliciosa música da juventude e da paixão; fazendo uso de um fluido sutil ou de um perfume etéreo, difundia nos outros sua sensibilidade — e em tudo isso havia uma alegria verdadeira, a mais autêntica e completa, num século marcado pela mediocridade, numa época vulgarmente carnal em seus prazeres e em suas aspirações. Esse adolescente era um tipo maravilhoso também, e havia sido um feliz acaso encontrá-lo no ateliê de Basil! Não seria obra difícil projetá-lo nesse tipo ideal. Era gracioso, tinha a cândida pureza dos infantes e a formosura como aquela resguardada nos mármores gregos que atravessaram os tempos. O que se poderia fazer dele? Dependendo do animador, ele seria um Titã ou um brinquedo. Uma pena que tanta formosura fosse desvanecer um dia!... E Basil, como também ele era cativante, se olhado de uma perspectiva psicológica! Essa nova forma de arte, essa inédita visão da vida, suscitada exclusivamente pela pessoa visível de um ser que nada suspeita de todo o mistério; essa silenciosa divindade que percorre esvoaçante o lusco-fusco das florestas, que, invisível nos campos, subitamente se manifesta, sem o menor temor, na brancura da Dríade, porque na alma daquele que a buscava acendeu-se, num átimo, a maravilhosa luz interior por meio da qual tornou-se possível avistar os seres extraordinários. As aparências prosaicas e figurativas das coisas transformam-se em algo a um só tempo mais real e mais profundo, assumindo valor simbólico, como se elas próprias, as coisas, fossem apenas a representação de outra beleza, mais perfeita, a sombra concreta de outra realidade, esta, sim, mais alta! Como era estranho tudo aquilo! À sua mente veio-lhe a lembrança de uma teoria quase semelhante. Não havia sido Platão, artista do pensamento, que primeiro a expôs? Não foi Buonarotti que a esculpira no mármore policromo de uma série de sonetos? Porém, ela reaparecendo em nosso século, isso é que era estranho! Bem, ele se esforçaria em ser para Dorian Gray o que o adolescente tinha sido, sem o saber, para o criador do retrato maravilhoso. Procuraria dominá-lo. Afinal, já não o havia conseguido em parte? Levaria essa alma maravilhosa a perder-se na sua. Algo fascinava-o nesse rebento do Amor e da Morte.

Repentinamente parou e deteve-se a olhar em redor. Viu que tinha passado algumas casas adiante da de sua tia e, rindo de si mesmo, voltou para trás. Quando penetrou na penumbra do vestíbulo, o mordomo informou que já estavam à mesa. Entregou a um criado a bengala e o chapéu e passou para a sala de jantar.

— Atrasado como de costume, Harry! — exclamou sua tia, com um sinal de cabeça desaprovador.

Após uma desculpa banal, sentou-se ao lado dela e correu com o olhar os convidados. Da extremidade da mesa, Dorian ficou vermelho de prazer e cumprimentou-o timidamente. Defronte estava a Duquesa de Harley. Essa senhora, amada por todos quantos dela se aproximavam em razão de seu bom humor e de seu excelente caráter, apresentava proporções arquitetônicas imponentes que os historiadores contemporâneos, quando falam de mulheres que não são duquesas, descrevem sob a designação de obesidade. À direita dela, sentara-se Sir Thomas Burdon, membro radical do Parlamento, que na vida pública seguia seu líder e na vida particular os melhores cozinheiros, jantando com os conservadores e votando com os liberais, segundo uma regra sábia e bastante conhecida. À esquerda, estava o Sr. Erskine Treadley, velho *gentleman*, muito agradável e muito instruído, mas que contraíra o hábito censurável do silêncio, tendo esgotado completamente aos trinta anos, como um dia explicara a Lady Agatha, tudo quanto tinha a dizer. Lorde Henry tinha como vizinha a Sra. Vandeleur, uma das mais velhas amigas de sua tia, santa entre todas as mulheres, mas tão horrivelmente ajambrada que lembrava um livro de missa mal encadernado. Felizmente, para Harry, o outro vizinho era Lorde Faudel, homem muito inteligente em sua esfera medíocre, de meia-idade, calvo como uma declaração ministerial na Câmara dos Comuns. Era com ele que a velha senhora conversava, sem perder a gravidade solene, que é o defeito imperdoável de todas as santas criaturas — como ele próprio observara, um dia — e de que nenhuma pessoa está completamente livre.

— Lorde Henry, estávamos falando desse pobre Dartmoor! — exclamou a Duquesa através da mesa. — Você acredita seriamente que ele deseja casar-se com aquela jovem e sedutora criatura?

— Sim, Duquesa, creio que a moça está bem decidida a pedir-lhe a mão.

— Que horror! — exclamou Lady Agatha. — Na verdade, seria preciso que alguém se interpusesse no caso.

— Sei da melhor fonte — informou Sir Thomas Burdon, em tom depreciativo — que o pai é dono de um empório de tecidos americanos.

— Meu tio já sugeriu que se tratava de conservas de porco, Sir Thomas.

— Tecidos americanos! Mas, que é que essa gente sabe tecer? — interrogou a Duquesa, num tom de evidente surpresa, levantando ambas as mãos para o céu.

— Tecem romances intermináveis — respondeu Lorde Henry, servindo-se de uma asa de codorna.

A Duquesa ficou meio desconcertada.

— Não se aflija, minha cara — disse Lady Agatha. — Meu sobrinho não leva a sério nada do que diz.

— Quando se descobriu a América... — começou uma voz.

Era o deputado radical que ensaiava sua lição de história. Como todas aquelas pessoas que pretendem esgotar um assunto, cansou a paciência dos ouvintes. A Duquesa, num suspiro e exercendo seu direito inconteste de interrupção, exclamou:

— Provera aos céus que nunca ela tivesse sido descoberta! As probabilidades de nossas moças estão hoje muito reduzidas. É soberanamente injusto isso!

— Pode ser que, afinal, a América nunca tenha sido descoberta — insinuou o Sr. Erskine. — Quanto a mim, acredito mesmo que estamos simplesmente na pista de descobri-la.

— Oh! — obtemperou a Duquesa, perplexa. —Eu já vi alguns espécimes de seus habitantes. E devo confessar que, em geral, as mulheres são extremamente bonitas. E, além disso, vestem-se muito bem. Todas as suas toaletes são encomendadas em Paris. Gostaria de poder fazer o mesmo.

— Dizem que os bons americanos, quando morrem, vão para Paris — aventou Sir Thomas, que colecionava velhos farrapos de humorismo.

— Será possível? E aqueles que foram maus — perguntou a Duquesa — para onde vão, após a morte?

— Vão para a América — murmurou Lorde Henry.

Sir Thomas assumiu um ar severo:

— Desconfio que seu sobrinho tenha certo preconceito contra esse grande país — disse a Lady Agatha. — Percorri-o de ponta a ponta, nas carruagens de seus administradores, extremamente atenciosos em tal caso, colocando tudo à nossa disposição. Garanto que uma volta por esse país daria muito que aprender.

— Ora essa! Será que a gente não pode instruir-se sem ir a Chicago? — indagou, queixoso, o Sr. Erskine. — Não me sinto com forças para empreender essa viagem.

Sir Thomas, num gesto largo:

— O Sr. Erskine, de Treadley, encerra o universo em sua biblioteca. Quanto a nós, gente de senso prático, gostamos mais de ver as coisas do que de recorrermos a leituras. Os americanos são um povo extremamente interessante. São muito razoáveis. E esse é, creio eu, o caráter que os distingue. Sim, Sr. Erskine, eles são a própria razão. Posso garantir-lhe que não existe vestígio de fantasia nos americanos.

— Mas isso é terrível! — exclamou Lorde Henry. — Em rigor, admito a força bruta, mas a razão brutal é intolerável. É desleal recorrer a ela. É ferir o adversário abaixo da linha da inteligência.

— Não compreendo o que está dizendo — declarou Sir Thomas, ficando vermelho.

— Mas eu compreendo perfeitamente o senhor, Lorde Henry — murmurou o Sr. Erskine, com um sorriso.

— Os paradoxos, até certo ponto, podem passar — replicou o baronete.

— Isso foi um paradoxo? — perguntou o Sr. Erskine. — Não me pareceu. Mas, afinal, é possível. O caminho dos paradoxos é o caminho da verdade. Para experimentar a Realidade, é preciso contemplá-la na corda tesa. Só podemos apreciar devidamente as Verdades, quando elas se tornam acrobatas.

— Santo Deus! — atalhou Lady Agatha. — Como vocês homens raciocinam! Sinceramente, não consigo apreender aquilo de que vocês estão falando. Sabe, Harry, estou furiosa com você. Por que é que está tentando persuadir nosso encantador Dorian Gray a abandonar o East End? Asseguro-lhe que ele nos prestaria inestimáveis serviços. Toda gente teria o maior prazer em ouvi--lo tocar.

— Gosto mais que ele toque para mim — declarou alegremente Lorde Henry. E da extremidade da mesa um olhar de alegria respondeu ao seu.

— Mas as pessoas são tão infelizes em Whitechapel! — insistiu Lady Agatha.

— Tenho a maior simpatia por tudo quanto a senhora quiser, excetuando-se o sofrimento — disse Lorde Henry, dando de ombros. — Com ela, não posso simpatizar. É feia demais, horrível, deprimente. Há algo de singularmente mórbido na simpatia de nossa época pela dor. É ao esplendor, à beleza, à embriaguez da vida que deveríamos dedicar-nos. Desses males, porém, quanto menos se falar, melhor.

— Nem por isso o East End deixa de constituir um problema grave — reclamou Sir Thomas, abanando a cabeça compungido.

— De acordo — retrucou o jovem Lorde. — É o problema da escravidão e nós pensamos resolvê-lo divertindo os escravos.

Olhando-o fixamente, o homem de Estado inquiriu:

— Então, em seu modo de ver, quais seriam as mudanças necessárias?

Desatando a rir, Lorde Henry respondeu:

— Oh, quanto a mim, não desejo a mínima alteração na Inglaterra, a não ser em seu clima. Não, contento-me em olhar as coisas como filósofo. Mas, diante deste século dezenove, que foi levado à bancarrota por seus loucos gastos de simpatia, parecer-me-ia bom apelar para a Ciência, a fim de que ela nos fizesse enveredar pelo caminho reto. É o mérito da Ciência estar isenta de emoções.

— Mas pesam sobre nós responsabilidades esmagadoras! — arriscou timidamente a Sra. Vandeleur.

— Terrivelmente pesadas!... — confirmou, num eco, Lady Agatha.

Lorde Henry, voltando-se para o senhor Erskine:

— A humanidade leva as coisas a sério demais. É esse o pecado original de nosso mundo. Se o homem das cavernas tivesse sabido rir, o curso da história teria mudado.

— O senhor, pelo menos, é otimista — observou a Duquesa. — Até aqui, todas as vezes que tenho vindo à casa de sua tia, senti-me um tanto quanto culpada por me interessar tão pouco pelo mundo de East End. Daqui por diante, poderei contemplá-lo sem me envergonhar.

— Um leve rubor não deixa de ser um encanto, Duquesa — observou Lorde Henry.

— Sim, certamente, num rosto jovem — respondeu ela. — Quando o rubor sobe às faces de uma mulher velha, isso é muito mau sinal. Ah, Lorde Henry, o senhor devia dizer-me como é que se torna a ser jovem!

Ele refletiu um instante. Depois, olhando para ela por cima da mesa, inquiriu:

— Lembra-se, Sra. Duquesa, de alguma grande loucura que tenha cometido em sua mocidade?

— De mais de uma, receio eu — confessou ela.

— Pois bem, comece outra vez a praticá-las todas! — disse ele, gravemente. — Quem quiser encontrar de novo sua mocidade, nada mais tem que fazer do que repetir as loucuras desses anos.

— Teoria deliciosa! — exclamou ela. — Vou pô-la em prática.

— Teoria perigosa! — deixou escapar Sir Thomas, de lábios semicerrados.

Lady Agatha abanou a cabeça, mas ninguém deixou de achar a ideia divertida.

O Sr. Erskine escutava.

— Sim — prosseguiu Lorde Henry —, é esse um dos grandes segredos da vida. Hoje, a maior parte das pessoas consome-se não sei em que sabedoria chã e descobre, quando já é tarde demais, que as loucuras são as únicas coisas de que a gente jamais se arrepende.

Um riso passou entre os convivas.

Lorde Henry estava se divertindo com a ideia, animando-a pouco a pouco. Agitava-a ao vento, desdobrava seus diversos aspectos; deixava-a fugir, para logo retomá-la; coloria-a com todos os fogos da fantasia, emprestando-lhe asas de paradoxo. O elogio da loucura, à medida que ele falava, atingia as culminâncias da Filosofia e a própria Filosofia remoçava, presa à música louca do Prazer, ao esvoaçar de um vestido tingido com o suco das uvas, a fronte cingida de hera. Podia-se imaginá-la a dançar, como Bacante, no cimo claro das colinas da vida, censurando ao lento Sileno[9] sua sobriedade. Os fatos fugiam diante dela, como hóspedes de uma floresta. No vasto lugar, onde o sábio Omar[10] tem um trono, seus pés alvos calcavam as uvas, cujo suco corria em ondas vermelhas e quentes entre suas pernas nuas, desfazendo-se em espuma de fogo de encontro aos flancos negros, úmidos e escorregadios da cuba. Era um improviso extraordinário. Harry sentia o olhar de Dorian Gray fixo nele, e a consciência de que entre as pessoas que o escutavam se encontrava o adolescente cuja alma ardente sonhava seduzir parecia avivar ainda mais seu espírito, colorir-lhe a imaginação. Foi deslumbrante, prestigioso, irresistível. Os ouvintes, fora de si, acompanhavam sorrindo a flauta mágica do feiticeiro. Dorian não parou de fixá-lo. Estava como que hipnotizado. Os sorrisos em seus lábios sucediam-se aos sorrisos e o espanto fundo de seus olhos assumia o tom de uma gravidade pensativa.

Finalmente, coberta com a libré do dia, a Realidade reintegrou-se na sala sob a forma de um criado que anunciou que a carruagem da Sra. Duquesa estava embaixo. Torcendo as mãos e fingindo desespero, ela exclamou:

— Que pena! É forçoso partir! Tenho de buscar meu marido no clube e conduzi-lo a Will's Rooms a fim de presidir a um comício absurdo. Se chegar

---

[9] Sátiro metade homem, metade bode ou cavalo, preceptor de Baco, deus do vinho; frequentemente representado como um velho beberrão. (N. do E.)

[10] O. Khayyam, poeta persa do século XI. Suas quadras (rubais), divulgadas no Ocidente pelo poeta inglês E. Fitzgerald sob o nome de Rubaiat, exaltam o vinho e a voluptuosidade.

atrasada, ele ficará certamente furioso e, hoje, não trago o chapéu necessário para assistir a uma cena; este é muito frágil e uma palavra rude demais bastaria para demoli-lo. Por isso vou, querida Agatha. Até logo, Lorde Henry. O senhor é o homem mais delicioso e o mais pavorosamente perverso que se possa imaginar. Na verdade, suas teorias deixam-me sonhadora. Venha jantar conosco uma noite dessas. Terça-feira? Está livre, terça-feira?

— Por sua causa, Sra. Duquesa, a que é que eu não renunciaria? — disse ele, numa reverência.

— Ora, aí está uma coisa muito gentil e muito má de sua parte — respondeu ela. — Não deixe de ir ver-me.

Manobrou uma espécie de saída pomposa, seguida de Lady Agatha e das outras senhoras.

Quando Lorde Henry voltou a sentar-se, o Sr. Erskine, contornando a mesa, veio sentar-se junto dele e, tocando-lhe o braço, perguntou:

— O senhor fala como um livro aberto. Por que não escreve um?

— Tenho tanto prazer em ler, Sr. Erskine, que não me atrevo a escrever. Gostaria, entretanto, de escrever um romance belo como um tapete persa e tão falho de realidade como ele. Mas, na Inglaterra, não existe público letrado: leem-se apenas jornais e manuais de enciclopédias. De todos os povos da terra, nenhum tem menos desenvolvido, do que o inglês, o sentido da beleza literária.

— Receio que o senhor tenha razão — respondeu o Sr. Erskine. — Também houve um tempo em que tive algumas veleidades literárias, mas há muito que renunciei a elas. E agora, meu caro e jovem amigo, porque o senhor há de permitir-me que lhe dê esse nome, ousarei perguntar-lhe se admite seriamente tudo quanto disse durante o almoço?

— Não sei absolutamente o que disse — declarou Lorde Henry, sorrindo. — Foi alguma perversidade?

— Sim, uma perversidade, a tal ponto que eu o considero um homem perigoso. Se acontecer alguma desgraça com nossa boa Duquesa, será o senhor o grande responsável. Mas, por minha parte, teria sinceramente prazer em conversar com o senhor a respeito da vida. Pertenço a uma geração insuportável. Quando, um dia, o senhor estiver cansado de Londres, venha a Treadley expor-me sua filosofia do prazer, apreciando ao mesmo tempo um admirável vinho borgonha de que sou feliz possuidor.

— Será um encanto para mim. Ser-me-á gratíssima uma visita a Treadley, ainda mais com o atrativo de tal hospedeiro e de tal biblioteca.

— O senhor completará o conjunto — respondeu o velho *gentleman*, num cumprimento cortês. — E, agora, vou correndo despedir-me de sua excelente tia. Esperam por mim no Ateneu. É a hora em que ali dormimos.

— Todos em coro, Sr. Erskine?

— Todos os quarenta, em quarenta poltronas. Estamos ensaiando uma Academia Inglesa de Letras.

Lorde Henry deu uma gargalhada e levantou-se.

— Vou ao parque — anunciou.

Ao atravessar a porta, Dorian Gray tocou-lhe o braço:

— Permite-me que o acompanhe? — murmurou.

— Mas eu julgava que tinha prometido fazer uma visita a Basil? — respondeu Harry.

— Gostaria mais de ir com o senhor. Faço absoluta questão. E prometa-me que há de conversar comigo durante todo o passeio. Ninguém fala como o senhor. É um encanto ouvi-lo.

— Não, já falei o bastante hoje — disse Lorde Henry, sorrindo. — Agora tenho apenas um desejo: ver a gente viver. Venha ver comigo, se isso lhe apraz.

4

Passara-se um mês, Dorian Gray, que tinha vindo de tarde à casa de Lorde Henry, em Mayfair, instalara-se numa luxuosa poltrona na biblioteca. Era uma sala muito aprazível em seu gênero, com suas altas guarnições de madeira de carvalho cor de azeitona, o friso de tons creme, o teto realçado por molduras e o tapete de feltro cor de tijolo, guarnecido de passadeiras persas com longas franjas de seda. Sobre uma mesa minúscula de pau-cetim via-se uma estatueta de Clodion. Ao lado, repousava aberto um exemplar de *Les Cent Nouvelles*, encadernado por Clovis Eve para Marguerite de Valois, com florões de margaridas de ouro que essa rainha havia escolhido como emblema. Ornavam a chaminé grandes vasos de porcelana da China e tulipas de coloração variada. Pela janela, de vitrais finamente combinados, entrava aos jorros a luz adamascada de um dia de verão londrino.

Lorde Henry não tinha entrado ainda. Como sempre, estava atrasado, o que para ele quase constituía um princípio. Professava que a pontualidade roubava o tempo. Por isso, o adolescente parecia bastante enfadado. Com a mão distraída revirava as páginas de um livro: uma *Manon Lescaut*, ricamente ilustrada, que encontrara numa das estantes. O tique-taque solene e monótono de uma pêndula Luís XIV irritava-o. Por várias vezes, teve vontade de ir-se embora.

Finalmente, ele ouviu passos lá fora e a porta abriu-se.

— Como você está atrasado, Harry! — murmurou ele.

— Receio muito que não seja Harry que está atrasado, Sr. Gray! — respondeu uma voz penetrante.

Dorian, num piscar de olhos, pôs-se de pé.

— Queira desculpar. Pensava...

— O senhor pensava que fosse meu marido. É simplesmente sua mulher. Vai desculpar-me se me apresento por mim mesma. Conheço o senhor perfeitamente por suas fotografias. Creio que meu marido tem umas dezessete.

— Oh, não, Lady Henry, não dezessete!

— Suponhamos, então, que sejam dezoito. E, outro dia, vi que o senhor esteve com ele na ópera.

Articulava as palavras com um riso nervoso, sem despregar de Dorian o olhar turvo de seus olhos de miosótis. Era uma mulher curiosa, cujas toaletes pareciam ter sido desenhadas em cólera e vestidas em tempestade. Era raro que não estivesse enamorada de alguém; mas como ninguém lhe correspondesse, conservava todas as ilusões. Visava o pitoresco, mas não ia além da incoerência. Chamava-se Vitória. Tinha a mania, nitidamente revelada, de ir a igrejas.

— Deve ter sido no *Lohengrin*, Lady Henry.

— Sim, foi nesse querido *Lohengrin*. Prefiro a música de Wagner a qualquer outra. É tão barulhenta que se pode falar durante todo o tempo da representação, sem que ninguém ouça. É uma vantagem considerável. Não lhe parece, Sr. Dorian?

O mesmo riso nervoso, sacudido, escapou-lhe dos lábios finos e seus dedos começaram a brincar com um longo corta-papel de casco de tartaruga.

Dorian abanou a cabeça, sorrindo.

— Que eu penso? Receio que não, Lady Henry. Eu não falo nunca durante uma audição, pelo menos se a música é boa, porque quando é má, é obrigação de cada um abafá-la num dilúvio de palavras.

— Isso é uma ideia de Harry, não é, Sr. Gray? As ideias de Harry chegam sempre até mim por intermédio de seus amigos. É esse o único meio de conhecê-las. Não vá, porém, pensar que não gosto da boa música. Gosto dela loucamente, mas tenho medo dela. Torna-me romântica demais. Adorei literalmente alguns pianistas, às vezes dois ao mesmo tempo, segundo Harry. Não sei o que acho neles. Talvez porque sejam estrangeiros. Porque são todos estrangeiros, não são? Mesmo aqueles que nasceram na Inglaterra não tardam a tornar-se estrangeiros. Prova da habilidade da parte deles. E que lisonjeira homenagem para a arte! Torna-a inteiramente cosmopolita, não é? Creio que nunca veio a assistir a nossas reuniões. Já veio, Sr. Gray? É preciso vir. Não posso me dar ao luxo de comprar orquídeas, mas não poupo despesas para ter estrangeiros. Eles dão muito brilho a um salão. Mas, aí está Harry. Harry, entrei à tua procura, para pedir-te uma coisa — já não sei o que — e deparei com o Sr. Gray. Acabamos de manter uma conversa encantadora a respeito de música. Nossas ideias são absolutamente as mesmas; ou, antes, não, completamente diferentes, creio eu. Mas seu amigo mostrou-se o mais amável que se pode ser. Estou encantada por tê-lo visto.

— E eu mais encantado ainda, querida — disse Lorde Henry, erguendo o duplo crescente de suas pestanas castanhas e atentando para os dois com um sorriso engraçado.

— Desolado por estar atrasado, Dorian. Fui a Wardour Street, onde me atraía um velho brocado e tive de pechinchar o preço durante horas. Hoje, essa gente sabe o preço de tudo, mas desconhece o valor.

— Vou ser forçada a deixá-los — anunciou Lady Henry, cortando com seu riso brusco e sem graça um silêncio um tanto contrafeito. — Prometi à Duquesa dar um passeio de carruagem com ela. Até a vista, Sr. Gray. Até a vista, Harry. Você vai jantar fora, não é? Eu também. Talvez nos encontremos na casa de Lady Thornbury?

— Certamente, querida — disse Lorde Henry, acompanhando-a até a porta.

Como um beija-flor que houvesse passado a noite sob a chuva, ela se foi, deixando na sala um leve perfume de frangipano. Então, ele acendeu um cigarro e estendeu-se no sofá.

— Não se case com uma mulher de cabelos cor de palha — disse ele, após tirar umas baforadas.

— Por que, Harry?

— Porque são muito sentimentais.

— Mas eu gosto das pessoas sentimentais.

— Melhor ainda; não se case, Dorian. Os homens casam-se por cansaço, as mulheres, por curiosidade. É uma decepção para ambos.

— É pouco provável que eu me case, meu caro. Estou muito apaixonado. É um dos seus aforismos. Estou a experimentá-lo, como aliás tudo quanto você diz.

— Por quem está apaixonado? — perguntou Harry após um silêncio.

— Por uma atriz — respondeu o rapaz, corando.

Lorde Henry deu de ombros.

— É uma estreia bastante banal.

— Se a visse, você mudaria de linguagem, Harry.
— Quem é?
— Chama-se Sibyl Vane.
— Nunca ouvi falar dela.
— Nem você, nem ninguém. Mas creia que algum dia se há de falar. Ela é um gênio.
— Não há gênios femininos, meu caro. As mulheres formam um sexo puramente decorativo. Nunca têm nada a dizer, mas dizem-no de maneira encantadora. A mulher representa o triunfo da matéria sobre o espírito, como o homem representa o triunfo do espírito sobre a moral.
— Harry, como você pode dizer tais coisas?
— Meu caro Dorian, isso é pura verdade. Neste momento, estou mergulhado na análise das mulheres; falo, portanto, com conhecimento de causa. O assunto não é tão impenetrável como receei a princípio. Afinal, encontro apenas duas espécies de mulheres: as simples e as maquiadas. As primeiras são muito úteis. Quem quiser passar por homem de respeito, nada mais tem que fazer do que convidá-las para cear. Em compensação, as segundas são perfeitamente encantadoras. Num ponto, todavia, elas se enganam. Enfeitam-se para parecerem moças. Nossas avós enfeitavam-se para poderem conversar com brilhantismo. Naquele tempo, a maquiagem e a graça andavam de braços dados. Hoje, quando uma mulher consegue parecer dez anos mais nova que sua filha, terá realizado o máximo de seus votos. Não há em Londres mais do que cinco mulheres cuja conversação seja desejável. E, mesmo dentre essas cinco, duas não poderiam aparecer na boa sociedade. Mas não importa. Fale-me de sua mulher-gênio. Desde quando a conhece?
— Seus esboços das mulheres me assustam, Harry.
— Deixemos isso de lado. Desde quando a conhece?
— Há mais ou menos três semanas.
— E onde a encontrou?
— Vou contar-lhe tudo, Harry. Mas é necessário escutar o que vou dizer, sem ironia. Porque, afinal de contas, nada disso teria acontecido se eu não tivesse conhecido você. Você encheu-me a cabeça de um desejo feroz de conhecer integralmente a vida. Muitos dias após nosso primeiro encontro, não sei que fogo me corria pelas veias. Já não me era possível passear no parque, nem flanar em Piccadilly, sem olhar para as outras pessoas que passavam e procurar, em minha louca curiosidade, adivinhar seu gênero de vida. Algumas fascinavam-me. Outras faziam-me gelar de espanto. Venenos esquisitos pairavam no ar. Sentia-me ávido de sensações... Ora, uma tarde, mais ou menos às sete

horas, resolvi partir à procura de aventuras. Parecia-me que Londres, nossa Londres cinzenta e monstruosa, com seus milhões de habitantes, seus sórdidos pecadores e seus esplêndidos pecados — para servir-me de uma de suas frases —, reservava-me uma surpresa. Fazia mil suposições. Só o pensar no perigo era para mim uma delícia. Recordava aquilo que você me havia dito, no decorrer da inesquecível noite em que jantamos juntos pela primeira vez: que a procura da beleza constitui o verdadeiro segredo da vida. Não sei que pressentimento me fez sair e caminhar para leste, onde logo me perdi, num labirinto de ruas infectas e de praças medonhas, sem um pedaço de jardim. Eram mais ou menos oito e meia quando passei perto de um absurdo pequeno teatro, incendiado com grandes bicos de gás e cartazes rutilantes. Um judeu espantoso, arvorando o mais extraordinário colete que vi em minha vida, estava postado à entrada, um charuto barato nos lábios. Seus cabelos recaíam em anéis engordurados e, na gravata cheia de nódoas, faiscava um diamante enorme. "Um camarote, milorde?", perguntou ele, pressuroso, quando me viu. E tirou o chapéu, num gesto de suntuoso servilismo. Não sei o que é que me interessou naquele homem. Era realmente um monstro! Ria de mim se quiser, mas resolvi entrar e paguei generosamente um guinéu por um camarote de *avant-scène*. Pergunto ainda agora a mim mesmo o que foi que me decidiu. E, todavia, meu caro Harry, se não houvesse entrado, teria perdido o mais belo romance de minha vida. Ora, aí está você a rir de mim. Você é insuportável, Harry.

— Não, Dorian, não estou rindo; ou, se rio, pelo menos não é de você. Mas o que me está dizendo, aludindo ao mais belo romance de sua vida? Deveria dizer "primeiro romance". Você será sempre amado e estará sempre enamorado pelo amor. A grande paixão é privilégio daqueles que nada têm que fazer. É, em certo país, a única razão de ser das classes inativas. Não tenha medo; há outras aventuras deliciosas que esperam por você. Isso é apenas o começo.

— Julga, então, que sou assim superficial? — observou Dorian com certa contrariedade.

— Não, ao contrário, julgo você bastante profundo.

— Que quer dizer com isso?

— Meu caro amigo, as pessoas verdadeiramente superficiais são aquelas que amam uma única vez na vida. Aquilo que elas chamam lealdade, chamo eu letargia, rotina, falta de imaginação. A fidelidade é para a vida emocional o que a coerência é para a vida intelectual: pura confissão de impotência. A fidelidade! É preciso que eu analise um dia esse fenômeno. O ciúme da propriedade deve entrar nisso, por certo. Quantas coisas nós não atiraríamos fora se não tivéssemos receio de que alguém as apanhasse. Não quero, porém, interrompê-lo. Continue sua história.

— Eis-me, pois, instalado sozinho no horrível pequeno camarote, sob o olhar implacável do mais horroroso pano de cena. De meu camarote, comecei a inspecionar a sala. Só mau gosto, uma série interminável de pequenos cupidos e cornucópias de abundância, alguma coisa semelhante a um bolo de núpcias de terceira classe. As galerias e o balcão simples estavam bastante ocupados, mas as duas primeiras filas ensebadas da plateia estavam absolutamente vazias, e haveria quando muito uma pessoa no que eles se atrevem a chamar os lugares elegantes do balcão nobre. Moças circulavam a vender laranjas e cerveja com gengibre; havia um consumo incrível de amendoim.

— Você deve ter se sentido transportado aos dias áureos do drama inglês.

— Exatamente como imagino. Em todo caso, era triste. Estava eu a me indagar o que eu deveria fazer, quando meus olhos caíram sobre o programa. Adivinhe que peça se representava, Harry?

— Certamente devia ser *O jovem idiota* ou *O mudo inocente*. Nossos pais deliciavam-se com esse gênero de teatro. Quanto mais vivo, Dorian, mais vivamente sinto que aquilo que para nossos pais era muito bom já hoje não nos basta. Em arte, tanto quanto em política, *les grands-pères ont toujours tort*[11].

— Desta vez, o espetáculo nos agradaria, Harry. Era *Romeu e Julieta*. Sentia, confesso, certo mal-estar ao ver que iam representar Shakespeare num lugar daqueles. Mas, ao mesmo tempo, sentia uma espécie de curiosidade. Em todo caso, resolvi assistir ao primeiro ato. Uma orquestra detestável dirigida por um rapaz hebreu, ao som de um piano desafinado, quase me obrigou a fugir. Finalmente, a cortina levantou-se e a peça começou. Romeu era um homem gordo, de idade respeitável, as pestanas realçadas com negro de rolha queimada, uma voz rouca de tragédia e a ressonância de uma pipa de cerveja. Mercúcio não era melhor. O papel era representado por um comediante sem fibra, que o apimentava com palavras de sua estúpida cabeça e, segundo parece, muito do agrado da plateia. Eram grotescos um e outro, assim como eram grotescas as decorações. Tudo isso parecia saído de uma barraca da feira. Mas Julieta, Harry! Imagine uma pequena de dezessete anos apenas, o rosto gracioso como uma flor, uma cabecinha grega, em que os cabelos encaracolados torciam suas tranças castanhas, olhos como poços de amor, profundos e violetas, e lábios semelhantes a pétalas de rosas. Em vida, nunca tinha visto nada tão adorável. Você me disse um dia que era insensível aos efeitos patéticos, mas que a beleza, a beleza pura podia marejar-lhe os olhos de lágrimas. Pois bem, saiba, Harry, não conseguia mais contemplar a moça através do véu de

---

[11] Os antigos estão sempre errados.

minhas lágrimas. E a voz! Nunca tinha ouvido uma voz como aquela. Muito grave, a princípio, depois com notas cheias e cariciosas, que os ouvidos, parece, recolhiam uma a uma. Dentro em pouco, tornava-se mais clara e tomava sons de flauta ou de oboé longínquo. Na cena do jardim, ela mostrava todo o êxtase palpitante da noite quando, um pouco antes da aurora, cantam os rouxinóis. Depois, em outros momentos, sentia-se vibrar nela a paixão selvagem dos violinos. Você sabe quanto é capaz de comover-nos uma voz. A sua e a de Sibyl Vane permanecem em mim semelhantes a carícias inesquecíveis. Quando fecho os olhos, ouço-as e cada uma delas tem para mim uma linguagem diferente. Não sei a qual me render. Por que não haveria de amar Sibyl? Amo-a, Harry. Ela é minha vida. Dia após dia, vou vê-la representar. Uma noite, é Rosalinda e, na noite seguinte, é Imogênia. Tenho-a visto morrer no horror tenebroso de um túmulo italiano, com o veneno respirado dos lábios do amante. Meus olhos têm-na seguido, quando anda errante pela floresta das Ardenas, disfarçada em lindo pagem, usando botas de montar, gibão e touca graciosa. Ela tem sido a louca que se apresenta ante o rei culpado, dando-lhe a saborear ervas amargas. Ela tem sido a inocente e as mãos negras da inveja esmagaram sua garganta frágil. Via-a através de todas as idades e sob todas as roupagens. As mulheres comuns não dão nunca asas à nossa imaginação. Magia alguma as transfigura. É tão fácil conhecer-lhes a alma como o chapéu que trazem. Nada há nelas que não se possa entrever. Nenhuma é misteriosa. De manhã, montam a cavalo, no parque. De tarde, andam atrás de chás e tagarelam. Todas elas têm o mesmo sorriso estereotipado e as belas maneiras que estão na moda. São claras e banais. Mas as atrizes! Oh! Como as atrizes são diferentes! Por que não me disse que uma única mulher que merecia ser amada era a atriz?

— É que amei tantas, Dorian!

— Sim, mas de uma espécie odiosa, de cabelos tingidos, de feições maquiadas.

— Não deprecie tanto os cabelos tingidos e as feições maquiadas. Às vezes, possuem grandes encantos — disse Lorde Henry.

— Agora, arrependo-me de ter-lhe falado de Sibyl Vane.

— Mas você não poderia deixar de falar-me a respeito dela, Dorian. Durante toda a vida você há de contar-me com minúcias seus feitos e seus gestos.

— Creio que tem razão, Harry. Não posso esconder-lhe coisa alguma. Você exerceu sobre mim uma influência curiosa. Se, por acaso, um dia viesse a cometer um crime, iria diretinho confessá-lo a você. E você saberia compreender-me.

— Os indomáveis raios do sol, que lhe são semelhantes, não cometem crimes. Entretanto, fico-lhe muito grato pelo elogio. E agora, diga-me como um bom garoto. Faça o favor de passar-me os fósforos. Obrigado. Quais são exatamente suas relações com Sibyl Vane?

De um salto, Dorian Gray levantou-se, as faces rubras, os olhos fulgurantes.

— Harry, Sibyl Vane é uma coisa sagrada.

— Somente nas coisas sagradas é que vale a pena tocar, Dorian — disse Lorde Henry num estranho tom patético. — Mas por que é que você se ofendeu com minhas palavras? Suponho que um dia ou outro ela lhe pertencerá inteiramente. Quando se ama, começamos por enganar-nos a nós mesmos e acabamos sempre por enganar os outros. É o que o mundo chama romance. Em todo caso, suponho que já travaram conhecimento.

— Certamente conheço Sibyl. Na primeira noite em que fui ao teatro, aquele judeu horrível assediou-me o camarote logo que terminou a representação, e ofereceu-se para levar-me aos bastidores, a fim de apresentar a Julieta. Tive vontade de assassiná-lo. Respondi-lhe que Julieta tinha morrido havia centenas de anos e que seu corpo repousava em Verona, num túmulo de mármore. A julgar pelo olhar espantado, o homem imaginou certamente que eu tinha bebido champanha demais ou outra bebida.

— Isso não me surpreende.

— Depois, perguntou-me se eu escrevia para os jornais. Respondi-lhe que nem sequer os lia. Essa declaração, ao que parece, causou-lhe o maior desapontamento. Confiou-me que os críticos dramáticos estavam todos conjurados contra ele e, de resto, do primeiro ao último, todos vendidos.

— Não me surpreenderia que nesse ponto tivesse razão, mas a maior parte deles, a julgar pelo aspecto, não deve vender-se muito caro.

— O tal judeu aparentemente os achava ainda acima de suas posses — disse Dorian, rindo. — Entretanto, as últimas luzes do teatro apagavam-se. Era preciso sair. O velho tentou escorregar-me uns charutos de que fazia grandes elogios. Rejeitei a oferta. Naturalmente, voltei no dia seguinte. O dono do lugar, logo que me viu, saudou-me, curvando-se até o chão e qualificou-me de generoso protetor das artes. Era o derradeiro dos brutos, apesar do seu incompreensível amor por Shakespeare. Disse-me ele, um dia, com aparente orgulho, que as cinco falências que tivera haviam sido devidas ao "Bardo", conforme se obstinava em chamá-lo. Parecia ver nisso um título de glória.

— E o é, Dorian. Quando tantas pessoas entram em bancarrota por haverem vergonhosamente especulado com a prosa da vida, arruinar-se por motivo da poesia é honra notável. Mas, quando é que teve seu primeiro encontro com Miss Sibyl Vane?

— Na terceira noite. Ela acabava de representar Rosalinda. Não pude evitar de ir a seu camarote. Tinha-lhe atirado flores e ela agradecera-me com o olhar. Pelo menos, foi o que me pareceu. O velho judeu foi mais pressuroso que nunca. Parecia querer a toda força arrastar-me até os bastidores. E deixei-me arrastar. Mas não experimentava necessidade alguma de conhecê-la. Não é curioso?

— Não, acho que não.

— Como é isso, meu caro Harry?

— Explicarei noutra ocasião. No momento, é a história da moça que me está interessando.

— Sibyl? Oh! Ela foi tão tímida e tão gentil! Há nela não sei que de infantil. Seus olhos arregalaram-se de espanto quando lhe disse o que pensava a respeito de sua maneira de representar. Parecia que ela nem suspeitava de seu talento. Creio que estávamos um pouco perturbados. E enquanto ali ficamos a olhar um para o outro como duas crianças, o velho judeu ria, ria mostrando todos os dentes, no limiar do camarim cheio de pó, mimoseando com seus mais belos discursos. Punha certa afetação em chamar-me "milorde". E como eu protestasse que não era tal, Sibyl disse simplesmente: "Parece mais um príncipe. Está feito: chamar-lhe-ei o Príncipe Encantado".

— Palavra, Dorian, Miss Sibyl sabe fazer um elogio.

— Você não a compreende, Harry. Ela via em mim simplesmente um personagem de teatro. Ela não conhece coisa alguma da vida. Mora com a mãe, uma mulher lamurienta e gasta, que na primeira noite, vestida numa espécie de penhoar carmim, fazia o papel de Lady Capuleto. Deu toda impressão de haver conhecido dias melhores.

— Conheço essa coisa. Fico triste com esses ares — murmurou Lorde Henry, examinando seus anéis.

— O judeu não desejava outra coisa senão narrar-me a história da velha, mas declarei-lhe que não me interessava de maneira alguma.

— Aprovo sua conduta. As tragédias dos outros são sempre de uma banalidade desesperante.

— Sibyl é a única criatura que me interessa. Que me importam suas origens? Desde a pequenina cabeça, aos pequeninos pés, tudo nela é absolutamente divino. Vou vê-la trabalhar todas as noites e a cada noite ela me parece mais maravilhosa.

— É por isso, sem dúvida, que você nunca vem jantar comigo? Eu já adivinhava que andava preso a alguma bela aventura. Mas não é completamente aquilo que eu esperava.

— Meu caro Harry, não se passou dia que não almoçássemos ou jantássemos juntos, e diversas vezes fui com você à Ópera — disse Dorian, arregalando os olhos azuis, muito espantados.

— Mas chega sempre tarde.

— É verdade. Não posso deixar de ir ver Sibyl representar, mesmo que seja apenas um ato. Tenho sede da presença dela. E quando penso na alma surpreendente que se esconde em seu pequeno corpo de marfim, sinto-me compenetrado de respeito e de temor.

— Mas hoje à noite você vai jantar comigo, Dorian, não é verdade?

Ele abanou a cabeça.

— Esta noite ela faz o papel de Imogênia — explicou. — E amanhã será o de Julieta.

— Quando é que ela é Sibyl Vane?

— Nunca.

— Minhas felicitações.

— Como você é mau! Ela encarna por si só todas as heroínas do mundo. E mais do que uma simples individualidade. Pode rir à vontade. Ela é um gênio. Amo-a e quero conquistar seu amor. Você que sabe todos os segredos da vida, ensine-me qual o encantamento para fazer com que Sibyl me ame! Quero que Romeu fique enciumado. Quero que os grandes amantes do passado escutem o esplendor de nossa alegria e fiquem tristes. Quero que o sopro de nossa paixão reanime seu pó e ressuscite do sono suas cinzas torturadas. Santo Deus! Quanta adoração sinto por ela, Harry!

Enquanto falava, passeava ao longo da sala. Manchas escarlates enrubesciam-lhe as faces cheias de febre. Estava loucamente exaltado.

Lorde Henry sentia um secreto prazer em observá-lo. Que diferença entre o Dorian de hoje e o adolescente tímido e trêmulo que, pela primeira vez, encontrara em casa de Basil Hallward! Semelhante a uma flor, sua natureza tinha se expandido com o fogo das corolas. Sua alma tinha abandonado furtivamente seus esconderijos e o desejo viera a seu encontro.

Finalmente, Lorde Henry perguntou:

— E agora, quais são seus projetos?

— Queria que uma noite destas você e Basil fossem vê-la representar. O resultado absolutamente não me preocupa. Vocês reconhecerão seguramente seu gênio. Então, arrancá-la-emos das garras do velho judeu. Ela está comprometida com ele por um contrato de três anos, dos quais ainda restam dois anos e oito meses. É natural que eu tenha de pagar a multa. Uma vez feito o negócio, arrendarei um teatro em West End[12] e apresentá-la-ei no ambiente que lhe é próprio. Ela enfeitiçará o universo, como enfeitiçou a mim.

— Aí está uma coisa que não é possível, meu belo amigo.

— Ela o fará, afirmo-lhe. Porque, a par do talento, do mais belo talento natural, existe nela essa outra força, a personalidade, e você disse-me muitas vezes que nossa época não obedece a princípios, mas sim a personalidades.

— Seja. Quando iremos?

— Deixe-me ver. Hoje é terça-feira. Marquemos amanhã. Amanhã fará o papel de Julieta.

— Muito bem. Amanhã, no Bristol, às oito horas, e levarei Basil.

— Não, por favor, Harry; às oito horas, não; às seis e meia. Temos de estar lá antes de levantarem o pano de boca. Devem vê-la no primeiro ato, quando se encontra com Romeu.

— Às seis e meia! Mas essa é hora para se tomar o chá ou ler algum romance inglês. Digamos às sete horas. Nenhum cavalheiro janta antes das sete. Irá encontrar-se com Basil antes? Ou tenho de escrever-lhe?

— Pobre Basil! Há uma semana que não o vejo. Estou procedendo muito mal, pois enviou-me meu retrato numa moldura maravilhosa, especialmente desenhada por ele e, embora esteja eu com um pouco de ciúme do quadro, que é um mês mais jovem, não posso deixar de admirá-lo. Talvez seja melhor você lhe escrever. Não quero encontrar-me sozinho com ele. Diz-me coisas que me aborrecem. Quer sempre dar-me bons conselhos.

Lorde Henry sorriu.

— Todo mundo gosta de prodigalizar aquilo de que mais necessita. É o que chamo abismo da generosidade.

— Oh! Basil é o melhor dos camaradas, mas parece-me igualmente um pouquinho filisteu. Descobri isso depois de conhecer você.

— Veja, meu caro amigo; tudo quanto Basil tem de encantador ele o transmite a suas obras, a tal ponto que não lhe ficam, para a vida real, senão seus preconceitos, seus princípios, seu grande bom senso. Os únicos artistas em quem encontrei um encanto pessoal eram maus artistas. Os verdadeiros não respiram senão em sua obra; sua personalidade é, desde logo, perfeitamente desinteressante. Não existe criatura menos poética do que o grande poeta, o

---

[12] Região central e turística de Londres, onde se localizam os teatros profissionais.

poeta verdadeiramente superior. Ao contrário, os poetas de segunda ordem são a própria sedução. Quanto mais sua poesia é má, tanto mais eles se mostram pitorescos. Basta o fato de um homem haver publicado uma coleção de sonetos medíocres, para tornar-se irresistível. Os outros escrevem a poesia que não têm a ousadia de realizar.

— Não sei, Harry, se tal é a realidade — disse Dorian.

E pegando sobre a mesa um largo frasco de cristal dourado, umedeceu o lenço com uma gota de perfume.

— Deve ser assim, visto que você diz. E, dito isto, vou-me. Imogênia espera-me. Não se esqueça. Amanhã? Até lá.

Logo que Dorian deixou a sala, Lorde Henry fechou as pesadas pálpebras e perdeu-se em devaneios. Poucas pessoas certamente o tinham cativado como Dorian Gray. Entretanto, via-o loucamente enamorado, sem sombra de contrariedade ou de ciúme. Ao contrário, até se regozijava com isso; o adolescente tornar-se-ia mais interessante para estudo. Sempre o entusiasmara o método das ciências naturais, mas não seu objeto habitual, que lhe parecia banal e sem importância. Era o que tinha levado a praticar a dissecação, primeiro nele próprio e, finalmente, nos outros. A seus olhos, a vida humana era a única coisa que tinha valor. Em verdade, nessa observação da vida, reclinado sobre o cadinho dos prazeres e dos sofrimentos, o operador não podia cobrir o rosto com máscara de vidro; nada impedia que os vapores sulforosos lhe turvassem o cérebro, lhe maculassem a imaginação com monstruosas fantasias e sonhos informes. Havia venenos tão sutis, que era impossível surpreender seus efeitos sem de antemão afrontar o sofrimento; e doenças tão estranhas, que era preciso suportar seus golpes para penetrar-lhes a natureza. Mas, em compensação, como era bela a recompensa! Como o universo se povoava de maravilhas! Notar a lógica inflexível e curiosa da paixão, a vida emotiva e nuançada da inteligência; observar seus pontos de contato e divergência, suas condições de harmonia e dissonância constituíam outros tantos motivos de delícia. E que importava seu preço? Nunca se paga caro demais uma sensação.

Ele sabia muito bem — e esse pensamento fazia-lhe passar um clarão de alegria nos olhos de um castanho de ágata — que era sob a impressão das palavras de sua boca, harmoniosas palavras ritmadas com voz harmoniosa, que a alma de Dorian Gray se voltara para essa clara donzela e lhe havia rendido sua adoração. Em grande parte, esse adolescente era criação sua. Tinha-lhe trazido a precocidade. Isso não era nada? A grande massa das pessoas devia esperar que a vida lhes descobrisse seus segredos; só alguns raros eleitos eram instruídos nos mistérios da vida, antes que se abrisse o véu. Algumas vezes, essa iniciação era devida às artes e sobretudo à arte literária, que apela diretamente para as paixões e para o intelecto. Mas, vez por outra, uma personalidade complexa tomava o lugar e assumia a função da arte, tornando-se dessa maneira uma verdadeira obra de arte; porque, como a poesia, a escultura ou a pintura, a Vida possui suas obras-primas de alto preço.

Sim, o adolescente era precoce. Começava a fazer sua colheita em plena primavera. Havia nele o ímpeto apaixonado da mocidade, mas, pouco a pouco, misturava-se à reflexão consciente. Dava prazer observá-lo. Formosura do rosto e beleza da alma, tudo nele impunha admiração. Pouco importava até onde iria esse jogo e qual seria a conclusão fatal. Dorian era como esses amáveis heróis de teatro, cujas alegrias nos parecem estranhas e distintas, ao passo que seus pesares fazem estremecer em nós o sentido da beleza e nos cegam como rosas de fogo.

A alma e o corpo, o corpo e a alma, que duplo mistério! A alma não andava isenta de algum materialismo e o corpo tinha seus momentos de espiritualidade. Os sentidos podiam refinar-se, a inteligência envilecer-se. Quem poderia dizer onde se detinham os impulsos da carne, onde começavam os impulsos do espírito? Como eram superficiais e arbitrárias as definições da maior parte dos psicólogos, quanto era difícil pronunciar-se entre as pretensões das diversas escolas. E a alma era um fantasma que habitava a casa do pecado? Ou é o corpo que verdadeiramente se funde na alma, como pensava Giordano Bruno? Mistério, a separação do espírito e da matéria; e mistério, também, a união de um ao outro.

Começava a perguntar a si mesmo se algum dia se conseguiria fazer da psicologia uma ciência absolutamente exata, capaz de revelar-nos o mais recôndito móvel da vida. Entretanto, da forma como era, invariavelmente enganávamo-nos a respeito de nós mesmos e só raramente compreendíamos os outros. No domínio moral, a experiência não tinha valor. Era apenas um nome com que as pessoas batizavam seus erros. Em geral, os moralistas têm-na considerado como uma espécie de guia. Reivindicaram para ela, na formação do caráter, uma influência moral apreciável. Louvaram-na por ser aquela que nos ensina o que é preciso fazer e nos mostra o que devemos evitar. Mas não, não há na experiência força alguma determinante. Como a consciência, ela não é um princípio de ação. Em suma, estabelece apenas uma coisa: que o futuro, para cada um de nós, pode vir a parecer-se com o passado e que o pecado, cometido a primeira vez na amargura, se renova muitas vezes na alegria.

Parecia-lhe evidente que só o método experimental o conduziria à análise científica das paixões, e Dorian Gray era verdadeiramente o tipo ideal; parecia prometer abundantes e preciosos resultados. Sua louca e brusca paixão por Sibyl Vane constituía fenômeno psicológico de grande interesse. Sem dúvida, a curiosidade desempenharia nisso grande papel, a curiosidade e o desejo de sensações novas. Não era uma paixão simples, mas, ao contrário, das mais complexas. O que a adolescência nela derramava de instintiva sensualidade transformara-se, por um trabalho de imaginação, metamorfoseando-se até parecer ao próprio moço estranha aos sentidos. E assim tornava-se maior o perigo. São, com efeito, as paixões, cuja origem desconhecemos, que mais nos tiranizam. E as influências que se exercem sobre nós com menos força são aquelas cuja natureza aprendemos. Quantas vezes sucede que, julgando experimentar em alguém, experimentamos, na realidade, em nós mesmos.

Lorde Henry despertou deste longo devaneio por uma batida na porta. O criado vinha preveni-lo de que eram horas de vestir-se para o jantar. Levantou-se e espreitou a rua. A magia de um pôr-do-sol abrasava de ouro vermelho as janelas mais altas das casas defronte. Os vidros brilhavam como chapas de metal ardente. Lá em cima, o céu assemelhava-se a uma rosa que murchava. Harry lembrou-se de seu amigo perante o espetáculo dessa vida colorida com todos os fogos da mocidade e perguntou a si mesmo como tudo isso iria acabar.

Ao regressar para casa, mais ou menos à meia-noite e meia, encontrou um telegrama sobre a mesa do vestíbulo. Abriu-o e viu que era de Dorian Gray; participava-o de seu noivado com Sibyl Vane.

5

— Oh! Mamãe, mamãe, quanto sou feliz! — disse a moça, num murmúrio. E seu rosto procurou o regaço da pobre mulher cansada e gasta que, costas voltadas contra a luz crua da janela, ocupava a única cadeira da modesta sala. — Como sou feliz! — repetiu. — E você, também, mãezinha, diga-me que também é feliz!

A Sra. Vane estremeceu e pousando na cabeça da filha as mãos delgadas, brancas de pomada:

— Feliz? — repetiu. — Somente me sinto feliz quando a vejo no palco. O palco! Não devia pensar em outra coisa. O Sr. Isaac tem sido muito bom para nós e devemos-lhe dinheiro.

A moça levantou a cabeça e, num trejeito:

— Dinheiro, mãezinha? E que importa o dinheiro? O amor vale mais do que o dinheiro.

— O Sr. Isaac adiantou-nos cinquenta libras para pagarmos nossas dívidas e vestir James decentemente. Não devemos esquecê-lo, Sibyl. Cinquenta libras é uma fortuna. O Sr. Isaac tem sido extremamente gentil conosco.

— O Sr. Isaac não é um *gentleman*. Fala-me num tom que eu detesto — declarou a moça. E, levantando-se, aproximou-se da janela.

— Na realidade, não sei o que seria de nós, se não fosse ele — lamentou a mãe.

Sibyl Vane abanou a cabeça e, rindo, declarou:

— Daqui por diante, já não temos necessidade dele, mamãe. É o Príncipe Encantado que velará por nossos destinos.

Calou-se um instante. Um fluxo de sangue rosa intumescia-lhe as veias, colorindo-lhe as faces. Um sopro animado entreabria a corola de seus lábios frementes. O vento ardente de paixão como que parecia envolvê-la toda e enfunar as dobras graciosas de seu vestido.

— Amo-o! — concluiu, simplesmente.

— Que loucura, minha filha, que loucura — interrompeu a mãe. Esta frase de papagaio foi toda sua resposta. E o gesto dos dedos aduncos, carregados de anéis falsos, acabava por tornar grotescas as pobres palavras.

Ressoou novamente o riso da moça. Cantava em sua voz a alegria de um pássaro em gaiola. Seus olhos, conscientes da melodia, responderam-lhe com seu brilho, depois cerraram-se por um instante, como que para esconder seu segredo. Quando se tornaram a abrir, estavam velados pela bruma de um sonho.

Do fundo da velha poltrona, a sabedoria de lábios enrugados falava-lhe, aconselhando prudência, recitando o manual da covardia, cujo autor se mascarava sob o nome de bom senso. A moça nem escutava, divagando livremente em sua prisão de amor. O seu príncipe, o Príncipe Encantado, estava com ela. Pedira à memória que o restituísse a ela. Enviara a alma a sua procura e sua alma trouxera-o de volta. E sentia na boca o fogo do seu beijo, nas pálpebras a tepidez da sua respiração.

Então, a Sabedoria mudou de método e de linguagem. Era preciso espiar, procurar saber. O rapaz talvez fosse rico. Nesse caso, nada impediria que se pensasse em casamento. Ao encontro da concha da pequena orelha vieram bater as vagas da prudência mundana. Voaram de todas as partes as flechas da astúcia. Sibyl via moverem-se os lábios finos e limitou-se a sorrir.

De repente, sentiu necessidade de falar. Aquele silêncio cheio de palavras causava-lhe perturbação.

— Mamãe, mamãe! — desatou ela. — Por que será que ele me ama tanto? Eu sei por que o amo. Amo-o, porque é ele o retrato vivo do Amor, tanto quanto se pode imaginar. Mas ele, o que ele vê em mim? Não sou digna dele. E, todavia, sem que o possa explicar, por mais que me veja tão inferior, não me sinto humilde. Ao contrário, sinto-me altiva, terrivelmente altiva. Diga, mamãe, você amava meu pai como eu amo o Príncipe Encantado?

A velha atriz empalideceu sob a camada grosseira de pó, que lhe cobria as faces, e seus lábios pergaminhados contraíram-se num espasmo doloroso. Sibyl sentiu-se atraída para ela e, estreitando-lhe os braços ao pescoço, cobriu-a de beijos.

— Perdoe, mamãe, perdoe! Sei que lhe custa sempre falar de meu pai. Mas é unicamente porque você o amou muito. Não tome esse ar triste e abatido. Hoje sou feliz como você era, há vinte anos. E, se você quisesse, eu seria feliz para sempre.

— Minha filha! Ainda é muito criança para pensar no amor. Aliás, que é que você sabe a respeito desse rapaz? Nada, nem sequer lhe conhece o nome. Isso não fica bem. E, exatamente, quando James parte para a Austrália e eu tenho tanta coisa em que pensar. Bem podia poupar-me esta preocupação e este cuidado. Mas, enfim, como já disse, se ele for rico...

— Ah, mamãe, mamãe, deixe-me ser feliz!

A Sra. Vane envolveu-a com o olhar; depois, num desses gestos falsos e dramáticos que nos atores se convertem frequentemente numa segunda natureza, estreitou-a nos braços. Nesse momento, a porta entreabriu-se e um rapaz alto, de cabeleira castanha, entrou no aposento. Suas feições eram pesadas, os pés e as mãos enormes, os movimentos um tanto canhestros. Não se parecia em nada com a irmã. Teria sido difícil adivinhar o estreito parentesco que os unia. A Sra. Vane voltou a olhar para o recém-chegado e seu sorriso dilatou-se. Em sua maneira de pensar, elevara mentalmente o filho à dignidade de um auditório. Tinha a certeza de que a cena era interessante.

— Espero que guarde alguns beijos para mim, Sibyl — disse o rapaz num tom amável de censura.

— Mas você não gosta que a gente o beije — respondeu ela. — Você é meu grande urso selvagem! — e, correndo para ele, abraçou-o com toda a força.

James Vane lançou sobre a cena um olhar de ternura:

— Quer vir dar uma volta comigo, Sibyl? É provável que não torne a ver este horror de Londres. Na verdade, não o lamento mesmo.

— Meu filho, não pronuncie essas palavras terríveis! — murmurou a Sra. Vane retomando, com um suspiro, uns ouropéis de teatro que começou a remendar. Estava até certo ponto desapontada e lamentava que o filho não tivesse vindo juntar-se ao grupo de ambas para completar o efeito teatral.

— Por que não, mamãe? Falei com toda a sinceridade.

— É dolorido para mim, meu filho. Alimento a firme esperança de que voltará da Austrália, na situação de um homem opulento. Sei que não existe nem vestígio de sociedade nas colônias, nada pelo menos que mereça tal nome. De sorte que será obrigado, depois de ter feito fortuna, a regressar a Londres, representar seu papel.

— A sociedade — murmurou o rapaz —, que adianta conhecê-la? Se desejo ganhar algum dinheiro, é para arrancar você e Sibyl dessa vida de teatro, que detesto!

— Oh, Jim! — disse Sibyl, rindo —, você não é nada galante! Mas é verdade que quer ir passear comigo? Que felicidade! Eu imaginava que ia dizer adeus a alguns amigos, a Tom Hardy, que lhe ofereceu esse medonho cachimbo, ou a Ned Langton, que se torce de rir quando o vê fumá-lo. Como é amável ter reservado para mim sua última tarde. Aonde vamos? Se fôssemos até o parque?...

— Estou muito mal vestido — respondeu, com ar sombrio. — O parque é para a gente rica!

— Que tolice, meu bom Jim! — murmurou ela, acariciando-lhe a manga do paletó.

Ele hesitou um instante.

— Pois bem, seja! — disse afinal. — Mas não demore muito a trocar de vestido.

Ela correu para fora da sala. Ouviu-se que subia a escada cantarolando. Seus passinhos miúdos ressoaram em cima, no outro quarto.

Jim começou a passear pela sala. Depois de dar duas ou três voltas, aproximou-se da poltrona onde sua mãe estava sentada, imóvel.

— Mamãe — indagou —, minhas coisas estão prontas?

— Estão, Jim — respondeu, sem levantar os olhos do trabalho.

Havia alguns meses, sentia-se contrafeita, quando se encontrava sozinha em face do filho, rude e feroz. Quando seus olhares se cruzavam, invadia-lhe a alma frívola uma secreta perturbação. Chegava a perguntar se ele não suspeitava de alguma coisa. O silêncio — porque não acrescentara uma palavra — era-lhe intolerável. Começou a lamentar-se. As mulheres defendem-se atacando, e seus ataques são feitos de estranhas e bruscas capitulações.

— Espero, James, que goste da vida de marinheiro — começou ela. — Em todo caso, não deve esquecer que foi você mesmo que a escolheu. Não dependia senão de você ter entrado para o escritório de um advogado. Os advogados são de uma classe muito digna e, frequentemente, no campo, jantam em casas das melhores famílias.

— Tenho horror aos advogados e aos estudos — replicou ele. — Mas tem toda razão. Fui eu mesmo que escolhi a vida que me agradava. Nada tenho a dizer, senão: olhe por Sibyl! Cuide que nada de mau lhe aconteça.

— Aí está uma maneira de falar verdadeiramente singular, James. É claro que eu olharei por Sibyl.

— Disseram-me que um *gentleman* vem, todas as noites, vê-la no teatro e se demora a conversar com ela nos bastidores. É verdade? Que quer dizer isso?

— Fala de coisas que não pode compreender, James. Em nossa profissão, estamos acostumadas a que nos testemunhem as homenagens mais lisonjeiras. Eu mesma, quantos ramos de flores recebi outrora! Nesse tempo, sabia-se apreciar o talento dos artistas. Quanto a Sibyl, não sei ainda se sua afeição é séria ou não. Mas é fora de dúvida que o rapaz em questão é um perfeito *gentleman*. Trata-me sempre com grande delicadeza. Além do mais, parece ter dinheiro e as flores que manda a Sibyl são maravilhosas.

— O que não impede que a senhora nem sequer lhe conheça o nome — contraveio a voz rude do rapaz.

— Com efeito — respondeu a mãe, com o ar mais tranquilo desde mundo —, até agora não nos revelou seu verdadeiro nome. Acho tudo isso muito romântico de sua parte. Provavelmente pertence à aristocracia.

James Vane mordeu os lábios.

— Olhe por Sibyl, mamãe; olhe bem por ela — insistiu o rapaz.

— Na verdade, meu filho, está me afligindo bastante. Sibyl está sempre debaixo de meu olhar vigilante. Mas, se o tal *gentleman* for rico, não vejo motivo para ela repelir a aliança com ele. Estou convencida de que é um jovem aristocrata. É inegável que tem todo o aspecto de aristocrata. Quem nos diz que não está aí para Sibyl a perspectiva do mais brilhante casamento? Os dois formariam um par encantador. Ele é de uma beleza notável; toda gente o admira.

O rapaz, falando consigo mesmo, gaguejou algumas palavras, enquanto com os dedos grossos tamborilava nos vidros da janela. Ao voltar-se, pronto para retomar a palavra, abriu-se a porta e Sibyl entrou, como um golpe de vento.

— Como vocês estão sérios! — exclamou. — Que é que há?

— Nada — respondeu James. — Não se pode negar que, por vezes, a gente deve parecer séria. Até a volta, mamãe. Jantarei às cinco horas. Tudo está na mala, excetuando minhas camisas. Fique sossegada.

— Até logo, meu filho! — respondeu ela, com uma reverência de solenidade contrafeita.

Estava aborrecida com o tom com que lhe falara e, no olhar dele, havia algo que lhe causava medo.

— Um beijo, mamãezinha! — disse Sibyl. Os lábios em flor pousaram-se na face flácida, aquecendo a pobre carne fria.

— Minha filha, minha filha! — choramingou a Sra. Vane, olhos no teto, à procura de uma galeria imaginária.

— Vamos, Sibyl — chamou o irmão, impaciente. Tinha horror à afetação teatral de sua mãe.

Saíram e desceram a desolada Euston Road. Os transeuntes mediam de alto a baixo aquele rapaz desengonçado e pesadão, mal ajeitado em seu terno grosseiro e admiravam-se por vê-lo acompanhar tão linda moça e de aspecto tão fino. Dir-se-ia um jardineiro vulgar passeando com uma rosa.

Jim franzia a testa toda vez que surpreendia esses olhares inquisidores. Tinha horror de ser esquadrinhado por essa curiosidade alheia que o gênio conhece já tarde e que jamais abandona a gente vulgar. Sibyl, todavia, não percebia sequer o efeito que produzia. Seu amor subia-lhe aos lábios em risos alegres. Pensava no Príncipe Encantado e, para mais bem acariciar seu pensamento, evitara falar a tal respeito. Sua conversa era toda para Jim, para o navio que o transportaria, para as minas de ouro que seguramente ele iria descobrir, para a fabulosa herdeira, cuja vida ele salvaria, triunfando dos maus ladrões de camisas vermelhas. Porque, com certeza, ele não ia ser marinheiro por toda a vida, nem empregado, nada daquilo que teria que ser no começo. Oh, não! A existência do marinheiro é por demais terrível. Imagine-se a reclusão num casco horrível que as cristas das vagas se esforçam por invadir a cada instante, enquanto a tempestade derruba os mastros e rasga as velas em tiras descabeladas e trapejantes. Ele desembarcaria em Melbourne e, depois de despedir-se honestamente do capitão, iria direto para os distritos auríferos. Em menos de uma semana, descobriria uma enorme pepita de ouro puro, a mais enorme pepita jamais descoberta, que traria em direção à costa numa carroça guardada por seis gendarmes a cavalo. Três vezes os ladrões do mato os atacariam e seriam rechaçados. Haveria uma carnificina terrível. Ou melhor, não haveria nada. Por nada deste mundo ele devia ir para as minas de ouro, lugares horríveis em que os homens se embebedam e se matam à toa nas tabernas e dizem obscenidades. Ele havia de ser um gentil criador de carneiros; e, ao entrar no terreiro, a cavalo, um belo dia toparia com um gatuno tentando levar em seu cavalo negro a encantadora herdeira da fazenda. Dar-lhe-ia caça e a libertaria de suas garras. Naturalmente, ela se apaixonaria por ele e ele por ela; casariam, voltariam para a Inglaterra e viveriam em Londres num palácio magnífico. Sim, esperavam-no aventuras maravilhosas. Todavia, sob a condição de ele portar-se bem, de nunca ceder à cólera, e de não gastar loucamente seu dinheiro. Ela contava apenas um ano a mais que ele, mas já tinha outra experiência da vida. Também teria de escrever-lhe cada vez que houvesse correio, e rezar todas as noites antes de adormecer. Deus, que é tão bom, velaria por ele. Também ela rezaria pelo ausente. Ele regressaria, dentro de poucos anos, carregado de riquezas.

O rapaz, meio enfadado, escutava-a sem dizer palavra. Sofria cruelmente por abandonar a família.

Não era, entretanto, este o único pensamento que o tornava sombrio e aborrecido. Embora muito inexperiente, tinha um vivo pressentimento do perigo que Sibyl corria. Nada ela poderia esperar de feliz desse jovem dândi que lhe arrastava a asa. Era um *gentleman*. Bastava isso para que o odiasse com um ódio estranho, instintivo, que não sabia explicar e que, imperioso, nele dormitava. Sabia igualmente quanto sua mãe era leviana e frívola. Havia um perigo imenso para Sibyl, para a felicidade de Sibyl. Os filhos começam por amar os pais; quando ficam maiores, julgam-nos e algumas vezes perdoam-nos.

Sua mãe! Obcecava-o uma pergunta que precisava fazer-lhe. Havia meses que essa pergunta silenciosamente o preocupava. Uma frase apanhada no ar, no teatro, um sussurro sarcástico que lhe chegara aos ouvidos, certa noite, enquanto aguardava a entrada dos artistas, desencadeara nele um turbilhão de pensamentos horríveis. Essa recordação acicatava-o como uma chicotada em pleno rosto. Suas sobrancelhas aproximavam-se, cavando um sulco profundo e, na contração dolorosa, mordia o lábio.

— Jim — exclamou Sibyl —, não está escutando uma palavra do que lhe digo, e estou arquitetando para você os mais deliciosos planos de futuro. Por favor, diga alguma coisa.

— Que quer que eu diga?

— Que será um bom rapaz e que não se esquecerá de nós — respondeu ela, sorrindo.

— Esquecer-me de vocês, Sibyl? É mais provável que vocês se esqueçam primeiro.

Ela ficou vermelha.

— Que quer dizer, Jim? — interrogou.

— Soube que tem um novo amiguinho. Quem é? Por que é que nunca me falou a respeito dele? Ele não lhe fará bem.

— Basta, Jim. Nem mais uma palavra contra ele. Amo-o.

— Sim. E nem sequer sabe seu nome! — replicou — Quem é? Parece-me que tenho o direito de saber.

— Chama-se Príncipe Encantado. Não é um nome bonito? Criançola! Não se esqueça mais disto. Bastaria que você visse meu Príncipe e o proclamaria o mais maravilhoso dos mortais. Um dia, quando voltar da Austrália, haverá de conhecê-lo. Tenho certeza de que ele lhe agradará muito. Toda gente acha que ele é amável e eu... Amo-o! Que pena que não possa vir esta noite ao teatro! Pense um pouco, Jim; estar apaixonada e representar Julieta! Saber que ele está ali, pertinho e representar para encanto dele! Eu me pergunto se eu não vou aterrorizar a assistência, aterrorizá-la ou entusiasmá-la. Amar é exceder-se a si mesmo. Esse execrável e pobre Sr. Isaac vai proclamar meu gênio a todos os beberrões de sua taberna. Já me anunciava como um dogma. Esta noite, vai me aclamar como uma revelação. E tudo isso devo a ele, somente a ele, a meu Príncipe Encantado, a meu mágico amoroso, a meu deus de todas as graças. Sou bem pobre aos pés dele. Pobre? Que importa! Quando a pobreza se esgueira pela porta, com um golpe de asa, o amor entra pela janela. Mas quem será que há de dar um pouco de atualidade a nossos velhos provérbios? Fizeram-nos no inverno e agora é verão. Que digo? Para mim é sempre primavera, uma verdadeira farândola de flores no céu azul.

James objetou, relutante:

— É um *gentleman*!

— Um Príncipe! — retificou a voz musical. — Que quer mais?

— Fará de você uma escrava.

— Mas estremeço só com a ideia de permanecer livre.

— Desconfie dele, peço-lhe.

— Vê-lo é adorá-lo; conhecê-lo é confiar nele.

— Sibyl, esse homem fez você enlouquecer.

Ela desatou a rir, segurando-o pelo braço:

— Meu bom e velho Jim, faz-me sermões como se tivesse cem anos. Há de chegar sua vez de ficar apaixonado. Nesse dia, verá o que isso é. Acaba com esses ares aborrecidos. Não deveria alegrar-se ao pensar que, apesar de sua partida, vai me deixar mais feliz do que jamais fui? A vida tem sido dura para nós dois, horrivelmente dura e difícil. Mas, de agora em diante, será diferente. Você parte para um mundo novo e eu descobri o meu... Veja aí duas cadeiras livres; sentemo-nos e vejamos passar a gente elegante!

Sentaram-se no meio da multidão de espectadores. Os maciços de tulipas flamejavam através do passeio, semelhantes a rodas de fogo palpitantes. Um pó esbranquiçado — nuvem diáfana de íris — flutuava no ar abrasado.

Revoluteavam sombrinhas de cores vivas, subindo e descendo, quais borboletas monstruosas.

Levou o irmão a falar dele próprio, de suas esperanças, de seus planos. Sua palavra era lenta, difícil. Devolviam um ao outro as palavras, como os jogadores de uma partida se devolvem as fichas. Sibyl sentia-se oprimida. Não conseguia comunicar-lhe sua alegria. Nada lhe fazia eco. Quando muito, fazia-lhe aflorar um pálido sorriso nos cantos da boca repleta de amargura. Logo depois, teve de se calar. De repente, entreviu uma cabeleira de ouro, lábios risonhos: Dorian Gray passava com duas senhoras, numa carruagem descoberta.

De um pulo ficou de pé:

— Ei-lo! — exclamou.

— Quem? — indagou Jim Vane.

— O Príncipe Encantado — respondeu ela, acompanhando a carruagem com os olhos.

Ele tinha-se levantado também. Segurando-a com força pelo braço, gritava-lhe:

— Mostre, depressa. Qual é? Mostre-me. Quero absolutamente vê-lo.

Mas, nesse momento, a comitiva do Duque de Barwick veio interpor-se e, quando o horizonte ficou novamente livre, a carruagem já tinha saído do parque.

— Foi-se embora — suspirou Sibyl tristemente. — Que pena que não o tenha chegado a ver!

— Sim, de fato, que pena! Porque tão certo como haver um Deus no céu, se ele ofender você, mato-o.

Ela contemplou-o horrorizada. Ele repetiu a ameaça. As palavras fendiam o ar como uma adaga. As pessoas em redor já escutavam intrigadas. Perto de Sibyl, uma senhora ria-se deles.

— Vamos, Jim! — murmurou a moça.

Ele a seguiu, cabeça erguida, através da multidão, contente por ter feito barulho. Quando chegaram ao pé da estátua de Aquiles, Sibyl voltou-se. A mesma piedade, que se lia em seus olhos, pôs-lhe um sorriso nos lábios. E, abanando a cabeça:

— É uma coisa insensata, Jim, absolutamente insensata! Um simples acesso de mau humor, bem sei. Mas, como pode proferir tais horrores? Não sabe o que diz. Você é um ciumento vulgar. Ah, se pudesse ficar apaixonado! O amor inspira bondade; e suas palavras eram tão más!

— Tenho dezesseis anos — respondeu o rapaz — e sei com quem lido. Nossa mãe não valerá em nada. É incapaz de tomar conta de você. Oh! Se eu pudesse renunciar a essa partida para a Austrália! Não sei o que me diz que devia abandonar tudo! E é o que eu faria se meu contrato não estivesse já assinado.

— Vamos, Jim, deixe de ficar tão sombrio! Me faz lembrar um personagem desses melodramas idiotas que mamãe gostava de representar. Não, nada de questões! Eu já o vi. E vê-lo representa alegria completa. Não iremos discutir. Aliás, tenho a firme certeza de que você seria incapaz de fazer mal a alguém que eu amasse. Não é verdade, Jim?

— Enquanto o amasse, é possível — respondeu ele, num tom feroz.

— Mas eu o amarei sempre.

— E ele?

— Ele também me amará sempre.

— Melhor para ele!

Ela recuou, depois desatou a rir e segurou-o pelo braço. Decididamente ele não passava de uma criança.

Em Marble Arch, tomaram um ônibus que os deixou em Euston Road, perto de sua pobre morada. Passava das cinco e Sibyl, antes de representar, nunca deixava de estender-se na cama pelo menos por duas horas. Jim exigiu que procedesse como de costume. Preferia, aliás, dizer-lhe adeus quando a mãe ali não estivesse. Porque, com certeza, ela ia fazer uma cena e ele detestava toda espécie de cenas.

Foi, pois, no próprio quarto de Sibyl que se separaram e disseram adeus. O coração do rapaz estava cheio de ciúme, de ódio feroz e mortal contra o estranho que viera, parecia-lhe, intrometer-se entre ambos. Mas, logo que sentiu os braços queridos em volta do pescoço e os dedos carinhosos perdendo-se entre seus cabelos, enterneceu-se e deixou em seus beijos a mais sincera ternura. Depois, desceu a escada, os olhos marejados de lágrimas.

A mãe esperava-o embaixo. Logo que entrou, repreendeu-o por sua falta de pontualidade. Sentou-se, sem responder, diante da magra refeição. As moscas zumbiam ao redor da mesa e arrastavam-se pela toalha pouco limpa. Através do surdo rumor dos ônibus e das carruagens, a mesma voz continuava a sussurrar-lhe aos ouvidos, consumindo um a um os minutos que restavam.

Daí a pouco, afastou o prato e escondeu a cabeça entre as mãos. Sentia que tinha o direito de saber. Pelo menos deveriam ter-lhe dito muito antes, se se tratava daquilo que ele suspeitava. A mãe observava-o, esmagada pela inquietação. De seus lábios saíam palavras maquinais. Seus dedos amarfanhavam um lenço de rendas todo rasgado. Quando bateram seis horas, James levantou-se e foi até a porta. Depois, voltou para junto da mãe. Os olhos de ambos encontraram-se. Nos olhos maternais, ele leu um apelo desesperado de compaixão. Um acesso de raiva exasperou-o:

— Mamãe — disse —, tenho uma pergunta a fazer.

Ela passou os olhos pelo quarto, sem dizer palavra.

— Diga-me a verdade. Tenho o direito de saber. A senhora era casada com meu pai?

Ela soltou um longo suspiro. Um suspiro de alívio. O momento terrível, o momento que, havia semanas e meses, ela temia, noite e dia, chegara finalmente. E — coisa estranha! — não experimentava terror algum. Até certo ponto, era para ela uma decepção. Essa pergunta direta, sem elegância, não comportava senão uma resposta direta. A situação não havia sido bem preparada. Era brutal. Parecia-lhe um péssimo ensaio.

— Não — respondeu ela, espantada diante da rude simplicidade da vida.

— Então, meu pai era um canalha! — gritou o rapaz, os punhos crispados.

Ela abanou a cabeça.

— Eu sabia que ele não era livre. Nós nos amávamos apaixonadamente. Se ele vivesse, teria provido todas as nossas necessidades. Não o acuse, meu filho. Pertencia a uma alta família.

Escapou-lhe da boca um palavrão.

— Isso, para mim, pouco importa — gritou ele —, mas não abandone Sibyl por nada... É um *gentleman*, não é, o que lhe faz a corte? Pelo menos é o que ela pretende. De alta família, suponho!

Naquele momento, a infeliz não pôde defender-se de uma horrível sensação de vergonha. Curvou a fronte e, com a mão convulsa, limpou os olhos.

— Sibyl tem mãe — balbuciou ela. — Eu não tinha.

Essas palavras comoveram o rapaz. Aproximou-se dela e, inclinando-se, deu-lhe um beijo.

— Essa pergunta a respeito de meu pai magoou você, mãe. Sinto muito, mas não podia deixar de fazê-la. Agora, tenho que partir. Adeus. Lembre-se de que tem apenas uma filha para cuidar. E se por acaso esse indivíduo maltratar minha irmã, pode crer em mim, fico sabendo depressa quem é, encontro-lhe a pista e o mato como um cão. Juro!

No exagero louco dessa ameaça, nos gestos apaixonados que a acompanharam, na raiva das frases melodramáticas, pareceu à comediante que a vida retomava seu esplendor. Achava-se de novo em sua atmosfera habitual. Respirou aliviada e pela primeira vez, depois de muitos meses, admirou sinceramente o filho. Ela teria prazer em continuar a cena nesse tom patético, mas ele deteve-a logo. Era preciso descer as malas, cuidar das cobertas. A empregada do prédio não fazia senão entrar e sair. Foi preciso pechinchar com o cocheiro. Em suma, detalhes vulgares absorveram os momentos preciosos. E foi, mais uma vez desapontada, que da janela agitou o pobre lenço de rendas em direção à carruagem que conduzia seu filho. Era evidente que uma ocasião única acabava de ser perdida. Para consolar-se, deu a entender a Sibyl que vida de desolação ia ser a sua, agora que só teria uma filha para cuidar. Recordava-se da frase, cuja feição lhe agradara. Da ameaça não lhe disse palavra. A expressão era certamente vigorosa e dramática. E afigurava-se-lhe que ainda, um dia, haviam de rir os três de tudo aquilo.

6

— Com certeza já sabe da novidade, Basil?

Foi com estas palavras que Lorde Henry cumprimentou Hallward naquela noite, ao introduzi-lo no pequeno salão Bristol, onde estava preparado o jantar para três pessoas.

— Não, Harry — respondeu o artista, entregando ao garçom que se inclinara o chapéu e o sobretudo. — De que se trata? Não é de política, espero? Isso, absolutamente, não me interessa. Não existe uma única cabeça da Câmara dos Comuns que se valha a pena pintar; em compensação, há muitas que precisariam ser caiadas.

— Dorian Gray está noivo! — disse Lorde Henry, espiando o efeito de suas palavras.

Hallward teve um sobressalto, depois franziu as sobrancelhas:

— Dorian noivo? Não, isso não é possível!

— É a pura verdade.

— Então, de quem?

— Não sei ao certo, mas parece-me que de uma pequena artista.

— Aí está uma coisa difícil de acreditar. Dorian não deixa de ser muito razoável.

— Com efeito, Dorian é bem comportado demais, meu caro Basil, para deixar de praticar uma loucura, de tempos em tempos.

— Mas é que o casamento não é uma loucura que se possa praticar de tempos em tempos, Harry!

— Exceto na América — replicou tranquilamente Lorde Henry. — Mas eu não falei de casamento. Falei de noivado. A diferença é enorme. De meu casamento, ficou-me uma recordação nítida, mas não tenho a menor ideia de meu noivado. Seria até levado a acreditar que nunca fui noivo.

— Pense, porém, no nascimento de Dorian, no lugar que ele ocupa na sociedade, em sua fortuna. Uma aliança tão inferior seria insensata.

— Se você pretende que ele se case com essa moça; é exatamente isso o que você deve dizer-lhe, Basil. Depois disso, ele não hesitará um momento. Quando um homem comete qualquer tolice incompreensível, é sempre sob o imperativo dos mais nobres motivos.

— Pelo menos é uma donzela honesta, Harry? Não gostaria de ver Dorian ligar-se a uma criatura vil qualquer, capaz de rebaixar-lhe o caráter e abafar-lhe a inteligência.

— Oh, ela é melhor do que honesta: é bela — murmurou Lorde Henry, bebericando um vermute de laranjas amargas. — Dorian afirma que ela é encantadora, e é raro que ele se engane em tal matéria. O retrato que você fez dele aguçou-lhe singularmente o senso da beleza física. Além de outro, é esse um dos efeitos mais felizes de sua obra. De resto, vamos ver a maravilha daqui a pouco, a não ser que Dorian tenha esquecido o encontro.

— Está falando a sério?

— Não posso ser mais sério, Basil. Eu lamentaria se tivesse de ser, algum dia, mais sério do que neste momento.

— E você, Harry, aprova esta loucura? — perguntou o pintor, caminhando agitadamente e mordendo os lábios. — Não, você não pode aprová-la. É um capricho de um desmiolado.

— Há muito que não aprovo nem desaprovo coisa alguma na Terra. O contrário é uma atitude estúpida perante a vida. Não estamos no mundo para afixar nossos preconceitos de ordem moral. Nunca dou importância ao que dizem as pessoas vulgares e nunca me intrometo no que fazem as pessoas encantadoras. Quando alguém me seduz, seja qual for o aspecto em que se dignar mostrar — fico verdadeiramente encantado. Uma bela moça desempenha o papel de Julieta: Dorian Gray apaixona-se e oferece-se para desposá-la. Por quê? Se ele desposasse Messalina não deixaria de ser menos interessante. Você sabe que não sou campeão de casamento. Seu grande defeito é matar em nós o egoísmo. Ora, sem egoísmo, as pessoas são incolores. Carecem de personalidade. Entretanto, alguns indivíduos, pelo fato de serem casados, tornam-se mais complexos. Guardam seu "eu" primitivo e acrescentam-lhe uma coleção de "eus" suplementares. Por isso, são obrigados a levar uma vida múltipla e tornam-se superiormente organizados: ora, atingir uma organização superior, não consiste nisso precisamente o objetivo da vida do homem? Mais: toda experiência tem seu valor e, seja qual for a queixa que se tenha contra o casamento, não é possível recusar-lhe o caráter de uma experiência. Faço votos para que Dorian Gray torne essa moça sua mulher, que a adore com fervor durante seis meses; depois, e de repente, se deixe seduzir por qualquer outra beleza. Seria um objeto admirável de estudo.

— Você não acredita numa palavra do que está dizendo, Harry. Seja franco. Se Dorian estragasse sua vida, ninguém sentiria com isso maior pesar do que você. Você vale mais do que pensa.

Lorde Henry desatou a rir:

— Não somos tão inclinados a bem julgar os outros, senão porque tememos por nós mesmos. O fundamento do otimismo é o puro terror. Julgamo-nos generosos por emprestar ao vizinho virtudes de que esperamos descontar os benefícios. Elogiamos nosso banqueiro para que nos abra créditos maiores; descobrimos qualidade no salteador de estrada, na esperança de que assim nos poupará a algibeira. Penso absolutamente tudo quanto disse. O otimismo inspira-me um supremo desprezo. E por que fala você em vida estragada? Não há vida estragada senão aquela a que se cortam as asas. Para estragar uma criatura basta reformá-la. Concordo, todavia, que um casamento seria coisa insensata. Mas existem, entre homens e mulheres, outros vínculos e até mais atraentes do que o casamento. Certamente, não deixaria de consentir que Dorian neles se prendesse. Têm a vantagem de serem elegantes. Mas eis nosso Dorian em pessoa. Ele mesmo poderá dizer-lhe mais do que eu.

— Meu caro Harry, meu caro Basil, depressa, felicitem-me um e outro — disse o adolescente, sacudindo dos ombros um manto forrado de seda e estendendo seguidamente a mão aos dois amigos. Nunca fui tão feliz. É uma coisa inesperada, como tudo quanto é verdadeiramente delicioso, concordo. E, todavia, parece-me que minha vida inteira foi apenas uma longa espera desta felicidade única.

Corado de emoção e de prazer, seu rosto irradiava uma formosura maravilhosa.

— Espero que seja sempre feliz, Dorian — disse Hallward. — Mas estou sentido por não me haver participado de seu noivado. Harry foi prevenido.

— E eu sinto que você esteja atrasado para o jantar — interrompeu Lorde Henry, a mão no ombro do jovem e iluminando as palavras com um sorriso. — Venha. Vamos para a mesa e vejamos o que vale o novo cozinheiro do Bristol. Você nos contará pormenorizadamente como tudo isso aconteceu.

— Na verdade, não terei grande coisa a contar — protestou Dorian, enquanto tomavam lugar à pequena mesa redonda. — Eis os fatos como se passaram: logo que deixei você, ontem à noite, Harry, vesti-me e fui jantar naquele pequeno restaurante italiano de Rupert Street, aonde você me levou. Às oito horas fui para o teatro. Sibyl representava Rosalinda. Inútil dizer, as decorações eram medonhas e o Orlando, grotesco. Mas Sibyl! Gostaria que a tivesse visto. Foi um verdadeiro encanto, quando ela apareceu em seu vestido de pajem, com pesponto de veludo cor de musgo nas mangas cor de canela, finas botas castanhas, de jarreteiras em cruz, com um chapéuzinho verde, ornado com uma pena de falcão presa por uma jóia, e o mantelete de capuz, forrado de vermelho escuro. Jamais me havia parecido tão deliciosa. Tinha toda a graça delicada dessa estatueta de Tanagra que adorna seu ateliê, Basil. Os anéis da cabeleira enquadravam-lhe o rosto, como as folhas sombrias a uma rosa. Quanto a sua representação... Mas, para que falar? Vocês vão vê-la daqui a pouco. Na realidade, ela nasceu artista. De meu miserável camarote eu escutava, raptado num êxtase. Nem lembrava que vivia em Londres, em pleno século XIX. Tinha ido ao encontro de minha amada lá, bem longe, numa floresta oculta a todos os olhares dos homens. Depois da representação, fui ver Sibyl em seu camarim e conversamos. De repente, estamos sentados um junto do outro, seus olhos tomaram uma expressão que neles jamais havia visto. Meus lábios subiram ao encontro dos seus. E nossas bocas uniram-se num beijo. Renuncio a descrever-lhes o que senti nesse instante. Pareceu-me que toda minha vida se fundira, num ponto ideal de alegria visível e cor-de-rosa. Sibyl tremia em todo o seu ser, como deve tremer um narciso branco. Depois, de repente, lançando-se de joelhos diante de mim, beijou-me as mãos. Bem sei que não devia contar-lhes todos esses pormenores, mas não posso conter-me. Nosso noivado, claro está, constitui segredo absoluto. Sibyl nem sequer falou à mãe. Fico pensando no que meus tutores vão dizer. Lorde Radley ficará certamente furioso. Mas, que me importa? Daqui a menos de um ano serei maior de idade e, portanto, livre para fazer o que me aprouver. Diga-me, Basil, fiz bem em ir colher o amor em plena poesia e escolher uma esposa nas peças de Shakespeare? Os lábios que Shakespeare ensinou a falar murmuraram seu segredo em meu ouvido. Os braços de Rosalinda enlaçaram-me. Meu beijo despositou-se nos lábios de Julieta.

  — Sim, Dorian, creio que você tem razão — disse lentamente Hallward.
  — Já a viu hoje? — interrogou Lorde Henry.
  Dorian sacudiu a cabeça.
  — Deixei-a na floresta da Ardenas. Vou encontrá-la logo mais no jardim de Verona.
  A pequenos goles, ar meditativo, Lorde Henry bebia o seu champanha.

— Em que momento exatamente pronunciou você a palavra casamento, Dorian? E em que termos lhe respondeu ela? Talvez, já nem se recorde.

— Meu caro Harry, não tratei dessa questão como se trata de um negócio; não fiz a Sibyl nenhuma proposta formal. Declarei que a amava e ela protestou que não era digna de ser minha mulher. Não era digna! Mas em comparação com ela o universo não tem valor para mim.

— As mulheres são singularmente práticas — murmurou Lorde Henry, muito mais práticas do que nós. — Em conjuntura semelhante, esquecemo-nos muitas vezes de falar de casamento; mas elas se encarregam de nos fazer pensar nisso.

Hallward, tocando-lhe com o braço, atalhou:

— Basta, Harry. Você ofende Dorian. Ele é diferente dos outros homens. Por motivo algum deste mundo, quereria causar a desgraça de uma alma que vive. É delicado demais para isso.

Com o olhar, Lorde Henry interrogou o jovem conviva:

— Coisa alguma de minha parte ofende Dorian — replicou ele. — Fiz essa pergunta pela melhor razão possível — a única, a dizer verdade, que torna uma pergunta merecedora de desculpa — por simples curiosidade. Segundo uma teoria minha, é sempre a mulher que propõe o casamento ao homem e não o homem à mulher. Exceto, todavia, na classe média. Mas a classe média nada tem de moderno.

Dorian Gray abanou a cabeça, rindo:

— Você é incorrigível, Harry. Mas não importa! Ninguém pode brigar com você. Logo que vir Sibyl, verificará que, para enganá-la, seria preciso ser um bruto, um bruto sem coração. Não posso aliás compreender que um homem seja capaz de pensar em desonrar aquela que ama. Amo Sibyl Vane. Queria colocá-la num pedestal de ouro e ver o universo prostrado diante da mulher que escolhi. Que é o casamento? Um voto irrevogável. Por esse motivo, é que escarnecem dele. Não, não escarneçam. Compreendo que esse voto irrevogável me prende a Sibyl. Sua confiança torna-me fiel, sua fé torna-me virtuoso. Logo que estou junto dela, tenho pesar de tudo quanto suas lições me ensinaram. Fico diferente daquele que vocês conheceram. Passo por uma verdadeira metamorfose, com um simples contato de sua mãozinha, Sibyl Vane faz com que me esqueça de você, de você e de todas suas teorias tão falsas, tão fascinantes, tão deletérias e tão deliciosas.

— Quais? — interrogou Lorde Henry, servindo-se de salada.

— Suas teorias a respeito da vida, suas teorias a respeito do amor, suas teorias a respeito do prazer. De fato, de todas suas teorias, Harry.

— O prazer só por si merece que se consagre a ele uma teoria — pronunciou a voz dolente e melodiosa. — Não ousaria, entretanto, reivindicar somente para mim minha teoria do prazer. À Natureza e não a mim cabe essa honra. O Prazer é o testemunho da Natureza, seu ideal de aprovação. Quando somos felizes, somos sempre bons, mas nem sempre somos felizes quando somos bons.

— Que é que se entende por ser bom? — perguntou Basil Hallward.

— Sim — repetiu Dorian, recostando-se na cadeira para ver melhor Lorde Henry, por trás dos grandes cachos de íris púrpura da fruteira, no meio da mesa. — Que se entende por ser bom, Harry?

— Ser bom é viver em harmonia consigo mesmo — respondeu ele, tateando com os dedos pálidos e afilados a haste frágil de sua taça. — A discordância começa quando se é obrigado a harmonizar-se com outrem. A vida pessoal, eis a questão importante. Quanto à vida do vizinho, todo aquele a quem aprouver representar o papel de fátuo ou puritano, pode tentar aplicar-lhe seus pontos de vista de moral, mas ela em nada nos diz respeito. E note que o individualismo visa a fins muito elevados. A moral moderna consiste em aceitar as ideias da época. Ora, considero que todo homem civilizado, ao aceitar o ideal de sua época, pratica um ato de imoralidade revoltante.

— Mas, Harry — insinuou o pintor —, ninguém pode viver unicamente para si, sem pagar por isso terrivelmente caro.

— Sim, tudo se paga hoje em dia. Em minha maneira de pensar, a tragédia verdadeira do pobre é que a única coisa que lhe é permitida é a renúncia. Os belos pecados, como os belos objetos, são privilégio dos ricos.

— É preciso pagar outro resgate, sem ser com dinheiro.

— Qual outro resgate, Basil?

— Mas imagino o remorso, o sofrimento e... — palavra de honra! — a coincidência da própria degradação.

Lorde Henry encolheu os ombros:

— Meu caro, a arte da Idade Média é encantadora, mas as emoções da Idade Média estão bastante fora de moda! Servem ainda, bem sei, para certas ficções. Mas, justamente, nas ficções somente se usam coisas da realidade fora de uso. Acredite no que lhe digo. Nunca um civilizado terá arrependimento de um prazer, nem um bárbaro jamais poderá fazer ideia do que seja um prazer.

— Quanto a mim, sei — aparteou Dorian. — O prazer consiste em adorar alguém.

— Isso, em todo caso, vale mais do que ser adorado — replicou Lorde Henry, apalpando as frutas. — As mulheres tratam-nos exatamente como a humanidade trata seus deuses. Reverenciam-nos e solicitam-nos constantemente para que façamos alguma coisa por elas.

— Mas tudo quanto nos pedem — murmurou gravemente o rapaz — elas começaram, se não me engano, por nô-lo dar. São elas que acendem o Amor em nossos corações. Em compensação, têm o direito de serem amadas.

— Aí está uma coisa perfeitamente verdadeira, Dorian — aprovou Hallward.

— Não existe coisa alguma completamente verdadeira — disse Lorde Henry.

— Perdão! — objetou Dorian. — O senhor deve admitir que as mulheres nos dão o ouro mais puro de sua vida.

— É possível — suspirou ele —, mas em seguida nunca deixam de nos reclamar o troco, até as mais pequenas moedas. E isso é aborrecedor. As mulheres, como diz certo escritor francês muito espirituoso, inspiram-nos obras-primas que sempre nos impedem de realizar.

— Você é execrável, Harry. Não sei por que é que gosto tanto de você.

— E há de gostar sempre, Dorian — replicou ele. — Mas, digam-me uma coisa, meus amigos, tomam café? Garçom! Traga café, champanha do melhor e charutos. Não, charutos, não. Cigarros. O cigarro é o exemplo perfeito de um prazer civilizado. É uma coisa delicada e que nos deixa insaciados. Que desejar mais?... Sim, Dorian, você gostará sempre loucamente de mim. A seus olhos, eu encarno todos os pecados que você não ousou cometer.

— Harry, quanta besteira! — exclamou o rapaz, acendendo o cigarro na garganta em chamas de um dragão de prata, que o criado acabava de colocar em cima da mesa. — Vamos para o teatro. Quando Sibyl aparecer em cena, seu ideal de vida mudará. Ela lhe trará um arrepio que jamais você sentiu em sua vida.

— Experimentei de tudo — pronunciou Lorde Henry, o olhar saturado de cansaço. — Mas uma emoção nova encontrar-me-á sempre pronto a recebê-la. Receio, todavia, que não exista mais nenhuma, ao menos para mim. Contudo, quem sabe? Sua jovem maravilha talvez consiga emocionar-me. Gosto muito da arte teatral; que é singularmente mais real do que a vida. Vamos. Você vem comigo, Dorian; só há lugar para dois no cupê, Basil. Perdoe, mas você nos seguirá num carro de aluguel.

Levantaram-se da mesa, enfiaram os sobretudos, sorvendo já de pé os últimos goles de café. O pintor, ar pensativo, mantinha-se em silêncio. Apunhalava-o a tristeza. Não podia conformar-se com esse casamento e, todavia, pensava que ele era preferível a tantas outras coisas que teriam podido acontecer. Não demoraram em descer à rua. Como se combinara, Hallward instalou-se sozinho num carro. Via fugir diante dele as lanternas brilhantes do cupê de Harry. Apoderava-se dele uma estranha sensação de abandono. Jamais, estava disso bem convencido, Dorian Gray seria para ele o que tinha sido anteriormente. A vida viera separá-los... Seus olhos escureceram-se e só via através de uma névoa as ruas animadas de movimento e resplandecentes de luzes. Quando chegou ao teatro e desceu do carro, Basil teve a sensação de ter envelhecido vários anos.

7

Naquela noite, por qualquer motivo, o teatro estava repleto. Radiante de alegria, a boca rasgada até as orelhas por um untuoso e tremelicante sorriso, o diretor, o gordo israelita, veio recebê-los à entrada. Acompanhou-os até o camarote, com pomposas demonstrações de humildade e servilismo, juntando aos gestos largos das mãos rechonchudas e carregadas de jóias grande estrépito de voz. Nunca Dorian o odiou tanto. Parecia-lhe estar a procura de Miranda e ser achado por Calibã. Ao contrário, Lorde Henry achava-o simpático. Pelo menos assim dizia e insistiu em apertar-lhe a mão, declarando-se muito satisfeito por conhecer o homem que havia descoberto um verdadeiro gênio e falido por causa de um poeta. Quanto a Hallward, divertia-se a observar as cabeças no balcão simples. O calor era sufocante e o largo sol do lustre flamejava, como dália monstruosa de pétalas amarelas. Os rapazes das galerias tinham tirado os casacos e os coletes e os penduraram na balaustrada. E interpelavam-se, de uma extremidade a outra da sala, oferecendo laranjas às moças de roupas berrantes sentadas a seu lado. Mulheres riam nas filas das poltronas. Suas vozes destacavam-se, odiosamente dissonantes e agudas. Do bar, vinham ruídos de garrafas que se abriam.

— Lugar esquisito para vir descobrir uma deusa! — notou Lorde Henry.
— Com efeito — respondeu Dorian. — Foi, todavia, aqui que a encontrei e ela é a criatura mais divina que existe. Logo que ela representar, vocês esquecerão o resto. Essa gente mesmo, seres vulgares e grosseiros, de feições rústicas, gestos brutais, mudam completamente logo que ela entra em cena. Ficam silenciosos a contemplá-la. É ela que ordena à sua vontade o riso e a lágrima,

fazendo-os vibrar como violinos. Espiritualiza-os a tal ponto que a gente os sente da mesma carne e do mesmo sangue que nós.

— Da mesma carne e do mesmo sangue que o nosso! Oh, espero que não! — exclamou Henry, o binóculo assestado para as galerias.

— Não se importe com o que ele diz, Dorian — observou o pintor. — Compreendo seu pensamento e tenho fé na moça. Quem quer que seja amado por você não pode deixar de ser admirável: e para exercer a influência de que você fala, é necessário que uma mulher seja verdadeiramente bela e boa. Espiritualizar seu tempo: eis, certamente uma tarefa invejável. Se essa moça pode dar alma àqueles que viviam sem alma, se ela consegue despertar o sentido da beleza em seres cuja existência era sórdida e feia, se ela é capaz de despojá--los de seu egoísmo e emprestar-lhes lágrimas para outros sofrimentos que não os seus, ela é digna de sua adoração, Dorian, digna da adoração universal. E tem razão em querer desposá-la. A princípio, não era essa minha maneira de pensar, mas agora admito-o. Os deuses fizeram Sibyl para você. Sem ela, você ficaria condenado a permanecer incompleto para sempre.

— Obrigado, Basil — respondeu Dorian, apertando-lhe a mão. — Tinha certeza de que você saberia compreender-me. Harry é cínico demais, dá-me medo. Ah, eis a orquestra. Um verdadeiro suplício, mas que durará cinco minutos. Depois, o pano se levantará e vocês verão aquela a quem vou consagrar toda minha vida, aquela a quem dei tudo quanto de bom existe em mim.

Um quarto de hora mais tarde, saudada por uma trovoada de aplausos, Sibyl Vane entrava no palco. Era, incontestavelmente, uma criatura adorável, das mais adoráveis que jamais tinha visto, confessou Lorde Henry. Sua graça tímida, seus olhos cheios de espanto davam-lhe o que quer que fosse de uma pequena corça. Um leve rubor — reflexo de uma rosa num espelho de prata — subiu-lhe às faces quando levantou os olhos para a sala entusiasta e repleta. Recuou alguns passos e seus lábios tiveram um ligeiro tremor. Basil Hallward levantou-se e começou a aplaudi-la. Imóvel na cadeira e como perdido num sonho, Dorian Gray não a perdia de vista. Lorde Henry, examinando-a com o binóculo, murmurava "Encantadora! Encantadora!".

A cena representava a sala da casa dos Capuleto. Romeu, disfarçado de peregrino, acabava de entrar com Mercúcio e outros amigos. A orquestra atacou alguns compassos de música e o baile começou. Nessa multidão de atores acanhados e mal vestidos, Sibyl Vane movia-se como uma criatura superior. Seu corpo grácil amoldava-se à dança, como uma planta à onda que a balança. As linhas harmoniosas do pescoço assemelhavam-se a um lírio branco. As mãos dir-se-iam de marfim novo.

Entretanto, ela mostrava-se estranhamente apática, sem apresentar qualquer sinal de alegria, quando seus olhos pousavam em Romeu. As poucas palavras que ela devia dizer:

> *Bom peregrino, escuta, nenhum mal*
> *faz, se a minha tocou a tua mão.*
> *Tocando as mãos dos santos, os romeiros*
> *só mostram cortesia e devoção.*

disse-as — assim como o breve diálogo seguinte — de maneira absolutamente convencional. Sua voz era bela, mas a entonação deplorável. Tinha um eco falso. Os versos perdiam toda a vida. Não se sentia a verdadeira paixão.

Dorian Gray, que a observava, empalideceu. Estava surpreso e inquieto. Os dois amigos nem ousavam falar. Sibyl pareceu-lhes destituída de qualquer talento. Estavam tremendamente decepcionados.

Convencidos, todavia, de que não se deve, a bem dizer, julgar uma Julieta senão no segundo ato, na cena do balcão, reservaram até lá sua apreciação. Se ela falhasse, sua nulidade estaria mais que comprovada.

Foi realmente uma visão encantadora quando ela se adiantou na claridade do luar. Sua graça era incontestável. Mas o que havia de convencional em sua maneira de representar era insuportável e acentuava-se cada vez mais. O gesto era ridiculamente teatral. A ênfase inchava apenas a frase. Esta bela passagem:

> *Se a máscara da noite não cobrisse*
> *o meu rosto, verias como as faces*
> *me ardem com o rubor do que te disse...*

foi declamada com a penosa correção de uma colegial que repete a lição de um professor de segunda ordem.

Quando se debruçou no balcão e começou a dizer aqueles versos admiráveis:

> *Dá-me prazer, é certo, o estar contigo.*
> *É este encontro, porém, tão de repente*
> *e tão precipitado que eu te digo*
> *nenhum prazer me dá. E um relâmpago*
> *que fende os ares, rasga a escuridão*

> *e num segundo morre, bruscamente.*
> *Sem dar tempo a dizer-se "Relampeja!"*
> *Boa noite, querido! Este botão*
> *será, quando nos virmos novamente,*
> *uma soberba flor, que do verão*
> *o hábito acalentou...*

recitou-os como se não tivessem para ela o mínimo sentido. Não que estivesse nervosa. Longe disso, estava admiravelmente na posse de si mesma. A artista é que não prestava, é o que era. Não se poderia imaginar fracasso mais completo. Até os espectadores vulgares e rudes da plateia e das galerias deixaram de interessar-se pelo espetáculo. Agitavam-se, falavam alto, começaram a assobiar. Por trás das poltronas, o diretor judeu, furioso, batia o pé. A única pessoa que parecia impassível era a moça.

No fim do segundo ato, foi uma tempestade de assobios, Lorde Henry levantou-se e enfiou o sobretudo.

— Dorian — disse —, ela é muito bonita, mas não sabe representar. Vamos embora.

— Quero ficar até o fim — respondeu o rapaz, com voz rude, repassada de amargura. — Lamento, infinitamente, ter-lhe feito perder a noite, Harry; desculpem-me ambos.

— Meu caro Dorian, acredito que a senhorita Vane esteja doente — disse Hallward. — Voltaremos outra noite.

— Antes estivesse! — replicou Dorian. — Mas, não. Parece-me simplesmente fria e insensível. É uma metamorfose completa. A grande artista de ontem à noite não passa hoje de uma atriz banal e medíocre.

— Não fale assim de uma pessoa que você ama, Dorian. O Amor é maravilha maior do que a Arte.

— São, todavia, dois simples jogos de imitação — notou Lorde Henry. — Mas vamos, Dorian. Você não deve permanecer mais tempo. Não faz bem ao moral assistir a mau teatro. Aliás, suponho que você não vai consentir que sua mulher continue a aparecer no palco. Por isso, o que lhe pode importar que ela represente Julieta como uma boneca de pau? Ela é muito linda e, se não conhece da vida mais que de seu ofício de comediante, será uma deliciosa experiência para você. Existem apenas duas espécies de pessoas verdadeiramente atraentes: aquelas que sabem tudo e aquelas que não sabem absolutamente nada. Santo Deus! Meu bom amigo, deixe esse ar trágico! O segredo de permanecer sempre jovem consiste em não colher jamais uma emoção desagradável.

Venha conosco ao clube. Queimaremos aí alguns cigarros e beberemos à saúde de Sibyl Vane. Porque ela é bela. Que mais quer você?

— Deixe-me, Harry — exclamou o rapaz. — Preciso ficar só. Vá com Basil. Não compreende que sinto o coração esmagado?

Seus olhos encheram-se de lágrimas ardentes. Os lábios tremiam-lhe. Correu para o fundo do camarote e, escondido a um canto, ocultou o rosto com ambas as mãos.

— Vamo-nos, Basil — disse Lorde Henry, com estranha ternura na voz. E os dois homens saíram.

Alguns instantes mais tarde, as luzes da ribalta acenderam-se e o pano subiu para o terceiro ato. Dorian Gray voltou a sentar-se, pálido, altaneiro, indiferente. A peça arrastava-se, parecia interminável. Metade dos espectadores saíra, batendo no soalho com os sapatos grosseiros e dando risadas. Era um fiasco completo. O último ato desenrolou-se perante cadeiras quase vazias. Vaias saudaram a descida do pano.

Terminada a representação, Dorian Gray atravessou os bastidores e correu ao camarim. Sibyl estava aí sozinha, radiante. Os olhos brilhavam-lhe com uma chama adorável. Emanava dela uma irritação de triunfo. Seus lábios entreabertos riam de um segredo que só eles conheciam.

Logo que Dorian entrou, Sibyl olhou para ele com uma expressão de infinita alegria.

— Dorian — exclamou ela —, representei mal ou não esta noite?

— Horrivelmente mal! — respondeu ele. E, estupefato, olhava para ela. — Horrivelmente! Era de se fugir. Você está doente? Não pode imaginar o que foi sua maneira de representar. Nem pode imaginar quanto isso me fez sofrer.

— Dorian — respondeu ela, detendo nesse nome a lenta música de sua voz, como se fosse mais doce do que mel nos lábios purpurinos de sua boca —, Dorian, você devia compreender. Agora, porém, você já compreendeu, não?

— Compreender o quê?

— Porque é que eu representei tão pessimamente. Porque é que serei agora sempre péssima. Porque é que doravante nunca mais representarei grande coisa.

Ele deu de ombros.

— Quero crer que você esteja doente. Nesse caso, porém, não devia trabalhar. Torna-se grotesca. Meus amigos ficaram furiosos. Eu próprio estou furioso.

Transfigurada de alegria, feliz até o êxtase, ela nem escutava.

— Dorian, Dorian — exclamou. — Antes de o conhecer, representar era para mim tudo na vida. Respirava somente para o palco. Tudo aí me parecia real. Uma noite eu era Rosalinda; Pórcia, na noite seguinte. A alegria de Beatriz era a minha alegria; as dores de Cordélia, as minhas dores. Minha fé não tinha limites. As pessoas vulgares que representavam comigo pareciam-me deuses. As decorações eram para mim um universo. Conhecia apenas sombras e tomava-as pela realidade. Mas você apareceu, meu belo amor, e arrancou minha alma de sua prisão. Revelou-me a realidade viva. Esta noite, pela primeira vez, vi nitidamente o vácuo, o convencional e o grotesco da vã pompa em que há tanto tempo vinha representar meu papel. Esta noite, pela primeira vez, descobri que Romeu era hediondo, velho e maquiado, que o lago no jardim era um artifício, que a decoração era vulgaríssima, que as palavras que colocavam em meus lábios eram mentirosas, que não eram palavras minhas, nem exprimiam aquilo que eu tinha a dizer. É que você me trouxe uma realidade mais alta, uma realidade de que a arte é apenas o reflexo. Você me fez compreender realmente o que é o amor, o verdadeiro amor, meu bem-amado! Príncipe Encantado! Príncipe da Vida! Agora, só desgosto sinto pelas sombras. Arte alguma jamais se aproximará sequer daquilo que você é para mim. Que me importam agora esses jogos de bonecos? Esta noite, no palco, não podia explicar a mim mesma como toda minha arte havia desaparecido. Prometera a mim mesma ser admirável. E nada pude fazer. De repente, a luz fez-se em mim e compreendi. Foi uma revelação deliciosa. Por mais que os espectadores assobiassem, eu sorria. Eles não podiam imaginar sequer um amor como o nosso. Leve-me com você, Dorian, leve-me para qualquer parte onde possamos ficar sós. Tenho ódio do teatro. Talvez pudesse representar uma paixão que não sinto, mas não me é possível representar aquela que me queima com todo seu fogo. Oh! Dorian, agora você compreende. Mesmo que eu pudesse, não seria uma profanação de minha parte fazer o papel de amorosa? Foi você que me fez compreender tudo.

Dorian estendeu-se no sofá e, voltando o rosto:

— Você matou o meu amor! — disse, num gemido.

Espantada, olhou para ele e desatou a rir. Ele continuou calado. Ela aproximou-se e com os dedos delicados acariciou-lhe os cabelos. Ajoelhou-se, tomou-lhe as mãos, que apertou nos lábios. Dorian soltou-as, agitado por longo tremor.

Depois, levantou-se e dirigiu-se à porta.

— Sim — exclamou —, você matou o meu amor. Até há pouco, encantava minha imaginação. Agora nem sequer desperta minha curiosidade. Já não exerce sobre mim a mínima ação. Amava você por seus dons maravilhosos, por seu gênio, por sua penetração. Amava você porque encarnava para mim os sonhos dos grandes poetas e prestava corpo e fisionomia aos fantasmas etéreos da Arte. Tudo isso você expulsou, tornando-se insignificante e vulgar. Meu Deus! Que terrível extravio o meu amor! Que louco que eu fui! Daqui por diante, você nada mais é para mim. Nem mais a quero ver. Não quero pensar mais em você. Nem sequer pronunciar seu nome. Ah, se pudesse imaginar o valor que você tinha, até então, para mim! Sim, antes eu... Mas não, essa recordação é dolorosa demais para mim. Desejaria que nunca meus olhos se tivessem detido a contemplá-la. Você estragou o romance de minha vida. Como você conhece pouco do amor, para pretender que é ele que sufoca sua arte! Sem sua arte, você não existe. Glória, esplendor, magnificência, eu lhe daria tudo. O universo a adularia. Teria o meu nome. E agora, que é você? Uma atriz de quinta categoria de rosto bonito...

A moça ficou pálida e começou a tremer. Torcendo as mãos unidas e com uma voz que lhe prendia na garganta:

— Dorian, você não está falando a sério! Você está representando...

— Eu, representar? Não, deixo esse emprego para você. Você o desempenha bem! — respondeu ele com amargura.

Sibyl levantou-se. Lia-se em seu rosto a dor mais lancinante. Atravessou o aposento, chegou-se a Dorian e, com a mão levemente pousada em seu ombro, quis ler em seus olhos. Ele repeliu-a duramente.

— Não me toque!

Com um gemido surdo, ela lançou-se a seus pés e aí ficou, como flor esmagada.

— Dorian, Dorian — suspirou —, não me abandone! Estou desolada por haver representado mal. Durante toda a peça só pensava em você. Mas prometo que voltarei a representar bem. Descobri tão bruscamente que o amava! Talvez o houvesse ignorado para sempre, sem o beijo de nossos lábios unidos. Restitua-me esse beijo, meu amor! Não me abandone!... Isso estaria acima de minhas forças. Oh! Não me abandone! Meu irmão... Não, não é nada. Ele falava à toa por... Mas você, por misericórdia, perdoe-me o desfalecimento desta noite. Trabalharei tanto para conseguir representar melhor! Será você sem piedade, porque o amo mais que tudo no mundo? E foi a única vez que não consegui agradar-lhe. Mas, tem razão, Dorian. Deveria ter-me mostrado mais artista. Foi uma loucura, mas não consegui evitar. Oh, não me abandone, não me abandone!

Toda sacudida por soluços convulsivos, estendeu-se no chão como um animal ferido. Dorian Gray baixou sobre ela o olhar de seus belos olhos e seus lábios arqueados exprimiram um indizível desdém. As emoções das pessoas que deixamos de amar parecem-nos sempre um tanto ridículas. Sibyl Vane parecia-lhe risivelmente melodramática. Suas lágrimas e seus soluços enfadavam-no.

— Vou-me — disse afinal, com voz clara e tranquila. — Não desejaria ser indelicado, mas não voltarei a vê-la. Você me desiludiu.

Ela chorava em silêncio. Sem dizer palavra, arrastou-se mais junto dele. Suas pequenas mãos estendidas agitaram-se no ar, ao acaso, como se procurassem prendê-lo. Ele virou as costas e desapareceu. Momentos depois, tinha saído do teatro.

Aonde o conduziram seus passos, teria sido bem difícil de dizer. Lembrava-se apenas de ter andado errante pelas ruas vagamente iluminadas, esgueirando-se por entre pórticos baixos e sombrios de habitações inquietantes. Mulheres tinham-no chamado, a voz rouca, o riso safado. Tropeçara com bêbados que falavam sozinhos, ou murmuravam vozes mal-articuladas, semelhantes a símios monstruosos. Vira crianças bizarras, amontoadas em certas portas e, do fundo dos pátios escuros, chegavam a seus ouvidos gritos agudos e blasfêmias horríveis.

Como o dia começasse a clarear, viu que estava perto de Convent Garden. As sombras levantaram seus véus e, toda cor-de-rosa com as primeiras claridades da aurora, a abóbada celeste arredondava-se, como uma pérola perfeita. Grandes carroções carregados de lírios desciam lentamente a avenida luzidia e deserta. O ar estava saturado com o perfume das flores e sua beleza parecia trazer ao rapaz um calmante para sua dor. Seguiu até o mercado e contemplou a descarga das carroças. Um cocheiro de blusa branca ofereceu-lhe cerejas. Aceitou-as, agradecido, e admirou-se de o outro recusar o dinheiro que lhe oferecia. Depois, distraído, começou a comê-las. Colhidas durante a noite, o luar tinha-as gelado. Passou diante dele uma longa fila de rapazes, carregados de molhos de tulipas e de cestas de rosas vermelhas, abrindo caminho por entre os montes de legumes de um verde de jade. Sob o pórtico de pilastras cinzentas, branqueadas pelo sol, um bando de moças sujas e com o cabelo desalinhado esperava, flanando, o fim daquele leilão. Outras encostavam-se aos batentes do café na praça. Cavalos de tiro, pesadões, sacudiam os arreios de campainhas, batendo com as patas no pavimento cheio de buracos. Os homens das carroças dormiam, deitados sobre pilhas de sacos. Por aqui e ali saltitavam pombos, de pés cor-de-rosa e colo irisado, catando grãos.

Ao cabo de pouco tempo, chamou um carro que o levou para casa. Demorou-se um pouco na entrada, examinando a praça silenciosa, de janelas tristes e todas cerradas, com suas venezianas iluminadas e espreitantes. No firmamento, agora de opala puríssima, os tetos destacavam-se com reflexos de prata. De uma chaminé em frente, subia o fumo, em espirais leves, que se desmanchavam no ar nacarado, como fitas lilases.

No teto do grande vestíbulo da entrada, pendia alumiando as guarnições de velha madeira de carvalho, uma enorme lanterna, despojo dourado de alguma gôndola veneziana. Ardiam nela ainda três jatos de luz vacilante. Dir-se-iam leves pétalas azuis, bordadas com uma chama branca. Dorian apagou-as, atirou para cima da mesa o chapéu e o casaco, depois atravessou a biblioteca, para alcançar a porta de seu quarto de dormir. Era no térreo, um vasto aposento octogonal que acabava de decorar segundo sua fantasia, obedecendo aos pendores de seu luxo de jovem, pendurando curiosas tapeçarias do Renascimento, encontradas aos montes num sótão condenado de Selby Royal. Ia abrir a porta, quando seus olhos caíram sobre o retrato que lhe havia feito Basil Hallward. Recuou, num movimento de surpresa, depois entrou no quarto, semblante preocupado. Desapertando o colete, hesitou um instante. Depois, voltando atrás, foi direto ao quadro, examinando-o. Na claridade baça que o cortinado de seda creme mal filtrava, pareceu-lhe que a figura estava ligeiramente modificada. A expressão não lhe pareceu a mesma. Dir-se-ia que a boca estava assinalada por uma nuança de crueldade. Era realmente estranho.

Dirigiu-se à janela e abriu o cortinado. Os fogos da aurora encheram o aposento, expulsando as sombras espectrais para os cantos escuros, onde elas se refugiaram, trêmulas. Mas a estranha expressão que notara no retrato parecia flutuar ainda por sobre o rosto, até mesmo um pouco mais acentuada. À luz quente e vibrante do dia, viu as linhas cruéis da boca, tão nitidamente como se houvesse se colocado em frente de um espelho, após haver cometido um delito.

Estremeceu e, pegando de cima da mesa um espelho oval, enquadrado por pequenos cupidos de marfim — um dos numerosos presentes de Lorde Henry —, consultou febrilmente as profundidades polidas. Nem traço da horrível linha! Coisa alguma deformava seus lábios rubros. Que queria dizer aquele prodígio?

Esfregou os olhos, aproximou-se do retrato e examinou-o novamente. Olhando bem, a pintura, em si mesma, não oferecia a menor alteração. E, todavia, não era possível duvidar, a expressão tinha mudado completamente. Não era pura imaginação de seu cérebro. Era um fato de evidência terrível.

Deixou-se cair numa poltrona e pôs-se a refletir. De repente, como à luz de um relâmpago, recordou-se das palavras que havia proferido no ateliê, no dia em que Basil terminara a tela. Sim, lembrava-se perfeitamente. Formulara um voto insensato: permanecer sempre jovem, ao passo que envelhecesse o quadro; conservar o esplendor de sua beleza, enquanto o rosto pintado na tela assumisse o fardo de suas paixões e de seus pecados; desejara que o quadro fosse atingido pelos estigmas do sofrimento e do pensamento, conservando ele intacta a flor delicada da graça de uma adolescência, então em seu primeiro despertar. Mas, seguramente, seu desejo não tinha sido atendido. Essas coisas eram impossíveis. Parecia-lhe até monstruoso pensar nelas. E, no entanto, ali estava o retrato, diante dele, a boca marcada com um traço de crueldade.

De crueldade? Então, ele tinha sido cruel? A culpa era de Sibyl e não dele. Tinha sonhado encontrar nela uma grande artista e, por havê-la julgado genial, dera-lhe seu amor. Ora, ela o decepcionara. Mostrara-se insignificante e indigna. Apesar de tudo, sentia invadi-lo um imenso pesar, figurando-se vê-la deitada a seus pés, soluçando como uma criança. Recordava-se com que frieza a tinha observado. Por que é que a natureza o tinha feito assim! Por que lhe dera uma alma como aquela? Aliás, também ele tinha sofrido. Durante as três horas mortais da representação, suportara séculos de sofrimento, uma eternidade de torturas. Sua vida valia, sem dúvida, a de Sibyl. Ela havia-o aniquilado em um instante, se ele a tinha ferido para sempre. De resto, as mulheres são mais aptas para a dor do que os homens. Elas vivem de emoções, não pensam senão em emoções. Quando arranjam um amante, é unicamente para ter ocasião de fazer-lhe cenas. Lorde Henry tinha-lhe dito e ele conhecia bem as mulheres. Por que razão atormentar-se a respeito de Sibyl Vane? De agora em diante, ela não mais existia para ele.

Mas, o retrato? Que pensar a respeito? Ele tinha o segredo de sua vida e contava sua história. O quadro estava levando-o a odiar sua própria vida? Como atrever-se, dali por diante, a contemplá-lo?

Não, tudo aquilo não passava de ilusão provocada pelo traumatismo de seus sentidos. A horrível noite que acabava de passar arrastava fantasmas atrás dele. Subitamente, formara-se em seu cérebro aquela mancha escarlate que é a origem da demência. A pintura não havia mudado. Era loucura acreditar em semelhante coisa.

Entretanto, lá estava o retrato, com seu belo rosto estragado e seu sorriso cruel, a contemplá-lo. Seus cabelos luzidios brilhavam aos primeiros fogos do dia que começava. Os olhos azuis dele cruzavam-se com os seus. Dorian sentiu imensa piedade, não por sua pessoa, mas por sua imagem. Ela já mudara; e mudaria mais ainda. Seus tons de ouro empalideceriam, os vermelhos e brancos murchariam. A cada pecado que ele cometesse viria nova mancha destruir sua beleza. Pois bem, ele se absteria de todo o pecado. Aquele retrato, imutável ou mudado, seria para ele o emblema visível da consciência. Resistiria às tentações. Deixaria de ver Lorde Henry, em todo caso; de escutar suas teorias sutis e venenosas, porque eram elas que, desde o jardim de Basil, tinham despertado nele a paixão de sonhos irrealizáveis. Retornaria a Sibyl Vane, pedir-lhe-ia perdão, haveria de esposá-la, trataria de amá-la ainda. Sim, esse era o seu dever. Ela, certamente, teria sofrido mais do que ele. Coitada! Com quanto egoísmo, quanta crueldade a tinha tratado! Mas Sibyl recomeçaria a exercer sobre ele a antiga fascinação. Sua vida, com ela, seria bela e pura.

Levantou-se da poltrona, colocou um grande biombo em frente do retrato, que lhe foi impossível contemplar sem um arrepio. Não, era horrível, balbuciou. Foi abrir a porta e saiu para o jardim. Uma vez fora, respirou profundamente. Parecia que o ar fresco da manhã expulsava todas suas paixões negras. Não parava de pensar em Sibyl. Vinha até ele um eco débil de seu amor. Repetiu uma e muitas vezes o nome da moça. No jardim, banhado de orvalho, os pássaros cantavam. Parecia que falavam a respeito dela com as flores.

8

Acordou muito depois do meio-dia. O criado, surpreendido com sono tão prolongado, viera várias vezes, pé ante pé, ver se seu jovem amo se movia. Ficara a se perguntar o que o levara a dormir até tão tarde. Finalmente, soou a campainha. Victor entrou sem fazer ruído. Trazia uma xícara de chá e um monte de cartas, numa pequena bandeja de antiga porcelana de Sèvres e correu as cortinas de seda cor de azeitona, forradas de azul desbotado, que fechavam as três janelas altas.

— O senhor dormiu muito esta manhã! — disse ele, sorrindo.
— Que horas são, Victor? — perguntou Dorian, meio acordado.
— Uma hora e um quarto.
— Como! Assim tarde?

Como estava tarde! Ele se sentou, sorveu alguns goles de chá e pegou as cartas. Uma, trazida de manhã por um portador, expressa, era de Lorde Henry. Hesitou um instante, depois deixou-a de lado. Distraidamente, abriu as outras. Era a coleção habitual de convites para jantar, entradas de exposições particulares, programas de concertos de caridade e outros do gênero, que, cada manhã, durante a estação, costuma-se entregar aos jovens modernos. Havia, também, a fatura de um estojo de toalete Luís XV, em prata cinzelada, cuja soma era alta, que não tinha tido ainda a coragem de enviar a seus tutores, homens extremamente atrasados, que não compreendiam que vivemos num tempo em que o supérfluo é a única coisa indispensável. Finalmente, diversas missivas, muito polidamente escritas, provinham de agiotas de Jermyn Street a oferecer toda a espécie de adiantamentos, nos mais curtos prazos de tempo e aos juros mais razoáveis.

Após mais ou menos uns seis minutos, levantou-se, envolveu-se num roupão de casimira, bordado com seda, passou à sala de banho, pavimentada de ônix. A água fria revigorou-o, após longo sono. Pareceu ter esquecido todos os acontecimentos da véspera. Uma vez ou duas, todavia, teve a vaga sensação de haver tomado parte de uma tragédia estranha, mas irreal como um sonho.

Logo que se vestiu, foi para a biblioteca e pôs-se à mesa, servindo-se de um ligeiro desjejum à francesa, disposto numa pequena mesa redonda, perto da janela aberta. Estava um tempo delicioso. O ar tépido parecia saturado de perfumes. Uma abelha entrou, deu duas voltas zumbindo ao redor do vaso azul dragão, guarnecido de rosas cor de enxofre, que estavam diante de Dorian, e desapareceu. Sentia-se perfeitamente feliz.

De repente, seus olhos caíram sobre o biombo que mascarava o retrato. Teve um estremecimento.

— Sente frio? — indagou o criado, colocando a omelete sobre a mesa. — Quer que feche a janela?

Dorian sacudiu a cabeça.

— Não tenho frio — murmurou.

Seria verdade que o retrato tinha mudado? Ou teria sido unicamente sua imaginação que lhe tinha feito ver um ar de maldade onde apenas existia uma expressão de alegria? Era absolutamente certo que uma pintura era incapaz de mudar por si mesma? Era absurdo. Boa história para contar a Basil algum dia! E como ela o faria rir!

Entretanto, tinha uma recordação absolutamente nítida de toda a cena. Primeiro, no crepúsculo vago, depois à claridade da madrugada, tinha percebido aquela nuança de crueldade no contorno dos lábios contraídos. Quase temia o momento em que teria de ficar só, quando o criado saísse. Sabia perfeitamente que, assim que estivesse só, iria examinar o retrato. E essa certeza causava-lhe medo. Quando o criado, tendo colocado na mesa o café e os cigarros, virou-se para sair, sentiu um violento desejo de dizer-lhe que ficasse. Mas, já a porta se fechara, quando chamou por ele. Victor tornou a aparecer, esperando ordens. Dorian fixou-o um instante, depois suspirou:

— Não estou para ninguém, Victor.

O doméstico inclinou-se e saiu.

Então, levantou-se da mesa, acendeu um cigarro e atirou-se sobre um divã de almofadas luxuosas, que se achava colocado em frente do velho biombo de couro dourado de Córdoba, de um desenho Luís XV, excessivamente florido. Dorian demorou-se a examiná-lo curiosamente, perguntando a si mesmo se jamais, antes daquele dia, ele teria abrigado o segredo de uma vida humana.

Afinal, por que afastar o biombo? Por que não deixar como estava? Para que querer saber? Se o fenômeno fosse verdadeiro, era uma coisa terrível. Se não fosse, por que atormentar-se? Sim, mas, se por qualquer acaso, se a fatalidade permitisse que olhos estranhos espreitassem através do biombo a deformação horrível? Que fazer se, numa de suas visitas costumeiras, Basil Hallward pedisse para tornar a ver o retrato? E isso era inevitável? Não, era melhor verificar imediatamente. Tudo, menos essa incerteza medonha.

Levantou-se e fechou a porta à chave. Assim, ao menos, seria ele o único a inspecionar a máscara em que se estampava sua vergonha. Afastou o biombo que cobria a pintura. Era verdade. O retrato tinha mudado.

Quantas vezes, depois, ele havia de recordar-se desse momento e nunca sem surpresa! Foi, a princípio, com um sentimento de curiosidade quase científica que contemplou sua imagem. Não podia acreditar que se houvesse produzido tal mudança. E, contudo, era um fato. Então, existia alguma sutil afinidade entre sua alma e os átomos químicos que se agrupavam na tela em formas e cores? Realizavam esses átomos aquilo que se passava em sua alma? Podiam dar corpo a seus sonhos? Ou o prodígio de outra causa ainda mais terrível? Dorian estremeceu e sentiu que o medo o invadia. Voltando ao divã, atirou-se para cima dele, olhos fixos no retrato, o coração transido de terror.

Uma coisa sentia ele dever ao retrato: dera-lhe a plena consciência de sua injustiça, de sua crueldade para com Sibyl Vane. E isso não era tarde demais para reparar: Sibyl podia tornar-se ainda sua mulher. Submetido a uma influência superior, seu amor romântico e egoísta transformar-se-ia numa paixão mais nobre. Aquele retrato que Basil Hallward pintara haveria de guiá--lo através da vida: seria para ele o que é a santidade para certas pessoas, a consciência para outras e para todos nós o temor a Deus. É certo que havia narcóticos para adormecer o remorso, drogas capazes de abafar suavemente o senso moral. Mas aqui oferecia-se um símbolo claro da degradação devida ao pecado, sinal sempre presente da ruína que ameaça as almas.

Bateram três horas, depois quatro, depois quatro e meia, em seu duplo carrilhão. Dorian Gray permanecia imóvel. Esforçava-se por reunir os fios escarlates da vida e com eles tecer um desenho, procurava seu caminho, perdido como estava no labirinto sangrento da paixão. Não sabia que fazer, não sabia que pensar. Acabou por instalar-se na sua mesa de trabalho e escreveu uma carta ardente à moça que tinha amado, implorando-lhe perdão e acusando-se de demência. Cobriu muitas vezes a página com palavras repassadas de pesar, palavras dolorosas e sentidas. Há uma certa volúpia em acusar-nos a nós mesmos. Logo que censuramos nossos próprios atos, parece-nos que mais ninguém tem o direito de fazê-lo. É a confissão, não o sacerdote, que nos absolve. Quando Dorian terminou a carta, sentiu-se perdoado. Repentinamente, percebeu que alguém batia à porta e reconheceu lá fora a voz de Lorde Henry:

— Meu caro Dorian, preciso absolutamente ver você. Abra depressa. Não posso tolerar que você se recolha dessa maneira.

Dorian, a princípio, absteve-se de responder ou de fazer qualquer movimento. As batidas redobraram mais imperiosas. Decididamente, era melhor abrir a porta para Lorde Henry, expor-lhe seus planos de vida nova; discutir com ele, se fosse preciso; romper até, se a ruptura se tornasse inevitável.

Levantou-se de um salto, correu a mascarar o retrato com o biombo, depois abriu a porta.

— Sinto muito por tudo o que aconteceu, Dorian — declarou, entrando, Lorde Henry. — Mas creia no que lhe digo; não se preocupe demais.

— Com Sibyl Vane? — perguntou o jovem.

— Naturalmente — respondeu Lorde Henry que, mergulhado já numa poltrona, tirava vagarosamente as luvas amarelas. — De certo ponto de vista, é uma coisa horrível, mas, enfim, não foi culpa sua. Diga-me uma coisa: você foi vê-la nos bastidores após a representação?

— Sim.

— Eu tinha certeza disso. E fez-lhe alguma cena?

— Sim, fui brutal, Harry, odiosamente brutal. Mas tudo isso acabou. Não lastimo nada do que aconteceu, porque só serviu para que me conhecesse melhor.

— Ah, Dorian, como fico satisfeito por você encarar assim os acontecimentos! Receava encontrar você abismado no remorso, arrancando num desespero seus belos cabelos encaracolados.

— Passei por tudo isso — tornou Dorian, sacudindo a cabeça e sorrindo. — Agora, sinto-me perfeitamente feliz. Descobri no que consiste a consciência. Não é aquilo que você me dizia, mas sim o que de divino existe em nós. Não escarneça, Harry, ao menos diante de mim. Quero mudar de vida. Não posso pensar, sem horror, na hediondez tremenda de minha alma.

— Aí está uma base artística perfeitamente encantadora para a ética. Minhas felicitações, caro Dorian. Somente diga-me uma coisa: por onde vai começar?

— Por casar-me com Sibyl Vane.

— Casar com Sibyl Vane! — exclamou Lorde Henry. De pé, desconcertado, estupefato, media o rapaz de alto a baixo. — Mas, meu amigo...

— Sei o que você vai dizer-me, Harry: exagero a respeito do casamento. Bem, não! Não me fale assim a esse respeito. Há dois dias, prometi a Sibyl Vane desposá-la. Não quero deixar de cumprir minha palavra. Ela será minha mulher.

— Sua mulher, Dorian? Então você não recebeu minha carta? Esta manhã, escrevi-lhe uma palavra que mandei trazer por um criado...

— Sua carta? Ah, sim, agora me lembro! Não a li ainda. Temi que o conteúdo não fosse inteiramente de meu agrado. Com seus epigramas, você tem esfarrapado minha vida.

— Então, você não sabe de nada?

— Que quer dizer?

Lorde Henry atravessou o aposento e, sentando-se junto de Dorian, pegou-lhe ambas as mãos e as manteve apertadas nas suas.

— Dorian — disse —, minha carta... Não se assuste... Minha carta era para dizer-lhe que Sibyl Vane morreu!

Um grito de angústia saiu dos lábios de Dorian. Levantou-se bruscamente e suas mãos arrancaram-se ao aperto das de Harry.

— Morta! Sibyl Vane morta! Não é verdade. É uma odiosa mentira. Você não tem piedade, Harry!

— É absolutamente verdade, Dorian! — afirmou gravemente Lorde Henry. — A notícia saiu esta manhã em todos os jornais. Escrevi-lhe imediatamente para pedir-lhe que não recebesse pessoa alguma antes de encontrar-se comigo. Haverá fatalmente inquérito; e é preciso que você não esteja metido nisso. Um caso desses basta para notabilizar um homem em Paris, mas, em Londres, os preconceitos são fortes demais. Aqui, nunca se deve principiar por um escândalo; é preciso reservar isso para a velhice. Espero que ninguém saiba de seu nome no teatro, não é verdade? Então, melhor. E ninguém viu que você esteve no camarim dela? Esse ponto é de capital importância.

Dorian permaneceu algum tempo sem responder, como brutalizado de espanto. Acabou por gaguejar com voz abafada:

— Harry, você falou de inquérito. Que quer isso dizer? Sibyl, por acaso?... Oh! Harry, não posso mais. Fale, conte tudo, depressa.

— Estou convencido de que essa morte não foi acidental, embora possa ser apresentada ao público sob esse aspecto. Parece que mal saiu do teatro, juntamente com a mãe, mais ou menos meia-noite e meia, Sibyl disse ter esquecido alguma coisa lá em cima. Esperaram-na durante algum tempo, mas ela não voltou. Numa palavra, foi encontrada morta, no pavimento de seu camarim. Engolira estouvadamente qualquer unguento ou uma droga dessas que se usam em maquiagem no teatro, não se sabe ao certo o que foi, mas certamente algum composto de ácido prússico ou de alvaiade; provavelmente ácido prússico, porque parece que a morte foi instantânea.

— Harry, Harry, isso é horrível! — exclamou o rapaz.

— Certamente, é uma tragédia completa, mas você não deve estar metido nisso. Segundo informa o *Standard*, a pequena tinha dezessete anos. Julgava que era ainda mais nova. Parecia tão criança e conhecer tão mal o teatro! Dorian, é preciso que esta aventura não abale seus nervos. Venha jantar comigo, por favor. Em seguida, iremos à ópera. É a Patti que canta esta noite; Londres em peso ali estará. Você pode ir para o camarote de minha irmã. Ela terá algumas convidadas bonitas.

— Então, fui eu que assassinei Sibyl Vane! — murmurou Dorian Gray. — Assassinei, tão certo como se a lâmina de meu punhal houvesse atravessado sua pequenina garganta. E as rosas nem por isso deixam de ser belas. E, em meu jardim, os pássaros cantam alegremente da mesma forma. E esta noite janto com você, depois iremos à ópera, depois iremos cear, suponho. A vida, na verdade, é trágica demais. Se eu tivesse lido uma aventura semelhante em qualquer livro, creia, Harry, que teria chorado. Hoje, porém, em face de um drama bem real e que em pessoa me diz respeito, experimento tal estupor que não há lágrimas que traduzam. Eis a primeira carta de amor, verdadeiramente apaixonada que escrevi em toda minha vida. Ora, não é estranho? Esta primeira carta de ardente amor é a uma donzela morta que eu a dirijo. Serão capazes de sentir, pergunto, esses seres pálidos e silenciosos que chamamos mortos? Sibyl será capaz de sentir? Poderá ela saber? Poderá ela escutar? Oh, quanto eu a amava! Parece-me, infelizmente, que tudo isso aconteceu há muitos anos. Ela era tudo para mim. Depois, veio a noite terrível — ontem, apenas ontem — em que ela representou tão mal que meu coração quase rebentou. Depois, ela explicou-me. Foi extremamente patética. Entretanto, a explicação não me comoveu absolutamente. Não acreditava mais em seu talento. Mas, logo aconteceu uma coisa que me deu medo, uma coisa que não posso dizer-lhe; de fato terrível. Prometi, então, voltar a ver Sibyl. Senti que havia procedido mal. E ei-la morta! Meu Deus! Que devo fazer, Harry? Você nem sequer faz ideia do perigo que me assalta e não vejo ponto de apoio, em parte alguma. Somente Sibyl poderia salvar-me. Ela não tinha o direito de matar-se. Que egoísmo de sua parte!

Lorde Henry tirou um cigarro de uma cigarreira elegante e procurou no bolso o acendedor ornado com um filete de ouro:

— Meu caro Dorian — explicou —, uma mulher só tem um meio de reformar um homem: aborrecê-lo a tal ponto que a vida perca para ele seu encanto. O casamento com Sibyl teria sido uma desgraça para você. Você a trataria certamente com bondade. É sempre possível testemunhar bondade a pessoas que pouco ou nada nos interessam. Mas ela não tardaria a descobrir a indiferença. E, quando a mulher descobre a frieza de seu marido, ou ela se veste mal, a ponto de causar medo, ou começa a usar chapéus realmente requintados que lhe paga o marido de outra mulher. Não falo das desinteligências que teriam sido mesquinhas e que, por minha parte, nem sequer poderia admitir. Mas, de toda maneira, tenha você a certeza de que essa união seria um desastre.

— Com efeito, é muito provável — balbuciou o rapaz, indo e vindo no aposento, a fisionomia terrivelmente pálida. — Não é minha culpa se a lamentável tragédia me impediu de realizar essa união. Mas, julgava-a uma obrigação. Recordo-me de ter ouvido, um dia, você dizer-me que há uma fatalidade que persegue as boas ações, que elas são feitas tarde demais. Foi esse seguramente o meu caso.

— As boas resoluções não passam de esforços inúteis para contrariar as leis científicas. Elas nascem unicamente de nossa vaidade. Seu resultado é absolutamente nada. Uma vez ou outra, dão-nos algumas dessas emoções ricas e estéreis que não deixam de constituir um encanto para as almas fracas. É tudo quanto se pode dizer a seu favor. São cheques sacados contra um banco em que não temos conta corrente.

Dorian Gray veio sentar-se junto de Lorde Henry. — Por que não me sinto enternecido com esta tragédia, tanto, pelo menos, como seria meu desejo? Entretanto, creio que não sou insensível. Que lhe parece?

— Há quinze dias que você tem cometido bastante loucuras, para que lhe possa acreditar, Dorian — respondeu o outro, com seu doce e melancólico sorriso.

Dorian franziu a testa:

— Harry — replicou —, não me agrada muito seu comentário, mas fico satisfeito por não me julgar insensível. Nada tenho de um monstro dessa natureza. Sei perfeitamente. E, mesmo assim, sou obrigado a reconhecer que esta catástrofe não me comove tanto quanto deveria. Parece-me, simplesmente, um desenlace maravilhoso de uma peça maravilhosa, atingindo até a aterradora beleza de uma tragédia grega, uma tragédia em que representei um grande papel, mas da qual saí sem nenhuma ferida.

— O caso é interessante — observou Lorde Henry, que sentia um refinamento de prazer em fazer vibrar o inconsciente egoísmo do jovem. — Sim, extremamente interessante. Eis, parece-me, a verdadeira explicação. Sucede, muitas vezes, que os dramas reais da vida se nos apresentam de maneira tão pouco artística que chocam por sua violência grosseira, sua absoluta incoerência, sua falta lamentável de significação, sua total carência de estilo. Afetam-nos exatamente como a vulgaridade. Recebemos deles apenas uma impressão de força brutal, e contra ela nos revoltamos. Outras vezes, contudo, atravessa nossa vida uma tragédia que encerra elementos de beleza artística. Se esses elementos de beleza se destacam, nosso sentido dos efeitos dramáticos desperta naturalmente. Descobrimos, dentro em pouco, que de atores passamos a espectadores; ou melhor, somos os dois ao mesmo tempo. Observamo-nos a nós mesmos e o prodigioso espetáculo nos cativa. Numa palavra, no caso que nos ocupa, que é que aconteceu? Alguém se matou por amor a você. Oxalá eu tivesse tido em minha vida uma aventura como essa! Ela me teria deixado enamorado pelo amor para o resto da existência. As pessoas que me adoraram — não houve muitas, mas algumas houve — obstinaram-se todas em viver para além do termo de meu amor por elas, ou seu amor por mim. Engordaram e tornaram-se enfadonhas. Agora, quando as encontro, elas caem logo no terreno das reminiscências. Oh, a infernal memória das mulheres! Que espantalho! E que estagnação completa da inteligência isso demonstra! Deveríamos conservar a cor da vida, sem nunca nos lembrarmos dos detalhes. Os detalhes são sempre vulgares.

— Preciso semear papoulas em meu jardim — suspirou Dorian.

— É tudo quanto há de menos necessário! — replicou seu companheiro. — A vida traz sempre papoulas em suas mãos. Pode acontecer, no entanto, que as coisas se arrastem. Uma vez, usei violetas na lapela durante toda uma estação; espécie de luto artístico, por motivo de um romance que se obstinava em não morrer. Mas, afinal, morreu. Não sei bem ao certo o que foi que o matou. Creio que foi a proposta de sacrificar por mim o mundo inteiro. Essas ocasiões são sempre terríveis. Apodera-se da gente o horror da eternidade. Pois bem, acredite ou não. Na semana passada, jantando em casa de Lady Hampshire, sentei-me ao lado da mulher em questão. Por mais que eu a evitasse, ela recomeçou toda a história, desenterrou o passado e surrupiou o futuro. Meu amor dormia sepulto debaixo de lírios. Ela fê-lo reviver e protestou que eu tinha sido o desespero de sua vida. A verdade obriga-me a dizer a você que seu jantar foi enorme, de sorte que não senti a menor ansiedade. Mas, será possível carecer a tal ponto de bom gosto? O único encanto do passado é ser ele passado. Mas as mulheres nunca sabem quando desceu o pano. Querem sempre um sexto ato. É quando se esgotou o interesse da peça que elas pedem mais vivamente uma continuação. Se fôssemos escutá-las, toda comédia teria um desfecho trágico e toda tragédia acabaria em farsa. Elas são deliciosamente artificiais, mas não possuem o menor senso de arte. Você foi mais agraciado do que eu, Dorian. Nenhuma das mulheres que conheci teria feito por mim o que Sibyl Vane acaba de fazer por você. Em geral, as mulheres comuns consolam-se sempre. Para isso, algumas recorrem às cores sentimentais. Não se fie nunca nas mulheres que vestem cor de malva, seja qual for a idade delas; nem tampouco, naquelas que, passados os trinta e cinco, continuam a usar toucas cor-de-rosa. É sinal infalível: elas têm uma história. Outras encontram grande conforto na súbita descoberta dos valores de seus maridos, desdobrando sob seus olhares sua felicidade conjugal, como se fosse o mais sedutor dos pecados. Há outras que se consolam com a religião: seus mistérios possuem o encanto de um flerte, dizia-me uma delas outro dia; e compreendo perfeitamente. Nada, aliás, nos envaidece mais do que ouvir dizer que somos pecadores. A consciência nos torna egoístas. Na realidade, não há limite para as consolações que a vida moderna oferece às mulheres. E nem sequer mencionei a mais importante de todas.

— Qual, Harry? — disse Dorian langoroso.

— Ora, a consolação naturalmente indicada: roubar o amante de outra mulher, quando se perdeu o próprio. Na boa sociedade, esse processo nunca deixa de absolver uma mulher. Mas como Sibyl Vane devia assemelhar-se pouco às mulheres que encontramos diariamente! A morte dela aparece para mim numa irradiação de beleza absoluta. Felicito-me, a mim mesmo, por viver num século capaz de tais prodígios. Eles nos fazem crer na realidade de coisas que levianamente apreciamos, como o sentimento, a paixão e o amor.

— Mas você esquece minha horrível crueldade para com ela.

— Não há nada no mundo, receio, que as mulheres mais apreciam do que a crueldade, a crueldade franca. Elas possuem instintos estranhamente primitivos. Emancipamo-las, mas nem por isso deixam de continuar a ser escravas à procura de um amo. Elas adoram ser dominadas. Aposto que você esteve magnífico. Nunca vi você sob o domínio de uma cólera verdadeira, mas imagino facilmente que ar encantador você devia ter. Entretanto, Dorian, estou me lembrando de repente do que você me disse anteontem. No momento, pareceu-me simples fantasia. Apreendo, agora, sua profunda verdade. Ela nos fornece a chave de todo o caso.

— Que foi que eu disse, Harry?

— Apenas isto: que Sibyl Vane encarnava a seus olhos todas as heroínas do amor. Uma noite, era Desdêmona; outra, Ofélia; ela não morria na personagem de Julieta, senão para reviver na de Imogênia.

— Nunca mais tornará a viver! — suspirou Dorian, escondendo o rosto nas mãos.

— Não, não tornará a viver! Representou seu último papel. Mas essa morte solitária, no falso luxo de um camarim, considere-a um simples fragmento de uma estranha e lúgubre tragédia jacobina, como uma cena extraída de Webster, de Ford ou de Cyril Tourneur. Essa moça, na realidade, não viveu e, também na realidade, não pode ter morrido. Para você, ao menos, ela não passou de um sonho; uma aparição que atravessava as peças de Shakespeare, encantando-as com sua pessoa; uma flauta de onde a música de Shakespeare se exalava ainda mais harmoniosa e cheia de alegria. Logo no primeiro encontro com o mundo real, ela foi enganadora e enganada: então foi-se embora. Chore quanto quiser sobre a triste Ofélia. Cubra os cabelos de cinzas, pois esganaram Cordélia. Amaldiçoe os Céus, visto que a filha de Brabantio deixou de existir. Mas não malbarate suas lágrimas com Sibyl Vane. Ela era menos real do que esses fantasmas.

Fez-se um silêncio. A tarde obscurecia a sala. Sem ruído, com seus pés de prata, as sombras entravam, vindas do jardim. As cores empaleciam, destacavam-se languidamente das coisas.

Após alguns instantes, Dorian Gray levantou a cabeça:

— Você fez luz em meu cérebro, Harry — murmurou ele. E teve como que um suspiro de desabafo. — Tudo quanto acaba de dizer-me, eu já sentia, sem ousar confessá-lo, sem saber como defini-lo. Como você me conhece a fundo! Não falemos mais daquilo que aconteceu. Terei tido uma aventura extraordinária e é tudo. Pergunto a mim mesmo se a vida não me reservará outra assim maravilhosa.

— A vida, meu caro Dorian, reserva para você tudo quanto é possível imaginar. Com semelhante beleza, o que você não pode pretender?

— Suponhamos, porém, Harry, que eu fique sem viço, velho, carcomido de rugas. Que sucederá então?

— Oh, nesse caso — replicou Lorde Henry, levantando-se para partir —, nesse caso, terá de realizar suas conquistas em luta renhida. Por agora, trazem-nas a seus pés. Dorian, é preciso conservar sua beleza. Vivemos num tempo que lê demais para ser sábio e que pensa demais para ser belo. Você é para nós indispensável. E, agora, faria bem se fosse vestir-se, para descer ao clube. Já estamos bem na hora.

— Prefiro ir ter com você na Ópera, Harry. Estou cansadíssimo, incapaz de comer seja o que for. Qual é o número do camarote de sua irmã?

— Creio que é vinte e sete. É na primeira fila. O nome dela está na porta. Mas fico aborrecido por você não vir jantar.

— Não conseguiria — disse tristemente Dorian. — Muito obrigado por todas suas boas palavras, Harry. Você é incontestavelmente meu melhor amigo. Nunca ninguém me compreendeu tão bem.

— Nossa amizade começa apenas, Dorian — respondeu Lorde Henry, apertando-lhe a mão. — Até logo. Espero que esteja no teatro antes das nove e meia. Não esqueça: é a Patti que canta.

Mal cerrou a porta, Dorian Gray tocou a campainha e, poucos minutos depois, Victor acendeu as luzes e fechou o cortinado. Dorian, impaciente por vê-lo sair, achava que se demorava em tudo um tempo interminável.

Só, no aposento, correu a afastar o biombo que cobria o retrato. Não, não havia nova alteração no retrato! Ele soubera da morte de Sibyl Vane ainda antes de ele próprio ser informado. Tinha consciência dos acontecimentos da vida, logo que eles se produziam. Certamente, a crueldade perversa, que viciava as linhas harmoniosas da boca, aparecera no mesmo instante em que Sibyl Vane engolia o misterioso veneno. A não ser, todavia, que o retrato, desprezando os efeitos exteriores, se limitasse a ler aquilo que se passava em sua alma. É o que Dorian era levado a crer. Esperava que, um dia ou outro, veria operar-se a mudança debaixo de suas vistas. Esta esperança fazia-o estremecer.

Pobre Sibyl! Que romance o seu! Ela havia representado tantas vezes a Morte no palco e eis que a Morte a tinha agarrado, arrastando-a consigo! Como teria ela representado essa última horrível cena? Teria-o amaldiçoado, ao morrer? Não, tinha morrido de amor por ele. Daí por diante, o amor seria para ele coisa sagrada. Sibyl expiara tudo, imolando-se. Queria esquecer tudo quanto ela o tinha feito sofrer, nessa noite horrível, no teatro. Quando se recordasse dela, seria como de uma estranha figura trágica, enviada à cena deste mundo para nele fazer resplandecer a suprema realidade do Amor. Estranha figura trágica! E as lágrimas vinham-lhe aos olhos, à lembrança de seu rosto de criança, de suas maneiras vivas e caprichosas, de sua graça inquieta e fremente. Enxugou-as bruscamente e contemplou de novo o retrato.

Sentiu que chegara a hora de escolher seu caminho. Mas sua escolha não estava de antemão traçada? Sim, a vida escolhera por ele, a vida junto à sua infinita curiosidade. A mocidade eterna, a insaciável paixão, os prazeres secretos e refinados, as alegrias delirantes, os pecados ainda mais delirantes — conheceria essas delícias. Sobre o retrato recairia o peso de sua vergonha. Eis tudo.

Empolgou-o uma sensação dolorosa, ao recordar que tão lindo rosto pintado na tela estaria votado à profanação. Um dia, por extravagância, brincando de Narciso, tinha beijado, melhor, tinha fingido beijar esses lábios deslumbrantes que lhe sorriam agora com um sorriso tão amargo. Manhãs inteiras, tinha ficado imóvel diante desse retrato, maravilhado com sua beleza, quase, por momentos, amoroso de si mesmo. E agora iria modificar-se a imagem, toda vez que cedesse a seus desejos? Iria ela converter-se num objeto monstruoso e repelente que seria preciso ocultar no fundo de um quarto fechado a sete chaves, que seria preciso furtar aos raios do sol, cuja carícia de ouro abraçara tantas vezes essa cabeleira ondulante e maravilhosa? Que tristeza! Realmente, que tristeza!

Por um instante, teve a ideia de rezar, de pedir que entre ele e o retrato deixasse de existir a horrível simpatia. A mudança que uma prece tinha conseguido talvez outra conseguisse fazer desaparecer. E, todavia, quem, por muito pouco que conhecesse a Vida, repeliria o meio de permanecer sempre jovem, por mais estranho e mais repleto de consequências fatais que parecesse esse meio? De resto, estaria realmente o fenômeno sujeito a seu poder? Teria sido mesmo uma prece que haveria provocado aquela substituição? Ou seria aquilo devido à ação misteriosa de alguma lei física? O pensamento age sobre o organismo vivo; não agiria ele também sobre as substâncias brutas e inorgânicas? Mais ainda: fora de todo o pensamento e de todo desejo consciente, quem sabe se as coisas que nos rodeiam não vibram em uníssono com nossos humores e nossas paixões, o átomo a convidar o átomo para secretas volúpias de aproximações estranhas? Aliás, a causa pouco importava. Nunca ele pediria pela oração as potências temíveis. Se o retrato viesse a mudar, mudasse, eis tudo. Que importava perscrutar as coisas, levar por diante o mistério?

Contentar-se-ia em observá-lo, num prazer intenso. Assim poderia penetrar até os últimos recôncavos de sua alma. Esse retrato seria para ele um espelho mágico. A ele, devia a revelação de seu corpo; a ele, também, deveria a revelação de sua alma. E quando o inverno atingisse o retrato, ele estaria ainda nesse momento das estações em que a primavera estremece ao aproximar-se o verão. Quando o sangue desertasse daquele rosto, não deixando na tela mais que uma máscara descolorida, com olhos mortos, ele conservaria ainda a magia de sua fresca mocidade. Nenhuma flor de sua graça haveria de murchar. Nenhuma pulsação de sua vida perderia o vigor. Como os deuses da Grécia, ele seria forte, leve e alegre. Que lhe importava o destino da imagem pintada na tela? Ele seria poupado. O essencial era isso.

Com um sorriso, tornou a colocar o biombo em seu lugar e passou para o quarto de dormir, onde o criado o esperava. Uma hora mais tarde, estava na ópera. No espaldar de sua cadeira, encostava-se Lorde Henry.

9

Na manhã seguinte, enquanto Dorian Gray almoçava, entrou Basil Hallward.

— Enorme prazer em tornar a encontrá-lo, Dorian — disse ele com voz grave. — Vim aqui ontem à noite. Disseram-me que tinha ido à ópera. Eu compreendi perfeitamente que não era possível. Mas, por que não me deixou uma palavra, dizendo o verdadeiro motivo de sua saída? Passei uma noite terrível, receando que uma segunda tragédia sucedesse à primeira. Na verdade, você devia ter-me telegrafado, avisado imediatamente. Foi por acaso que, no clube, pegando na última edição do *The Globe*, aí li a notícia. Vim correndo. Você estava ausente, o que me desolou. Seria impossível dizer-lhe quanto essa catástrofe me afligiu o coração. Compreendo como você deve ter sofrido! Mas onde é que você estava? Com certeza junto da pobre mãe! Houve um momento em que pensei em ir ter com você. Os jornais publicavam o endereço. É em Euston Road, não é? Mas tive receio de avivar uma ferida que não podia aliviar. Pobre mulher! Em que estado ela deve estar! E era a única filha! Que diz ela de todo este drama?

— Meu caro Basil, como vou eu saber? — murmurou Dorian Gray, levando aos lábios, com o ar mais entediado deste mundo, um copo de Veneza, com pérolas douradas, taça frágil, onde tremeluzia um vinho de ouro pálido. — Eu estava na Ópera. Você deveria ter ido. Vi lá, pela primeira vez, Lady Gwendolen, irmã de Harry. Estávamos no camarote dela. É uma senhora encantadora. E a Patti cantou divinamente. Quanto a esses horrores, nem me fale! Uma coisa de que não se fala, nunca existiu. Somente a expressão confere realidade às coisas, como diz Harry. Saiba, entretanto, que Sibyl não era filha única dessa mulher. Ficou um filho, um rapaz encantador, creio eu. Mas não trabalha no teatro. É marinheiro ou coisa parecida. E agora, Basil, falemos de você. Diga-me o que está pintando?

— Você estava na ópera? — pronunciou muito lentamente Hallward, cuja voz tremia de dolorosa emoção. — Você estava na ópera, enquanto Sibyl Vane jazia morta numa mansarda? E você fala-me tranquilamente da beleza das mulheres, do canto divino da Patti, quando a moça que você amava não repousa ainda na paz de uma sepultura? Pense só nos horrores que estão à espera desse pequeno corpo cândido!

— Basta, Basil. Não quero ouvir esse discurso! — exclamou Dorian, que se levantara bruscamente. — Para que falar-me dessas coisas? O que está feito está feito. O que passou passou.

— Você denomina passado o dia de ontem?

— A extensão do tempo nada tem que ver com isso. Somente os fracos levam anos a libertar-se de uma emoção. Aquele que é senhor de si mesmo abafa um sofrimento tão facilmente como inventa um prazer. Não quero ficar à mercê de minhas emoções. Desejo servir-me delas, gozá-las e dominá-las.

— Dorian, mas isso é medonho! Algo o transformou completamente. Na aparência, você permanece o adorável adolescente que vinha posar em minha casa para seu retrato. Mas, nesse tempo, você era simples, natural, afetuoso. Não havia no mundo criatura menos corrompida. Agora, não sei o que sucedeu. Você fala como se não tivesse coração nem piedade. Tudo isso se deve à influência de Harry. Vejo-o perfeitamente.

O moço tornou-se rubro. Foi até a janela e aí ficou a olhar para o jardim, muito verde, banhado de sol.

— Devo muito a Harry — declarou, finalmente. — Devo-lhe mais do que a você, Basil, que só me ensinou coisas fátuas.

— Por isso estou bem castigado, ou serei um dia, Dorian.

— Não sei o que você quer dizer com isso, Basil — disse ele, voltando-se. — Afinal, o que você quer?

— Queria tornar a encontrar o Dorian Gray de outrora, aquele que eu gostava de pintar — suspirou tristemente o artista.

O adolescente aproximou-se e, pondo-lhe a mão no ombro:

— Basil — disse —, você chegou tarde demais. Ontem, quando soube que Sibyl Vane havia se matado...

— Matado? Santo Deus! Há certeza disso? — exclamou Hallward, fixando em Dorian um olhar de espanto.

— Meu caro Basil, você não pode acreditar que tenha sido um acidente vulgar. Evidentemente ela suicidou-se.

Hallward escondeu o rosto nas mãos.

— É horrível! — murmurou, sacudido por longo tremor.

— Não — respondeu Dorian. — Não vejo nisso nada de espantoso nem de horrível. É um dos grandes dramas românticos deste tempo. Em geral, as pessoas de teatro vivem a vida mais banal. São bons maridos; esposas fiéis, algo entediante. Você compreende o que eu quero dizer: a virtude burguesa e outras sensaborias do mesmo gênero. Como Sibyl era diferente! Ela viveu sua tragédia mais bela. Ela representou constantemente o papel de heroína. Na última noite em que apareceu no palco — na noite em que você a viu — ela representou mal, porque acabava de descobrir a realidade do amor. Mas quando o nada lhe foi revelado, ela morreu como teria podido morrer Julieta. Refugiou--se de novo nas regiões da arte. Há nela qualquer coisa de mártir. Sua morte tem a inutilidade tocante à beleza supérflua do martírio. Mas, uma vez ainda, não creia que eu não tenha sofrido. Se você tivesse vindo aqui ontem em dado momento, mais ou menos às cinco horas e meia, creio eu, ou às quinze para as seis, ter-me-ia encontrado em lágrimas. Harry, que estava aí e que do fato veio dar-me a notícia, não fez ideia sequer de quanto eu sofri. Minha dor foi imensa. Depois, passou. Sou incapaz de renovar uma emoção. Aliás, ninguém pode, a menos que seja um sentimental. Você é injusto demais, Basil. Você veio com o fim de consolar-me. A intenção é amabilíssima. Vê que estou consolado e fica furioso. São assim as pessoas que nos trazem sua compaixão. Você faz-me recordar uma história que Harry me contou. Um filantropo passara vinte anos a batalhar pela emenda de uma lei iníqua, ou para corrigir um erro — não sei bem, ao certo. Afinal, conseguiu-o. Então, seu desespero foi além de tudo quanto é possível imaginar. Não tendo mais a que apegar-se, quase morreu de tédio, tornou-se completamente misantropo. Meu bom Basil, se pretende consolar-me, ensine-me antes a esquecer o que se passou; ajude-me, ao menos, a encarar as coisas sob um ângulo artístico conveniente. Não era Gautier que gostava de escrever a respeito da *Consolação das Artes*? Recordo ter dado com essa frase deliciosa, quando, um dia, em seu ateliê folheava um pequeno volume, encadernado em velino. Veja que eu não me pareço com esse jovem de quem você me falava, quando de nossa temporada em Marlow, e que afirmava que o cetim amarelo podia consolar todas as misérias da vida. Gosto dos objetos belos que a gente pode tocar e manusear. Velhos brocados, bronzes esverdeados, lacas, marfins esculpidos, interiores lindos, luxo, riqueza; tudo isso, certamente, está repleto de recursos. Mas estimo ainda mais, como coisa preciosa, o temperamento artístico que nasce desses tesouros ou, pelo menos, neles se revela! Ser o espectador da própria vida, como diz Harry, é fugir a todos os sofrimentos da vida. Vejo que você fica surpreso por ouvir de mim essas afirmações. Quando me conheceu, eu era um colegial. Agora, sou um homem. Tenho outras paixões, outros sonhos, outras ideias. Sou completamente diverso, mas nem por isso você há de gostar menos de mim. Estou mudado, mas você permanecerá sempre meu amigo. É verdade que gosto intensamente de Harry. Mas reconheço que você vale mais do que ele. Não que seja mais viril — você tem muito medo da vida —, mas é melhor. Além disso, nós fomos tão felizes juntos! Não me abandone, Basil, e poupemos um ao outro qualquer discussão. Eu sou aquilo que sou. E está tudo dito.

O pintor sentiu-se invadido por um sentimento estranho. Era infinita sua ternura por esse moço; cuja personalidade tinha assinalado o pendor decisivo de sua arte. Não lhe foi possível censurá-lo por mais tempo. Afinal, sua indiferença não passava talvez de um humor transitório. Havia nele tantas qualidades raras, tantas aspirações nobres!

— Está bem, Dorian — disse, finalmente, com sorriso triste. — Passado hoje, não voltaremos a falar do drama horrível. Espero somente que seu nome não ande ligado a esse caso. O inquérito acontece esta tarde. Você foi intimado?

A esta palavra "inquérito", Dorian abanou a cabeça e pareceu contrariado. Tudo quanto o termo evocava era tão vulgar, tão brutal!

— Ninguém sabe meu nome — respondeu.

— Mas ela, sem dúvida, sabia-o.

— Só meu nome de batismo, e mesmo assim, tenho a certeza de que não o disse a ninguém. Ela contava-me, um dia, que as pessoas que a rodeavam tinham a mais viva curiosidade de saber quem eu era, mas a todos ela respondia, sem variar, que eu me chamava Príncipe Encantado. Era gentil de sua parte. Você devia fazer-me um esboço de Sibyl. Gostaria de conservar dela outra coisa além da recordação de alguns beijos e de algumas palavras ardentes e comovidas.

— Procurarei fazer alguma coisa, Dorian, se isso lhe for agradável. Mas, em troca, prometa-me vir posar, como dantes, em meu ateliê. Sem você não consigo fazer mais nada que preste.

— Nunca mais voltarei a posar, Basil. É impossível! — exclamou ele, num movimento de recuo.

O pintor olhou-o com surpresa:

— Que infantilidade, meu caro Dorian! Será, por acaso, que não gosta do retrato que fiz de você? Mas onde está ele? Por que esse biombo o esconde? Deixe-me contemplá-lo. Afinal de contas, é o que de melhor fiz até hoje. Retire esse biombo, Dorian. É uma vergonha permitir que seu criado oculte assim minha obra. Bem me pareceu, ao entrar, que este aposento não apresentava o mesmo aspecto.

— Meu criado nada tem a ver com isso, Basil. Você não acha que lhe confio o cuidado de arranjar meu quarto? Somente as flores, algumas vezes, e nada mais. Não, o responsável sou eu. A luz incidia viva demais sobre a pintura.

— Viva demais! Ora essa! Este é o lugar que lhe convinha. Deixe-me vê-lo — e Hallward dirigiu-se para o misterioso canto.

Dorian não pode conter um grito de terror. E precipitou-se entre o pintor e o quadro.

— Não, Basil — disse muito pálido. — É forçoso que você não o veja. A isso me oponho.

— Não ver uma de minhas obras! Você está falando a sério? E por que não haveria de poder vê-lo? — perguntou Hallward, rindo.

— Se você tentar fazê-lo, dou-lhe minha palavra de honra de que nunca mais lhe direi uma palavra. Aquilo que digo é extremamente sério. Não lhe darei explicação alguma e você não me pedirá nenhuma. Mas pense bem nisto: se você desviar o biombo que cobre o retrato, estará tudo acabado entre nós.

Hallward ficou como que fulminado. Fixava em Dorian Gray um olhar de completa estupefação. Jamais o tinha visto em semelhante estado. Estava pálido de cólera. As mãos crispadas. As pupilas dilatadas pareciam dois discos de chama azulada. E tremia em todos seus membros.

— Dorian...

— Não, não fale!

— Mas o que você tem? Está bem. Não verei o retrato, já que isso o contraria — disse secamente Basil. E, voltando as costas, dirigiu-se para a janela. — Mas, afinal, acho um tanto ridículo não poder contemplar um de meus quadros; tanto mais que vou expô-lo em Paris, no próximo outono. Provavelmente terei de envernizá-lo de novo para isso. Portanto, terei de vê-lo, um dia. Por que não hoje?

— Expô-lo? Você quer expô-lo? — perguntou Dorian Gray.

Invadia-o um terror estranho. Então, seu segredo ia ser divulgado perante o público? Toda gente iria deter-se, boquiaberta, diante do mistério de sua vida. Não; era impossível. Depressa, era preciso impedir tal risco — mas, como?...

— Sim — confirmou o pintor —, desejo expô-lo. Você não vê nisso, suponho, inconveniente algum. George Petit quer abrir, na primeira semana de outubro, na Rue de Sèze, uma exposição particular em que ficarão reunidos todos meus melhores quadros. Você ficará apenas durante um mês sem o retrato. Por tão pouco tempo, tenho a certeza de que não ficará contrariado; tanto mais que, certamente, você não estará em Londres nessa época. Aliás, se conserva o retrato sempre oculto atrás de um biombo, dele não faz muito caso.

Dorian Gray passou a mão pela fronte, onde porejavam gotas de suor. Sentiu-se ameaçado de horrível perigo.

— Você dizia-me, há um mês, que jamais o exporia. Por que mudou de opinião? Vocês que se dizem invariáveis dão-se aos caprichos de toda gente. A única diferença é que seus caprichos não têm sentido. Você não deve ter esquecido a solenidade com que garantia que nada neste mundo seria capaz de decidi--lo a expô-lo em parte alguma. E você disse absolutamente a mesma coisa a Harry. — Deteve-se de repente, com lampejo no olhar. Acabava de recordar-se de que Lorde Henry lhe dissera, um dia, meio sério, meio brincalhão: "Se você quiser passar um quarto de hora invulgar, peça a Basil que lhe explique por que é que nunca exporá seu retrato. Ele deu-me suas razões e isso foi uma revelação para mim". Quem sabe? Talvez Basil tivesse também seu segredo. E se tentasse interrogá-lo?

Aproximando-se dele e olhando-o bem de frente:

— Basil — disse —, cada um de nós tem seu segredo. Confie-me os seus e eu lhe direi o meu. Por que recusava expor o retrato?

O pintor estremeceu involuntariamente.

— Se eu lhe dissesse, Dorian, talvez você gostasse menos de mim e com certeza havia de rir. Ora, de sua parte, tanto uma como outra destas atitudes seriam cruéis para mim. Se faz questão de que eu não veja mais o retrato, estou de acordo. Restar-me-á sempre o recurso de contemplar você em pessoa. Consinto que minha obra mais bela permaneça oculta para o mundo, se isso lhe apraz. Sua amizade vale mais para mim do que toda a fama e do que toda a glória.

— Não, Basil — insistiu Dorian Gray. — É preciso dizer-me por quê. Não tenho, até certo ponto, o direito de sabê-lo?

Seus receios haviam-se dissipado. Substituíra-os a curiosidade. Estava determinado a desvendar o segredo de Basil Hallward.

— Sente-se, Dorian — disse o pintor, visivelmente perturbado. — Sente--se e responda a esta única pergunta. Observou no retrato alguma coisa de estranho? Alguma coisa que, provavelmente, a princípio não lhe havia chamado a atenção e que, repentinamente, se revelou a seus olhos?

— Basil! — exclamou o moço. Suas mãos começaram a tremer e teve de segurar-se aos braços da poltrona. Seu olhar fixou-se em Basil, numa expressão de louco terror.

— Já vejo que observou. Não fale. Primeiro escute aquilo que tenho a dizer. Desde o dia em que me encontrei com você, Dorian, sua pessoa exerceu sobre mim a mais extraordinária influência. Coração, inteligência, atividade, todo meu ser sofre sua influência. Você tornou-se para mim a encarnação visível do invisível ideal, cuja recordação, como um sonho delicioso, domina nossos cérebros de artista. Eu adorava você. Ficava com ciúme toda vez que você falava com alguém. Desejaria que você fosse unicamente meu. Só me sentia feliz com você. Quando você partia, eu o encontrava ainda em minha arte. Na realidade, nunca lhe confessei este sentimento. Aliás, não me era possível. Você não teria compreendido. Mal eu mesmo o compreendo. Sabia apenas que tinha contemplado a perfeição face a face e que o universo se revestia a meus olhos de uma beleza maravilhosa — maravilhosa demais, talvez, porque adorações como essas andam repletas de perigos: perigo de perdê-las, perigo não menor de conservá-las. As semanas passavam e eu me absorvia cada vez mais em você. Depois veio uma nova composição. Tinha-o pintado sob as armas graciosas do troiano Páris; depois, de Adônis, como caçador, armado de uma lança polida. Tinha-o representado coroado de grandes flores de lótus, sentado à proa da barca de Adriano, a contemplar o Nilo turvo e esverdeado. Mostrei-o numa paisagem grega, reclinado sobre um lago tranquilo, contemplando a maravilha de sua face no espelho prateado das águas silenciosas. Todas essas composições haviam conservado um caráter impessoal, ideal e remoto, de que jamais a arte deveria afastar-se. Um dia, porém — dia fatal, como por vezes sou tentado a crer —, resolvi fazer de você um retrato ao natural, não sob as vestes do tempo passado, mas vestido como hoje em dia, como homem de nosso tempo. Teria sido o realismo do processo, teria sido o sortilégio de sua pessoa, assim contemplada, abstraída de toda a bruma e sem véu? Não sei dizer, mas sei que, durante meu trabalho, a cada golpe do pincel, a cada retoque de cor, tinha a impressão de trair meu segredo. Tremia, ao pensar que minha idolatria se tornasse visível a todos. Sim, Dorian, sentia que minha obra falava alto demais, que nela havia demasiado de mim mesmo. E foi por isso que resolvi jamais expor essa pintura. Você ficou um tanto magoado, mas era-lhe impossível compreender então toda a importância dessa resolução. Harry, a quem falei, limitou-se a rir; o que, de sua parte, pouco me importava. Mas, uma vez concluído, quando fiquei só diante do retrato, tive a certeza de que pensava corretamente. Alguns dias mais tarde, retiraram o retrato de meu ateliê; fiquei livre de sua presença e de sua intolerável fascinação. Então, zanguei-me comigo mesmo por imaginar, pura loucura, ter visto na tela outra coisa além da extrema beleza de seu rosto e a habilidade de meu pincel. Ainda agora não posso deixar de julgar que se enganam aqueles que pretendem que a paixão sentida pelo criador possa ler-se na obra por ele criada. A arte é sempre muito mais abstrata do que nós imaginamos. A forma e a cor falam-nos de forma e de cor e tudo acaba nisso. Repito a mim mesmo muitas vezes que a arte esconde o artista muito mais seguramente do que o revela. E foi por isso que, quando me vieram com o oferecimento da exposição de Paris, decidi fazer de seu retrato o objeto principal da exposição, sem sequer pensar numa recusa de sua parte. Mas agora vejo que você tem razão; ninguém deve contemplar esse retrato. Você não deve ficar contrariado comigo pelas coisas que lhe disse. Como eu dizia uma vez a Harry, você foi feito para ser adorado.

    Dorian Gray respirou aliviado. Suas faces readquiriram a cor natural. Pairou-lhe um sorriso nos lábios. Estava afastado todo o perigo. Por esta vez estava salvo. Não deixou, porém, diante dessa estranha confissão, de sentir uma imensa piedade pelo artista. Perguntava a si mesmo se alguma vez seria assim subjugado ele próprio pela personalidade de um amigo. Lorde Henry possuía encanto sedutor, mas nada mais. Era excessivamente cerebral e demasiado cínico para se gostar dele. Viria alguém, um dia, a inspirar-lhe essa idolatria misteriosa? Seria essa uma das surpresas que a vida lhe reservava?

    — Não posso crer, Dorian; então você notou o que há de estranho nesse retrato? Mas tem certeza disso?

    — Notei qualquer coisa — respondeu ele —, qualquer coisa que me pareceu extremamente curiosa.

    — Agora pode deixar-me ver o retrato?

    Dorian abanou a cabeça.

    — Não me peça isso, Basil. Por coisa alguma deste mundo quero que você veja essa tela.

    — Um dia ou outro, com certeza há de consentir.

    — Nunca.

    — Afinal, talvez você tenha razão. Até a vista, Dorian. Você é a única pessoa que exerceu sobre mim uma influência real. Tudo quanto fiz de bom é a você que o devo. Ah, se você soubesse quanto me custou narrar-lhe o que acabo de dizer!

    — Meu caro Basil — interrompeu Dorian —, que é que você me disse? Apenas que tinha por mim uma admiração excessiva. Nem sequer chega a ser um elogio.

— Também não era como eu pensava, um elogio, mas uma confissão. Agora que ela está feita, parece-me que desapareceu algo de mim mesmo. Talvez nunca se deva traduzir em palavras um sentimento de adoração.

— Se era uma confissão, ela foi completamente decepcionante.

— Então o que você esperava? Suponho que você, Dorian, nada mais viu no retrato. É realmente tudo quanto nele se via?

— Sim, é tudo quanto nele se via. Por que tal pergunta? E agora não falemos mais em adorar-me. É uma loucura. Você e eu somos amigos, Basil; é isso que deveremos ser sempre.

— Você tem Harry — disse em tom triste o pintor.

— Oh, Harry! — exclamou o adolescente, soltando uma risada. — Harry passa os dias a dizer coisas inacreditáveis e as noites a fazer coisas inverossímeis! Precisamente o gênero de vida de que eu gostaria. Entretanto, não creio que, em meus aborrecimentos, seja a Harry que tenha de recorrer. Recorreria preferencialmente a você, Basil.

— Recomeçaria a posar para mim?

— Impossível.

— Com essa recusa, Dorian, você arruína minha vida de artista. Ninguém encontra duas vezes o ideal. E quantos nem o encontram uma única vez!

— Não posso dar-lhe uma explicação, Basil, mas não devo mais posar para você. Há em um retrato não sei que fatalidade. Ele tem uma vida toda sua. Irei à sua casa tomar chá. Será, da mesma forma, muito agradável.

— Na verdade, receio eu, mais agradável para você! — murmurou melancolicamente Hallward. — Vamos, até a vista. Desolado por não ter visto o retrato. Mas nada há a fazer. Compreendo perfeitamente o que você sente!

Vendo-o abandonar a sala, Dorian Gray não pôde conter um sorriso. Pobre Basil! Como ele estava longe de suspeitar a razão verdadeira! E não era estranho? Longe de ter sido obrigado a entregar seu segredo, tinha conseguido, como por acaso, roubar o do amigo! Quanta coisa não esclarecia aquela confissão! Os acessos de louco ciúme do pintor, sua selvagem adoração, seus louvores extravagantes, suas reticências misteriosas... Ele compreendia tudo agora, não sem uma secreta angústia. Pressentia qualquer coisa de trágico numa amizade assim tocada de cores românticas.

Suspirou, depois tocou a campainha. Era preciso, custasse o que custasse, esconder o retrato em qualquer reduto e nunca mais correr o risco de ele ser descoberto. Que loucura tê-lo deixado, mesmo por uma hora, numa sala aonde todos seus amigos tinham acesso!

10

Quando o criado entrou, Dorian perscrutou-lhe a fisionomia, indagando se ele não teria tido a curiosidade de espreitar o retrato por trás do biombo que o cobria. Absolutamente impassível, o criado esperava ordens. Dorian acendeu um cigarro, depois foi ao espelho e ficou a contemplar as imagens. As feições de Victor pareciam a máscara serena da submissão servil. Nada que justificasse o menor receio. Melhor seria, entretanto, ficar de sobreaviso.

Falando pausadamente, disse-lhe para avisar a governanta que desejava vê-la e que, em seguida, fosse à casa do moldureiro a fim de pedir-lhe que mandasse imediatamente dois de seus operários. Bem se lhe afigurou que Victor, ao sair, lançava um olhar para o quadro. Mas isso, certamente, não passava de pura imaginação.

Alguns instantes depois, vestida de seda preta, compridas mitenes de fio a cobrir-lhe, à antiga, as mãos encarquilhadas, entrou a Sra. Leaf na biblioteca. Dorian pediu-lhe a chave da sala de estudo.

— Da velha sala de estudo, Sr. Dorian? — indagou ela. — Mas está negra de pó. É preciso mandá-la limpar e arranjar, antes de sua visita. Não está em condições de ser mostrada a ninguém. Absolutamente, senhor, não está em condições.

— Não lhe estou pedindo que a mande pôr em ordem, minha boa Leaf. Peço-lhe simplesmente a chave.

— Mas o senhor vai cobrir-se de teias de aranha se lá entrar. Veja só. Há mais de cinco anos que não foi aberta, desde a morte de sua senhoria.

Dorian estremeceu ao ouvir recordar o avô, do qual conservava uma recordação detestável.

— Pouco importa! — respondeu. — Quero ver esse aposento. Nada mais. Dê-me a chave.

— Ei-la, senhor — disse a velha dama, procurando com os dedos incertos no molho de chaves. — Tiro-a do molho em um segundo. Não pense viver lá em cima, senhor, quando tem aqui uma instalação tão confortável.

— Não, não! — replicou ele, já impaciente. — Obrigado, minha boa Leaf. Está bem?

Ela demorou-se ainda alguns instantes, tagarelando a respeito de minúcias do governo da casa. Suspirando, Dorian disse-lhe que fizesse como bem entendesse. Depois, retirou-se, toda sorrisos.

Fechada a porta, Dorian pôs a chave no bolso e, com os olhos, percorreu o quarto. Chamou-lhe imediatamente a atenção uma grande colcha de cetim púrpura, carregada de bordados a ouro, admirável trabalho veneziano do fim do século XVII, que seu avô encontrara num convento, nos arredores de Bolonha. Estava aí uma coisa que cobriria perfeitamente o horrível objeto. Talvez essa colcha já tivesse servido muitas vezes de pano mortuário. O que ela iria cobrir, agora, estava sujeito a uma corrupção muito especial, pior do que a da morte, destinada a engendrar horrores sem, no entanto, jamais morrer. Seus pecados exerceriam sobre essa pintura o ofício dos vermes num cadáver. Atacariam sua beleza, corroeriam sua graça, torná-la-iam, maculando-a, objeto repugnante, mas que subsistiria e permaneceria sempre vivo.

Teve um arrepio e lamentou, por um instante, não haver confessado a Basil o verdadeiro motivo que o levara a esconder o retrato. Basil tê-lo-ia ajudado a defender-se contra a influência de Lorde Henry, contra as influências mais deletérias ainda que provinham de sua própria natureza. No amor que o artista por ele professava — porque era amor, sem a menor sombra de dúvida — nada havia que não fosse nobre e intelectual. Não era essa admiração puramente física da beleza, que nasce dos sentidos e morre, uma vez esses satisfeitos. Era o amor como o tinham sentido Michelangelo, Montaigne, Winckelmann e o próprio Shakespeare. Sim, Basil poderia tê-lo salvo. Mas era tarde demais. Apagar o passado era sempre possível. O pesar, o arrependimento e o esquecimento eram encarregados disso. Mas não se evitava o futuro. Formigavam nele paixões, cuja explosão tremenda nada impediria; atormentavam-no sonhos, cujas visões perversas se realizariam fatalmente.

Retirou do sofá a larga colcha de púrpura e ouro que o cobria e, segurando-a com ambas as mãos, passou para trás do biombo. Ter-se-ia acentuado sua degradação? Não, pareceu-lhe que não se verificara qualquer mudança. Por que, então, lhe inspirava ódio ainda mais intenso? Cabelos de ouro, olhos azuis, lábios rosados, tudo estava intato. Só a expressão se modificara. E era de uma crueldade atroz. Em comparação com o que ele aí podia ler de censura e condenação, como tinham sido anódinas as reprimendas de Basil a respeito de Sibyl Vane, como lhe pareciam leves e de menor importância! Ali, sua alma, emergindo da tela, contemplava-o e chamava-o a seu tribunal. Dolorosamente afetado, atirou por cima da pintura o véu suntuoso. No mesmo instante, bateram à porta. E o criado entrou.

— Estão aí aquelas pessoas, senhor.

Sentiu que era preciso afastá-lo logo, não deixar-lhe ver para onde era carregado o retrato. Havia em seu aspecto qualquer coisa de astúcia, a suspeita e a traição liam-se-lhe nos olhos. Sentando-se à escrivaninha, Dorian rabiscou duas linhas; pedia a Lorde Henry que lhe enviasse pelo portador qualquer coisa para ler, lembrando-lhe, ao mesmo tempo, que tinham um encontro marcado para aquela noite, às oito e quinze.

— Espere a resposta — disse, entregando o bilhete. — Mande entrar os homens.

Dois ou três minutos mais tarde, bateram de novo à porta; e o célebre moldureiro de South Audley Street, o Sr. Hubbard em pessoa, entrou, assistido por um jovem companheiro de aspecto assaz grosseiro. O Sr. Hubbard era um sujeito de pequena estatura, rubicundo, suíças castanhas, cujo entusiasmo artístico havia esfriado consideravelmente devido à insolvência inveterada da maior parte dos artistas com os quais tratava. Geralmente não saía de sua loja. Deixava que os clientes o procurassem. Mas infringia sempre esse costume quando se tratava de Dorian Gray, cujo encanto indefinível se exercia sobre toda gente. Era um prazer estar com ele.

— Em que posso servi-lo, Sr. Gray? — perguntou, esfregando as mãos grossas, salpicadas de manchas sardentas. — Considero uma honra vir em pessoa receber suas ordens. Acabo justamente de adquirir uma moldura de grande beleza, uma descoberta que tive a sorte de encontrar num leilão. Estilo florentino antigo. Creio que vem de Fronthill. Serviria admiravelmente a um assunto religioso, Sr. Gray.

— Lastimo que o senhor tenha tido o incômodo de vir, Sr. Hubbard. Não deixarei certamente de ir ver sua moldura, embora agora não me interesse muito a arte religiosa. Por hoje, trata-se de carregar um quadro lá para cima. Como ele é bastante pesado, permiti-me solicitar a vinda de dois de seus homens para me fazerem esse serviço.

— Não me incomodou em nada, Sr. Gray. É para mim um prazer tudo quanto me possa pedir. Qual dessas obras de arte vai ser transportada?

— Esta — respondeu Dorian, retirando o anteparo que encobria o retrato. — Será possível transportar tudo, o quadro e a colcha que o cobre, sem mexer em nada? O essencial será evitar qualquer arranhão, ao subir.

— Facílimo, Sr. Gray — declarou o negociante de molduras em tom alegre. E, com a ajuda do operário que o acompanhara, começou a desprender as longas cadeias que suspendiam a pintura. — E, agora, Sr. Gray, para onde devemos levá-lo?

— Vou mostrar-lhes o caminho, Sr. Hubbard. Queira seguir-me. Não, vá na frente, talvez seja melhor. Sinto dizer-lhe que é no último andar. Subiremos pela escadaria de honra, que é mais larga.

Abriu a porta aos dois homens que saíram pelo *hall* e começaram a subida. A moldura carregada de adornos tornava a pintura das mais volumosas; e por diversas vezes, apesar dos protestos obsequiosos do Sr. Hubbard, que, como todo lojista, tinha horror de ver um *gentleman* fazer qualquer coisa de útil, Dorian teve de ajudar.

— É bem pesado, senhor! — disse o homenzinho, ofegante, quando chegaram ao alto da escadaria. E enxugou a testa a escorrer de suor.

— É um tanto pesado, concordo — murmurou Dorian, abrindo a porta do quarto onde ia ser guardado o segredo de sua vida, e sua alma escondida dos olhares de todos.

O aposento servira, quando ele era criança, de sala de brincar; de sala de estudo, um pouco mais tarde. Desde então — já iam lá uns quatro anos — nunca mais aí entrara. Era uma vasta sala, de proporções harmoniosas, arranjada especialmente por Lorde Kelso para o neto, o qual, por se parecer com a mãe e por diversos outros motivos, tinha sido sempre mantido à parte e desprezado. Parecia-lhe que o quarto não havia mudado. O grande baú italiano, onde tantas vezes se escondera, quando menino, lá estava, com as fantásticas pinturas de seus painéis e o ouro embaçado de suas molduras. A mesma biblioteca de madeira coberta de cetim continha ainda seus livros de aula, com as orelhas dobradas. Na parede, pendia ainda esse mesmo tapete de Flandres, rasgado, no qual se viam um rei e uma rainha a jogar xadrez num jardim, enquanto um bando de escudeiros a cavalo passava ao fundo, segurando nos punhos enluvados seus mansos falcões. Como ele se recordava nitidamente de tudo aquilo! Olhava em redor e as horas de sua infância solitária corriam todas ao encontro de sua memória. A pureza sem mácula de seus primeiros anos vinha-lhe à memória; sentia todo o horror de ver-se obrigado a esconder o retrato fatal, justamente nesse lugar. Como ele estava longe, então, de prever aquilo que a vida lhe reservara!

Mas era o único aposento da casa verdadeiramente ao abrigo dos olhares indiscretos. A chave estava em seu poder, ninguém aí entraria a não ser ele. Debaixo de seu véu de púrpura, a figura pintada podia tornar-se bestial, flácida, imunda. Que lhe importava? Ninguém o perceberia. Ele próprio nunca mais a contemplaria. Efetivamente, por que havia ele de vigiar a horrorosa corrupção de sua alma? Não lhe bastava conservar sua mocidade? Talvez um dia tornasse a ter sentimentos mais nobres. Não havia razão para que o futuro fosse tão repassado de ignomínia! Um amor que surgisse em sua vida poderia purificá-lo, defendê-lo contra esses pecados que já lhe pareciam palpitar em sua carne e em seu espírito — esses estranhos pecados que ninguém ainda descreveu e cujo mistério envolve seu encanto e sutileza. Um dia, talvez, desaparecida a expressão cruel da boca escarlate e sensual, ele haveria de poder ainda mostrar ao mundo a obra-prima de Basil Hallward.

Mas não; isso era impossível. De hora em hora, de semana em semana, a imagem envelheceria na tela. Mesmo que escapasse à fealdade do pecado, o estigma do tempo não lhe seria poupado. As faces tornar-se-iam cavas e pesadas. Pés de galinha amarelados espalhar-se-iam repelentes ao redor dos olhos murchos. Os cabelos perderiam seu brilho. Os lábios ficariam reentrantes e pendentes, tornar-se-ia estúpida ou brutal, como as bocas dos velhos. Com isso tudo, um pescoço sulcado de rugas, mãos frias estriadas de veias azuladas, a demolição de um corpo, tudo de que se lembrava ter contemplado em seu avô, tão duro para com ele, em sua infância. Era absolutamente necessário esconder aquele retrato. O mal não tinha remédio.

— Faça o favor de entrar, Sr. Hubbard — disse ele num tom de voz cansada, voltando-se para o negociante de molduras. — Sinto tê-lo feito esperar tanto tempo. Estava pensando em outra coisa.

— Um pouco de descanso nunca é desagradável, Sr. Gray — respondeu o homenzinho, que mal tomava fôlego. — Onde quer que o coloquemos, senhor?

— Oh! Não importa. Aqui está bem. Não precisa suspendê-lo. Encoste-o simplesmente à parede. Obrigado.

— Pode-se ver esta obra de arte, senhor?

Dorian estremeceu.

— Ela nada tem de interessante para o senhor, Sr. Hubbard — disse ele, olhos fixos no homem, prestes a saltar-lhe à garganta e esganá-lo, se ousasse levantar a faustosa colcha que velava o segredo de sua vida. — Por agora, não preciso mais de seus bons serviços. Só me resta agradecer-lhe o ter-se incomodado por minha causa.

— De maneira alguma. Sempre a seu inteiro dispor, Sr. Gray.

E o Sr. Hubbard desceu lentamente a escada. Seu auxiliar, atrás, voltava-se para contemplar Dorian; e em suas feições rudes e grosseiras, lia-se uma admiração quase receosa. Jamais vira semelhante maravilha.

Quando o ruído dos passos sumiu, Dorian fechou a porta e tirou a chave. Agora, estava tranquilo. Ninguém jamais surpreenderia o horrível prodígio. Nenhum olhar veria a imagem de sua vergonha.

Voltando à biblioteca, reparou que acabavam de bater as cinco e que o chá estava servido. Sobre uma mesinha de madeira escura e perfumada, incrustada de nácar — presente de Lady Radley, mulher de seu tutor, profissional bastante inútil, que passara o último inverno no Cairo —, achavam-se um bilhete de Lorde Henry e um livro de capa amarela, a página de rosto um pouco rasgada, folhas já um tanto amarelecidas. Bem diante dos olhos, na bandeja do chá, estava uma terceira edição da *St. James's Gazette*. Evidentemente, Victor já tinha chegado. Quem sabe ele não havia cruzado com os dois homens, no *hall*, quando eles saíam, e lhes perguntado o que acabavam de fazer. Certamente, a ausência do retrato não escaparia à sua atenção, se é que não o havia já notado, ao servir o chá. O biombo que cobria a pintura não tinha sido colocado no lugar; o vazio do quadro saltava aos olhos. Talvez, um dia à noite, viesse a surpreender esse criado subindo pé-ante-pé a escada, procurando forçar a porta do quarto, lá de cima! Que horror ter um espião em casa! Recordava-se de histórias de pessoas ricas, presas durante a vida à chantagem de criados que haviam lido uma carta, surpreendido uma conversa, roubado um bilhete que mencionava um endereço, encontrado sob um travesseiro uma flor murcha ou um pedaço de renda amarfanhado!...

Soltou um suspiro e, servindo-se de um pouco de chá, abriu o bilhete de Lorde Henry, uma simples palavra para dizer que lhe enviava, com o jornal da tarde, um livro que talvez o interessasse e que estaria no clube às oito e quinze. Em seguida, pegou a *St. James's Gazette*, que percorreu distraidamente. Na quinta página, um sinal com lápis vermelho chamou-lhe a atenção sobre o parágrafo seguinte: *"Inquérito a respeito de uma atriz* — Procedeu-se esta manhã, na Taberna do Sino, Hoxton Road, com a presença do Sr. Danby, comissário do distrito, a um inquérito a respeito da morte de Sibyl Vane, jovem atriz recentemente contratada no Real Teatro de Holborn. Declarou-se que a morte foi acidental. A pobre mãe, rodeada da mais viva simpatia, mostrou-se muito comovida, no decorrer de suas declarações e durante a leitura do relatório do Dr. Birrel, médico encarregado da autópsia".

Dorian franziu a testa e, atravessando a sala, rasgou em dois o jornal, atirando fora os pedaços. Como tudo aqui era feio e banal! E que realismo odioso emprestava às coisas a fealdade. Zangava-se até com Lorde Henry por lhe ter enviado aquele jornal. Em todo caso, era uma estupidez ter assinalado com lápis vermelho aquela passagem. Talvez Victor tivesse lido. Pouco sabia de inglês, mas o que sabia bastava-lhe para compreender tudo.

E, talvez, tendo lido, germinassem suspeitas em seu espírito. Mas, afinal que importava? Que tinha Dorian Gray a ver com a morte de Sibyl Vane? Nada tinha a temer. Não a tinha matado.

Seus olhos caíram sobre o volume de capa amarela. Curioso por saber o que Lorde Henry lhe enviava, aproximou-se da mesinha octogonal, com reflexos de pérola, que sempre lhe pareceu ser trabalho de estranhas abelhas do Egito, cinzeladoras de prata. Pegou no volume e começou a virar as páginas. Ao cabo de alguns minutos, estava cativado pela leitura. Era o livro mais estranho que jamais lera. Parecia-lhe ver todos os pecados do mundo desfilarem diante de seus olhos, nos mais belos atavios, fazendo pantomimas, ao som de suaves árias de flautas. Muitas coisas até então vagamente suspeitadas apareciam-lhe agora em toda sua realidade; outras, insuspeitadas, afastavam lentamente seus véus.

Era um romance sem intriga, com personagem único. Reduzia-se tudo ao estudo psicológico de um moço parisiense que consagrava o esforço de sua vida a impregnar-se, em pleno século XIX, de todas as paixões, de todas as maneiras de pensar das idades anteriores e procurava, por assim dizer, resumir em si as diversas mentalidades pelas quais havia passado o espírito humano, amando por seu artificialismo mesmo essas renúncias que os tolos têm chamado virtudes, tanto quanto essas revoltas instintivas que os sábios chamam ainda pecados. O livro estava escrito nesse estilo curiosamente esmerado, ao mesmo tempo cintilante e obscuro, cheio de termos de gíria, de arcaísmos, de vocábulos técnicos e de sábias perífrases que caracterizam as obras de alguns dos mais perfeitos escritores entre os simbolistas franceses. Encontravam-se aí metáforas não menos monstruosas que orquídeas e de um colorido assim sutil. A vida dos sentidos vinha aí descrita em termos de mística filosofia. O leitor não sabia, ao certo, por momentos, se estava a ler os êxtases espirituais de um santo da Idade Média ou as confissões mórbidas de um pecador moderno. Era um livro envenenado. Ao redor de suas páginas, flutuava um perfume pesado de incenso, que perturbava o cérebro. A própria cadência das frases, a sutil monotonia de sua música; toda cheia de complexos refrãos e de sábias repetições de ritmos, determinavam no espírito do moço, à medida que se sucediam os capítulos, uma espécie de entorpecimento, um devaneio mórbido, que lhe impedia ter consciência do fim do dia e do deslizar furtivo das sombras.

Pelas janelas, filtrava-se a luz de um céu sem nuvens, com tonalidades de bronze verde, onde não tremeluzia ainda uma estrela solitária. À claridade do crepúsculo, continuou a leitura, até tornar-se-lhe impossível distinguir as letras. Só então, embora o criado o houvesse prevenido mais de uma vez da hora tardia, levantou-se e, passando para o quarto ao lado, colocou o volume sobre uma pequena mesa florentina, único móvel de cabeceira. Depois, vestiu-se para jantar.

Eram quase nove horas quando chegou ao clube. Lá se encontrava Lorde Henry, sozinho na sala de fumar, parecendo extremamente entediado.

— Sinto muito, Harry, desculpe; mas, na verdade, a culpa é toda sua. O livro que me mandou fascinou-me a tal ponto que perdi a noção do tempo.

— Sim, imaginei que lhe agradaria — replicou o outro, levantando-se da cadeira.

— Não disse que ele me agradava, Harry. Disse que ele me fascinava. São coisas diferentes.

— Você descobriu isso? — murmurou Lorde Henry.

E passaram ao salão de jantar.

11

Durante anos, Dorian Gray não pôde subtrair-se à influência desse livro. Digamos antes, talvez mais exatamente que não tentou subtrair-se a ela. Mandou vir de Paris até nove exemplares da edição original, em papel de luxo; e, mediante encadernações todas de cores diferentes, tentou conciliá-las com as diversas disposições de seu espírito aos caprichos transitórios de uma sensibilidade da qual parecia, por vezes, ter perdido todo o controle. O herói do romance, esse jovem e espantoso parisiense, no qual o temperamento romântico e os gostos científicos formavam curioso amálgama, tornou-se para ele como a figura profética dele próprio. O livro inteiro pareceu-lhe conter a história da própria vida, contada antes de tê-la vivido.

Entretanto, num ponto sua sorte ultrapassava a do herói imaginário. Dorian ignorava, e com motivo, completamente esse temor, um tanto grotesco, por espelhos e superfícies metálicas polidas e ainda o medo de água, que foi apresentado ao jovem parisiense tão cedo e fora causado pela deterioração de sua beleza, que outrora fora memorável. Talvez faça parte de toda alegria e, certamente, de todo prazer, um pouco de crueldade — desde que relia a última parte do livro em que se descreviam, de maneira trágica, e não sem certa ênfase, o pesar e o desespero de um homem que perdeu o que mais apreciava em seus semelhantes e em todo o universo.

Pois essa beleza maravilhosa, que seduzira Basil Hallward e tantos outros, parecia jamais abandoná-lo. A tal ponto que, vendo-o, as próprias pessoas que tinham ouvido formular contra ele as piores acusações, não podiam acreditar em coisa alguma que fosse, para vergonha sua: estranhos rumores corriam, às vezes, em Londres, a seu respeito e alimentavam as crônicas dos clubes. Ele conservava seu aspecto de adolescente, livre de todas as máculas do mundo. Os homens, logo que ele aparecia, calavam as conversas grosseiras. Liam como que uma censura na pureza de seu rosto. Só sua presença lhes recordava a inocência perdida. Todos se perguntavam como é que um ser tão atraente e gracioso tinha podido escapar à corrupção de uma época tão sensual e vil.

Em muitas ocasiões, após uma dessas longas e misteriosas ausências que inspiravam, a seus amigos verdadeiros, ou aos que o pretendiam ser, as mais estranhas suspeitas, Dorian, regressando a casa, subia furtivamente ao quarto fechado, abria a porta, cuja chave nunca abandonava, e aí, de pé, um espelho na mão, diante da pintura de Basil Hallward, contemplava ora a figura envelhecida e maléfica do retrato, ora o rosto jovem e radiante que o espelho polido lhe refletia. A própria violência do contraste avivava nele o sentido do prazer. Apaixonava-se cada vez mais pela própria beleza e interessava-se pela corrupção de sua alma. Examinava com minucioso cuidado, às vezes mesmo com monstruosa e sombria volúpia, as linhas hediondas que deformavam a fronte enrugada e escorregavam pelas comissuras dos lábios pesados e sensuais, perguntando a si mesmo o que seria mais horroroso: se o estigma do pecado, se o da idade. Outras vezes, sucedia-lhe apalpar com as mãos, tão brancas, as mãos rugosas e inchadas do retrato e sorrir. Divertiam-no esse corpo disforme e essas pernas sem firmeza.

Todavia, em certas ocasiões, sobretudo à noite, acordado devido à insônia — tanto em seu quarto delicadamente perfumado, como no sórdido ambiente de uma taberna mal-afamada no bairro das docas, onde costumava ir disfarçado e usando nome falso —, ficava a pensar que estava causando a ruína de sua alma. Invadia-o, então, uma grande piedade, tanto mais pungente, quanto profundamente egoísta. Mas tais momentos eram raros. Sua curiosidade de vida, primeiro despertada por Lorde Henry, no decorrer de sua conversa, no jardim de Hallward, parecia crescer à medida que a satisfazia. Quanto mais sabia, mais desejava saber. A satisfação de suas extravagâncias servia apenas para torná-las mais exigentes.

Entretanto, mantinha ainda certa reserva e, em todo caso, a preocupação de suas obrigações. Uma ou duas vezes por mês, durante o inverno, e todas as quartas-feiras, durante a estação, sua bela morada abria-se à sociedade, quando contratava os músicos mais célebres da época, para encantarem seus convidados com as surpresas de sua arte. Seus pequenos jantares, que Lorde Henry o ajudava sempre a organizar, eram celebrados, tanto pela feliz escolha ou hábil distribuição dos convivas, como pela decoração da mesa, em que o gosto mais delicado presidia a disposição sutil e harmoniosa das flores exóticas, dos atoalhados de finos bordados, da antiga louça de ouro e prata. A bem dizer, muitos homens, sobretudo entre os mais moços, reconheciam ou julgavam reconhecer em Dorian Gray a realização viva de um ideal tantas vezes entrevisto em seus sonhos em Eton ou Oxford: um ideal que conciliasse o melhor da cultura do humanista com toda a graça, distinção e perfeita polidez de um cidadão do mundo. Aos olhos deles, Dorian encontrava-se entre os mortais que Dante nos mostra ambiciosos "de se elevarem até a perfeição pelo culto da beleza". Ele era, como Gautier, "um homem para o qual o mundo visível existe".

Certamente, a Vida era para ele a primeira e a maior de todas as artes; por isso todas as outras serviam apenas de introdução. A moda, que por algum tempo confere à fantasia pura um caráter de universalidade, e o dandismo, que a seu modo visa defender o absoluto modernismo de beleza, exerceram sobre ele uma atração muito natural. Suas maneiras de vestir, as originalidades, que, por vezes afetava, exerciam assinalada influência sobre a mocidade dourada dos bailes de Mayfair e dos clubes de Pall Mall. Os elegantes copiavam-no em tudo e todos disputavam o inacessível encanto dos graciosos refinamentos de toalete aos quais ele, por sua parte, ligava apenas uma importância relativa.

Conquanto estivesse disposto a aceitar o papel que a si próprio havia oferecido, logo após declarada sua maioridade, e achasse, deveras, um real e sutil prazer em pensar que podia muito bem ser para a Londres de seu tempo o que outrora, sob Nero, o autor de *Satiricon*[13] tinha sido para a Roma imperial; é certo que, no fundo do coração, sentia aspirações mais altas do que a de ser um simples *arbiter elegantiarum*[14], e ter de decidir a propósito do porte de uma jóia, do nó de uma gravata, do castão de uma bengala. Tinha a ambição de elaborar um novo plano de vida que se inspirasse numa filosofia racional, com princípios rigorosamente encadeados e cujo supremo fecho fosse a espiritualização dos sentidos.

O culto dos sentidos tem sido frequentemente criticado e com razão: um instinto natural inspira aos homens o terror de paixões e de sensações que lhes parecem mais fortes do que eles mesmos e que têm a consciência de partilhar com as formas inferiores do mundo orgânico. Mas Dorian Gray julgava que a verdadeira natureza dos sentidos nunca fora bem compreendida, que eles tinham conservado sua animalidade selvagem unicamente porque tinham querido subjugá-los pela fome, ou matá-los pelo sofrimento, em vez de procurar fazer dele elementos de uma espiritualidade nova, tendo por feição dominante uma preocupação segura de beleza. Quando se detinha a considerar a marcha do homem através da História, sentia uma impressão de irreparável perda. Quantas coisas tinham sido sacrificadas e quantas o tinham sido em vão! Privações selvagens, obstinadas, formas monstruosas de martírio e de

---

[13] Petrônio, séc. I d.C.
[14] Juiz das coisas elegantes.

imolação de si mesmo, nascidas do medo, tinham degenerado numa degradação mais espantosa do que a imaginária degradação a que tinham pretendido escapar os pobres ignorantes; a Natureza em sua ironia maravilhosa levara os anacoretas a viver no deserto, misturados às bestas selvagens: aos eremitas dera por companheiros os animais dos campos.

Sim, dentro em pouco, segundo a profecia de Lorde Henry, iria aparecer um novo hedonismo, que havia de transformar a vida e a resgataria desse puritanismo piegas e contrafeito de que nossa época vê o curioso despertar. Certamente, o hedonismo acolheria os préstimos da inteligência, mas rejeitaria toda teoria e todo sistema que implicasse o sacrifício, de um modo qualquer, da experiência passional. Seu objetivo seria a própria experiência e não os frutos da experiência, por mais cheios que fossem de doçura ou de amargor. Não queria saber nem do ascetismo que mortifica os sentidos, nem da vulgar libertinagem que bestifica. Mas ensinaria o homem a concentrar-se nos momentos de uma vida que por si mesma não passa também de um momento.

Poucos de nós não despertaram algum dia antes da aurora, quer ao sair de uma dessas noites sem sonhos que fazem quase amar a morte, quer após alguma noite de terror e de alegria disforme, com o cérebro atormentado por fantasmas mais terríveis do que toda a realidade e fervilhando dessa vida intensa que assinala tudo quanto é grotesco e empresta todo o encanto à arte gótica — essa arte que se diria especialmente feita para espíritos atormentados pelo mal de sonhar. Lentamente, dedos pálidos escorregam pelas cortinas que parecem agitar-se. Imprecisas e fantasmagóricas, as sombras mudas apoderam-se, rastejantes, dos cantos e aí se aninham. Lá fora é o despertar dos pássaros, nas ramagens, o ruído dos homens que se dirigem a seus afazeres, os suspiros e os soluços do vento que desceu das colinas e anda errante à volta da casa silenciosa, como se hesitasse entre o receio de despertar seus hóspedes adormecidos e o dever de tirar o sono de sua gruta purpurina. Véu após véu, levanta-se a gaze fina da penumbra e, gradualmente, as coisas retomam suas cores. Assiste-se ao trabalho da aurora, quando ela reconstrói o mundo nos velhos moldes. Os pálidos espelhos têm sua vida diminuída. Os candelabros apagados estão no mesmo lugar da véspera e junto deles repousam ainda o livro semiaberto de nossos derradeiros estudos, a flor que trouxemos do baile, a carta que não ousamos talvez ler ou que já lemos tantas vezes. Nada parece mudado. Do seio das sombras irreais da noite, é a vida que retoma suas feições costumeiras. E temos de recomeçá-la no ponto em que a deixamos. Invade-nos, então, o sentimento penoso de termos de aplicar novamente nossa energia ao mesmo círculo fastidioso de hábitos estereotipados. Ou, então, é o desejo louco de certa manhã abrir as pálpebras para o mundo reconstruído durante a noite, para nossa maior alegria; um mundo em que os seres teriam outras formas e outras cores, estariam transformados, esconderiam novos segredos; um mundo no qual o passado não teria ou quase não teria lugar e, em todo caso, não sobreviveria senão despido de toda forma consciente de obrigação e de arrependimento; porque a recordação da própria alegria tem seu amargor e a lembrança de um prazer anda sempre acompanhada de sofrimento.

Criar mundos irreais como esses, parecia a Dorian o verdadeiro objetivo, pelo menos um dos verdadeiros objetivos da vida. Em sua busca de sensações, ao mesmo tempo novas e deliciosas, encerrando todas elas aquela parte de originalidade, sem a qual o sonho não existe, sucedia-lhe, muitas vezes, adotar maneiras de pensar que sabia serem completamente estranhas à sua natureza; abandonava-se à sua sutil influência; depois, uma vez dominada sua feição peculiar, por assim dizer, e satisfeita sua curiosidade de espírito, abandonava-as com essa curiosa indiferença, que, longe de excluir todo o ardor verdadeiro do temperamento, é muita vez sua condição, segundo a afirmativa de certos psicólogos modernos.

Durante certo tempo, circulou o boato que ele ia entrar para a Igreja Católica Romana; e o fato é que seus ritos sempre exerceram sobre ele forte atração. O sacrifício cotidiano, mais inquietante que todos os sacrifícios do mundo antigo, impressionava-o tanto por seu desafio soberbo à evidência dos sentidos, como pela primitiva simplicidade de seus elementos e por tudo quanto há de eternamente patético na grande tragédia humana que tenta simbolizar. Gostava de ajoelhar-se nas lajes de mármore frio e acompanhar todos os movimentos do sacerdote, nas vestimentas hirtas e floridas quando, com as alvas mãos, afastava lentamente o véu do tabernáculo, ou então levantava bem alto o ostensório lavrado a ouro, contendo a pálida hóstia que tantas vezes de bom grado a gente reconheceria como o pão celeste, o verdadeiro pão dos anjos; ou ainda quando coberto com as vestes da Paixão do Cristo, rompia a hóstia no cálice e batia no peito em arrependimento de seus pecados. Os turíbulos que coroinhas graves, em suas roupagens de renda e púrpura balouçavam no ar, como grandes flores douradas, exerciam sobre ele uma fascinação sutil. E não se retirava do templo sem lançar um olhar de espanto aos confessionários negros, acicatado pelo desejo de sentar-se aí, na semiobscuridade, e escutar os homens e as mulheres contarem em voz baixa a história verídica de sua vida.

Não cometeu, porém, o erro de deter sua evolução intelectual pela aceitação formal de um sistema ou de um credo; nem de tomar por casa, onde abrigar sua vida, um pouso apenas suficiente para passar uma noite, ou mesmo algumas horas de uma noite sem estrelas e sem lua viandante. Houve um período de tempo em que o misticismo o atraiu por sua maravilhosa capacidade de revestir de feições estranhas as coisas mais banais e pelo cortejo de antinomias sutis que dele parecem inseparáveis. Voltou-se, depois, para as doutrinas materialistas do darwinismo alemão, encontrou prazer inefável em fazer depender os pensamentos e as paixões humanas de tal ou tal célula cinzenta do cérebro, ou de tal nervo esbranquiçado do corpo, e deleitou-se em admitir que o espírito é totalmente dependente de certos estados físicos, mórbidos ou saudáveis, normais ou patológicos do organismo. Mas, como já notamos, não havia teoria alguma da vida que lhe parecesse ter alguma importância em comparação com a própria vida. Estava intimamente compenetrado da esterilidade de toda especulação intelectual, desde que separada da ação e da experiência. E acreditava que os sentidos, tanto quanto a alma, têm seus mistérios espirituais a revelar-nos.

Assim foi que se dedicou durante algum tempo ao estudo dos perfumes, iniciando-se no segredo de sua fabricação, destilando os óleos aromáticos e queimando as gomas odoríferas do Oriente. Entreviu que não existe um único estado de espírito que não tenha correspondente na vida sensorial e empenhou-se em descobrir a verdadeira natureza dessas relações: por que o incenso nos inclina ao misticismo, o âmbar possui a virtude de incitar-nos às paixões do amor, os eflúvios sutis das violetas despertam em nós a recordação de amores mortos, e de onde vem que o almíscar perturba o cérebro, e o sândalo a imaginação? Tentou estabelecer mais de uma vez uma verdadeira psicologia dos perfumes, analisar as diversas influências das raízes de aromas suaves, das flores carregadas de pólen perturbante; dos bálsamos aromáticos e das madeiras perfumadas e escuras, do nardo indiano que debilita, da *Hovenia* que enlouquece os homens e do áloe que pode, segundo se diz, livrar a alma da melancolia.

Noutra época, consagrou-se inteiramente à música. Num vasto aposento, de janelas com gelosias altas, de teto vermelho e dourado, as paredes cobertas de laca verde-azeitona, deu concertos curiosos, em que loucas ciganas desferiam, em pequenas cítaras, uma espécie de música quase selvagem, e graves músicos tunisianos, de xales amarelos, beliscavam as cordas tensas de harpas monstruosas, enquanto negros, fazendo caretas, batiam a golpes monótonos seus tambores de cobre e magros hindus, de grandes turbantes na cabeça, agachados em esteiras escarlates, soprando longas flautas de cana ou de bronze, encantavam ou fingiam encantar grandes serpentes e víboras terríveis com chifres. Havia momentos em que os rudes intervalos e as gritantes dissonâncias dessas músicas bárbaras exerciam forte atração sobre ele, quando nem a graça de Schubert, nem a adorável tristeza de Chopin, nem sequer as poderosas harmonias de Beethoven conseguiam cativar seus ouvidos. Tinha reunido, de todas as partes do mundo, os instrumentos mais estranhos que foi possível encontrar, quer nos túmulos dos povos desaparecidos, quer entre raras tribos selvagens, que sobreviveram ao contato das civilizações do Ocidente; e sua alegria era manejá-los, tentar tocá-los. Possuía o misterioso *juruparis* dos índios do Rio Negro, proibido às mulheres, e que os próprios moços somente podem contemplar depois da prova do jejum e da flagelação. Possuía jarras de barro do Peru, das quais se podem extrair gritos penetrantes de pássaros; flautas de ossos humanos, como aquelas que ouviu no Chile Alfonso de Ovalle[15]; jaspes verdes sonoras que se encontram perto de Cuzco e que produzem nota de singular doçura. Possuía também cabaças pintadas, cheias de seixos, que produziam, quando sacudidas, um som de matraca; e o longo *clarim* dos mexicanos, que se toca, não soprando, mas aspirando o ar; e o *toré* rouco das tribos do Amazonas, que fazem soar as sentinelas penduradas, todo o santo dia, no cimo das árvores e que se ouve, segundo dizem, a três léguas de distância; e o *teponatzli* que se compõe de duas linguetas vibrantes de madeira, que se fazem soar por meio de longas varetas, previamente revestidas de uma goma elástica, produzida pelos sucos leitosos de certas plantas; e os *yolt* dos aztecas, espécie de guizos suspensos em conjuntos formando cachos; e ainda um enorme tambor cilíndrico, coberto de grandes peles de serpentes. Bernal Díaz[16], que viu um desses tambores quando penetrou juntamente com Cortez no templo do México, deixou impressionante descrição de sua lúgubre ressonância. Seduzido pelo caráter fantástico desses instrumentos, Dorian sentia prazer singular em pensar que a Arte, como a Natureza, possui seus monstros de formas bestiais e de voz hedionda. Entretanto, tudo isso o cansava depressa. Voltava, então, a ocupar seu camarote na Ópera, só ou com Lorde Henry. A audição do *Tannhäuser*[17] produzia-lhe verdadeiro êxtase. No prelúdio dessa obra-prima, descobria ele uma interpretação da tragédia da própria alma.

  Outra ocasião, dedicou-se ao estudo das pedras preciosas. Foi visto, num baile à fantasia, apresentando-se como Anne de Joyeuse, Grande Almirante de França, numa vestimenta coberta com quinhentas e sessenta pérolas legítimas. Durante anos, essa paixão constitui para ele uma obsessão e pode-se

---

[15] Alonso de Ovalle (1601-1651), historiador chileno.
[16] Bernal Díaz (1495-1584), conquistador e cronista espanhol que acompanhou Cortés na conquista do México.
[17] Ópera do compositor alemão Richard Wagner (1813-1883).

afirmar que, na realidade, nunca o abandonou. Passava, às vezes, dias inteiros a classificar e reclassificar, em seus estojos, as diversas gemas de sua coleção; entre outras, o crisoberilo verde-oliva, que sob a claridade das lâmpadas tende para o vermelho; o peridoto verde-tâmara; os topázios, nos quais brilham o encarnado da rosa e o ouro do vinho; os carbúnculos, rubros como fogo, cujas estrelas projetam quatro riscas tremeluzentes; a pedra do cinamomo, de reflexos de chama; os espinélios alaranjados e violeta; e as ametistas, de camadas de rubi e de safira alternadas. Gostava extraordinariamente do ouro vermelho da pedra-do-sol, da brancura perolada da pedra-da-lua, do arco-íris quebrado da opala leitosa. Tinha mandado vir de Amsterdã três esmeraldas, de tamanho e de riqueza de tom extraordinários, e possuía uma turquesa da velha rocha que era a inveja de todos os amadores.

A respeito de pedras preciosas, descobriu histórias fantásticas. A *Clericalis Disciplina* de Alfonso faz menção a uma serpente, cujos olhos eram de jacinto verdadeiro; e a lenda de Alexandre quer que o célebre conquistador de Emacia tenha encontrado no vale do Jordão serpentes "sobre o dorso das quais cresciam colares verdes de esmeraldas". Filóstrato conta que existe uma gema no cérebro do Dragão e que bastava "apresentar ao monstro letras de ouro e um vestido de púrpura" para o fazer submergir num sono mágico, matando-o sem dificuldade. Segundo o grande alquimista Pierre de Boniface, o diamante tornava o homem invisível enquanto a ágata da Índia tornava-o eloquente. A coralina acalmava a cólera, o jacinto provocava o sono e a ametista dissipava os efeitos do vinho. A granada expulsava os demônios e o *Hydropicus* fazia desbotar a lua. O brilho da selenita ou gipsita crescia e diminuía com as fases lunares. O *meloceus*, que descobria os ladrões, só era nesse ponto excedido pelo sangue da corça. Leonardus Camillus viu uma pedra branca, extraída do crânio de um sapo morto recentemente, a qual era um antídoto contra venenos. O bezoar, que se encontrava no coração da gazela da Arábia, possuía o mágico poder de curar a peste. Segundo Demócrito, a aspílota que estava no ninho de certas aves da Arábia, preservava seu possuidor de todo risco do fogo.

O rei do Ceilão, ao ser coroado, percorria a cavalo a cidade inteira, com um grande rubi na mão. As portas do palácio do Preste João eram "feitas de sarda, na qual se gravara o chifre de uma serpente, de sorte que pessoa alguma seria capaz de introduzir aí qualquer veneno". No teto, estavam duas maçãs de ouro que encerravam dois carbúnculos. "Assim, o ouro brilhava, de dia, e os carbúnculos, de noite". O estranho romance de Lodge, *Uma pérola da América*, explica que no quarto da rainha, "através de claros espelhos de crisólitos, de carbúnculos, de safiras e de verdes esmeraldas, podiam-se contemplar, incrustadas em prata, todas as mulheres castas do mundo". Marco Pólo conta ter visto os habitantes de Cipango[18] colocar pérolas cor-de-rosa na boca dos mortos. Um monstro marinho, por amor a uma pérola levada por um mergulhador ao rei Perozes, devorou o ladrão e durante sete luas chorou esse roubo. Quando o dito rei foi atraído pelos hunos a um grande fosso, atirou a pérola longe, conta Procópio, e nunca mais ela foi encontrada, embora o imperador Anastácio houvesse prometido quinhentas libras de ouro em moeda a quem a descobrisse. O rei de Malabar[19] teria mostrado a certo navegador veneziano um rosário de trezentas e quatro pérolas, cada uma em honra de um deus de sua adoração.

Quando o duque de Valentinois, filho de Alexandre VI, visitou o rei da França Luís XII, o cavalo que montava, no dizer de Brantôme, derreava sob o peso das folhas de ouro e o chapéu que trazia. Sua Alteza ostentava duas fileiras de rubis de fogo deslumbrantes. Charles da Inglaterra montava com os estribos guarnecidos de quatrocentos e vinte e um diamantes. Ricardo II possuía uma cota de armas coberta de rubis, avaliada em trinta mil marcos. Henrique VIII, quando se dirigiu à Torre de Londres, antes da coroação, trazia, segundo descreve Hall, "uma túnica de ouro cinzelado, cujo frontal estava ornado de diamantes e outras pedras preciosas; do pescoço, pendia-lhe um colar de grandes rubis". Os favoritos de James I usavam brincos nas orelhas, feitos de esmeraldas encastoadas em filigrana de ouro. Edward II galardoou Piers Gaveston com uma ramagem de ouro vermelho, realçado por jacintos, um colar de rosas de ouro ornado de turquesas e um capacete semeado de pérolas. Henrique II usava luvas enriquecidas com bordados de pedras preciosas, luvas que lhe subiam quase até os cotovelos; sua luva de falcoaria estava presa por doze rubis e cinquenta e duas grossas pérolas do Oriente. Carlos o Temerário, último Duque de Borgonha, da dinastia dos Valois, possuía um chapéu ducal todo guarnecido de pérolas piriformes e ornado de safiras.

Que bela fora outrora a vida! Quanta magnificência nas decorações, nas solenidades! Quem não se sentiria maravilhado com tanto luxo desaparecido, apenas pela leitura de tais descrições?

Em seguida, Dorian desviou sua curiosidade para os bordados e as tapeçarias que os povos do norte da Europa empregavam, à guisa de afrescos, na decoração de suas frias habitações. À medida que explorava a questão — com sua habitual e prodigiosa facilidade em se deixar absorver, em dado

---

[18] Nome que os escritores da Idade Média, entre os quais Marco Polo, davam ao Japão.
[19] Região que se encontra na parte ocidental da Índia.

momento, por tudo quanto fazia — experimentava uma espécie de tristeza em constatar as devastações que o Tempo exerce sem piedade sobre as maravilhas mais dignas de admiração. Ele, pelo menos, escapava a essa fatalidade. Por mais que os verões se sucedessem, por mais que as gerações de junquilhos florescessem e murchassem, mudança alguma nele se operava. Não havia inverno que maculasse seu rosto ou desbotasse a flor de sua fresca beleza. Que contraste com esses objetos de matéria frágil! Que destino tiveram eles? Onde está o grande vestido de açafrão que, num combate, os deuses disputaram aos gigantes e que morenas donzelas haviam tecido para alegria de Atenas? Que foi feito do imenso velário que Nero mandara estender por cima do Coliseu de Roma, esse titânico pavilhão de púrpura em que se viam representados os céus estrelados e Apolo conduzindo seu carro, puxado por brancos corcéis com arreios de ouro? Como ele gostaria de ver os curiosos guardanapos bordados pelo sacerdote do Sol, nos quais se ostentavam todas as gulodices e todos os manjares que se poderia desejar para um festim! E a colcha mortuária do rei Chilperico, com suas trezentas abelhas de ouro? E essas vestes fantásticas, contra as quais pregava o bispo do Ponto, que representavam "leões, panteras, ursos, cães, florestas, rochedos, caçadores, numa palavra, tudo quanto da natureza se pode pintar e copiar". E esse gibão que usou outrora Carlos de Orléans, nas mangas do qual estavam bordadas as estrofes da canção "*Madame, je suis tout joyeux*"[20] — com a música respectiva, desenhada a fio de ouro por cima das palavras, sendo cada uma das notas, quadradas nesse tempo, formada por quatro pérolas? Ele tinha lido como, no palácio de Reims, preparou-se, para receber a rainha Joana de Borgonha, um aposento decorado "com mil trezentos e vinte e um papagaios feitos de ponto bordado e brasonados com as armas do rei, além de quinhentas e sessenta e uma borboletas de asas ornadas, da mesma maneira, com as armas da rainha, tudo em ouro". Catarina de Médicis tinha mandado fazer para si uma câmara mortuária de veludo negro, semeado de crescentes e de sóis. As cortinas eram de damasco, historiadas com coroas e grinaldas de folhagem sobre fundo de ouro e prata, e bordadas em toda a roda com motivos de pérolas. Nas paredes, as divisas da rainha pendiam em longas filas, recortadas em veludo preto, sobre pano de prata. Luís XIV tinha em seu aposento cariátides da altura de quinze pés, com bordados de ouro. O leito de campanha de Sobieski, rei da Polônia, era de brocado de ouro de Esmirna, em que turquesas desenhavam versículos do Alcorão; os suportes eram de prata dourada ricamente cinzelados e profusamente ornados com medalhões de esmalte e

---

[20] Senhora, sou todo alegria.

pedrarias. Tinha-o conquistado aos turcos, acampados diante de Viena, e o estudante de Maomé flutuara sob o dourado ofuscante de seu baldaquino.

Durante um ano inteiro, Dorian não cessou de juntar os mais belos espécimes de tecidos e rendas que lhe foi possível encontrar. Mandou vir essas delicadas musselinas de Délhi, finamente embrechadas de pequeninas palmas de ouro e incrustadas de asas irisadas de escaravelhos; e essas gazes de Dacca tão diáfanas que no Oriente se chamam "ar tecido", "água corrente", "orvalho da noite". Possuía, também, curiosas roupagens javenesas com personagens; artísticos panos amarelos da China; livros com encadernações de cetim castanho e bela seda azul, ornamentados com flores-de-lis, pássaros ou vinhetas; véus de *lacis*, trabalhado em ponto húngaro; brocados sicilianos, rígidos veludos espanhóis; bordados georgianos com seus cantos dourados, e *Foukousas* japoneses, ricos de ouro verde e pássaros de plumagens maravilhosas.

Não era menor sua paixão pelos ornamentos eclesiásticos e tudo quanto se refere ao serviço da Igreja. Em longos cofres de cedro, que guarneciam a galeria do lado oeste da mansão, reunira quantidade de belos e raros espécimes do que constitui, realmente, o ornamento da Esposa de Cristo, obrigada a esconder sob a púrpura, as jóias e o linho fino, seu corpo pálido e macerado, consumido pelo sofrimento voluntário e coberto de chagas da própria penitência. Possuía uma capa magnífica, de seda carmesim e ouro adamascado, em que as romãs vermelhas repetiam um motivo estilizado de flores de seis pétalas, com os cantos guarnecidos de pinhas heráldicas, feitas de bordados de pérolas finas. As douraduras dividiam-se em quadros que representavam os episódios da vida da Virgem e sobre o hábito aparecia a cena da Coroação, bordada a sedas multicores. Era um trabalho italiano do século XV. Outra capa era de veludo verde, com bordados de folhas de acanto, agrupadas em forma de coração, de onde se erguiam, esguias, flores brancas, reproduzidas em todos os mais minuciosos detalhes em fios de prata e cristais coloridos. O fecho mostrava uma cabeça de serafim, bordada em alto relevo a fio de ouro. As douraduras eram de damasco vermelho e ouro constelado de medalhões, com uma multidão de santos e mártires entre os quais São Sebastião. Havia, também, casulos de seda cor-de-âmbar, de seda azul e pano de ouro, representando a Paixão e a Crucificação de Cristo, bordadas de leões, pavões e outros emblemas; dalmáticas de cetim branco, de damasco de seda rosa, decoradas com tulipas, delfins e flores-de-lis; frontais de altares de veludo carmesim e linho azul; grande número de corporais, de véus para cálices e de sudários. Os serviços místicos para que serviam esses diversos objetos falavam à sua imaginação.

Porque todos esses diferentes tesouros que ele amontoava em sua linda residência, outra coisa não eram para ele senão um meio de esquecer, um meio de fugir, por algum tempo, a um terror, cuja violência receava, por vezes, não poder suportar. De encontro às paredes da sala, agora solitária e fechada, onde havia deslizado os dias de sua infância, suspendera com as próprias mãos o retrato terrível, cujas feições mutáveis lhe apresentavam a degradação real de sua vida; e, diante da imagem, tinha disposto, em forma de cortina, o velho sudário de púrpura e ouro. Às vezes, passava semanas sem subir a essa sala, esquecido da hedionda pintura, todo entregue a sua bela tranquilidade e a sua louca alegria, tomado completamente pela paixão de viver. Depois, bruscamente, uma noite, às escondidas, saía de casa, dirigia-se a Blue Gate Fields e a seus antros horríveis, onde permanecia dias e dias, até de lá ser escorraçado. Na volta sentava-se diante do retrato, ora amaldiçoando-o e execrando-se a si próprio, ora, ao contrário, transbordante desse orgulho egótico, integrante da sedução do pecado, e sorrindo com secreto prazer ao desfigurado fantasma sobre o qual recaía o fardo devido a si próprio.

Depois de alguns anos, toda permanência demorada fora da Inglaterra lhe parecia insuportável. Renunciou à vila em Trouville, que partilhava com Lorde Henry, assim como à pequenina casa branca de Argel, toda fechada entre muros, onde haviam passado alguns invernos juntos. Era-lhe penoso separar-se do retrato que ocupava lugar tão importante em sua vida; e, além do mais, temia que, em sua ausência, conseguisse alguém penetrar no quarto misterioso, apesar das grades reforçadas que mandara colocar na porta.

Sabia ele perfeitamente que nada aí poderia interessar a qualquer intruso. Na verdade, o retrato, sob sua máscara de torpeza e fealdade, continuava a parecer-se com ele, de maneira impressionante, mas o que poderia revelar essa semelhança? Havia de rir de quem falasse a tal respeito. Essa pintura não era obra sua. Que tinha ele que ver com sua expressão, por mais baixa e desprezível que fosse? Mesmo que ele contasse tudo, ninguém o acreditaria.

E, todavia, tinha medo. Às vezes, no decorrer de passeios em sua vasta propriedade de Nottinghamshire, onde recebia os moços elegantes de sua roda, seus companheiros preferidos, e espantava todo o condado com o luxo exacerbado e o deslumbrante esplendor de sua vida, sucedia-lhe abandonar bruscamente os convidados e correr a Londres, para certificar-se de que ninguém arrombara a porta e de que o retrato continuava em seu lugar. Só essa ideia o enchia de terror. Se tal acontecesse, sem dúvida alguma, toda gente saberia seu segredo. Talvez já desconfiassem de alguma coisa.

Porque, se Dorian exercia verdadeira sedução em muitas pessoas, inspirava desconfiança a muitas outras. Foi quase recusado por um clube de West End, quando seu nascimento, sua posição social, tudo enfim, o qualificava para ser aceito como sócio; e contava-se que, tendo comparecido ao salão de fumar de Churchill com um de seus amigos, imediatamente o Duque de Berwick e outro *gentleman*, num gesto evidente, levantaram-se e saíram. Corriam histórias estranhas a seu respeito, desde que tinha passado dos vinte e cinco anos. Acreditavam tê-lo visto discutir com marinheiros estranhos, num antro perdido de Whitechapel; frequentava, dizia-se, ladrões e fabricantes de moeda falsa e estava iniciado nos mistérios dessa profissão. Suas inexplicáveis ausências eram notórias e, quando tornava a aparecer na boa sociedade, os homens cochichavam nos cantos, ou olhavam-no com desdém ou dirigiam-lhe olhares friamente inquisidores, como se pretendessem descobrir-lhe seu segredo.

Naturalmente, não prestava a menor atenção a essas insolências, a essas faltas de consideração propositais; e a maior parte da gente julgava que a franca bonomia de suas maneiras, a ingenuidade encantadora de seu sorriso, a infinita graça de sua milagrosa mocidade, que parecia não querer abandoná-lo, eram só por si suficiente resposta àquilo que chamavam as calúnias espalhadas contra ele. Mas, nem por isso deixavam de notar que, entre seus companheiros, muitos que tinham sido os mais ligados a ele, não haviam demorado a afastar-se. Nos salões, viam-se as mulheres que o tinham amado apaixonadamente, que por sua causa tinham desafiado a censura e as conveniências sociais, empalidecerem de vergonha e de horror quando Dorian entrava na sala.

Mas os escândalos que corriam à socapa não faziam senão aumentar sua estranha e perigosa sedução. Sua riqueza era, decerto, motivo de segurança. A sociedade, pelo menos a sociedade civilizada, não concede nunca crédito muito apressado ao mal que se pode atribuir às pessoas ricas e sedutoras. Ela pressente instintivamente que as belas maneiras valem mais que os costumes e, em seu modo de pensar, a mais alta respeitabilidade está longe de valer a posse de um bom chefe de cozinha. É, em suma, consolação muito frágil saber que a pessoa em cuja casa se jantou mal, ou se bebeu um vinho de qualidade medíocre, é irrepreensível em sua vida particular. Todas as virtudes cardeais são impotentes para resgatar umas entradas servidas meio frias, como observava Lorde Henry, um dia em que se debatia o assunto e não faltariam seguramente argumentos em prol de sua tese.

As regras da boa sociedade são ou deveriam ser as mesmas das Belas-Artes. A forma lhe é absolutamente essencial. Seria para desejar nelas a solenidade de uma cerimônia, com todo o artificialismo que esta comporta; há tantas convenções quanto nas peças românticas, mas com o espírito e a beleza que constituem seu peculiar encanto. A falta de sinceridade será uma coisa assim tão terrível? Não o creio. É simplesmente um método que nos permite multiplicar nossas personalidades.

Tal era, em todo o caso, a maneira de pensar de Dorian Gray. Ele se admirava com as maneiras de ver de certos psicólogos, bastante ingênuos, que concebiam o Eu humano como um ser simples, permanente, repousado, de uma única e mesma essência. Segundo ele, o homem era um ser dotado de miríades de vidas e de inúmeras sensações, criatura complexa e multiforme, trazendo em si mesma estranhas heranças de pensamento e de paixão, infetada até a medula dos ossos com as monstruosas enfermidades das gerações defuntas. Em sua casa de campo, comprazia-se em rever, na galeria nua e fria, os retratos da família, examinando as feições variadas dos antepassados, cujo sangue lhe corria nas veias. Aqui era Philip Herbert, a respeito do qual Francis Osborne, em suas *Memórias sobre os reinados da rainha Elizabeth e do rei James*, nos informa que "foi muito querido da corte por sua linda fisionomia, a qual não lhe durou muito". Seria a vida do moço Herbert que ele vivia algumas vezes? Ter-se-ia transmitido algum germe estranho e venenoso, de organismo em organismo, infiltrando-se finalmente em seu próprio corpo? Seria a obscura recordação dessa graça, logo desfeita, que o levara, tão subitamente e sem causa apreciável, a formular, no ateliê de Basil, a louca prece que mudara por completo os rumos de sua vida? Aqui, vestido de gibão vermelho bordado a ouro, com um sobretudo enriquecido de pedrarias, colar e mangas de franjas douradas, estava Sir Anthony Sherard, com sua armadura preta e prateada apoiada sobre seu pé. Que lhe haveria legado esse homem? A esse amante de Giovanna de Nápoles, deveria ele alguma herança de pecado e de vergonha? Revivia ele, simplesmente, em atos, os sonhos que o antepassado morto não ousara realizar? Aqui, saindo de uma tela desbotada, sorria Lady Elizabeth Devereux, com uma touca de gaze, corpete de pérolas e mangas bufantes cor-de-rosa. Na mão direita, ela segurava uma flor e, com a esquerda, acariciava as rosas brancas e encarnadas de um colar de esmalte. Em cima de uma mesa, junto dela, repousavam um bandolim e uma maçã. Largas rosetas verdes cobriam seus pequeninos sapatos em ponta. Dorian conhecia a vida dela e as estranhas histórias que se contavam de seus namorados. Teria ele alguma coisa do temperamento dela? Os olhos ovais, as pálpebras pesadas pareciam olhar para ele de modo estranho. E Georges Willoughby, com sua peruca empoada e seus ornamentos fantásticos? Como ele parecia mau! Seu rosto era sombrio e dir-se-ia que seus lábios sensuais se contorciam num ricto de desdém. Os punhos de rendas finas recaíam sobre suas mãos amarelas e magras, cheias de jóias. Janota do século XVIII, fora, em sua mocidade, amigo de Lorde Ferrars. E o segundo Lorde Berkenham, companheiro do príncipe regente, em seus dias de maior libertinagem, e uma das testemunhas de seu casamento secreto com Madame Fitzherbert? Como era orgulhoso e belo, sob sua cabeleira castanho-clara, sua atitude insolente! Que paixões lhe haveria ele legado? O mundo considera-o infame. Presidira às orgias de Carlton House. A estrela da Jarreteira cintilava-lhe ao peito. Ao lado do seu, pendia o retrato da esposa, pobre mulher pálida de lábios finos, vestida de preto. Também dela lhe corria o sangue nas veias. Como tudo isso lhe parecia curioso! E sua mãe, com esse rosto que fazia pensar em Lady Hamilton, com seus lábios frescos, úmidos de vinho? Ele sabia muito bem o que dela herdara: a beleza e a paixão pela beleza de outrem. Ela sorria-lhe, em seu vestido aberto de Bacante. Folhas de vinha ornavam-lhe os cabelos. Um fluxo de púrpura derramava-se da taça que segurava na mão. Os tons cor-de-carne da pintura tinham empalidecido, mas os olhos permaneciam maravilhosos de brilho e profundidade. Pareciam acompanhá-lo por toda parte.

Além de nossos avós de sangue, possuímos antepassados literários, cujo tipo e temperamento são ainda mais vizinhos dos nossos, e sua influência sobre nós mais claramente definida. Em certas horas, parecia a Dorian que toda a história do mundo outra coisa não era senão a narração de sua própria vida, não tal como realmente a tinha vivido e em suas mais minuciosas circunstâncias, mas como sua imaginação a criara, tal como se havia desenrolado em seu cérebro e em seus desejos. Tinha a impressão de tê-los conhecido todos, a esses estranhos e terríveis personagens que haviam atravessado a cena do mundo, fazendo do pecado uma maravilha de tal ordem e emprestando ao mal tanta sutileza. Parecia-lhe que as existências deles, de maneira indefinível, tinham sido a sua.

Os heróis do maravilhoso romance que tanta influência exercera em sua vida tiveram, também, essas extravagantes imaginações. Contava, no capítulo VII, como, coroado de louro para que o raio o não atingisse, ele tinha sido Tibério sentado nos jardins de Capri, lendo os livros abomináveis de Elephantis, enquanto em torno anões e pavões faziam roda e o tocador de flauta zombava do turiferário e de seu turíbulo. Calígula, que, em companhia de jóqueis de librés verdes e em suas estrebarias, havia-se entregado a orgias e ceado numa manjedoura de prata, junto de um cavalo com a testa coroada de pedrarias. Domiciano, que andara errante por uma galeria guarnecida de espelhos de mármore, procurando, com olhar esgazeado, o reflexo da espada que devia pôr fim a seus dias, e vergado a esse pesadelo, o terrível *taedium vitae* que assalta aqueles aos quais a vida nada recusa. Através de uma límpida esmeralda, observara as sangrentas carnificinas do circo, depois, numa liteira de pérolas e púrpura, puxada por mulas ferradas de prata, dirigindo-se para a Casa de Ouro, pela Rua das Granadas, ouvindo gritar em sua passagem: "Salve, César Nero!" Heliogábalo, enfim, confundido com as mulheres e o rosto coberto de cremes, metera-se onde não fora chamado, fazendo vir a Lua, de Cartago, em um casamento místico, entregara-a ao Sol.

Dorian não se cansava de ler e reler esse fantástico capítulo e os dois seguintes que retraçavam, à guisa de curiosas tapeçarias ou esmaltes habilmente trabalhados, as belas e temíveis imagens daqueles que o Vício, o Sangue e o Tédio tinham convertido em monstros ou em loucos. Filipe, Duque de Milão, que matou a mulher e lhe tingiu a boca com um veneno escarlate, para que o amante sugasse a morte nos lábios mortos de sua adorada. Pietro Barbi, o Veneziano, conhecido sob o nome de Paulo II, que, em sua vaidade, quis tomar o título de *Formosus*, e cuja tiara, avaliada em duzentos mil florins, foi comprada à custa de um pecado horrível. Gian Maria Visconti, que açulava sua malta de cães à caça de homens vivos e que, assassinados, eram enterrados sob roseirais por uma moça da vida que ele amara. O Bórgia, em seu cavalo branco, escoltado pelo fratricida, e o manto manchado pelo sangue de Perotto. Pietro Riario, o jovem arcebispo de Florença, filho e favorito de Sisto IV, cuja beleza só era igualada por sua devassidão, aquele que recebeu Leonor de Aragão num pavilhão de seda branca e carmesim, cheio de ninfas e de centauros e que dourou a pele de um rapaz para fazer-lhe desempenhar o papel de Ganimedes ou de Hilas no festim. Ezzelin, cuja melancolia somente podia ser curada pelo espetáculo da morte e que tinha paixão pelo sangue vermelho, como outros pelo vinho tinto, filho do Diabo, diziam, enganara o próprio pai no jogo de dados, numa partida em que arriscara a própria alma. Giambattista Cibo que, por escárnio, tomou o nome de Inocente e que um médico judeu reanimou, infundindo-lhe nas veias entorpecidas o sangue de três moços. Sigismundo Malatesta, amante de Isotta e senhor de Rimini, que Roma queimou em efígie, como inimigo de Deus e dos homens, que estrangulou Policene com uma toalha, serviu veneno a Ginevra d'Este numa taça de esmeralda e, em honra de uma paixão infame, edificou uma igreja pagã para o culto cristão. Carlos VI, tão loucamente amoroso da mulher de seu irmão que um leproso lhe predisse a demência próxima; mais tarde, o cérebro doente e o espírito transviado, nada era capaz de acalmá-lo senão as cartas sarracenas que representavam o Amor, a Morte e a Loucura. E em seu gibão dourado, a touca enriquecida de pérolas, os cabelos encaracolados como folhas de acanto, Grifonetto Baglioni, que matou

Astorre e sua noiva, Simonetto e seu pajem, mas cuja beleza era tal que, enquanto expirava na praça amarela de Perúgia, até aqueles que o tinham odiado não podiam reter as lágrimas, e Atalanta, que o amaldiçoara, quis abençoá-lo.

Todos esses personagens exerciam em Dorian uma terrível atração. Via-os de noite e, durante o dia, perturbavam-lhe a imaginação. O Renascimento recorria a estranhos meios de envenenamento: pelo capacete, pela tocha acesa, pela luva bordada, pelo leque dourado, pela bola de cheiro dourada, pelo colar de âmbar. Dorian Gray fora envenenado por um livro. Em certos momentos, o mal parecia-lhe apenas um instrumento para perceber sua concepção da beleza.

12

Foi em nove de novembro, véspera de seu trigésimo oitavo aniversário, como depois tantas vezes Dorian recordou.

Saía ele da casa de Lorde Henry, onde jantara e, na noite fria e nevoenta, agasalhado em peles espessas, dirigia-se para sua casa. Eram umas onze horas. No ângulo de Grosvenor Square com a South Audley Street, na garoa, um homem atravessou-lhe o caminho. Caminhava a passos apressados, com a gola do sobretudo levantada, uma maleta de viagem na mão. Dorian Gray reconheceu-o. Era Basil Hallward. Preso de um medo estranho, inexplicável, fez que não o viu e apertou o passo em direção a sua casa.

Mas Hallward tinha-o reconhecido. Dorian viu que ele parava na calçada e seguia atrás dele. Alguns instantes depois, a mão do transeunte batia-lhe no braço.

— Dorian! Que sorte inesperada! Saio de sua biblioteca, onde esperei por você desde as nove horas. Compadecido do criado que estava caindo de sono, acabei por retirar-me, recomendando-lhe que fosse dormir. Vou tomar o trem da meia-noite para Paris. Desejava muito vê-lo antes de partir. Quando passou perto de mim, bem que me pareceu ser você ou, antes, seu capote de pele. Todavia, não tinha certeza. Você não me reconheceu?

— No meio deste nevoeiro, meu caro Basil? Nem consigo distinguir Grosvenor Square. Creio que minha casa se encontra por aí, mas não sou capaz de jurar. Que pena você deixar-nos! Não o vejo há séculos. Você volta logo, não?

— Não, deixo a Inglaterra por seis meses. Pretendo abrir um ateliê em Paris e de lá sair somente quando concluir um grande quadro que tenho na cabeça. Mas não é a meu respeito que desejava falar-lhe. Ei-nos à porta de sua casa. Entremos um instante. Tenho uma coisa a dizer-lhe.

— Encantado. Mas não vá você perder o trem! — disse Dorian, perdendo as forças. E, subindo alguns degraus, com uma volta de chave abriu a porta.

A luz de um candeeiro furava com dificuldade a massa da neblina. Hallward puxou o relógio.

— Tenho muito tempo — respondeu. — O trem parte somente à meia-noite e quinze e são apenas onze horas. A bem dizer, quando o encontrei, ia para o clube, à sua procura. Não me atrasarei por causa da bagagem; minhas malas e embrulhos já seguiram. Esta maleta é tudo quanto levo comigo e posso facilmente chegar à estação de Vitória em vinte minutos.

Dorian Gray olhou para ele e sorriu.

— Que traje de viagem para um pintor que anda na moda! Uma maleta de Gladstone e um sobretudo sem feitio! Entre depressa, não deixe penetrar a neblina! E livre-se de falar-me de coisas sérias. Em nossos dias, não há coisa alguma séria. Coisa alguma, pelo menos, o deveria ser.

Sacudindo a cabeça, Hallward entrou, seguindo Dorian até a biblioteca. Uma fogueira de lenha ardia em grandes labaredas na vasta lareira. As lâmpadas estavam acesas e sobre uma mesinha marchetada oferecia-se aberta uma licoreira holandesa em prata antiga, com Seltz e grandes copos de cristal trabalhado.

— Como você vê, Dorian, seu criado instalou-me como se eu estivesse em minha casa. Deu-me tudo quanto podia desejar, inclusive seus melhores cigarros de ponta dourada. É uma criatura das mais hospitaleiras e gosto mais dele do que do francês que outrora servia você. Mas, a propósito, que foi feito dele?

Dorian deu de ombros.

— Creio que se casou com a criada de quarto de Lady Radley e a estabeleceu em Paris, como costureira inglesa. Parece que a *anglomanie*[21] está muito em moda na capital da França. Aqui entre nós, é bem tolo tudo isso, você não acha? Não era mau criado. Nunca pude acostumar-me com ele, mas, afinal, nada tinha a censurar-lhe. Às vezes a gente imagina coisas ridículas. Era-me realmente dedicado. Parece que ficou triste por deixar-me. Mais um pouco de *brandy* e soda? Ou prefere vinho do Reno e água de Seltz? Quanto a mim, é do que mais gosto. Tenho-o com certeza bem no quarto ao lado.

— Obrigado, não quero nada — disse o pintor.

E, desembaraçando-se do chapéu e do sobretudo, atirou-os para cima da maleta de viagem, a um canto da sala.

---

[21] Mania de tudo o que seja de procedência inglesa.

— E agora, meu caro amigo, tenho de falar-lhe seriamente. Não tome esse ar azedo. Assim minha tarefa tornar-se-á mais embaraçosa.

— De que se trata? — interveio Dorian, com sua vivacidade habitual, deixando-se cair num sofá. — Espero que não seja de mim. Esta noite, estou farto de minha pessoa. Ah, se eu pudesse trocá-la por outra!

— Trata-se de você — respondeu Hallward, com certa solenidade na voz grave. — E aquilo que tenho a dizer não se pode calar. Não demorarei mais que uma rápida meia hora.

Dorian suspirou e acendeu um cigarro:

— Meia hora! — gemeu.

— Não é pedir muito, Dorian, tanto mais que só seu próprio interesse ditará minhas palavras. É bom, creio eu, que você saiba que Londres inteira diz horrores de sua pessoa.

— Não tenho o mínimo desejo de saber coisa alguma a esse respeito. Gosto dos escândalos que se referem ao próximo, mas aqueles que a mim se referem não me interessam. Falta-lhes o encanto da novidade.

— Deveriam interessar-lhe, Dorian. Todo *gentleman* se interessa por seu bom nome. Você não pode gostar que falem de você como de um ser vil e degradado. Você, sem dúvida, possui o nascimento, a fortuna e outras vantagens dessa espécie. Mas o nascimento e a fortuna não são tudo. Note que não acredito nessas bisbilhotices. Pelo menos, não posso nelas acreditar quando vejo você. O pecado inscreve-se por si mesmo no rosto de um homem. Não é possível dissimulá-lo. Fala-se, às vezes, de vícios ocultos. Não existem. Os vícios dos maus revelam-se nas linhas da boca, no horror das pálpebras, nas próprias mãos. O ano passado, alguém, cujo nome deixarei de mencionar, mas que você conhece bem, veio pedir-me que lhe fizesse o retrato. Nunca tinha visto esse homem, nem ouvido coisa alguma a seu respeito, embora a meu conhecimento chegasse depois muita coisa. Ofereceu-me um preço extravagante. Recusei pintá-lo. Alguma coisa na forma de seus dedos me causava horror. Sei hoje que tudo quanto eu supunha tinha fundamento. A vida desse homem é execrável. Mas de você, Dorian, que me oferece esse rosto franco, inocente, cândido, essa mocidade intata e maravilhosa, como poderia eu acreditar qualquer coisa de mal? E, contudo, vemo-nos bem raramente, você não mais aparece em meu ateliê; quando estou longe de você escuto as abominações que correm a seu respeito, não sei bem que dizer. Como se explica, Dorian, que um homem como o Duque de Berwick saia do clube quando você entra? E por que é que tantos *gentlemen* de Londres jamais vêm em sua casa, assim como não o convidam à deles? Antigamente, você era amigo de Lorde Staveley. Na semana passada, eu jantava em sua casa. No decorrer da conversa, pronunciou-se seu nome, Dorian, a propósito das miniaturas que emprestou para a exposição do Dudley. Staveley, franzindo as sobrancelhas, declarou que bem poderia suceder que você tivesse os mais artísticos gostos, mas que era um homem que deveria ser proibido a toda moça conhecer e a toda mulher casta sentar-se numa sala onde você respirasse. Fiz-lhe observar que eu era do número de seus amigos e perguntei-lhe o que é que ele queria dizer com aquilo. Explicou-me francamente tudo, diante de todos. Disse coisas horríveis. Por que sua amizade é assim fatal aos moços? Um infeliz rapaz do regimento dos Guardas suicidou-se; era seu amigo predileto. Sir Harry Ashton foi obrigado a sair da Inglaterra, com o nome desonrado; vocês eram inseparáveis. E que pensar a respeito de Adrian Singleton e seu trágico fim? Que pensar do filho único de Lorde Kent e de sua carreira comprometida? Ontem encontrei o pai dele em St. James Street; estava acabrunhado de vergonha e de ressentimento. E que dizer do jovem Duque de Perth? A que existência não ficou reduzido? Qual o *gentleman* que o aceitaria por companheiro?

— Pare, Basil! Você fala de coisas de que ignora — disse Dorian, mordendo os lábios e falando num tom de supremo desprezo. — Você me pergunta por que é que Berwick sai do salão quando eu entro? É porque lhe conheço todos os vícios e não que ele saiba qualquer coisa a meu respeito. Com o sangue que lhe corre nas veias, como sua ficha poderia estar limpa? Você me pergunta a respeito de Harry Ashton e do jovem Perth? Foi comigo que aquele aprendeu seus vícios e o outro sua devassidão? Se o filho do Duque de Kent vai escolher, estupidamente, mulher no esgoto, que é que tenho eu com isso? Se Adrian Singleton imita numa promissória a assinatura de um amigo, sou eu guarda de sua pessoa? Sei como na Inglaterra se murmura e se fala de tudo. À mesa, entre seus gordos convivas, nossos burgueses desfilam seus preconceitos morais e contam, a meia-voz, uns aos outros, o que chamam desregramentos de seus superiores, tentando assim dar-se ares de frequentar o belo mundo e estar nas melhores relações com as pessoas que difamam. Neste país, basta que um homem tenha distinção de espírito para que as línguas vulgares busquem difamá-lo. Ora, que espécie de vida levam esses campeões da moral? Meu amigo, você esquece que estamos na própria pátria da hipocrisia.

— Não vem ao caso, Dorian — declarou Hallward. — Bem sei que a Inglaterra é bastante perversa, e a sociedade inglesa cheia de defeitos. Por esse mesmo motivo é que eu desejava para você uma alma delicada. Essa alma você não a teve. Temos o direito de julgar um homem pela influência que ele exerce sobre seus amigos. Os seus parecem perder, cada qual mais depressa, todo sentimento de honra, de bondade, de decência. Você derramou neles a loucura do prazer. E eles desceram até os abismos. Foi você que os levou até lá. Sim, você os levou até essa ruína! E, todavia, você pode sorrir, como sorri presentemente. Você fez pior ainda. Harry e você são inseparáveis. Bastaria essa razão, na falta de quaisquer outras, para impedir que você tivesse lançado no ridículo o nome da irmã dele.

— Tenha cuidado, Basil, você está indo longe demais.

— Devo falar e você deve escutar-me. Você me escutará. Quando conheceu Lady Gwendolen, nunca até então havia ela sido atingida pela sombra de um escândalo. Hoje, não se encontra em Londres uma única mulher decente que seja capaz de aparecer no parque na carruagem dela. Foi necessário proibir aos próprios filhos viver com ela. A respeito de você, correm ainda outros rumores. Você teria sido visto sair, de madrugada, de casas infames, esgueirar-se, disfarçado, nos antros mais imundos de Londres. São verdadeiros esses boatos? Será possível que sejam verdadeiros? A primeira vez que deles tive conhecimento, limitei-me a rir. Quando os ouço agora me fazem estremecer. Que é que se deve acreditar a respeito da vida que seus amigos levam em sua casa de campo? Dorian, você nem suspeita tudo quanto se conta a seu respeito. Não digo que não tenha a pretensão de admoestá-lo um pouco. Harry, lembro-me bem, dizia-nos um dia que todo padre amador se anuncia por meio desta prévia declaração, apressando-se logo a violar a promessa. Quero admoestá-lo. Quero que você tenha uma vida que lhe garanta o respeito universal. Quero que tenha um nome limpo, uma reputação inatacável. Quero que rompa com esses seres ignóbeis que são seus companheiros. Não dê de ombros assim, Dorian. Não me oponha essa indiferença. Você exerce prodigiosa influência. Que seja para o bem e não para o mal. Dizem que você corrompe todo aquele que se torna seu íntimo e que basta que você penetre no limiar de uma casa para que aí entre a desonra, sob uma ou outra forma. É mentira ou é verdade? Não sei. E como poderia eu sabê-lo? Mas é aquilo que circula a seu respeito. Certos fatos que chegaram a meus ouvidos parecem impossíveis de ser postos em dúvida. Lorde Gloucester era, em Oxford, um de meus amigos mais queridos. Mostrou-me uma carta que lhe escreveu sua esposa, quando agonizava, solitária, em sua vila de Menton. Seu nome estava aí misturado à confissão mais terrível que jamais li em minha vida. Protestei, dizendo que era absurdo, que eu conhecia você a fundo, que você era incapaz de semelhante coisa. Eu, conhecer você? Será que realmente conheço? Antes de poder afirmá-lo, seria preciso contemplar sua alma, Dorian.

— Contemplar minha alma! — murmurou o moço, que de repente se levantou, pálido de terror.

— Sim — confirmou gravemente Hallward, uma grande tristeza na voz. — Sim, ver sua alma! Mas isso somente é possível a Deus.

Um riso amargo e sarcástico soltou-se dos lábios do moço.

— Você a verá com seus olhos, esta mesma noite — exclamou ele. E pegando um candeeiro de cima da mesa: — Venha! É sua própria obra. Por que não lhe mostraria? Em seguida, poderá contar a aventura ao universo inteiro, se lhe apetecer. Ninguém acreditará. Aqueles que por ventura acreditarem, nem por isso deixarão de gostar ainda mais de mim. Eu conheço melhor minha época, melhor do que você que disserta de maneira tão fastidiosa. Venha, digo. Basta de discorrer a respeito da corrupção. Você vai contemplá-la face a face, dentro de um instante.

Fremia em cada uma de suas palavras um orgulho insano. Com um gesto impertinente e pueril, batia o pé no chão nervosamente. Do coração, subia-lhe uma alegria monstruosa, ao pensar que outra pessoa ia compartilhar de seu segredo, e que aquele que havia pintado o retrato, fonte de tanta vergonha, ficaria esmagado para o resto de seus dias com a recordação hedionda de sua obra.

— Sim — continuou, agora bem junto de Basil e sustentando firmemente o olhar severo do amigo —, vou mostrar-lhe minha alma. Você vai ver o que, segundo diz, somente é visível a Deus.

Hallward teve um sobressalto.

— Dorian — exclamou —, para que blasfemar? Abstenha-se dessas palavras. São terríveis e, aliás, não respondem a coisa alguma.

— Você é que pensa! — replicou ele com voz escarninha.

— Tenho certeza. Quanto ao que disse esta noite, disse-o unicamente em seu próprio interesse. Você sabe que amigo dedicado teve sempre em mim.

— Não me toque. Acabe o que tinha a dizer-me.

Uma dor atroz torturou o rosto do pintor. Calou-se um instante, depois sentiu nascer em seu coração uma piedade imensa. Afinal, com que direito vinha ele perscrutar a vida de Dorian Gray? Ainda que tivesse cometido a décima parte daquilo que se lhe atribuía, quanto não devia ter sofrido! Então, levantou-se, aproximou-se da lareira e ficou aí, de pé, a contemplar as toras de madeira que se consumiam, com suas películas de cinzas estriadas e as línguas de chamas palpitantes.

— Estou esperando, Basil — disse a voz dura e clara do outro.

O artista voltou-se.

— Resta-me dizer-lhe isto — declarou ele. — Quero uma resposta às terríveis acusações levantadas contra você. Se me declarar que são absolutamente falsas, do começo ao fim, acreditarei em você. Justifique-se. Não vê o suplício que me tortura? Por favor, que eu não ouça de sua boca que você é mau, corrupto, desprezível!

Dorian Gray sorriu. Um vinco de desdém surgiu-lhe nas comissuras dos lábios.

— Venha até lá em cima, Basil — disse calmamente. — Escrevo dia a dia o memorial de minha vida, mas nunca ele saiu do quarto onde o escrevo. Venha comigo, eu lhe mostrarei.

— Irei se assim o quer, Dorian. Vejo que já perdi o trem. Mas isso não tem importância. Posso partir amanhã. Mas não me peça que leia seja o que for, esta noite. Tudo quanto desejo é uma resposta a minha interrogação.

— Essa resposta vai tê-la lá em cima. Aqui é impossível. Aliás, não terá muito que ler.

13

Saiu do quarto e começou a subir, seguido de perto por Basil Hallward. Caminhavam furtivamente como o fazemos por instinto à noite. A lâmpada projetava sombras fantásticas na escada e na parede. O vento que acabava de surgir sacudia uma ou outra janela.

No último patamar, Dorian pousou o candeeiro no chão e introduziu a chave na fechadura. Antes de abrir, perguntou em voz baixa:

— Faz ainda questão de saber, Basil?

— Sim.

— Muito bem — concluiu, num sorriso.

Depois, mais rudemente, acrescentou:

— Você, mais que qualquer outra pessoa no mundo, tem o direito de tudo conhecer a meu respeito. Sua influência em minha vida foi muito maior do que você pensa.

Pegando então o candeeiro, abriu a porta e entrou. Envolveu-os uma corrente de ar glacial e a luz cresceu, por um instante, formando uma chama de cor laranja escura.

Dorian estremeceu.

— Feche a porta — murmurou, quando pousava o candeeiro sobre a mesa.

Visivelmente admirado, Hallward olhava ao redor. Tudo mostrava que era um quarto desabitado havia muitos anos. Excetuando-se uma cadeira e uma mesa, nada mais ali se via, aparentemente, a não ser uma tapeçaria de Flandres desbotada, um quadro por trás de uma cortina, um velho cofre italiano e uma estante quase vazia de livros. Enquanto Dorian acendia uma vela já meio gasta na lareira, Basil reparou que todo o aposento se achava coberto de poeira e o tapete caía aos pedaços. Um rato atarantado fugiu por trás da guarnição de madeira. Flutuava no ar úmido um cheiro acre de bolor.

— Então, Basil, você pensa que só a Deus é concedido o privilégio de ver as almas? Afaste essa cortina e terá a minha.

A voz que assim falava era fria e cruel.

— Ou você está louco, Dorian — replicou Hallward, franzindo as sobrancelhas — ou você está querendo representar uma comédia.

— Não quer? Então, terei eu mesmo de fazê-lo! — disse o moço. E rasgando a cortina, arrancou-a da vareta e atirou-a ao chão.

Um grito de terror irrompeu dos lábios do artista ao ver o rosto hediondo que, no claro-escuro, apresentava-se grotesco na tela. A expressão era tal que ficou repassado de nojo e raiva. Santo Deus! Aquele rosto era o de Dorian Gray! Toda a hediondez que nele se misturava não conseguira destruir inteiramente sua beleza maravilhosa. Tinha ficado um pouco de ouro nos cabelos ralos, carmim nos lábios sensuais. Os olhos apagados conservavam em parte seu azul admirável. Nem as narinas de delicado talho, nem o pescoço de uma plástica sem defeito haviam perdido completamente suas nobres linhas notáveis. Sim, era mesmo Dorian. Mas de quem seria o quadro? Parecia-lhe reconhecer seu próprio golpe de pincel; e o quadro era, com efeito, o mesmo que ele havia desenhado. Assaltou-o um receio monstruoso que lhe foi impossível dominar. Pegou o castiçal, aproximou-se do retrato. No canto, à esquerda, seu nome destacava-se em letras altas, a vermelhão.

Quis pensar em alguma odiosa paródia, alguma ignóbil e infame zombaria. Jamais ele havia pintado tal rosto. E, todavia, esse quadro era realmente o seu. Reconhecia-o agora. Pareceu-lhe que todo o fogo de suas veias se havia repentinamente transformado em gelo imóvel. Era a sua obra. Como compreender? Por que estava o retrato assim mudado? Voltou-se e fixou sobre Dorian os olhos injetados de febre. Contraíra-se-lhe a boca; a língua, seca, tornara-se incapaz de articular um som. Passou a mão pela testa, úmida de suor frio.

Apoiado à lareira, Dorian observava-o, com a estranha expressão que se observa, no teatro, no rosto das pessoas cativadas pelo desempenho de um grande artista. Nada que traduzisse qualquer pesar ou uma alegria verdadeira.

O simples interesse de espectador — quando muito, nos olhos, um lampejo de triunfo. Retirando a flor que trazia à lapela, aspirava ou fingia aspirar-lhe o perfume.

— Que quer dizer tudo isto? — rompeu finalmente Hallward, com uma voz que ressoou estridente e singular a seus próprios ouvidos.

— Há muitos anos, quando eu era um simples adolescente — começou Dorian, esmagando a flor na mão —, você me encontrou, embriagou-me de lisonjas, tornou-me vaidoso de meu próprio rosto. Um dia, apresentou-me a um de seus amigos, que me explicou a maravilha da mocidade; depois você acabou meu retrato, que me revelou o prodígio da beleza. Num momento de loucura, não saberia dizer ainda se disso sinto pesar ou não, formulei um voto, que você chamaria talvez uma prece...

— Guardei essa recordação! Mas, não; é coisa impossível... Este quarto é úmido. O mofo apoderou-se da tela. Ou, então, as cores de que me servi continham algum veneno mineral, alguma impureza maldita... Repito, é uma coisa impossível!

— Ora, que é que há de impossível? — murmurou Dorian.

E, chegando-se à janela, apoiou a cabeça de encontro ao vidro frio e embaciado pela neblina.

— Você me disse que o tinha destruído.

— Engano. Foi ele que me destruiu a mim.

— Não posso acreditar que seja esse o meu quadro.

— Então? Não descobre aí o seu ideal?

— O meu ideal, como você diz...

— Como, então, você dizia.

— O meu ideal não oferecia vestígios de corrupção, traços de ignomínia. Você encarnava para mim uma perfeição que jamais tornarei a encontrar. Ao passo que este é o rosto de um sátiro.

— É o rosto de minha alma.

— Senhor! E foi isso o objeto que eu adorei! Seus olhos são os de um demônio.

— Cada um de nós traz dentro de si o Céu e o Inferno — exclamou Dorian Gray, com um gesto de desespero feroz.

Hallward voltou ao retrato, que contemplou atentamente.

— Santo Deus! Se esta imagem é verdadeira, se isto é o que você fez de sua vida, deve ser ainda mais depravado do que o imaginam seus detratores.

Levantando o castiçal, tornou a examinar a tela. A superfície pareceu-lhe intacta tal qual saíra de suas mãos. Era de dentro, aparentemente, que provinha a horrível podridão. Por algum estranho fenômeno de vida interior, a lepra do pecado roía lentamente o retrato. A decomposição de um cadáver, no fundo de uma sepultura úmida, devia ser menos horrorosa.

A mão tremeu-lhe e a vela caiu do castiçal no chão. Aí ficou, fundindo-se. Pôs o pé em cima e apagou-a. Depois deixou-se cair na cadeira vacilante encostada à mesa e escondeu o rosto nas mãos.

— Meu Deus! Que lição, Dorian! Que terrível lição!

Não teve resposta. Mas percebeu que o outro soluçava, perto da janela.

— Reze, Dorian, reze! — murmurou. — Que é que nos ensinavam quando éramos crianças? "Não nos deixeis cair na tentação. Perdoai-nos nossas ofensas. Lavai nossas iniquidades." Repitamos juntos essas palavras. A oração de seu orgulho foi atendida. Assim, também, será atendida a prece de seu arrependimento. Adorei loucamente a você. Estou bem castigado. Você adorou-se loucamente a si mesmo. Estamos ambos bem castigados.

Dorian Gray voltou-se lentamente para ele e contemplou-o, os olhos cheios de lágrimas.

— É tarde demais, Basil — murmurou com voz trêmula.

— Nunca é tarde demais, Dorian. De joelhos ambos procuremos recordar-nos de uma oração. Não existe em algum lugar aquele versículo: "Quando vossos pecados forem como o escarlate, eu os tornarei alvos como a neve?"

— Essas palavras não têm sentido para mim.

— Basta! Não fale assim. Você cometeu bastante mal em sua vida. Meu Deus! Você não vê que maldito espectro nos está olhando?

Dorian volveu os olhos para o retrato. Repentinamente, apoderou-se dele um ódio quase invencível contra Basil, como que sugerido pela imagem, ou murmurado a seus ouvidos pela boca malévola da pintura.

Fervilhou nele uma raiva louca de animal perseguido e detestou o homem que estava ali, sentado àquela mesa, com um ódio como jamais havia odiado alguém em sua vida. Seus olhos, ferozes, procuraram alguma coisa. Em frente, sobre o cofre pintado, alguma coisa brilhava. Prendeu-se-lhe aí o olhar. Sim, ele sabia. Era uma faca que havia trazido para cima, alguns dias antes, para cortar uma corda e que, depois, havia esquecido ali. Aproximou-se lentamente, roçando Hallward ao passar. Logo que ficou por trás do pintor, pegou da arma e voltou-se. Hallward se mexeu na cadeira, como se fosse levantar-se. Dorian saltou sobre ele e enterrou-lhe a faca na grande artéria que passa atrás da orelha, esmagando de encontro à mesa a cabeça do infeliz e desferindo golpe após golpe.

Houve um gemido surdo e um horrível queixume daqueles que sufocam no sangue. Os braços ergueram-se convulsivamente três vezes, agitando no ar mãos grotescas de dedos hirtos. Duas vezes mais ele enterrou a faca, mas o homem não mais se moveu. Alguma coisa começou a correr pelo pavimento. Esperou um pouco, sem afrouxar a cabeça. Depois, atirou a faca para cima da mesa e pôs-se à escuta.

Não ouviu nada, a não ser, gota a gota, o sangue que caía em cima do tapete esfiapado. Abriu a porta, saiu para o corredor. A casa estava absolutamente tranquila. Ninguém se movia. Ficou alguns instantes inclinado no balaústre, esquadrinhando com os olhos o poço negro e vertiginoso das trevas. Depois tirou a chave, entrou no quarto e, desta vez, fechou-se por dentro.

O outro continuava ali, meio sentado na cadeira, meio prostrado em cima da mesa, a cabeça inclinada, o dorso curvado, os braços fantasticamente compridos. Se não fosse no pescoço aquele talho vermelho e rasgado, na mesa aquela poça que crescia lentamente com sangue negro e coagulado, dir-se-ia um homem simplesmente adormecido.

Como tudo se passara depressa! E que calma estranha ele sentia em si mesmo! Foi abrir a janela e saiu à sacada. O vento havia expulsado a neblina. O céu semelhava uma cauda de pavão monstruosa, constelada de olhos de ouro. Viu embaixo o policial que fazia sua ronda e projetava sobre as casas silenciosas os compridos feixes de luz de sua lanterna. Na esquina de uma rua, a mancha vermelha de um coche atrasado brilhou, depois desapareceu.

Uma mulher, de xale roto, deslizando lentamente junto às grades dos jardins, caminhava a passos incertos. De tempos em tempos parava, olhando para trás. Uma vez, pôs-se a cantar com voz rouca. O policial chegou-se a ela e disse-lhe algumas palavras. Ela riu zombeteira e desapareceu, cambaleante. Uma rajada de vento ríspido varreu a praça. As chamas dos lampiões vacilaram-se e tornaram-se azuis. As árvores balançaram a sombria armadura de suas ramagens despidas de folhas. Dorian tremeu de frio e fechou a janela.

Depois, voltou à porta, virou a chave e abriu. Nem sequer lançou um olhar sobre sua vítima. Sentia que o segredo em que tudo aquilo se passara o devia pôr a coberto de toda suspeita. De ora em diante, o amigo que havia pintado o retrato fatídico, causa de tantas misérias, estava fora da vida. Era o bastante.

De repente, lembrou-se do candeeiro. Espécime um tanto curioso da arte mourisca; era de prata fosca, incrustada de arabescos de aço polido e ornado de grandes turquesas. Se o criado viesse a notar sua ausência, haveria toda espécie de perguntas. Hesitou um momento, depois voltou para pegá-lo de sobre a mesa. Não pôde deixar de ver o cadáver. Que espantosa imobilidade! E como suas mãos compridas estavam horrivelmente brancas! Dir-se-ia uma imagem medonha de cera.

Fechou a porta e desceu a escada, sem ruído. Os revestimentos de madeira estalavam como gritos de dor. Por mais de uma vez, Dorian deteve-se à escuta. Não, tudo estava dormindo. Era apenas o ruído de seus passos.

Quando entrou na biblioteca, viu a um canto a maleta de viagem e o sobretudo. Depressa, era preciso escondê-los, pouco importava onde. Abrindo um armário secreto, dissimulado nos lambris de madeira, o mesmo em que ele guardava seus curiosos disfarces, aí escondeu os objetos comprometedores. Ser-lhe-ia fácil queimá-los mais tarde. Puxou o relógio. Eram vinte para as duas.

Sentou-se e ficou a pensar. Cada ano, quase cada mês, havia na Inglaterra gente enforcada por aquilo que ele acabava de praticar. Desde algum tempo, flutuava no ar a loucura do crime. Certamente, alguma estrela rubra de sangue se aproximara demais da terra... Mas, afinal, existia uma só prova contra ele? Basil Hallward saíra daquela casa às onze horas. Ninguém o tinha visto tornar a entrar. Quase todos os domésticos se achavam em Selby Royal. Seu criado de quarto estava dormindo. Paris! Evidentemente. Era a Paris que Basil tinha ido — e pelo trem da meia-noite e quinze, como tinha anunciado. Dados seus acessos de estranhas ausências, levaria meses antes que surgissem as primeiras suspeitas. Levaria meses! Muito antes disso, teria feito tudo para desaparecer.

Subitamente, veio-lhe uma inspiração. Tornou a vestir o casaco de pele e o chapéu e penetrou no vestíbulo. Deteve-se aí, ao perceber na calçada o passo lento e martelado do policial e ao ver refletir-se nas vidraças a luz de sua lanterna. Retendo a respiração, esperou.

Após alguns instantes, empurrou devagar o ferrolho, saiu sem ruído e fechou devagarinho a porta. Depois, tocou a campainha. Ao cabo mais ou menos de cinco minutos, apareceu o criado, meio vestido e estremunhado de sono.

— Sinto ter de despertá-lo a estas horas, Francis — disse ele atravessando o limiar de sua casa — mas esqueci a minha chave. Que horas são?

— Duas e dez, senhor — respondeu o criado que consultava o relógio, pestanejando.

— Duas horas e dez! Terrivelmente tarde! Amanhã é preciso acordar-me às nove horas. Tenho algo que fazer.

— Muito bem, senhor.

— Não apareceu ninguém esta noite?

— O Sr. Hallward. Ficou até as onze, depois foi tomar o trem.

— Oh, lamento muito não tê-lo visto!

— Não, senhor, mas manda dizer-lhe que escreveria de Paris, se não o encontrasse no clube.
— Obrigado, Francis. Não se esqueça de acordar-me às nove horas.
— Não esquecerei, senhor.

O doméstico afastou-se pelo corredor, deslizando em seus chinelos de feltro.

Dorian atirou para cima da mesa o chapéu, o casaco de pele e dirigiu-se à biblioteca. Passeou aí, de um lado para outro, durante um quarto de hora, refletindo. Depois, pegou de uma estante o Livro Azul, que se pôs a folhear. "Alan Campbell, 152, Hertford Street, Mayfair". Sim, era esse o homem que procurava.

14

No dia seguinte, de manhã, às nove horas, Francis entrou, trazendo numa bandeja uma taça de chocolate. Abriu as venezianas. Dorian, deitado do lado direito, uma das mãos debaixo do queixo, dormia serenamente, como um rapaz que repousa da fadiga ou do estudo.

Para acordá-lo, foi preciso que o doméstico lhe tocasse duas vezes no ombro. Quando abriu os olhos, um leve sorriso veio errar-lhe nos lábios, como se despertasse de um sonho delicioso. Não havia, contudo, sonhado. Imagem alguma, de alegria ou de dor, lhe perturbara a noite. Mas a mocidade sorri sempre, assim, sem razão. É um de seus maiores encantos.

Soerguendo-se, recostou-se e bebeu o chocolate, a pequenos goles. Um doce sol de novembro entrava em profusão pela janela. O céu estava límpido, o ar penetrado de um calor agradável. Dir-se-ia uma manhã de maio.

Pouco a pouco, os acontecimentos da noite anterior, fantasmas silenciosos com laivos de sangue, reapossaram-se de seu espírito e aí se ergueram com terrível clareza. Estremeceu ao lembrar-se de tudo quanto havia sofrido; e o estranho sentimento de ódio que o levara a matar Basil Hallward, sentado tranquilamente numa cadeira, invadiu-o de novo, encheu-o de fria cólera. O morto estava ainda lá em cima, no mesmo lugar, agora banhado de sol. Devia ser espantosamente trágico. Há coisas hediondas feitas para as trevas e não para a luz do dia.

Compreendeu que se se obstinasse a pensar nesse drama, cairia doente ou ficaria louco. Há pecados dos quais a recordação, mais que o ato, constitui todo o sabor; estranhos triunfos que lisonjeiam o orgulho, mais do que a própria paixão, e suscitam no espírito mais alegria do que receberam ou jamais receberão os sentidos. Mas aquele pecado não era desse calibre. Era diferente. Classificava-se entre as recordações que são necessárias expulsar da memória, adormecer com soníferos, abafar depressa, se não se quer ser por ela sufocado.

Ouviu soar nove e meia. Passou a mão pela fronte, levantou-se sem mais demora e dedicou a sua toalete mais cuidado que de costume, detendo-se na escolha de uma gravata e seu alfinete, trocando de anéis várias vezes. Levou igualmente muito tempo no desjejum, provando os diversos pratos, conversando com o criado de quarto, a respeito de librés novas que pensava mandar fazer para seus criados de Selby, passando os olhos por sua correspondência. Sorria ao ver algumas das cartas. Três cartas o entediaram. Houve uma, porém, que ele leu muitas vezes, depois rasgou, um pouco contrariado. "Coisa odiosa, a memória de uma mulher", dissera, um dia, Lorde Henry.

Esvaziada a xícara, limpou demoradamente os lábios com o guardanapo, fez sinal ao criado que esperasse e, instalando-se em sua escrivaninha, escreveu duas cartas. Colocou uma no bolso e entregou a outra ao empregado.

— Leve esta carta para 152, Hertford Street, Francis; e se o Sr. Campbell estiver de viagem, peça o endereço dele.

Logo que ficou só, acendeu um cigarro e começou a desenhar num pedaço de papel, primeiro flores, depois motivos arquitetônicos, depois figuras de gente. Notou, de súbito, que as feições assim traçadas ofereciam todas uma semelhança fantástica com Basil Hallward. Aborrecido, levantou-se, foi à biblioteca pegar o primeiro volume que lhe viesse à mão. Estava decidido a não pensar mais um instante naquilo que acontecera, a não ser que isso fosse absolutamente obrigatório.

Estendido sobre o sofá, olhou o título do livro. Era *Esmaltes e camafeus*, de Gautier — exemplar em papel do Japão da edição Charpentier, com a água--forte de Jacquemart. A encadernação era de marroquim verde-limão, ornada de linhas douradas e gravadas a ferro. Dera-lhe esse volume Adrian Singleton.

Virou as primeiras páginas e os olhos caíram-lhe sobre o poema consagrado à mão de Lacenaire, a mão fria e amarelada: "Do suplício ainda mal lavada" com sua penugem ruça e seus "dedos de fauno". Lançou um olhar a seus dedos brancos e afilados, não podendo suster um ligeiro tremor. Continuou a ler, detendo-se, dentro em pouco, naquelas estrofes admiráveis sobre Veneza:

>   *Sobre uma gama cromática,*
>   *O seio repleto de pérolas de pranto.*
>   *Das águas tira a Vênus Adriática*
>   *seu corpo feito de rosa e branco.*

Os domos, sobre o azul das ondas,
seguindo de contorno vão.
Inflamam-se como peito dos amantes
no momento precioso da paixão.

O barco chega e, repentino,
em frente a uma rósea fachada
lança as amarras ao pilar
e me coloca sobre o mármore de uma escada.

Oh, que deliciosas estrofes! Impossível lê-las sem deixar o pensamento deslizar pelos canais esverdeados da cidade rosa e pérola, sentado na gôndola negra, de proa de prata, sob um dossel de franjas ondulantes. A linha pura desses versos evocava-lhe as belas linhas azul-turquesa que fazem escolta a quem desce para o Lido. Os reflexos de suas vivas cores lembravam-lhe os reflexos desses pássaros de papo irisado, cor de opala, que volteiam ao redor dos alvéolos do alto campanário, ou então passeiam, com tão majestosa graça, sob as arcadas sombrias e poeirentas. Languidamente recostado, os olhos meio fechados, não se cansava de repetir em voz baixa:

Diante de uma fachada rosa,
Sobre o mármore de uma escadaria.

Nesses dois versos resumia-se, inteiramente, Veneza. Recordava-se do outono que lá passara e de certo amor cheio de delirantes e deliciosas loucuras. O romanesco pode florir em qualquer lugar. Mas Veneza, como Oxford, permanece o cenário que para ele se sonha. Ora, para o verdadeiro romântico, o cenário é tudo, ou quase tudo. Durante uma parte de sua permanência ali, Basil tinha sido seu hóspede e tomara-se por Tintoretto de um entusiasmo irreprimível. Pobre Basil! Seria possível imaginar morte mais horrorosa?

Soltou um suspiro, depois retomou o volume e procurou esquecer. Leu aquilo que dizem a respeito das andorinhas, as quais, em Esmirna, entram e saem de um pequeno café, no qual os *hadjis*[22] acocorados, contam os grãos de âmbar de seus rosários, em que os mercadores de turbante fumam seus compridos cachimbos, ornados de glandes, e conversam entre si com a maior seriedade. Leu as lamentações do obelisco da Praça da Concórdia, que chora com

---

[22] Muçulmano que fez peregrinação a Meca.

lágrimas de granito a solidão de um exílio despido de sol e suspira por voltar às margens ardentes do Nilo, coberto de lótus, onde permanecem a esfinge, os íbis cor-de-rosa, os brancos abutres de garras de ouro e os crocodilos de olhinhos de berilo, que se arrastam sobre o limo verde em fogo. Demorou-se muito tempo naqueles versos que, transformando em música um mármore de beijos malditos, cantam a curiosa estátua que Gautier compara a uma voz de contralto, o *Monstro encantador* que se vê deitado no Louvre, na sala de Porfiro. Por fim, deixou cair o livro das mãos. Sentia-se nervoso, possuído por um horrível acesso de terror. Que fazer, se Alan Campbell estivesse ausente da Inglaterra? Seu regresso poderia demorar muitos dias. Ou, então, se ele se recusasse a responder ao seu chamado? Que fazer, em tal caso? Cada minuto tinha importância capital.

Haviam sido muito amigos, uns cinco anos antes; de fato, quase inseparáveis. Depois, bruscamente, sua intimidade findara. E desde então, quando se encontravam em qualquer reunião social, somente Dorian Gray sorria; Alan Campbell jamais.

Era um moço extremamente inteligente, embora não apreciasse muito as artes plásticas e não gostasse das belezas da poesia senão à medida em que Dorian Gray lhe tinha feito compreender o sentido. As ciências eram a grande paixão de seu espírito. Em Cambridge, consagrara a maior parte do tempo a trabalhar no laboratório e figurara em bom lugar, em ciências naturais, entre os *tripos*[23] de seu ano. De resto, continuava a dedicar-se ao estudo da Química. Possuía um laboratório seu, no qual se encerrava, de manhã à noite, para grande desgosto da mãe, que sonhara fazê-lo ingressar no Parlamento e imaginava vagamente que um químico não passava de um preparador de receitas. Entretanto, era excelente músico; tocava violino e piano como bem poucos amadores. Fora esse gosto pela música que primeiro os aproximara um do outro, ele e Dorian, sem contar a irresistível atração que esse último exercia quando queria, e às vezes mesmo sem o saber. Haviam-se encontrado em casa de Lady Berkshire, na noite em que aí tocava Rubinstein. Desde esse dia, viram-nos constantemente juntos, na Ópera e onde quer que houvesse boa música. Sua intimidade durou dezoito meses. Campbell não saía de Selby Royal ou Grosvenor Square. Para ele, como para tantos outros, Dorian Gray encarnava tudo quanto a vida podia ter de mais raro e de mais fascinante. Tiveram alguma discussão? Ninguém jamais soube coisa alguma. Mas notou-se, de repente, que mal se falavam quando se encontravam e que Campbell

---

[23] Lista de candidatos às honras universitárias. (*N. do T.*)

parecia sempre sair às pressas das reuniões em que se encontrava Dorian Gray. Além disso, Alan tinha mudado enormemente. Em dados momentos, acabrunhava-o uma melancolia singular; parecia agora detestar a música, não querendo ouvir falar dela; não tocava, alegando como desculpa, quando lhe pediam, que andava absorvido demais pela ciência para ter tempo de exercitar--se. E era absolutamente verdade. Mergulhava cada dia mais no estudo da biologia e seu nome começava a aparecer nas revistas científicas, a propósito de experiências curiosas.

Tal era o homem que Dorian esperava. A cada segundo, olhava para o relógio. À medida que os minutos passavam, sua agitação exasperava-se. Levantando-se, finalmente, começou a andar de um lado para outro do quarto, como uma linda fera na jaula, a grandes passadas silenciosas. Tinha as mãos estranhamente frias.

A espera tornara-se insuportável. Parecia-lhe que o tempo se arrastava com uma lentidão de chumbo, enquanto ele era impelido por monstruosas rajadas de vento para as bordas recortadas de um fosso aberto ou de um negro precipício sem fundo. Via o que aí o esperava e, tremendo, esmagava com as mãos úmidas de suor as pálpebras em fogo, como se houvesse tentado cegar o próprio cérebro ou recalcar as pupilas para o fundo de suas órbitas. Era inútil. O cérebro tinha o alimento de que se abastecia. A imaginação, perseguida pelo medo, torcia-se como um ser num instrumento de tortura, movendo-se à toa como terrível marionete no tablado, fazendo caretas por trás de máscaras movediças. Depois, de repente, o tempo detinha sua marcha. Sim, o tempo parava seu deslizar cego e sem alento. E, uma vez morto o tempo, surgiam horríveis pensamentos, que tiravam do túmulo um horroroso futuro e lho mostravam. Ele olhava e, perante tantos horrores, ficava como petrificado.

Finalmente, a porta abriu-se e o criado entrou. Dorian voltou para ele uns olhos brilhantes e ouviu anunciar:

— O Sr. Campbell, senhor.

Um suspiro de alívio escapou-se-lhe dos lábios ardentes e em suas faces reapareceram as cores rosadas.

— Faça-o entrar imediatamente, Francis.

Sentia que voltava a ser o mesmo. Acabara sua covardia passageira.

O criado inclinou-se e saiu. Em seguida entrou Alan Campbell, aspecto severo, um pouco pálido, de uma palidez que acentuava os cabelos pretos como azeviche e as sobrancelhas pretas.

— Alan, como foi amável de sua parte ter vindo! Agradeço-lhe vivamente.

— Tinha prometido a mim mesmo nunca mais entrar nesta casa, Gray. Mas você falou de uma questão de vida ou de morte.

Sua voz era dura, fria. Falava com uma lentidão calculada. Lia-se o desprezo nos olhos perscrutadores que fixava em Dorian. Com as mãos nos bolsos do sobretudo de astracã, nada fazia transparecer que tivesse ouvido palavras de acolhimento com que tinha sido cumprimentado.

— Sim, é uma questão de vida e de morte, Alan, e para mais de uma pessoa. Sente-se.

Campbell sentou-se a um lado da mesa, Dorian em frente. Seus olhares se cruzaram. O de Dorian estava repleto de uma piedade infinita, pois compreendia bem a crueldade selvagem do que ia fazer.

Após um tempo de silêncio, inclinou-se por cima da mesa e, observando nas feições do homem a quem chamara o efeito produzido por suas palavras, disse calmamente:

— Alan, num quarto fechado a chave, no último andar desta casa, num aposento onde ninguém a não ser eu jamais entra, um homem morto está sentado a uma mesa. A morte data de dez horas. Não, não se mova, nem me olhe dessa maneira! Não lhe direi quem é esse homem, nem por que, nem como está morto. Isso em nada lhe diz respeito. Seu papel consistirá unicamente...

— Um momento, Gray. Não quero saber de mais nada. Pouco importa a verdade ou a mentira daquilo que você acaba de me dizer. Por coisa alguma deste mundo desejo imiscuir-me em sua vida. Guarde para si seus horríveis segredos. Nada eles têm que possam interessar-me.

— Alan, você deveria, contudo, interessar-se por eles. Ao menos, por este. Sinto muito, Alan, mas sozinho não posso sair desta embrulhada. Você é o único homem capaz de me salvar. Preciso, pois, imiscuir você neste negócio. Não posso escolher: Alan, você entende de ciências. Você conhece química e tudo quanto com ela se relaciona. Você fez muitas experiências. O que espero de você é destruir a coisa que está lá em cima e destruí-la tão bem que dele não fique o menor vestígio. Ninguém o viu entrar vivo nesta casa. Julgam que ele está agora em Paris. Ninguém se preocupará com seu desaparecimento antes de meses. Quando vierem a preocupar-se, não quero que aqui se encontre o menor indício de sua passagem. Cabe-lhe, Alan, transformar esse homem e tudo quanto com ele se encontra num punhado de cinzas que eu possa espalhar ao vento.

— Você está louco, Dorian.

— Ah! Estava à espera de que você voltasse a chamar-me Dorian!

— Está louco, repito, louco, se espera que eu seja capaz de mover um dedo para socorrer você, louco por fazer-me essa confissão monstruosa. Não entrarei neste negócio, seja ele qual for. Você pensa que por sua causa eu seja capaz de arriscar minha reputação? Se você se atreveu a esta obra do demônio, que me importa?

— É um suicídio, Alan.

— Antes assim. Mas esse suicídio quem foi que o provocou? Você, creio eu.

— Você recusa prestar-me esse serviço?

— Certamente que recuso. Não quero meter-me neste negócio. Não me incomodo com a desonra que pode vir a recair sobre você. Você de fato a merece. Não me desgostaria vê-lo escorraçado do universo. Como ousa me pedir que seja cúmplice de tais horrores? Julguei que você conhecesse melhor o coração humano. Seu amigo, Lorde Henry, talvez tenha ensinado muita coisa, mas pouco de psicologia. Nada será capaz de decidir-me a dar um passo para auxiliá-lo. Escolheu mal. Dirija-se a algum de seus amigos. Não recorra a mim.

— Alan, é um crime. Fui eu que o matei. Se você soubesse até que ponto ele me fez sofrer! Seja minha vida o que for, é a ele, mais do que a Lorde Henry, que deve imputar-se a nobreza ou a vilania. Admito que o tenha feito sem querer: o resultado nem por isso deixou de ser o mesmo.

— Um crime! Deus do céu! Dorian, você chegou a isso? Não o denunciarei. Não é de minha conta. Afinal, mesmo que eu não intervenha, você não deixará de ser preso. Ninguém comete um crime sem se trair por alguma falha. Mas não farei parte deste drama.

— Por alguma coisa você dele fará parte. É preciso. Espere um instante. Escute. Por favor, escute, Alan. Não lhe peço outra coisa senão proceder a uma espécie de experiência científica. Nos hospitais e nos necrotérios, vocês fazem, sem a menor comoção, os mais horríveis trabalhos. Se numa sala de dissecação ou num fétido laboratório você encontrasse este homem, estendido sobre uma mesa de chumbo, com goteiras para deixar escorrer o sangue, você veria nele simplesmente um caso admirável. Não pestanejaria. Nada em seus processos de trabalho lhe pareceria repreensível. Ao contrário, é até provável que julgaria servir a humanidade, aumentando a soma de nossos conhecimentos, satisfazendo uma nobre curiosidade de espírito, ou obedecendo a qualquer sentimento desse gênero. Ora, que há no que lhe peço que você já não tenha feito muitas e muitas vezes? Na verdade, destruir um corpo não deve poder comparar-se ao horror de seus trabalhos correntes. Pense, Alan, que esses restos constituem a única prova que existe contra mim. Se vierem a descobri-los, estou perdido. E seguramente os descobrirão se você não me ajudar.

— Não tenho o menor desejo de ajudá-lo, não se esqueça disso. Seu caso deixa-me perfeitamente indiferente e não me diz respeito em coisa alguma.

— Alan, por favor. Veja em que situação me encontro. Justamente antes de você chegar, pensei que desmaiaria de medo. Talvez você venha também, um dia, a saber o que é o terror. Mas deixemos isso de lado. Considere meu pedido unicamente do ponto de vista científico. Vocês não procuram saber de onde provêm os cadáveres que servem a suas experiências. Faça o mesmo no caso presente. Já lhe disse mais do que poderia dizer. Mas faça isso por mim. Peço-lhe. Outrora, Alan, nós éramos amigos.

— Não evoque esses dias, Dorian. Estão mortos.

— Mas sucede às vezes que os mortos teimam em permanecer entre nós. Aquele que está lá em cima não irá embora. Ele permanece sentado à mesa, a cabeça curvada, os braços estendidos. Alan, Alan, se você não me ajudar, estou perdido. Lembre-se de que serei enforcado, Alan. Não compreende? Serei enforcado pelo que fiz.

— Para que prolongar esta cena? Recuso-lhe absolutamente minha colaboração. É mesmo uma loucura pedir-me.

— Você recusa?

— Sim.

— Suplico-lhe, Alan.

— Inútil.

Então, o mesmo lampejo de piedade reapareceu nos olhos de Dorian Gray. Estendeu a mão, pegou uma folha de papel, escreveu algumas linhas. Leu duas vezes o bilhete, dobrou-o cuidadosamente e empurrou-o para a outra extremidade da mesa. Depois, levantou-se e foi para a janela.

Campbell olhou-o surpreendido. Depois, tomou a folha de papel e abriu-a. À medida que lia, seu rosto ia se tornando espontaneamente pálido, e por fim deixou-se cair numa cadeira. Uma horrível sensação de mal-estar o invadiu. Era como se seu coração pulsasse até morrer no vácuo completo.

Após dois ou três minutos de um silêncio terrível, Dorian voltou a colocar-se por trás de Alan. E, pousando-lhe a mão no ombro:

— Sinto muito por sua causa, Alan, mas você não me deixa outra alternativa. Tenho uma carta pronta. Ei-la. Está vendo o endereço? Se me recusar seu auxílio, serei obrigado a enviá-la a seu destino. E a enviarei. Você sabe o que daí resultará. Mas você me prestará assistência. Já não pode recusar-me. Tentei poupá-lo. Você não pode negá-lo. Mas você é severo, inflexível, agressivo. Tratou-me como nenhum homem ousou fazê-lo — em todo caso, homem nenhum que esteja hoje com vida. Suportei tudo. Agora é minha vez de ditar as condições.

Campbell escondeu o rosto entre as mãos e foi sacudido por um longo estremecimento.

— Sim, agora é a minha vez de ditar condições, Alan. Já as conhece. Coisa extremamente simples. Vamos, não fique assim febril. É preciso fazer isso. Tenha a coragem da decisão e ande depressa.

Escapou-se um queixume dos lábios da Campbell. Todo seu corpo começou a tremer. O tique-taque do pêndulo, em cima da lareira, ia escandindo o tempo em outros tantos minutos de agonia, que eram insuportáveis. Parecia-lhe sentir na frente a garra de um círculo de ferro que lentamente se apertasse, como se já estivesse abatido pelo opróbrio que o ameaçava. A mão que se lhe pousava no ombro pesava como se fosse de chumbo. Era um peso intolerável, capaz de esmagá-lo.

— Depressa, Alan, decida-se.

— Não posso fazer isso — protestou ele maquinalmente, como se as palavras pudessem alterar os fatos.

— Assim é preciso. Não há escolha possível. Não demore mais.

Campbell hesitou um instante, depois inquiriu:

— Nesse quarto existe uma lareira?

— Sim, uma chaminé de gás, com chapas de amianto.

— Preciso voltar para casa, pegar o que é necessário em meu laboratório.

— Não, Alan. Sob pretexto algum o deixarei sair daqui. Explique por carta o que deseja. Meu criado tomará um carro e trará tudo.

Campbell rabiscou algumas linhas, secou-as e depois escreveu um envelope endereçado a seu assistente. Dorian, depois de ler atentamente o bilhete, chamou pelo criado e confiou-lhe a mensagem, com ordem de trazer o mais depressa possível aquilo que lhe fosse entregue.

Campbell estremeceu nervosamente ao ruído da porta do *hall* fechando-se. Levantou-se da cadeira e aproximou-se da lareira. Uma espécie de febre fazia-o tremer dos pés à cabeça. Os dois homens ficaram quase vinte minutos sem pronunciar palavra. Uma mosca enchia o aposento com seu zumbido. Cada tique-taque do pêndulo parecia um golpe de martelo.

O pêndulo bateu uma hora. Campbell, voltando-se para Dorian, viu que seus olhos estavam banhados de lágrimas. E era tão grande a pureza desse rosto em lágrimas que até sentiu raiva.

— Você é um miserável, o mais infame dos miseráveis! — exclamou em voz surda.

— Cale-se, Alan! Você me salvou a vida!

— Salvei sua vida! Céus! Bela vida a sua! De corrupção em corrupção, você descaiu no crime. Resignando-me àquilo que vou fazer, àquilo que você impõe que eu faça, não é certamente em sua vida que estou pensando.

— Ah! Alan — murmurou Dorian, num suspiro —, por que não tem por mim a milésima parte da piedade que eu sinto por você?

Assim falando, voltara-se para a janela e deixava os olhos vaguearem pelo jardim. Campbell não deu resposta.

Dez minutos mais tarde, batiam à porta e o criado entrava, trazendo às costas um grande cofre de mogno cheio de produtos químicos, um comprido rolo de fio de aço platinado e dois grampos de ferro de forma bizarra.

— É para deixar tudo isto aqui, senhor? — perguntou a Campbell.

— Sim — respondeu Dorian. — E se me permitisse, encarregá-lo-ia ainda de outro recado, Francis. Como se chama aquele florista de Richmond que me fornece orquídeas para Selby?

— Harden, senhor.

— Ah, sim, Harden. Então, vá lá depressa. Procure Harden e diga-lhe para enviar o dobro das orquídeas encomendadas, evitando quanto possível as brancas. Na realidade, não quero nenhuma orquídea branca. O tempo está delicioso, Francis, e Richmond é um lugar encantador. Sem isso, não ousaria dar-lhe esse trabalho.

— Não é trabalho algum, senhor. A que hora deverei estar de volta?

Dorian voltou-se para Campbell:

— Quanto tempo durará sua experiência, Alan? — perguntou com uma voz calma, indiferente.

A presença de uma terceira pessoa no aposento deixava-lhe o sangue inacreditavelmente frio.

Campbell franziu as sobrancelhas e mordeu os lábios.

— Mais ou menos umas cinco horas — respondeu.

— Então, bastará que esteja de regresso às sete e meia, Francis. Ou melhor, espere. Prepare-me simplesmente a casaca. E pode dispor de sua noite. Como não jantarei em casa, não precisarei absolutamente de seus serviços.

— Obrigado, senhor — disse o criado. Em seguida, retirou-se.

— E agora, Alan, não percamos um minuto. Como este cofre é pesado! Eu mesmo o carrego. Você traz o resto.

A palavra era breve, o tom imperioso. Campbell sentiu-se subjugado. Saíram juntos da sala.

No último andar, Dorian pegou a chave, deu volta à fechadura. Depois deteve-se. A vista baralhava-se-lhe, todo ele tremia.

— Não sei se terei forças de entrar, Alan — murmurou ele.

— Como quiser! Você pouco me importa — respondeu Campbell friamente.

Dorian entreabriu a porta e viu em cheio seu retrato, em plena luz do sol, que o contemplava; na frente jazia no pavimento a cortina rasgada. Recordou-se de que, na noite anterior, se havia esquecido, pela primeira vez em sua vida, de cobrir a pintura maldita. Correu a cobri-la, mas recuou, tremendo.

Que vinha a ser esse orvalho vermelho, cujo brilho úmido cintilava numa das mãos, como um suor de sangue saindo da tela? Oh, espantosa visão! Mais espantoso ainda lhe pareceu, naquele instante, que o homem silencioso que ele sabia prostrado sobre a mesa e cuja sombra grotesca, disforme, desenhando-se sobre o tapete maculado, lhe comprovava suficientemente que não se havia movido, que continuava ali, tal como o havia deixado!

Com um profundo suspiro, abriu um pouco mais a porta e, desviando a cabeça, comprimindo os olhos, avançou com passo rápido, bem decidido a não olhar uma única vez para o morto. Em seguida, baixando-se, apanhou a cortina de púrpura e ouro, atirando-a vivamente por cima do quadro.

Depois, ficou-se ali, sem ousar voltar atrás e começou a olhar para o bordado cheio de linhas complicadas que tinha diante dos olhos. Ouviu que Campbell trazia para o quarto o pesado cofre, os ganchos de ferro, tudo quanto tinha mandado buscar para sua sinistra tarefa. Perguntou a si mesmo se algum dia Alan e Basil se haviam encontrado e nesse caso o que poderiam ter pensado um do outro.

— Agora, deixe-me — ordenou atrás dele, uma voz sombria.

Virou-se e saiu precipitadamente sem ver coisa alguma a não ser que o morto tinha sido endireitado na cadeira e que Campbell lhe examinava de perto o rosto amarelento e luzidio. Da escada, ouviu a chave girar na fechadura.

Eram bem mais de sete horas quando Campbell desceu e veio ao encontro de Dorian. Estava pálido, mas absolutamente calmo.

— Fiz o que me pediu — murmurou. — E agora, adeus. Não devemos tornar a nos ver.

— Salvou-me da morte, Alan. Jamais o esquecerei! — disse simplesmente Dorian.

Mal Campbell se foi, Dorian Gray subiu. Um cheiro horrível de ácido nítrico enchia o quarto. Mas aquele que outrora estava sentado à mesa havia desaparecido.

15

Na mesma noite, às oito e meia, vestido admiravelmente, um grande ramo de violetas de Parma à lapela, Dorian Gray era introduzido no salão de

Lady Narborough por criados que se inclinavam respeitosamente. Os nervos crispavam-se-lhe na fronte, sentia uma agitação extrema. Nem por isso deixou de beijar a mão da dona da casa, com a graça e naturalidade habituais. Talvez a gente nunca se sinta mais perfeitamente à vontade do que quando deve desempenhar certo papel. Ninguém, seguramente, vendo Dorian Gray àquela noite, poderia imaginar que ele acabava de passar por uma tragédia igual em horror a todas as de seu tempo. Não era possível que esses dedos delicados houvessem brandido uma faca de assassino, que de seus lábios sorridentes houvesse se elevado um grito de terror para o céu e para Deus. Ele próprio espantava-se de comportar-se dessa maneira, com tanta serenidade e por momentos sentia o intenso e terrível prazer de viver uma vida dupla.

Era uma reunião pouco numerosa, organizada às pressas por Lady Narborough, mulher inteligente que conservava ainda, segundo se comprazia em dizer Lorde Henry, apreciáveis restos de sua notável feiura. Outrora esposa perfeita de um de nossos mais fastidiosos embaixadores, ela havia enterrado decentemente o marido sob um mausoléu, desenhado por suas próprias mãos; depois, casara as filhas com ricos *gentlemen* de idade um tanto madura; e agora, consagrava-se aos prazeres do romance francês, da cozinha francesa e do *esprit* francês, quando lhe passava ao alcance.

Dorian era um de seus grandes favoritos. Repetia-lhe, a torto e a direito, que estava encantada por não o haver conhecido quando moça. — Sem dúvida, meu caro, eu ficaria louca por você — explicava — e teria perdido a cabeça. Minha boa sorte quis que não se falasse a seu respeito em meu tempo. Aliás, nossos bonés eram então tão pouco interessantes e as grandes pás dos moinhos tão ocupadas em girar ao vento, que nem sequer tive um flerte. Tudo isso por culpa de Narborough. O querido homem era terrivelmente míope e que prazer pode haver em enganar um marido que não vê coisa alguma?

Seus convidados não eram dos mais divertidos. Escondendo-se atrás de um sofrido leque, ela explicava a Dorian que uma de suas filhas casada havia chegado de improviso, a fim de permanecer algum tempo, e para cúmulo da abominação, arrastando o marido.

— Isso me parece muito indiscreto da parte dela, meu caro — murmurava. — É verdade que passo o verão na casa deles, ao regressar de Hamburgo; mas uma velha como eu precisa mudar de ar; e, depois, é necessário que, uma vez ou outra eu os vá acordar! Não imagina que existência eles levam em sua toca. É a vida rural em todo seu esplendor. Levantam-se pela manhã muito cedo, pois têm muito que fazer, e deitam-se cedo, à noitinha, porque não têm que pensar. Não ocorreu um único escândalo nesse recanto, desde o tempo da rainha Elizabeth, de sorte que, depois do jantar, todos caem de sono. Não os terá como vizinhos. Ficará sentado perto de mim para divertir-me.

Dorian Gray agradeceu com gracioso cumprimento e passeou o olhar pelo salão. Era, na verdade, uma reunião bem maçante. Duas das pessoas presentes apareciam-lhe pela primeira vez. Nas outras reconheceu: Ernest Harrowden, mediocridade de meia idade, como há tantas nos clubes londrinos, dessas pessoas de que não se conhecem inimigos, mas que todos os amigos detestam cordialmente; Lady Ruxton, mulher de quarenta e sete anos, nariz aquilino, ornada demais, esforçando-se sempre por parecer comprometida, mas tão excepcionalmente destituída de encantos que ninguém, com grande despeito de sua parte, chegava a pensar mal dela; a Sra. Erlynne, pequena nulidade intrometida, ciciando deliciosamente, os cabelos de um vermelho veneziano; Lady Alice Chapman, filha da dona da casa, pessoa insípida e desengonçada, uma dessas figuras britânicas, absolutamente típicas, que vistas uma vez, nunca são lembradas; e seu marido, homem de faces rubicundas e suíças brancas que julgava, como tantos outros seus iguais, que uma jovialidade incoerente pode fazer perdoar uma falta completa de ideias.

Dorian quase lastimava ter vindo, quando Lady Narborough, levantando os olhos para o grande pêndulo de bronze dourado que ostentava suas volutas pretensiosas em cima da lareira revestida de malva, exclamou:

— Que horror o Henry Wotton estar tão atrasado! Mandei-lhe um recado esta manhã, um pouco ao acaso, e ele comprometeu-se, sob palavra de honra, em não faltar.

Harry estaria ali. Era uma consolação. Quando a porta se abriu e se ouviu a voz lenta e harmoniosa envolver com seu encanto uma desculpa mentirosa, desvaneceu-se em Dorian toda sensação de aborrecimento.

Entretanto, no jantar, não pôde comer coisa alguma. Deixou passar os pratos, um após outro, sem neles tocar.

— É uma injustiça que faz ao pobre Adolfo, que arranjou o *menu* especialmente para você —, não cessava de censurar-lhe Lady Narborough.

Por seu lado, Lorde Henry observava-o discretamente, intrigado com seu silêncio e ar absorto. A todo momento, o criado vinha encher-lhe a taça de champanha. Ele a esvaziava imediatamente e sua sede parecia cada vez mais ardente.

— Dorian — disse finalmente Lorde Henry, ao servirem o *chaud-froid* — que é que você tem esta noite? Parece-me abatido.

— Apostemos que está apaixonado — exclamou Lady Narborough — e que não tem coragem de o confessar, com receio de que eu fique enciumada. Tem razão, porque eu o ficaria terrivelmente.

— Querida Lady Narborough — murmurou Dorian, num sorriso —, não estive apaixonado por ninguém toda a semana, nem uma só vez, depois que Madame Ferrol foi embora de Londres.

— Como podem os homens apaixonarem-se por essa mulher? — exclamou a velha senhora. — Em verdade, não consigo compreender.

— Simplesmente porque ela se recorda de ter visto a senhora ainda criança, Lady Narborough — disse Lorde Henry. — Nós a amamos como o traço de união entre nós e a senhora, quando andava de vestido curto.

— Não, Lorde Henry, ela não se lembra de meus vestidos curtos. Eu, sim, lembro-me perfeitamente de tê-la visto em Viena, faz agora uns trinta anos, e de tal maneira decotada naquele tempo que...

— Decotada ela está sempre — replicou ele, pegando uma azeitona com a ponta dos dedos afilados. — E quando veste trajes de cerimônia, parece a edição de luxo de um péssimo romance francês. É uma mulher verdadeiramente singular e cheia de surpresas. Leva a um extremo raro a dedicação familiar. A tristeza pela morte de seu terceiro marido fez seus cabelos tornarem-se dourados.

— Será possível, Harry? — interrompeu Dorian.

— A explicação é romântica, tanto quanto é possível desenhar — exclamou a dona da casa, muito divertida. — Mas como seu terceiro marido? Quer então dizer que Ferrol é o quarto?

— Certamente, Lady Narborough.

— Não acredito.

— Pois bem! Pergunte a Dorian Gray, um de seus amigos íntimos.

— É verdade, Sr. Gray?

— Ela própria me afirmou mais de uma vez, Lady Narborough — respondeu Dorian. — E como um dia eu lhe perguntasse se, a exemplo de Margarida de Navarra, ela trazia pendurados à cinta os corações deles, embalsamados, ela respondeu-me que não, visto que nenhum deles tinha possuído coisa semelhante a um coração.

— Quatro maridos. Palavra, é excesso de zelo!

— Excesso de audácia é o que lhe digo muitas vezes — observou Dorian.

— Oh, quanto a isso, audaciosa a ponto de não recuar diante de coisa alguma, meu caro. E Ferrol como é? Não o conheço.

— Os maridos das mulheres muito bonitas pertencem todos à categoria dos criminosos — disse Lorde Henry, esvaziando lentamente o copo.

Lady Narborough bateu-lhe com o leque:

— Lorde Henry, não me admiro que o mundo o considere tão malvado.

— Que é o mundo que assim fala de mim? — perguntou Lorde Henry, olhos postos no alto. — Só pode ser o outro mundo, porque com este de cá estou eu nas melhores relações.

— Não conheço ninguém que não diga que o senhor é malvado! — declarou a velha senhora, abanando a cabeça.

Lorde Henry fez semblante de recolher-se um instante.

— Não conheço nada mais monstruoso — rompeu afinal — do que essa maneira que têm hoje as pessoas de dizer da gente, mal lhes viramos as costas, coisas absolutas e inteiramente verdadeiras.

— Não é que ele é mesmo incorrigível? — exclamou Dorian, inclinando-se na cadeira.

— Assim o espero — disse a dona da casa, risonha. — Mas, na verdade, vendo a adoração ridícula que vocês todos têm por Madame Ferrol, tenho vontade de tornar a casar para ficar assim em voga.

— A senhora não se casará outra vez, Lady Narborough — declarou Lorde Henry. — A senhora foi feliz em demasia. Quando uma mulher torna a casar-se é que detestava seu primeiro marido. Quando um homem se casa de novo é porque adorava sua primeira esposa. As mulheres tentam a sorte, os homens arriscam a sua.

— Narborough não era perfeito — objetou a velha dama.

— Perfeito, não o teria amado, minha cara senhora — replicou Lorde Henry. — As mulheres nos amam por nossos defeitos. Se deles possuirmos uma soma apreciável, elas nos perdoam tudo, mesmo por sermos inteligentes. Com essas palavras, receio muito que a senhora não me torne a convidar para jantar, Lady Narborough. E, todavia, é verdade pura.

— Naturalmente que é verdade. Se não os amássemos pelos defeitos, que seria de vocês? Nenhum se casaria. Seriam apenas um bando de celibatários infelizes. O que, aliás, não provocaria em vocês a menor modificação. Porque, hoje, todos os homens casados vivem como celibatários e todos os celibatários como homens casados.

— Fim do século — murmurou Lorde Henry.

— Fim do mundo — insistiu a dona da casa.

— Oxalá fosse o fim do mundo! — disse Dorian. — A vida é uma grande desilusão.

— Oh, meu caro — exclamou Lady Narborough, calcando as luvas —, não venha dizer-me que já esgotou a Vida. Quando um homem fala dessa maneira, já se sabe, é que a Vida o exauriu. Lorde Henry é um ser pervertido e eu sinto, às vezes, não o ter sido bastante; mas você, Dorian... Você nasceu para ser bom. Parece tão bom! É preciso que lhe encontremos uma gentil esposa. Não é da mesma opinião, Lorde Henry? O Sr. Gray deveria casar-se.

— Não me canso de lhe repetir, Lady Narborough — disse Lorde Henry, inclinando-se.

— Pois bem! Vamos arranjar-lhe uma noiva digna. A partir desta noite, vou folhear atentamente o *Debret*[24] e organizarei uma lista de moças aptas para o casamento.

— Com a idade respectiva também, Lady Narborough? — perguntou Dorian.

— Naturalmente, com a idade respectiva, ligeiramente revista e corrigida. Mas nada de pressa. Meu desejo é combinar o que o *The Morning Post* chama uma aliança bem aparelhada e pretendo fazer ambos felizes.

— Quanta coisa absurda se diz a propósito de casamentos felizes! — exclamou Lorde Henry. — Um homem pode ser feliz não importa com que mulher, sob a condição de não amá-la.

— Ah! Como o senhor é cínico! — observou a velha senhora, recuando a cadeira e fazendo sinal a Lady Ruxton. — É preciso voltar a jantar em nossa casa, dentro em breve. O senhor é realmente um tônico admirável, muito superior àqueles que me receita Sir Andrew. Basta dizer-me quais as pessoas que terá prazer em encontrar. Desejo que seja uma reunião encantadora.

— Gosto dos homens que têm um futuro e das mulheres que têm um passado — respondeu ele. — Mas, talvez, desse modo só possa contar com saias!

— É o que receio — replicou ela, rindo. E levantou-se. — Mil vezes perdão, minha cara Lady Ruxton — recomeçou ela —, não tinha reparado que seu cigarro não estava no fim.

— Não se aflija, Lady Narborough. Eu fumo demais. Desejo controlar-me no futuro.

— Por favor, não faça nada disso, Lady Ruxton — disse Lorde Henry. — A moderação é uma coisa fatal. O suficiente é tão mau como uma refeição. Demais é boa como um festim.

Lady Ruxton olhou para ele com certa curiosidade.

— Venha uma destas tardes explicar-me essas palavras, Lorde Henry. A teoria parece-me sedutora — murmurou ela, dirigindo-se para a porta.

— E, agora, senhores, não fiquem eternamente a discutir política ou a falar de seus escândalos — gritou da soleira Lady Narborough —, ou então teremos a certeza de que vamos brigar, aí em cima!

---

[24] Espécie de guia da alta sociedade londrina. (*N. do E.*)

Os homens desataram a rir. O Sr. Chapman, solene, emigrou de uma extremidade para outra da mesa. Dorian Gray veio sentar-se junto de Lorde Henry. Logo depois, o Sr. Chapman, com voz estentórea, começou a perorar sobre a situação na Câmara dos Comuns. Esmagava com seu riso grosseiro o partido contrário. A palavra "doutrinário", palavra que semeia o espanto em todo o cérebro britânico, cortava, de quando em quando, suas explosões. Um prefixo de aliteração servia-lhe de ornato retórico. E guindava a Union Jack ao pináculo do Pensamento. Na hereditária estupidez da raça, que ele apelidava jocosamente "o inalterável bom senso inglês", saudava o baluarte mais firme da Sociedade.

Um sorriso escarninho errava nos lábios de Lorde Henry. Voltando-se para Dorian:

— Diga-me, meu caro, sente-se melhor agora? — perguntou. — Durante a refeição tinha um ar deprimido.

— Estou muito bem, Harry. Apenas cansado. Só isso.

— Como você estava encantador a noite passada! A nossa duquesa ficou inteiramente conquistada! Disse-me que iria a Selby.

— Prometeu-me ir lá no dia vinte.

— Será que Monmouth irá também?

— Com certeza, Harry.

— Ele me aborrece de maneira terrível, quase tanto quanto aborrece a mulher. Ela, ao contrário, é bem inteligente, inteligente demais para o seu sexo. Falta-lhe o indefinível encanto da fragilidade. São os pés de barro que constituem todo o valor da estátua de ouro. Seus pezinhos são deliciosos, mas nada têm de comum com a argila; se quiser, são lindos pés de porcelana branca. Passaram pelo fogo e aquilo que o fogo não destrói endurece. É uma mulher experiente.

— Desde quando ela está casada?

— Faz uma eternidade, pelo que ela diz. Há uns dez anos, segundo o armorial. Mas compreendo que dez anos com Monmouth lhe tenham parecido uma eternidade. Quem terá como convidados?

— Oh, os Willoughby, Lorde Rugby e sua mulher, a dona da casa e Geoffrey Clouston, o bando habitual. Convidei também Lorde Grotrian.

— Esse me agrada — disse Lorde Henry. — Muitos são de opinião contrária, mas eu acho que ele é encantador. Resgata certa maneira por vezes ultra-rebuscada de vestir-se com uma educação sempre refinada. É o verdadeiro tipo do homem moderno.

— Não sei se ele poderá ir, Harry. Talvez tenha de acompanhar o pai a Monte Carlo.

— Ah! Que praga, os parentes! Procure decidi-lo. A propósito, Dorian, você ontem partiu cedo demais. Antes das onze. Que fez depois? Foi direto para casa?

Dorian lançou-lhe um olhar rápido e carregou o semblante.

— Não, Harry — disse por fim. — Entrei em casa por volta das três.

— Esteve no clube?

— Sim — respondeu.

Depois, mordendo os lábios:

— Não, engano-me. Não fui ao clube. Passei ao acaso. Não sei bem o que fiz. Como você é curioso, Harry! Pretende saber sempre aquilo que faço. Por mim, gostaria de esquecê-lo sempre. Entrei às duas e meia, se quer saber a hora exata. Tinha esquecido a chave e o criado foi obrigado a vir abrir-me a porta. Se quiser uma testemunha a respeito do que acabo de afirmar, pode perguntar-lhe.

Lorde Henry deu de ombros.

— Meu pobre amigo, como se eu desse a isso alguma importância. Vamos subir ao salão. Xerez? Não, obrigado, Sr. Chapman. Você tem alguma coisa, Dorian. Diga-me o que aconteceu. Esta noite você não parece o mesmo.

— Deixe-me, Harry. Estou irritadiço e de mau humor. Irei vê-lo amanhã ou depois. Apresente minhas desculpas a Lady Narborough. Não subirei. Vou-me embora. Devo ir para casa.

— Muito bem, Dorian. Conto com você amanhã, à hora do chá. A Duquesa estará presente.

— Farei por não faltar, Harry — e saiu.

Dirigindo-se para casa, Dorian percebeu que o sentimento de terror, que ele pensava haver esmagado, surgira de novo dentro dele. Algumas perguntas indiferentes de Harry tinham-lhe feito perder, num instante, todo seu sangue-frio; ora, ele necessitava de sangue-frio. Tinha de destruir ainda os diversos objetos comprometedores. Estremeceu. Só a ideia de ser obrigado a tocar neles era-lhe odiosa. Mas era preciso. Estava convencido disso. E logo que se encerrou na biblioteca, abriu o armário secreto para onde tinha atirado às pressas o manto e a maleta de Basil Hallward. Ardia um grande fogo. Lançou-lhe outra acha. Desprendeu-se um cheiro horrível de roupas chamuscadas e couro queimado. Foram necessários três quartos de hora para queimar tudo. No fim, sentiu que quase desmaiava. Acendeu algumas pastilhas argelinas numa caçoleta de cobre recortado e banhou o rosto e as mãos com vinagre de toalete, fresco e perfumado com almíscar.

De repente, estremeceu. Ateou-se-lhe nos olhos um fogo estranho. Mordiscou nervosamente os lábios. Entre duas janelas erguia-se um amplo gabinete florentino, de ébano incrustado de marfim e lápis-lazúli. Seus olhos prenderam-se aí, como se o móvel o houvesse, ao mesmo tempo, fascinado e aterrado, como se ele encerasse algum objeto ardentemente cobiçado e, todavia, maldito. A respiração tornou-se-lhe ofegante. Subiu-lhe à cabeça um desejo louco. Acendeu um cigarro, que atirou logo fora. Pouco a pouco, suas pupilas baixaram de tal maneira que a longa franja dos cílios veio quase tocar-lhe o rosto. Mas seus olhos não largavam o gabinete. Finalmente, levantando-se do sofá, onde se havia estirado, foi direto ao móvel, abriu-o, manobrou uma mola escondida. Surgiu lentamente uma gaveta triangular. Com um gesto instintivo, Dorian estendeu a mão, introduziu-a na gaveta e segurou o objeto desejado. Era um pequeno cofre chinês, de laca preta salpicada de ouro, trabalho maravilhoso; os lados representavam vagas sinuosas; os cordões de seda estavam ornados com bolas de cristal e fios de ouro trançado. Abriu-o. Continha uma pasta verde, de um brilho de cera, o cheiro singularmente pesado e tenaz.

Hesitou um instante, as feições rígidas num sorriso estranho. Depois, com um arrepio, embora no aposento estivesse um calor sufocante, levantou-se e olhou as horas no relógio. Eram vinte para a meia-noite. Tornou a colocar a caixa no gabinete, fechou-lhe as portas e dirigiu-se para o quarto de dormir. Como meia-noite desfiasse suas notas de bronze no céu escuro, Dorian Gray, vestido com roupas comuns, um cachecol ao redor do pescoço, saiu, de manso, de casa. Em Bond Street encontrou um carro atrelado com um bom cavalo. Chamou-o e, com voz surda, deu um endereço ao cocheiro.

O homem abanou a cabeça:

— É longe demais para mim — disse.

— Tome, dou-lhe um soberano — replicou Dorian. — E dar-lhe-ei ainda mais um, se andar depressa.

— Muito bem, senhor — respondeu o homem. — Estaremos lá dentro de uma hora.

Meteu no bolso a moeda de ouro, firmou as rédeas do cavalo e partiu a galope para os lados do Tâmisa.

16

Um chuvisco frio começava a peneirar do céu e os lampiões embaralhados espetavam apenas na neblina uma claridade pálida. Em volta dos cabarés — era a hora de fechar — dispersavam-se homens e mulheres, em grupos indistintos. De alguns bares saíam risadas ignóbeis. Noutros, beberrões discutiam e vociferavam.

Recostado no fundo do carro, chapéu descaído para a frente, Dorian Gray lançava olhares distraídos pelas piores misérias da grande cidade. De tempos a tempos, repetia a si mesmo aquelas palavras proferidas por Lorde Henry, no primeiro encontro que com ele tivera: "Curar a alma por meio dos sentidos, curar os sentidos, servindo-se da alma". Sim, era esse o grande remédio. Empregara-o frequentemente, e ainda desta vez a ele recorria. Há casas de fumar o ópio em que se pode comprar o esquecimento, espeluncas horríveis em que a recordação dos velhos pecados se dilui no frenesi de pecados novos.

No céu, semelhante a um crânio amarelado, surgia a lua. Vez por outra, alguma grande nuvem informe estendia sobre ela um braço interminável, mascarando-a. Os bicos de gás tornavam-se cada vez mais raros, as ruas cada vez mais estreitas e mais sombrias. O cocheiro enganou-se no caminho e teve de voltar atrás meia milha. A água das poças salpicava o cavalo, fumegante. Os vidros laterais do carro estavam velados por uma bruma cinzenta.

"Curar a alma pelos sentidos, curar os sentidos pela alma"! Como essas palavras repicavam em seus ouvidos! É certo que sua alma estava doente de morte. Poderiam verdadeiramente os sentidos curá-la? Derramara-se sangue inocente. Haveria meio de expiar tal crime? Não, a falta, desta vez, ultrapassava todo resgate. Mas, na impossibilidade do perdão, ficava pelo menos o esquecimento. Custasse o que custasse, esqueceria, apagaria essa recordação, esmagando-a como se esmaga a cabeça de uma víbora que quer morder. Afinal, com que direito Basil lhe tinha dirigido aquelas palavras? Quem o encarregara de julgar assim os outros? Proferira palavras horríveis, odiosas, intoleráveis.

O carro avançava penosamente, o cavalo parecia afrouxar cada instante. Dorian, abrindo a portinhola da frente, gritou ao cocheiro que andasse mais depressa. Torturava-o o horrível desejo do ópio, a garganta em fogo, as mãos a torcer-se convulsivamente. E infligiu uma bengalada ao cavalo. O cocheiro riu e chicoteou o animal. Dorian riu, por sua vez, e o homem seguiu calado.

Que trajeto interminável! As ruas faziam pensar na teia negra de uma aranha lenta. Essa monotonia tornava-se acabrunhadora e a neblina, cada vez mais espessa, fazia-a mais atroz ainda. Dorian teve medo.

Passaram ao longo de olarias desertas. A neblina, aí menos espessa, deixava perceber estranhos fornos em forma de garrafa e o leque alaranjado de línguas de fogo. Um cão latiu ao passarem e, longe, bem no fundo da noite, ouviu-se o grito de uma gaivota errante. O cavalo, tropeçando num buraco, desviou-se e retomou o galope.

Dentro em pouco, deixaram o caminho barrento e recomeçaram a corrida barulhenta através de ruas mal calçadas. Quase todas as janelas estavam escuras. Todavia, aqui e ali, algum candeeiro aceso projetava contra o cortinado silhuetas fantásticas. Dorian as observava com curiosidade. Elas se moviam como bonecos monstruosos, gesticulavam como seres vivos. Pareceram-lhe odiosas. Subia-lhe do coração uma raiva surda. Ao darem a volta na esquina de uma rua, uma mulher chamou-os aos berros do limiar de uma porta, e dois homens correram atrás do carro por uns cem metros. O cocheiro afastou-os a chicotadas.

Dizem que a paixão faz o pensamento andar em círculos. Com efeito, obstinadamente Dorian Gray disse e repetiu, nos lábios que mordia nervosamente, as palavras sutis que falavam dos sentidos e da alma, acabando por encontrar nelas a expressão perfeita de seu humor e justificando, pelo assentimento de seu espírito, paixões que mesmo sem justificativas continuariam a reinar, soberanas. De célula em célula, a ideia fixa invadia-lhe o cérebro e o desejo feroz de viver, o mais formidável dos instintos do homem, excitava até as últimas fibras de seus nervos frementes. A fealdade, que outrora aprendeu a odiar porque acusava demasiadamente o realismo das coisas, tornava-se-lhe agora apreciada por esse mesmo motivo. A fealdade era a realidade única. As grosseiras disputas, as tabernas imundas, a violência crua do deboche, a própria baixeza dos ladrões e dos párias eram mais vivas, mais ricas de emoções intensas e verdadeiras do que as encantadoras figuras da Arte e as sombras fantasiosas da Música. Era bem a isso que ele tinha de chegar para conseguir o esquecimento. Em três dias, estaria livre.

Repentinamente, com um gesto brusco, o homem fez parar o cavalo, ao fundo de uma rua sombria. Por cima dos tetos das casas baixas e da confusão das chaminés, surgiam mastros sombrios de navios. Grinaldas de bruma branca envolviam as vergas, qual velas fantasmagóricas.

— Não fica pertinho daqui, senhor? — perguntou, com voz rouca.

Dorian estremeceu e perscrutou a penumbra:

— Ficarei aqui — respondeu.

Saltou do carro, entregou ao cocheiro a segunda moeda prometida e, estudando o passo, dirigiu-se para o cais. Aqui e ali brilhava uma lanterna na popa de algum navio mercante. A luz tremia na água das poças, quebrando-se em reflexos. Do barco prestes a largar e que se abastecia de carvão, irradiava-se uma claridade avermelhada. A calçada viscosa reluzia como um encerado molhado.

Tomou à esquerda e começou a caminhar depressa, olhando, às vezes, para trás, como se estivesse alguém a segui-lo. Depois de sete a oito minutos, chegou a uma espelunca sórdida, encravada entre duas pequenas fábricas. Numa das janelas de cima, ardia uma lanterna. Deteve-se e bateu da maneira convencionada.

Ouviu logo passos no corredor, depois o ruído de uma corrente que se removia. A porta abriu-se devagar e ele entrou, sem dizer palavra ao informe trapo humano que desaparecia na sombra para deixá-lo passar. Ao fundo do corredor, pendia um pano verde todo rasgado, que a rajada de vento, entrando pela porta, juntamente com o visitante, sacudia violentamente. Afastou-a e penetrou num aposento baixo, comprido, que bem parecia ter sido anteriormente um salão de baile da mais ínfima categoria. Das paredes, a distâncias iguais, flamejavam, sibilando, bicos de gás, cuja imagem se refletia apagada e disforme em outros tantos espelhos negros de sujeira das moscas. Por trás das chamas, a teia ondulada dos refletores engordurados acentuava seus discos reverberantes. O soalho estava coberto de serragem amarelo-ocre, em certos lugares tão espezinhada que até se convertera em lama, maculada por grandes círculos de licor derramado. Malaios, acocorados junto de um braseiro, jogavam com fichas de osso e conversavam, mostrando os dentes muito brancos. A um canto, a cabeça enterrada nos braços, dormitava um marinheiro, escarranchado sobre a mesa; em pé, junto ao balcão, de pinturas gritantes que enchiam inteiramente um dos lados do aposento, duas mulheres lívidas zombavam de um velho, ocupado a escovar as mangas do casaco, com ar de profundo aborrecimento.

— Ele cismou que as formigas vermelhas passam por cima dele — disse, trocista, uma das mulheres, quando Dorian ia passando. O homem desviou para ela olhos de espanto e começou a choramingar.

No fundo da sala, uma pequena escada dava acesso a um quarto escuro. Quando galgava os três degraus vacilantes, Dorian reconheceu o perfume pesado do ópio. Aspirou-o avidamente e as narinas dilatadas palpitaram-lhe de prazer. Ao entrar, um moço de cabelos sedosos de ouro que, derreado sobre um candeeiro, acendia um longo e fino cachimbo, ergueu os olhos e fez-lhe uma saudação hesitante.

— Você aqui, Adrian? — murmurou Dorian.

— Onde é que havia de estar? — respondeu o outro, languidamente. — Não há mais um único camarada que se digne falar comigo.

— Pensei que você tivesse saído da Inglaterra.

— Não. Darlington já não me causará aborrecimentos. Meu irmão acabou pagando aquela promissória. George também não quer ver-me. Pouco me importa — acrescentou ele, suspirando. — Enquanto se tiver esta droga, não se carece de amigos. Provavelmente tive amigos demais!

Dorian estremeceu e olhou ao redor, sobre os colchões remendados, todos aqueles fantoches, em posições inverossímeis. Suas pernas dobradas, suas bocas abertas, seus olhos dilatados e baços fascinavam-no. Ele sabia em que estranhos paraísos esses seres sofriam e que tristes infernos lhes entregava o segredo de volúpias novas. Eram mais felizes do que ele na prisão de seu pensar, nas garras da recordação que, semelhante a uma doença horrível, lhe roía a alma. Por momentos, julgou ver fixos neles os olhos de Basil. Apesar de tudo, sentiu que não poderia demorar-se ali. A presença de Adrian Singleton incomodava-o. Precisava de um lugar em que ninguém o conhecesse. Queria sair de si mesmo.

— Vou-me para outra espelunca — disse, após um silêncio.

— No cais?

— Sim.

— Tenha a certeza de encontrar lá aquela endiabrada! Não a querem mais aqui.

Dorian deu de ombros.

— Estou enfastiado das mulheres que amam. Aquelas que odeiam são bem mais interessantes. Além disso, lá a droga é melhor.

— Oh, sensivelmente a mesma!

— Acho-a preferível. Venha tomar alguma coisa. Tenho sede.

— Não preciso de nada — murmurou o moço.

— Venha, mesmo assim.

Adrian Singleton ergueu-se preguiçoso e acompanhou Dorian ao bar. Um sujeito de turbante remendado e capote miserável, depois de os saudar com um sorriso hediondo, colocou diante deles uma garrafa de *brandy* e dois copos. Astuciosamente, as duas mulheres aproximaram-se e procuraram travar conversa. Dorian voltou-lhes as costas e à meia-voz disse algumas palavras a Singleton. Um sorriso tortuoso como um punhal malaio contraiu os lábios de uma das mulheres.

— Muito orgulhoso esta noite! — zombou ela.

— Por Deus, deixe-me sossegado! — exclamou Dorian, cheio de raiva. — Que quer? Dinheiro? Aí tem. E nunca mais me diga uma palavra.

Duas faíscas rubras flamejaram, por um momento, nos olhos confusos da infeliz, depois apagaram-se, num olhar murcho e vítreo. Abanou a cabeça e, com a mão rapinante, arrebanhou as moedas de cima do balcão. A companheira olhava para ela, com olhos de inveja.

— É inútil! — suspirou Adrian. — Não desejo voltar atrás. Para quê? Estou muito bem aqui.

— Se necessitar seja do que for, escreva-me. Quer fazer isso? — perguntou Dorian, após um breve silêncio.

— Talvez.

— Então, boa noite.

— Boa noite — respondeu o jovem, subindo os degraus e enxugando, com um lenço, os lábios cansados.

Dorian, com aspecto dolorido, dirigiu-se para a porta. Já estava afastando a cortina, quando uma risada atroz rebentou dos lábios pintados da mulher que apanhara o dinheiro.

— Olhem o vendido ao demônio que vai saindo! — gritou ela, a voz rouca, entre dois soluços.

— Não me chame dessa maneira, mulher maldita! — protestou ele.

Ela estalou os dedos.

— Quer que lhe chamem Príncipe Encantado, não é? Agrada-lhe esse nome? — ia ela berrando atrás.

A essas palavras, o marinheiro que dormitava a um canto levantou-se de um salto, lançando em redor olhares selvagens. Ouviu que a porta se fechava no corredor. E precipitou-se, como se seguisse uma pista.

Dorian Gray seguia pelo cais, apertando o passo, debaixo da chuva impertinente e fina. O encontro com Adrian Singleton impressionara-o de maneira estranha e perguntava a si mesmo se na realidade tinha sido ele o causador da ruína dessa jovem existência, como Basil Hallward tinha tido a infâmia de censurar-lhe. Mordeu os lábios. Durante alguns segundos, os olhos encheram-se de tristeza. Mas, afinal, por que é que se inquietava? Nossos dias são curtos demais para a gente se encarregar das faltas do próximo. Cada um vive para si e resgata por sua conta o custo da vida. Que tristeza, porém, que seja necessário expiar tanto unicamente o próprio erro de viver! Na realidade, temos de pagar, pagar sempre e sempre. Em seu comércio com o homem, o Destino jamais encerra suas contas.

Há momentos, dizem os psicólogos, em que o amor do pecado, daquilo que o mundo chama pecado, se apodera do ser a tal ponto que cada fibra do corpo, cada célula do cérebro, parece presa de inexoráveis impulsos. Homens e mulheres perdem, então, todo livre-arbítrio. Movem-se para seu objetivo fatal como se fossem autômatos. Foi-lhes cerceada toda a liberdade de escolha. A consciência está morta ou apenas viva o bastante para emprestar atrativo à rebelião, encanto à desobediência. Porque todo o pecado, não se cansam os teósofos de nô-lo lembrar, é pecado de desobediência. Quando o soberbo Espírito do Mal, estrela da manhã, se precipitou do céu, foi sob o estandarte da revolta.

Insensível, impelido para o mal, o espírito corrupto, a alma sequiosa de rebelião, Dorian Gray, em sua impaciência, apressava cada vez mais o passo. Acabava de desembocar bruscamente sob uma passagem abobadada, travessa que seguia muitas vezes para dirigir-se àquele lugar mal-afamado, quando, de repente, se sentiu preso por trás e, antes que fosse possível qualquer defesa, viu-se encostado à parede, estrangulado por uma mão brutal.

Lutou como um desesperado e, com esforço supremo, livrou-se dos dedos que o sufocavam. No mesmo instante, percebeu a manobra de um revólver, o reflexo do cano polido apontado para seu rosto e, mergulhada na sombra, a forma curta e atarracada de quem o assaltava.

— Que pretende de mim? — perguntou, arquejante.

— Calma! — respondeu o homem. — Nem um movimento, senão atiro!

— Está louco. Que é que eu lhe fiz?

— Acabou para sempre com a vida de Sibyl Vane, e Sibyl Vane era minha irmã. Ela se suicidou, já sei. Mas foi você a causa da morte dela. E eu jurei que o mataria. Faz anos que ando à sua procura. Não tinha o menor ponto de referência. As duas únicas pessoas que poderiam ter-me descrito você estavam mortas. Nada eu sabia a seu respeito, excetuando-se a forma pela qual minha irmã o tratava. Há pouco, de repente, por acaso, ele chegou a meus ouvidos. Recomende sua alma a Deus, pois vai morrer.

Dorian Gray desmaiava de medo.

— Nunca a conheci — balbuciou ele. — Nunca ouvi falar dela. Você perde a razão.

— Seria melhor confessar seu pecado, porque, tão certo como meu nome é James Vane, você vai morrer.

Houve um momento trágico. Dorian não sabia o que dizer, nem o que fazer.

— De joelhos! — resmungou o homem. — Dou-lhe um minuto para cuidar de sua alma. Embarco esta noite para as Índias, mas, antes, tenho de cumprir minha promessa. Um minuto, nada mais.

Os braços de Dorian caíram, inertes. Paralisava-o o medo. Que fazer? Repentinamente, um lampejo feroz de esperança perpassou-lhe pelo cérebro.

— Espere! — exclamou. — Há quanto tempo morreu sua irmã? Diga!

— Há dezoito anos. Mas para que essa pergunta? Que importa o número de anos?

— Dezoito anos! — exclamou Dorian Gray, um triunfo na voz e o riso nos lábios. — Dezoito anos! Conduza-me até aquele candeeiro e veja meu rosto.

James Vane começou por hesitar, compreendendo bem, e arrastou-o para fora da arcada.

Por mais fraca e agitada pelo vento que estivesse a chama do lampião, sua claridade era suficiente para mostrar ao marinheiro o engano abominável que ele aparentemente acabava de cometer. Porque o homem que ele queria matar ostentava no rosto toda a frescura da adolescência e toda a pureza sem mácula da primeira mocidade. Não lhe pareceu poder ter mais de vinte primaveras, mais ou menos a idade de sua irmã quando da última vez lhe dissera adeus, havia tantos anos! Evidentemente não era esse o assassino de Sibyl.

Largou a presa e recuou.

— Deus dos céus! E dizer que eu ia matá-lo!

Dorian Gray respirou com força. Depois trançando ao homem um olhar severo:

— Desgraçado! Por pouco cometia um crime horroroso. Que lhe sirva de lição! Não procure vingar-se de ninguém por suas mãos!

— Perdoe, senhor — murmurou James Vane. — Enganei-me. Uma palavra apanhada no ar, nessa maldita taberna, fez-me enveredar por uma pista falsa.

— Creia no que lhe digo! Vá-se embora e largue essa arma, antes que lhe aconteça alguma desgraça — disse Dorian. E, dando meia volta, desceu lentamente a rua.

Petrificado de horror, James Vane deixou-se ficar ali, na calçada. Todo seu corpo tremia. Mas, logo depois, uma sombra negra que deslizara ao longo da parede aproximou-se dele a passo leve. Sentiu que lhe tocavam no braço e voltou-se bruscamente. Era uma das mulheres que, havia pouco, estava bebendo no bar.

— Por que não o derrubou? — disse ela com voz sibilante, seu rosto escaveirado quase a tocar a face do marinheiro. — Quando você saiu, correndo da casa de Daly, compreendi que você ia atrás dele. Devia tê-lo matado. Ele tem muito dinheiro e não há ninguém tão mau quanto ele.

— Este homem não é aquele que eu procuro — respondeu ele. — Não corro atrás de bolsas de dinheiro, mas de uma vida. O homem que odeio de morte deve contar hoje uns quarenta anos. Este é quase uma criança. Graças a Deus, seu sangue não manchou minhas mãos.

A mulher, num riso amargo:

— Quase uma criança! O que não impede, meu belo amigo, que há dezoito anos mais ou menos o Príncipe Encantado tenha feito de mim aquilo que sou agora.

— Mentes! — exclamou James Vane.
Levantando a mão para o céu:
— Juro diante de Deus que é verdade.
— Perante Deus?
— Que eu fique muda neste instante, se minto. É o homem mais malvado de todos quanto aqui vêm. Dizem que se vendeu ao diabo em troca de um rosto bonito. Desde o dia em que me encontrei com ele, há uns dezoito anos, não mudou, por assim dizer. Eu, é outra história! — acrescentou, com uma profunda melancolia no olhar.
— Jura?
— Juro! — responderam como num eco os lábios delgados. — Mas não me venda! Tenho medo dele! Dê-me alguns trocados, para pagar uma pousada por esta noite.
Blasfemando de raiva, largou-a para correr até a primeira esquina; mas Dorian Gray havia desaparecido. Quando voltou os olhos para trás, a mulher, por sua vez, também desaparecera.

17

Uma semana mais tarde, Dorian Gray, sentado no jardim de inverno de Selby Royal, conversava com a linda duquesa de Monmouth, a qual figurava entre seus convidados, assim como o marido, sexagenário visivelmente alquebrado. Era a hora do chá. Sobre a mesa, um grande candeeiro, velado de renda, alumiava com uma claridade ambarina o serviço de porcelana e prata cinzelada. A duquesa fazia as honras da casa. Suas mãos alvas erravam delicadamente por entre as xícaras, enquanto seus lábios sensuais e vermelhos sorriam ao que lhe sussurrava Dorian. Recostado numa poltrona de vime revestida de seda, Lorde Henry os observava. Lady Narborough, sentada num divã cor de pêssego, fingia escutar a descrição que lhe fazia o Duque do último escaravelho brasileiro que acrescentara à sua coleção. Três moços, trajando elegantes casacas, ofereciam bolos a algumas das senhoras. A reunião contava doze pessoas e esperavam-se novos convidados no dia seguinte.
— De que estão falando? — perguntou Lorde Henry, aproximando-se vagarosamente da mesa, para pousar a xícara. — Espero, Gladys, que Dorian a tenha informado de meu projeto de rebatizar tudo. É uma ideia deliciosa.
— Mas eu não desejo ser batizada de novo, Harry — protestou a Duquesa levantando para ele os olhos magníficos. — Estou encantada com o nome que me deram no batismo e aposto que o Sr. Gray o está igualmente com o seu.

— Minha querida Gladys, por coisa alguma deste mundo seria eu capaz de mudar os nomes de vocês dois. São perfeitos um e outro. Pensava particularmente nas flores. Ontem, apanhava uma orquídea para a lapela de minha casaca. Era uma autêntica maravilha, toda salpicada de manchas, comovente como os sete pecados mortais. Caí na asneira de perguntar ao jardineiro como se chamava. Respondeu-me ele que era um lindo espécime de Robinsoniana, ou outro horror do mesmo naipe. É a triste verdade. Perdemos a faculdade de atribuir nomes lindos às coisas. Os nomes são tudo. Quanto a mim, jamais critico os fatos. Minhas únicas críticas são para as palavras. É por isso que odeio, em literatura, o realismo vulgar. Um homem capaz de chamar de enxada a uma enxada deveria ser condenado a servir-se dela. Só para isso é que ele serviria.

— Então, como deveríamos chamá-lo, Harry? — perguntou a Duquesa.

— Quanto a ele, cai-lhe bem o apelido de Príncipe Paradoxo — respondeu Dorian.

— Reconheço — de um golpe, exclamou a Duquesa.

— Não quero esse nome! — protestou Lorde Henry, caindo a rir numa poltrona. — Não se foge a um rótulo. Recuso o título.

— Os soberanos não podem abdicar — sentenciaram, como uma advertência, os lábios formosos.

— Quer, então, que eu defenda o trono?

— Sim.

— Eu apresento as verdades de amanhã.

— Prefiro os erros de hoje — respondeu ela.

— Assim, Gladys, você me desarma — percebendo seu humor caprichoso.

— De seu escudo, mas não de sua lança.

— Jamais ataco a Beleza — disse ele. — E sua mão teve uma saudação graciosa.

— Está errado, Harry, creia-me. Você faz demasiado caso da beleza.

— Como pode dizer isso? Creio, é verdade, que é melhor ser belo do que ser bom; mas, em compensação, mais que ninguém estou pronto a reconhecer que vale mais ser bom do que ser feio.

— A fealdade seria, então, um dos pecados mortais?! — exclamou a Duquesa. — Em que fica sua comparação da orquídea?

— A fealdade, Gladys, é uma das sete virtudes mortais. Como boa conservadora, não tem o direito de depreciá-las. É à cerveja, à Bíblia e às sete virtudes mortais que nossa Inglaterra deve o que é hoje.

— Então, não lhe agrada sua terra? — perguntou ela.

— É aqui que passo meus dias.
— Para censurá-la mais à vontade.
— Em sua opinião, faria melhor em adotar a respeito de meu país o julgamento da Europa?
— Que dizem a respeito de nós no continente?
— Que Tartufo emigrou para a Inglaterra e aqui abriu sua tenda.
— Essas palavras são suas, Harry?
— Cedo-lhas.
— Não sei que fazer com elas. São muito verdadeiras.
— Não tenha receio. Nossos compatriotas nunca reconhecem um retrato.
— Gente prática.
— Mais astutos do que práticos. Quando abrem seu grande livro, contrabalançam a estupidez com a riqueza e o vício com a hipocrisia.
— Entretanto, fizemos grandes coisas.
— Grandes coisas é que se impuseram a nós, Gladys. — Carregamo-lhes o fardo.
— Sim, mas apenas até a Bolsa de Valores.
Meneando a cabeça, ela exclamou:
— Tenho fé em nossa raça!
— Ela representa a sobrevivência de um instinto.
— Possui seu progresso.
— A decadência atrai-me muito mais.
— Como julga a Arte?
— Uma enfermidade.
— O Amor?
— Uma ilusão.
— A Religião?
— O sucedâneo moderno da Crença.
— Você é cético.
— Não sou. O ceticismo é o começo da Fé.
— Então, que é?
— Definir é limitar.
— Dê-me um fio da meada.
— Os fios rompem-se, você ficaria perdida no labirinto.
— Estou atordoada. Falemos de outra pessoa qualquer. — O dono desta casa é um magnífico assunto de conversa. Há muitos anos alguém o batizou com o nome de "Príncipe Encantado".
— Ah! Não evoque essa recordação! — exclamou Dorian Gray.

— Hoje nosso hospedeiro está de mau humor — observou a Duquesa corando. Ele imagina, creio eu, que Monmouth se casou comigo por simples razão científica, como se eu fosse o mais bonito espécime que lhe hajam oferecido de uma borboleta moderna.

— Espero, Duquesa, que ele não chegue a ponto de picar-lhe o corpo com alfinetes — gracejou Dorian.

— Oh! É o que faz minha criada, quando se zanga comigo.

— Mas que motivo pode ter ela para zangar-se com você, Duquesa?

— Pelos motivos mais fúteis, asseguro-lhe, Sr. Gray. O mais das vezes, porque entro em casa às dez para as nove e pretendo estar vestida às oito e meia.

— Ora, aí está uma criada pouco inteligente! Deveria despedi-la!

— Não me atrevo a isso, Sr. Gray. Imagine, ela cria chapéus para mim! Lembra-se daquele que eu trazia na festa em casa de Lady Hilstone? Não se recorda, está claro, mas finge recordar-se, por gentileza. Pois bem! Foi ela quem o fez, quase com nada. Todos os chapéus de estilo são feitos assim, do nada.

— Como todas as boas reputações, Gladys — interveio Lorde Henry. — Cada vez que se produz um efeito, cria-se um inimigo. É preciso permanecer medíocre para ser popular.

— Não junto das mulheres — disse a Duquesa, com gesto negativo. — E são as mulheres que conduzem o mundo. Garanto-lhe que tenho horror da mediocridade. Alguém disse: "Nós, as mulheres, amamos com as orelhas, como vocês, homens, amam com os olhos, se é verdade que vocês chegam a amar!"

— Parece-me que não fazemos outra coisa durante a vida — murmurou Dorian.

— O que equivale a dizer que não amam verdadeiramente, Sr. Gray — tornou a Duquesa, com tristeza zombeteira.

— Minha querida Gladys — exclamou Lorde Henry —, como pode dizer essas coisas? O amor vive da repetição e é repetindo-se que, de instinto, se converte em arte. Aliás, cada novo amor é o único amor da vida. A mudança de objeto não altera a unidade da paixão. Não faz mais que intensificá-la. Cada um de nós, em sua existência, tem pelo menos uma grande aventura e o segredo da vida consiste em reproduzir essa aventura o maior número possível de vezes.

— Mesmo se ela nos houver machucado, Harry? — perguntou a Duquesa, após um curto silêncio.

— Sobretudo se nos houver machucado — respondeu Lorde Henry.

A Duquesa, voltando-se para Dorian Gray, olhou-o com uma expressão curiosa.

— Que lhe parece, Sr. Gray? — interrogou.

Dorian hesitou um instante. Depois, atirando a cabeça para trás declarou, rindo:

— Estou sempre de acordo com Harry, Sra. Duquesa.

— Mesmo quando ele erra?

— Harry nunca erra.

— A filosofia dele torna-o feliz?

— Nunca andei à procura da felicidade. Para que precisamos de felicidade? Tenho procurado o prazer.

— E encontrou-o, Sr. Gray?

— Muitas vezes, muitíssimas vezes.

A Duquesa suspirou.

— Quanto a mim, procuro a paz — disse ela — e, se não for vestir-me, não a terei esta noite.

— Espere, que vou colher-lhe algumas orquídeas, Duquesa — disse Dorian, levantando-se e se dirigindo para o fundo da estufa.

— Você flerta escandalosamente com ele — disse Lorde Henry para sua prima. — Deveria ter mais cuidado. Ele é sedutor.

— Se não o fosse, não haveria luta.

— Grego contra grego, então?

— Sou do lado dos troianos. Eles combatiam por uma mulher.

— Foram vencidos.

— Há males piores do que o cativeiro — respondeu ela.

— Você galopa à rédea solta.

— A velocidade é a vida — replicou ela.

— Vou tomar nota dessa frase, logo à noite, em meu diário.

— Que é que vai anotar?

— Que criança queimada gosta do fogo.

— A chama nem me roçou. Minhas asas estão intatas.

— Para servir-lhe em tudo, menos para a fuga.

— A coragem passou dos homens para as mulheres. É para nós uma nova sensação.

— Você tem uma rival.

— Quem?

Ele pôs-se a rir.

— Lady Narborough — disse com ares de mistério. — Ela tem por ele uma verdadeira adoração.

— Você me assusta. Todo apelo à Antiguidade é fatal para nós românticas.

— Românticas! O método científico não tem mais segredos para vocês.
— Foram os homens que nos instruíram.
— Mas não as explicaram.
Ela atirou-lhe este desafio:
— Defina nosso sexo.
— Esfinges sem segredo.
Ela olhou para ele e sorriu. Depois:
— O Sr. Gray está demorando demais. Devíamos ajudá-lo. Nem sequer lhe disse de que cor seria meu vestido.
— A você cabe fazer combinar o vestido com as flores que ele trouxer.
— Seria uma capitulação prematura.
— A arte romântica começa pelo apogeu.
— Pretendo manter uma oportunidade de fuga.
— À maneira dos partas.
— Encontraram a salvação no deserto. Isso estaria acima de minhas forças.
— As mulheres nem sempre têm a possibilidade de escolha — respondeu ele.

Mal acabava de pronunciar esta frase, veio do fundo da estufa um gemido abafado, depois o ruído da queda de um corpo pesado. De um pulo, todos acudiram às pressas. A Duquesa estacou, imobilizada de horror. Lorde Henry, os olhos dilatados e inquietos, precipitou-se por entre os ramos de palmeiras. Dorian Gray, o rosto de encontro ao pavimento de mosaico, jazia sem sentidos, como se estivesse morto. Transportaram-no logo para o salão azul, onde o estenderam sobre um dos sofás. Voltou a si em seguida e, olhando ao redor, espantado:

— Que aconteceu? — perguntou. — Ah! Já me recordo. Estou seguro aqui, Harry? — e começou a tremer.

— Meu caro Dorian — disse Lorde Henry —, você perdeu simplesmente os sentidos. Foi tudo. Talvez estivesse cansado demais. Seria melhor não descer para o jantar. Eu o substituirei.

— Não, não, eu desço — replicou, levantando-se com esforço. — Prefiro assim. Não quero permanecer só.

E dirigiu-se ao quarto, a fim de vestir-se. À mesa, mostrou-se de uma alegria loucamente despreocupada; mas, de tempos a tempos, um arrepio de pavor percorria-lhe todo o corpo, ao lembrar-se de que tinha visto, achatado como um lenço branco de encontro às vidraças da estufa, o rosto inquisidor de James Vane a observá-lo.

18

No dia seguinte, não saiu de casa. Ficou quase todo o tempo no quarto, preso de um medo incontrolável de morrer e, todavia, indiferente à vida. A consciência de que alguém o procurava e o perseguia tornou-se uma obsessão. Bastava que o vento agitasse de leve uma tapeçaria para ele tremer. As folhas mortas que vinham, ao cair, bater nas vidraças, pareciam-lhe um símbolo de suas resoluções desvanecidas, de seus arrependimentos perdidos. Não podia fechar os olhos sem rever a fisionomia do marinheiro que o espiava através de um vidro embaçado, sem sentir a mão do terror apertar-lhe o coração.

Mas não seria unicamente sua imaginação que evocava do seio das trevas e fazia surgir a seus olhos os terríveis fantasmas do castigo? Se a vida real é um caos, em contraposição, uma lógica terrível governa a imaginação. É ela que lança o remorso em perseguição do pecado. É a imaginação que dá ao crime sua odiosa progenitora. No mundo simples dos fatos, os maus não são castigados, nem tampouco recompensados os bons. O êxito coroa os fortes, a derrota esmaga os fracos. Nada mais. De resto, um estranho não poderia andar à espreita, em volta da casa, sem ser visto pelos criados ou pelos guardas. E se os jardineiros houvessem encontrado nos canteiros vestígios de passos, certamente que o teriam avisado. Sim, tudo aquilo era apenas fruto de sua imaginação. O irmão de Sibyl não tinha reaparecido para matá-lo. Navegava bem longe, a bordo de um navio que o levaria a soçobrar em qualquer mar de tempestade. Por esse lado, ao menos, nada havia a recear. E, depois, seu agressor nem sequer sabia quem ele era, nem jamais o saberia. A máscara da mocidade tinha-o salvo.

Mas, na hipótese de uma pura ilusão, que horror pensar que a consciência podia evocar tão medonhos fantasmas, dar-lhes forma visível, fazê-los mover-se. Que existência ia ser a sua se, noite e dia, as sombras de seu crime estivessem constantemente a espreitá-lo de seus recantos silenciosos, a escarnecer dele do fundo de seus esconderijos, inclinando-se a seus ouvidos até no meio dos festins, e com seus dedos de gelo lhe viessem perturbar o sono? Mas essa ideia lhe invadiu o cérebro, empalideceu de terror e o ar pareceu-lhe repentinamente gelado. Oh, que hora de louca cegueira aquela em que tinha matado o amigo! Como era alucinante até a simples recordação daquela cena! E a revia cada instante. Não lhe escapava nem o mais pequeno detalhe horrível, revestido, cada vez, de novo horror. Escapando da negra masmorra do Tempo, terrífica e vestida de raiva, surgia a imagem de seu crime. Quando, às seis horas, Lorde Henry entrou, achou-o como alguém que tivesse o coração esmagado.

Somente no terceiro dia se aventurou a sair. O ar puro daquela manhã de inverno, em que flutuava o aroma dos pinheiros, pareceu restituir-lhe a alegria e a ardente necessidade de viver. Mas não foi unicamente do concurso das circunstâncias físicas que surgiu essa reviravolta. Todo seu ser se havia revoltado contra o excesso de uma angústia que pretendia mutilar, destruir sua serenidade perfeita. Sucede sempre o mesmo às naturezas sutis e refinadas. É inevitável que suas paixões se verguem ou esmaguem, que escolham entre matar ou morrer. De resto, Dorian, convencido agora de ter sido o joguete de uma imaginação aterrorizada, já não pensava nos terrores passados senão com uma piedade e nenhum pingo de desdém.

Depois da primeira refeição, passeou por uma hora no jardim com a Duquesa e depois atravessou o parque, em carruagem, para ir assistir à caça. A geada, semeando grãos de sal, cobria os relvados de branco. O céu parecia uma taça de metal de boca voltada para baixo. Uma delgada película de gelo adornava o lago perfeitamente liso, onde cresciam os juncos. Na esquina do bosque de pinheiros, avistou o irmão da Duquesa, Sir Geoffrey Clouston, que retirava da espingarda dois cartuchos queimados. Pulou do carro, despediu o criado com a carruagem e juntou-se a seu hóspede atravessando fenos secos e espinhos rudes.

— Boa caçada, Geoffrey? — perguntou.

— Não está nada boa, Dorian. Penso que os pássaros migraram todos para os campos. Esperemos que depois do almoço as coisas corram melhor, em terreno novo.

Dorian caminhava devagar ao lado do caçador. O ar vivo e aromático, as luzes vermelhas e castanhas que cintilavam na floresta, os gritos roucos que, de tempos a tempos, lançavam os batedores, depois o estalido seco dos tiros de espingarda, tudo isso o encantava, embriagando-o com uma sensação de liberdade deliciosa. Retomara-o a inteira despreocupação da felicidade e a suprema indiferença da alegria.

De repente, de um maciço espesso de ervas altas, a uns vinte metros diante deles, orelhas em pé, margeadas de preto, saltando nas patas traseiras compridas, correu uma lebre. Procurava atingir um pequeno bosque de caniços. Sir Geoffrey apontou a espingarda, mas havia tanta graça nos movimentos do animal que Dorian, seduzido, exclamou vivamente:

— Não atire, Geoffrey! Deixe-a viver!

— Que brincadeira, Dorian! — replicou o companheiro. E, quando a lebre saltava para dentro do pequeno bosque, fez fogo.

Dois gritos rasgaram o ar; o grito verdadeiramente horrível de uma lebre ferida e o grito, mais dilacerante ainda, de um homem em agonia.

— Santo Deus! Acertei algum batedor! — exclamou Sir Geoffrey. — Mas, também, que ideia essa de vir colocar-se diante da mira das espingardas. Ei! Acabem com a caçada! — gritou com toda força. — Há um homem ferido!

O guarda principal chegou, correndo, bastão na mão, todo amedrontado:

— Onde foi, senhor! Onde está ele?

E o fogo cessou em toda a linha.

— Aqui — respondeu furioso Sir Geoffrey, correndo para o bosque de caniços. — Por que não mantém seus homens na retaguarda? Você estragou a caçada de hoje.

Dorian viu que penetravam no pequeno bosque, afastando as ramagens curvas e flexíveis. Saíram logo depois, arrastando um corpo que trouxeram para o claro. Ele virou-se em pavor. Parecia que a fatalidade o perseguia. Ouviu Sir Geoffrey perguntar se o homem estava completamente morto e o guarda respondeu afirmativamente. E o bosque pareceu-lhe todo povoado de estranhas fisionomias. Ressoavam milhares de passos, vozes enchiam o espaço com ecos surdos. Por cima da cabeça de Dorian, debatendo-se entre as folhagem, levantou voo um grande faisão dourado.

Após alguns minutos que, em seu estado de agitação, lhe pareceram longas horas de tortura, sentiu que a mão de alguém pousava-lhe no ombro. Estremeceu e voltou-se.

— Dorian — perguntou Lorde Henry —, não seria melhor que eu dissesse a eles que, por hoje, a caçada fica suspensa? Não seria correto continuá-la.

— Eu desejaria que ela fosse suspensa para sempre, Harry — respondeu ele, com certa amargura na voz. — Tudo nela é repugnante e feroz. Será que o homem está...?

Não ousava concluir a frase.

— É o que temo — replicou Lorde Henry. — Recebeu a carga em cheio, no peito. A morte deve ter sido instantânea. Mas vamo-nos embora, voltemos para casa.

Seguindo a direção da avenida, andaram por uns cinquenta metros, lado a lado, sem pronunciar palavra. Finalmente, Dorian, levantando os olhos para Lorde Henry, disse com um longo suspiro:

— Mau presságio, Harry; péssimo presságio.

— Quê? — perguntou Lorde Henry. — Ah, esse incidente? Meu caro amigo, nada há que fazer. A culpa foi toda do imprudente. Para que vir colocar-se diante do fogo das espingardas? Em todo caso, nem você nem eu temos a menor culpa. Quanto a Geoffrey, é desagradável, estou de acordo. É sempre aborrecido acertar num batedor. Dizem que é porque se tem má pontaria. Ora, não é esse o caso de Geoffrey, que tem boa mira. Mas para que falar dessas coisas?

Dorian sacudiu a cabeça.

— É um mau presságio, Harry. Tenho o pressentimento de que vai acontecer alguma coisa de horrível a algum de nós. A mim, talvez! — concluiu, passando a mão pelos olhos, num gesto de sofrimento.

O companheiro desatou a rir.

— Só existe uma coisa terrível neste mundo, Dorian, um único pecado imperdoável: o aborrecimento. Nós, porém, não corremos o risco de ser por ele atingidos, a menos que nossos companheiros comecem a repisar essa história durante o jantar. Tenho de preveni-los de que é assunto proibido. Quanto a presságios, será que eles existem? O Destino não costuma enviar-nos seus arautos. É demasiado sábio ou demasiado cruel para o fazer. Além do mais, que é que poderia acontecer a você, Dorian? Não possui você tudo quanto um homem pode desejar neste mundo? Não há ninguém que não ficasse encantado -se lhe fosse possível trocar a sorte pela sua.

— Não há ninguém cuja sorte eu não preferisse à minha, Harry. Não ria dessa maneira. Falo a sério. Esse pobre camponês que acaba de morrer é mais feliz do que eu. Não tenho medo da morte. O que me aterroriza é a aproximação da morte. Parece-me que suas asas monstruosas batem de encontro a mim, no ar acabrunhador. Céus! Não vê que há um homem mexendo--se lá embaixo, por trás das árvores? Ele espreita-me, espera-me passar.

Lorde Henry olhou na direção que indicava, tremendo, a mão enluvada.

— Com efeito — disse, sorrindo —, vejo o jardineiro que está a nossa espera. Vem perguntar sem dúvida quais as flores que você prefere para a mesa esta noite. Como você está ridiculamente nervoso, meu caro amigo! Tenho de levá-lo a meu médico, logo que regressarmos a Londres.

Dorian lançou um suspiro de alívio, vendo aproximar-se o jardineiro. O homem levou a mão ao chapéu, depois decidiu-se a puxar por uma carta que estendeu a seu amo.

— Sua Graça disse-me que esperasse a resposta — murmurou.

Dorian meteu a carta no bolso.

— Informe a Sua Graça que vou entrar — disse friamente.

O homem deu meia volta e rapidamente dirigiu-se para a casa.

— Como as mulheres gostam de fazer coisas perigosas — observou, rindo, Lorde Henry. — É uma das qualidades que mais admiro nelas. Uma mulher flertará com o primeiro homem que encontrar, contanto que sinta que há olhos postos nela.

— E você, Harry, como gosta de dizer coisas perigosas! Desta vez enganou-se. Tenho muita estima pela Duquesa, mas não amor.

— Como a Duquesa tem por você muito amor e menos estima, estão os dois perfeitamente quites.

— Pura maledicência, Harry! E a maledicência carece sempre de fundamento.

— O fundamento de toda maledicência é sua inconveniente certeza! — replicou Lorde Henry, acendendo um cigarro.

— Que é que você deixaria de sacrificar ao prazer de um epigrama, Harry?

— As pessoas não pedem senão que as conduzam ao altar — respondeu ele.

— Como eu gostaria de amar! — exclamou Dorian, com uma voz em que tremia profunda emoção. — Mas, parece que perdi toda a paixão e esqueci todo o desejo. Vivo por demais concentrado em mim mesmo. A minha pessoa tornou-se um fardo para mim. Quereria fugir, partir, esquecer. Que ideia tola ter vindo aqui! Tenho vontade de telegrafar a Harvey para que me prepare o iate. Num iate a gente está ao abrigo.

— Ao abrigo de que, Dorian? Você está sob a garra de algum tormento. Por que não o confia a mim? Eu seria para você um ponto de apoio, você bem sabe.

— Não lhe posso dizer, Harry — respondeu com a voz triste. — Creio, aliás, que não passa de um capricho de minha imaginação. Esse acidente desagradável aborreceu-me. Tenho o pressentimento medonho de que poderá acontecer-me qualquer coisa semelhante.

— Isso é absurdo!

— Assim o espero. Todavia, não consigo furtar-me a essa impressão. Ah, aí vem a Duquesa. Parece Ártemis em *tailleur*. Como vê, Duquesa, estamos de volta!

— Já me contaram tudo, Sr. Gray — respondeu ela. — Esse coitado do Geoffrey está terrivelmente aborrecido. E parece que você lhe rogou que não atirasse àquela lebre. É curioso!

— Sim, é muito curioso. Ignoro o que me levou a pedir-lhe que não atirasse. Puro capricho, sem dúvida. Era o mais lindo animalzinho que se pode imaginar. Mas sinto-me desolado de que lhe tenham falado desse acidente. É um assunto atroz.

— Simplesmente aborrecido — interveio Lorde Henry —, assunto despido de qualquer valor psicológico. Seria diferente se Geoffrey tivesse atirado propositalmente. Então, seria interessante. Gostaria de conhecer alguém que houvesse cometido um verdadeiro crime.

— Você é odioso, Harry! — protestou a Duquesa. — Não é, Sr. Gray? Harry, o Sr. Gray está se sentindo mal. Está perdendo os sentidos.

Dorian reagiu num grande esforço e sorriu.

— Não é nada, Duquesa — murmurou. — Os meus nervos acham-se num estado abominável. É só. Talvez tenha andado demais, esta manhã. Não escutei o que Lorde Henry disse. Era alguma barbaridade? Você me contará isso outro dia. Penso ir deitar-me e descansar um pouco. Há de desculpar-me, não?

Estavam juntos à escadaria principal que conduzia ao jardim de inverno e ao terraço. Quando se fechou, atrás de Dorian, a porta envidraçada, Lorde Henry, voltando para a Duquesa os olhos lânguidos, perguntou:

— Está seriamente apaixonada por ele?

Ela permaneceu algum tempo sem dar resposta, a contemplar a paisagem.

— É o que eu mesma desejaria saber! — disse, por fim. Ele abanou a cabeça.

— Essa ciência seria fatal. Todo o encanto está na incerteza. No meio da neblina tudo é maravilhoso.

— Pode perder-se o caminho.

— Todo caminho, minha cara Gladys, conduz ao mesmo ponto.

— Qual?

— Desilusão.

— Foi esse meu começo de vida — suspirou ela.

— Ele chegou-lhe coroado.

— Estou cansada das folhas de morango[25].

— Elas assentam-lhe maravilhosamente bem.

— Só em público.

— Teria saudades delas — disse Lorde Henry.

— Não partirei com nenhuma pétala.

— Monmouth tem ouvidos.

— A velhice não ouve bem.

— Ele nunca teve ciúmes?

— Oxalá houvesse tido!

Lorde Henry, como que à procura de um objeto, passeava os olhos pelo chão.

— Está à procura de quê? — perguntou Gladys.

— O adorno de seu florete, que acaba de cair — replicou ele.

---

[25] A coroa ducal, na Inglaterra, é realçada por folhas de morangueiro.

— Ficou-me a máscara — disse ela, risonha.

— Nem por isso seus olhos são menos formosos — replicou Lorde Henry.

Ela riu de novo. Seus dentes brilharam, como pequeninos grãos muito alvos num fruto escarlate.

Em cima, estendido num sofá em seu quarto, Dorian Gray sentia o terror estarrecê-lo até as últimas fibras. A vida tornara-se-lhe, de repente, odiosa, um fardo insuportável. Na morte terrível do pobre batedor, abatido com um tiro, no meio de caniços como um animal feroz, julgava ele ver a imagem profética da própria morte. Por pouco não perdeu os sentidos quando Lorde Henry havia, brincando, atirado sua frase prenhe de cinismo.

Às cinco horas, chamou pelo criado e ordenou-lhe que arrumasse as malas para regressar a Londres, pelo expresso da tarde. A carruagem deveria esperá-lo às oito horas e meia. Estava resolvido a não dormir nem mais uma noite em Selby Royal. Era um lugar de mau agouro. A morte andava rondando por ali em pleno dia. A erva da floresta fora manchada de sangue.

Rabiscou um bilhete para Lorde Henry, avisando-o de que ia consultar seu médico e rogando-lhe que olhasse por seus convidados durante sua ausência. Quando ia colocar o bilhete no envelope, bateram à porta. O criado veio informá-lo de que o guarda-caça desejava vê-lo. Franziu as sobrancelhas e mordeu os lábios.

— Mande-o entrar — murmurou, após curta hesitação.

Logo que o homem entrou, Dorian pegou numa gaveta seu talão de cheques e abriu-o em cima da mesa.

— Vem, certamente falar-me a respeito do infeliz acidente desta manhã, Thorton — disse ele, com a caneta nos dedos.

— Sim, senhor — respondeu o guarda.

— O coitado era casado? Tinha encargos de família? — interrogou Dorian, aspecto fatigado. — Nesse caso, não desejaria deixar os seus ao abandono e enviar-lhes-ei a quantia que você julgar necessária.

— Não sabemos quem era esse homem, senhor. Foi por isso que tomei a liberdade de vir incomodar Sua Senhoria.

— Como não sabem? — observou Dorian indolente. — Que quer dizer? Não era algum de seus batedores?

— Não, senhor. Nunca o tinha visto até hoje. Dir-se-ia um marinheiro.

A caneta caiu da mão de Dorian. Pareceu-lhe, subitamente, que seu coração cessava de bater.

— Um marinheiro? — exclamou. — Você disse um marinheiro?

— Sim, senhor. Tem todo o aspecto de uma espécie de marinheiro; tatuado em ambos os braços e outros sinais semelhantes.

— Não encontraram coisa alguma com ele? — inquiriu Dorian, inclinando-se para o guarda, os olhos dilatados. — Nem sequer um papel com o nome dele?

— Apenas um pouco de dinheiro, bem pouco, senhor, e um revólver com seis balas. Mas nem vestígio de nome. Um homem de aspecto honrado, senhor, mas de condição grosseira. Uma espécie de marinheiro, conforme nos parece.

Dorian levantou-se de um salto. Oferecia-se-lhe uma impetuosa esperança. Apegou-se a ela, desesperadamente.

— Onde está o corpo?

Num estábulo vazio da fazenda, senhor. As pessoas não gostam de guardar essas coisas em suas casas. Um cadáver, dizem, traz desgraça.

— Vamos à fazenda. Volte depressa e espere lá por mim. Diga para me arrearem um cavalo. Não, deixe. Irei eu mesmo à cavalariça. Assim pouparemos tempo.

Menos de um quarto de hora mais tarde, Dorian galopava a toda pressa pela longa avenida. As árvores pareciam desfilar diante dele, como procissão de espectros, estendendo sombras bizarras através do caminho. Diante de um poste pintado de branco, a égua que montava assustou-se, furtou-se de um golpe e por pouco não o atirava ao chão. Com uma chicotada em pleno peito, obrigou-a a retomar o caminho. Os pedregulhos voavam debaixo de suas patas.

Finalmente, alcançou a fazenda. Dois domésticos passeavam no pátio. Saltou do animal e entregou as rédeas a um deles. Da cavalariça mais afastada chegava uma fraca claridade. Algo parecia lhe dizer que o corpo estava lá. Correu para a porta e segurou o trinco.

Hesitou um pouco, sentindo-se a dois passos de descobrir a felicidade ou a desgraça de sua vida. Depois, bruscamente, abriu e entrou.

A um canto, bem no fundo, num monte de sacos, jazia o cadáver de um homem, vestido com uma camisa grossa e uma calça azul. Cobria-lhe o rosto um lenço manchado. Ao lado do morto, uma vela de sebo ardia no gargalo de uma garrafa.

Dorian Gray estremeceu. Sentiu que jamais, com as próprias mãos, teria forças para afastar o lenço. Chamou um dos moços da estrebaria, que correu imediatamente.

— Tire o pano que lhe cobre o rosto. Quero vê-lo — disse, segurando-se ao batente da porta para não cair.

Quando fizeram o que ele ordenava, aproximou-se alguns passos. Escapou-lhe dos lábios um grito de alegria. Aquele homem, morto no bosque de caniços, era James Vane.

Demorou-se algum tempo a contemplar o cadáver. Ao voltar para casa, tinha os olhos marejados de lágrimas. Sabia que estava salvo.

19

— Não venha me dizer que você deseja ser melhor! — protestou Lorde Henry, cujos dedos alvos mergulhavam numa tigela de cobre vermelho, cheia de água de rosas. — Você é um homem perfeito. Livre-se de querer mudar.

Dorian Gray abanou a cabeça.

— Não, Harry. Tenho em minha vida horríveis malefícios. Não quero cometer outros. Comecei ontem minhas boas ações.

— Onde é que você esteve ontem?

— No campo, Harry, escondido numa pequena taberna.

— Mas, meu caro — retrucou Lorde Henry, sorrindo —, quem não será virtuoso no campo? Não se encontra aí a menor tentação. É por isso que as pessoas que vivem longe das cidades nada têm de civilizado; a civilização está longe de ser de acesso fácil. O homem possui, apenas, dois meios de conquistá-la: a alta cultura e a corrupção. Não tendo nem uma nem outra a seu alcance, os camponeses vegetam.

— Cultura e corrupção! — repetiu Dorian. — Uma e outra têm-me sido até certo ponto familiares. Acho, hoje, espantoso que seja necessário encontrá-las sempre juntas. Porque tenho um novo ideal, Harry. Quero mudar de vida. Creio mesmo que já mudei um pouco.

— Você não me disse ainda qual foi a boa ação que praticou ontem. Acredito até que se trata de mais de uma — ponderou Lorde Henry; juntando em seu prato uma pirâmide de morangos vermelhos e polpudos, sobre os quais, com uma concha perfurada, espalhou um pouco de açúcar branco.

— A você, Harry, posso confiá-la, mas a mais ninguém falarei dessa história. Poupei uma donzela. Parece uma tolice, mas você compreende o sentido de minhas palavras. Ela era idealmente bela e parecia-se extraordinariamente com Sibyl Vane. Foi isso, creio eu, o que me atraiu logo. Lembra-se de Sibyl? Como tudo isso parece já distante! Hetty não era certamente de nosso mundo. Era uma simples camponesa. Mas eu a amava, sem sombra de dúvida. Durante este maravilhoso mês de maio, ia vê-la duas ou três vezes por semana, no campo. Ontem, ela veio ao meu encontro, num pequeno pomar. As flores das macieiras choviam-lhe nos cabelos e ela ria. Devíamos fugir hoje de manhã, pela madrugada. Repentinamente, resolvi abandonar essa flor, intata como a havia encontrado.

— Imagino que a emoção nova fez você estremecer de verdadeiro prazer, Dorian — interrompeu Lorde Henry. — Mas deixe-me terminar de contar seu idílio. Deu bons conselhos à pequena e esmagou-lhe o coração. Eis o começo de sua reforma.

— Harry, você é execrável. Não me diga atrocidades. O coração de Hetty não ficou esmagado. Ela chorou, é verdade, e que sei eu? Mas pareceu-me que não chorava de vergonha. Pode viver como Perdita, em seu jardim de menta e maravilhas.

— E chorar por um Florizel sem fé! — disse, irônico Lorde Henry, recostando-se na cadeira. — Meu caro Dorian, você tem inspirações de uma infantilidade bem curiosa. Você pensa que essa moça, daqui por diante, seja capaz de contentar-se com alguém de sua condição. Admitamos que venha a casar, um dia, com algum rude carroceiro ou um rústico de cara feia. Só o fato de ter conhecido você, de tê-lo amado, lhe fará desprezar o marido e será infeliz. Do ponto de vista da moral, não posso dizer que admire muito seu grande sacrifício. Mesmo para um começo, é mesquinho. Quem lhe diz, aliás, que mesmo neste instante Hetty não vagueie em algum pântano, cheio de reflexos de estrelas, de graciosos nenúfares, como Ofélia?

— Você é insuportável, Harry. Ri de tudo depois sugere as tragédias mais negras. Agora, sinto ter-me aberto com você. Mas, por mais que diga, estou certo de haver procedido como devia. Pobre Hetty? Hoje de manhã, passando a cavalo perto do sítio onde ela mora, eu a via à janela, pálida como um jasmim. Não falemos mais nisso. Não tente persuadir-me de que a primeira boa ação que pratiquei, desde há tantos anos, o primeiro esforço para a abnegação de que tenha lembrança, seja uma espécie de pecado. Quero ser bom. Quero sê-lo desde já. E, agora, falemos um pouco de você. Que há de novo pela cidade? Há vários dias que não vou ao clube.

— Continua a comentar-se o desaparecimento do coitado do Basil.

— Pensei que fosse assunto esgotado há muito tempo! — disse Dorian, servindo-se de vinho, o semblante levemente carregado.

— Mas, meu caro, há apenas seis semanas que se fala disso e o público britânico não possui vigor cerebral que seja capaz de renovar seus assuntos mais de uma vez a cada trimestre. Aliás, tem sido bem servido nestes últimos tempos. Para começar, meu divórcio, depois, o suicídio de Alan Campbell. E, agora, o misterioso desaparecimento de um artista. A Scotland Yard persiste em reconhecer o coitado do Basil no homem de sobretudo cinza que partiu para Paris, a nove de novembro, pelo trem da meia-noite; a polícia francesa sustenta, por seu lado, que Basil, com certeza, não desceu em Paris. Há alguma probabilidade para que daqui a quinze dias se diga que ele foi visto em São Francisco. Porque, coisa estranha, quando desaparece alguém, nunca essa pessoa deixa de ser vista em São Francisco. Que cidade maravilhosa deve ser, dotada assim de todas as atrações do outro mundo!

— Segundo seu modo de ver, que é que aconteceu a Basil? — perguntou Dorian, levantando à luz o copo de borgonha, surpreso por falar tão serenamente a respeito desse assunto.

— Não faço a menor ideia. Se Basil pretende esconder-se, isso não é comigo. Se morreu, não faço questão de pensar nele. A morte é a única coisa no mundo que me aterra. Odeio-a.

— Por quê? — perguntou Dorian, num tom de abatimento.

— Porque — respondeu Lorde Henry, abrindo um frasco de sais cujo gargalo dourado passeou por debaixo do nariz —, porque hoje em dia pode se sobreviver a tudo, menos a ela. A morte e a vulgaridade são, no século XIX, os dois únicos fatos que desafiam qualquer explicação. Vamos tomar o café no salão de música, Dorian. Desejaria ouvir um pouco de Chopin. O homem que me roubou a mulher tocava-o deliciosamente. Pobre Vitória! Amava-a realmente muito! Sem ela, a casa parece-me vazia. A vida conjugal não passa, bem sei, de um hábito, de um mau hábito. Mas veja, não se perde sem um grande pesar nem mesmo os piores hábitos. Quem sabe? São talvez deles que a gente tem mais saudades. Eles constituem parte essencial de nossa personalidade!

Dorian, sem dizer palavra, passou para o salão vizinho, sentou-se ao piano e correu os dedos pelo teclado branco e negro. Depois de servirem o café, deteve-se e, voltando-se para Lorde Henry:

— Nunca lhe passou pela ideia que Basil tenha sido assassinado?

Lorde Henry abafou um bocejo.

— Basil era popular demais e usava sempre um relógio Waterbury. Por que haveriam de assassiná-lo? Não era bastante inteligente para ter inimigos. Possuía, é certo, um maravilhoso talento de pintor. Mas pode-se pintar como Velásquez e nem por isso deixar de ser o mais apagado dos homens. Basil era, realmente, um tanto apagado. Só me interessou uma vez sua vida quando me confiou, já lá vão tantos anos, que tinha por você uma adoração louca e que você era o motivo dominante de sua arte.

— Eu tinha uma grande afeição por Basil — disse Dorian, com um acento de tristeza. — Mas não dizem que ele foi assassinado?

— Oh, alguns jornais assim o pretendem. Mas o fato parece-me bastante improvável. Sei que há em Paris espeluncas e bandidos terríveis, mas Basil não era homem para se aventurar por esses lugares. Não era dotado de curiosidade. Era esse seu maior defeito.

— Que diria você, Harry, se eu lhe contasse que assassinei Basil? — arriscou Dorian. E seus olhos observaram fixamente o amigo.

— Pensaria que você assume uma pose que não lhe fica bem. Todo crime é vulgar, da mesma forma que toda vulgaridade é criminosa. Não será você, Dorian, que virá a cometer um crime. Tanto pior se minhas palavras lhe ofendem a vaidade, mas asseguro-lhe que tenho razão. O crime é apanágio das classes mais baixas. Não as censuro. Imagino que o crime é para elas o que é para nós a arte: simplesmente um meio de conseguir sensações raras.

— Um processo de obter sensações raras! Você acredita que um homem que haja cometido um crime é capaz de cometê-lo de novo? Não me venha com essa!

— Ora! — declarou Lorde Henry, com uma risada. — Tudo se torna prazer, contanto que se repita. É um dos segredos mais importantes da vida. Todavia, creio que o crime é sempre um erro. Não se devia nunca fazer coisa alguma que não se pudesse contar após o jantar. Mas, deixemos esse pobre Basil. Gostaria infinitamente de emprestar-lhe o fim romântico que você sugere, mas não o consigo. Imagino, antes, que terá caído no Sena, do alto de um ônibus, e que o condutor haja abafado o escândalo. Deve ter sido assim que ele morreu. Vejo-o ainda flutuando, de costas, nas águas paradas e esverdeadas, enquanto por cima de seu corpo passam os pesados barcos de carga e ervas compridas se emaranham em seus cabelos. Se eu lhe dissesse que agora ele seria incapaz de fazer grande coisa? Nestes últimos dez anos, sua maneira de pintar decaiu muito.

Dorian soltou um longo suspiro. Lentamente, Lorde Henry dirigiu-se à outra extremidade da sala, a coçar a cabeça de um curioso papagaio de Java, pássaro de belo tamanho, penas cinzentas, crista e cauda cor-de-rosa, que se balançava em seu poleiro de bambu. Ao contato dos dedos finos, ele baixou a alva película das pálpebras sobre o disco dos olhos negros, requebrando-se todo.

— Sim — replicou Lorde Henry, tirando do bolso um lenço de seda e voltando para junto de Dorian. — Sua pintura estava em plena decadência. Dir-se-ia que alguma coisa o abandonara. Perdera seu ideal. A partir do dia em que vocês deixaram de ser grandes amigos, ele também deixou de ser um grande artista. Qual foi a razão dessa ruptura? É provável que Basil o aborrecesse. Nesse caso, ele nunca lhe terá perdoado. É o costume das pessoas enfadonhas. Mas, a propósito, que foi feito do maravilhoso retrato que ele pintou de você? Nunca mais o tornei a ver, creio eu, desde que ficou concluído. Ah! Agora me recordo. Você contou-me, já lá se vão muitos anos, que o tinha mandado para Selby e que, no caminho, fora roubado ou se havia perdido. Não o tornou a encontrar? Que pena! Era verdadeiramente pura obra-prima. Lembro-me de que eu mesmo o quis comprar. Hoje teria motivo para felicitar-me. Era um Basil do melhor período. Desde então a obra dele apresentou essa curiosa mistura de má pintura e boas intenções que consagram imediatamente alguém como grande representante da arte britânica. Você tentou reaver o quadro, fazendo algum anúncio? Devia tê-lo feito.

— Nem sei — respondeu Dorian. — Devo tê-lo feito. Mas a verdade é que esse retrato nunca foi lá muito de meu agrado. Sinto ter posado para essa pintura. Só essa recordação me é odiosa. Por que é que volta a me falar dessas coisas? Quando contemplava esse retrato, vinham-me sempre à memória aqueles estranhos versos de uma tragédia, de *Hamlet*, creio eu:

Como a pintura de uma tristeza,
Um rosto sem coração.

— Sim, era isso mesmo.
Lorde Henry desatou a rir:
— Para o homem que pretende fazer da vida uma arte, o cérebro substitui o coração — observou ele, arrastando-se para uma poltrona.
No piano, Dorian abanou a cabeça e preludiou docemente:
— "Como a pintura de uma tristeza, Um rosto sem coração."
O outro, refestelado na poltrona, olhos semicerrados, fitava-o.
— A propósito, Dorian — disse após um silêncio —, que serve ao homem conquistar o universo se vier — como é que termina a frase? — se vier a perder sua alma?
A música parou, Dorian deu um salto e, olhando assustado para o amigo:
— Por que me pergunta isso, Harry?
— Meu caro — respondeu Lorde Henry, erguendo os olhos com surpresa —, pergunto porque julguei que você talvez fosse capaz de fornecer-me uma resposta. Só por isso. No domingo passado, eu atravessava o parque, e junto de Marble Arch, um pequeno círculo de pessoas pobremente vestidas escutava, de pé, um pregador vulgar.
De passagem, ouvi que ele gritava aquela pergunta para seu auditório. Chamou-me a atenção por me parecer bastante dramática. Londres é um

formigueiro de cenas pitorescas semelhantes. Num domingo de chuva, um bizarro cristão em capa de borracha, um grupo de fisionomias definhadas e pálidas sob um teto descontínuo de guardachuvas a pingar; uma frase maravilhosa atirada ao céu, com voz estridente, por lábios histéricos: era, realmente, uma coisa perfeita em seu gênero, repassada de sugestão. Por pouco não disse ao profeta que a Arte possui uma alma, mas o homem não. Receio que ele não me compreenderia.

— Não zombe, Harry. A alma é uma realidade terrível. Pode-se comprá-la, vendê-la, trocá-la. Pode-se envenená-la ou fazê-la perfeita. Há uma alma em cada um de nós. Isso eu sei.

— Tem mesmo certeza, Dorian?

— Sim, tenho.

— Oh, então deve ser uma ilusão, as coisas em que se tem uma crença firme nunca são verdadeiras. Tal é a fatalidade da fé e a lição da poesia. Mas como você ficou sério! Que nos importam, a você e a mim, as superstições de nosso tempo? Não deixamos nós de acreditar na alma! Toque-me um *Noturno*, Dorian, e vá me contando baixinho, ao mesmo tempo, como é que você conseguiu conservar sua mocidade. Você deve possuir algum segredo. Tenho dez anos a mais que você e estou cheio de rugas, devastado, macilento. Você é realmente extraordinário, Dorian. Nunca seu aspecto foi mais encantador do que esta noite. Lembra-me o primeiro dia em que o vi. Você era um pouco insolente, muito tímido, absolutamente extraordinário. Mudou, naturalmente, mas não na aparência. Há de revelar-me seu segredo. Para reaver a mocidade eu seria capaz de tudo neste mundo, menos de fazer exercício, levantar-me cedo e tornar-me respeitável. A mocidade! Não há nada igual. Dizem que ela é ignorante. Que absurdo! As pessoas mais novas que eu são justamente as únicas cuja opinião acato com algum respeito. Parece-me que elas caminham à minha frente. A vida revelou-lhes suas maravilhas mais recentes. Quanto aos velhos, sempre os contradigo. É um princípio meu. Se lhes perguntar que pensam a respeito de qualquer acontecimento, sucedido na véspera, eles exibem solenemente opiniões que corriam em 1820, quando os homens usavam meias compridas, acreditavam em tudo e não sabiam nada... Que admirável trecho você está tocando! Não o terá Chopin escrito em Maiorca, enquanto o mar envolvia a vila com seus gemidos e a espuma salgada vinha quebrar-se de encontro às vidraças? É de um romantismo maravilhoso. Que felicidade que tenhamos ainda uma arte que não seja imitação pura! Não pare. Tenho necessidade de música esta noite. Imagino que você é o jovem Apolo e eu Mársias que está escutando. Também eu, Dorian, tenho meus secretos pesares de que nem mesmo você suspeita. O que há de dramático na velhice não é a gente ficar velho, é aquilo que persiste da mocidade. Às vezes minha sinceridade me confunde. Ah, Dorian, como você é feliz! Que encanto tem sido sua vida! Você bebeu a largos goles de todas as taças. Você esmagou na boca as uvas da vinha. Nada lhe foi completamente escondido! E tudo deslizou sobre você como deslizam os sons de um trecho de música. Em você não se vê a menor decadência. Sempre o mesmo!

— Não sou o mesmo, Harry.

— Sim, você é o mesmo. Não sei o que será o resto de sua vida. Não a estrague com renúncias. Na hora atual, você é um ser perfeito. Não se mutile a si mesmo. Até aqui, você não tem uma falha. Por que abanar a cabeça? Você sabe muito bem que é como eu digo. E, todavia, Dorian, não se iluda. Não é a vontade, não é o desejo que governam nossa vida. A vida é uma questão de nervos, de fibras, de células lentamente formadas nas quais se esconde o pensamento, nas quais a paixão aninha seus sonhos. É em vão que você pensa desafiá-lo e se julga forte. Certa tonalidade num aposento ou num céu matinal, um perfume outrora muito querido e que nos traz sutis recordações, algum verso de um poema esquecido que se torna a ler, a frase de uma música que não se tocava há muito tempo — saiba, Dorian, são impressões como essas que decidem nossa vida. Browning escreveu a esse respeito. Mas bastam nossos sentidos para nô-lo fazer imaginar. Há ocasiões em que o aroma do lilás branco que flutua no ar me obriga a reviver o mês mais estranho de minha vida. Que pena não possa eu trocar minha existência pela sua, Dorian! O mundo tem dito muito mal de nós dois, mas não deixou de adorar você. Ele o adora ainda. Você encarna o tipo do homem que nossa época procura e receia haver encontrado. Estou muito satisfeito por você nunca ter feito coisa alguma, nem esculpido uma estátua, pintado um quadro, produzido o que quer que seja fora você mesmo. A vida foi sua única arte. Você converteu-se a si próprio em música. Suas horas são sua poesia.

Dorian deixou o piano e, passando a mão pelos cabelos:

— Sim — murmurou —, minha vida tem sido deliciosa, mas não quero mais levar a mesma vida, Harry. E você faz mal em dizer-me essas extravagâncias. Você não sabe tudo a respeito de minha vida. Se soubesse, até você fugiria de mim. Ri? Não, não ria.

— Por que parou de tocar, Dorian? Sente-se ao piano e comece esse *Noturno* para mim. Veja essa grande lua, de tons de mel, suspensa no céu penumbroso. Ela está à espera de que você a enfeitice; se você continuar a tocar ela vai chegar mais perto da Terra. Não quer? Bem! Então vamos ao clube. Esta tarde foi deliciosa, terminemo-la deliciosamente. Conheço alguém no White que morre de desejo de conhecer você: o jovem Lorde Poole, filho mais velho de Bournemouth. Já se esforça por copiar suas gravatas e desejava ser-lhe apresentado. É realmente encantador. Faz lembrar um pouco você.

— Espero que não — disse Dorian, o olhar entristecido. — Mas hoje estou cansado, Harry. Não irei ao clube. São quase onze horas e quero deitar-me cedo.

— Fique mais um pouco. Nunca você tocou tão bem como esta noite. Havia em sua execução não sei quê de extraordinário, mais expressão de que jamais lhe senti.

— Efeito de minhas boas decisões — respondeu ele, sorrindo. — Já mudei um pouco.

— Em suas relações comigo, você não poderia mudar — observou Lorde Henry. — Você e eu seremos sempre amigos.

— Entretanto, você me envenenou há tempos com um livro. Não devia perdoar-lhe. Harry, prometa-me que não emprestará esse livro a mais ninguém. É um livro pernicioso.

— Meu caro, você começa, de fato, a fazer moral, e não tardará, à maneira dos convertidos e dos pregadores inflamados a ir por esse mundo a fora pregar contra todos os pecados de que você se fartou. Seria um papel esquisito para você, Dorian. Aliás, seria trabalho perdido. Você e eu somos aquilo que somos e seremos aquilo que temos de ser. Mas ser envenenado por um livro, não, isso nunca vi. A arte não tem influência alguma sobre a ação. Anula o desejo de agir. É soberbamente estéril. Os livros que o mundo chama imorais são aqueles que lhe mostram a própria ignomínia. É o que é. Mas não vamos perder tempo com discussões literárias. Venha ver-me amanhã. Depois farei com que você almoce em casa de Lady Branksome. É uma senhora encantadora. Ela gostaria de ouvir sua opinião a respeito de uns tapetes que deseja comprar. Não deixe de vir. E se fôssemos, antes, almoçar em casa de nossa pequena Duquesa? Ela queixa-se de não ver você. Será que você já se cansou de Gladys? Esperava por isso. Ela é exasperante, com sua douta linguagem. Em todo caso, esteja aqui às onze horas.

— Você quer realmente que eu venha, Harry?

— Certamente. O parque está adorável. Creio que os lilases nunca estiveram tão bonitos, desde o ano em que conheci você.

— Bem. Estarei aqui às onze — disse Dorian. — Boa noite, Harry.

Chegando à porta, hesitou um instante, como se tivesse ainda alguma coisa a dizer. Depois, suspirou e saiu.

20

A noite estava deliciosa, tão tépida que Dorian atirou o sobretudo para cima do braço e nem sequer lançou ao redor do pescoço o cachecol de seda. Quando se dirigia a passos lentos para casa, cigarro aceso, dois moços em traje de gala cruzaram o caminho. Ouviu que um deles sussurrava para o outro "É Dorian Gray". Lembrou-se de quanto lhe era outrora agradável ver que as pessoas o apontavam com um gesto, o envolviam com um olhar ou conversavam a seu respeito. Agora, estava cansado de ouvir pronunciar seu nome. Metade do encanto da pequena aldeia onde tantas vezes tinha ido, nos últimos tempos, vinha de que pessoa alguma ali o conhecia. À moça que havia seduzido, tinha-se comprazido em repetir que era pobre e ela havia acreditado. Dissera-lhe, um dia, que era um homem mau; ela desatara a rir, declarando que os homens maus eram sempre gente velha e feia. Oh, aquele riso claro de Hetty! Parecia um melro a cantar. E como era linda, com seus vestidos de chita e seus chapéus de aba larga! De certo absolutamente ignorante, mas rica de tudo quanto ele havia perdido.

Ao chegar em casa, encontrou o criado, que o esperava. Mandou que fosse deitar-se e atirou-se para cima de um sofá, na biblioteca, começando a pensar nas palavras de Lorde Henry.

Seria verdade que era impossível mudar de vida? Sentia um desejo ardente de regressar à pureza sem mácula de sua infância — a sua infância coroada de rosas brancas, como a havia, um dia, pintado Lorde Henry. Sim, sem dúvida ele estava coberto de sujeira, enchera a alma de imundícies, tinha lançado horrores como alimento para sua imaginação. Exercera ao redor de si mesmo influência perniciosa, sentindo uma alegria execrável no desempenho desse papel. E de tantas vidas que se haviam cruzado com a sua, tinham sido as mais belas e as mais ricas de promessas que ele arrastara à ignomínia. Mas seria irreparável todo esse mal? Não haveria para ele mais esperança?

Ah! Como deplorava o prodigioso momento de orgulho e paixão em que rogara, numa prece louca, que o fardo de seus dias recaísse sobre o retrato, conservando ele em sua carne o esplendor sem mancha de uma eterna juventude. Todas suas misérias morais provinham dessa fonte. Melhor teria sido para ele que cada uma de suas faltas tivesse tido infalível e imediato castigo. Existe no castigo uma virtude purificadora. Não é a oração "Perdoai-nos nossas ofensas", mas o clamor "Castigai-nos por nossas inquietudes" que o homem deveria elevar a um Deus perfeitamente justo.

Dorian tinha sobre sua mesa o espelho maravilhosamente cinzelado que Lorde Henry lhe havia ofertado, já lá iam tantos anos — os cupidos, que o enquadravam com seus membros alvos, riam como outrora. Tomou-o, como o havia feito na noite horrível em que lhe aparecera a primeira mudança no quadro fatal. Os olhos velados de lágrimas, mirou-se em seu círculo polido. Um dia, alguém que o amara terrivelmente, escrevera-lhe uma carta louca, terminando com essas palavras de idolatria: "O mundo mudou porque você é feito de marfim e ouro. As curvas de seus lábios renovam a história". Voltaram-lhe à mente essas frases e repetiu-as durante muito tempo, em voz baixa. Depois, repentinamente, amaldiçoando sua beleza, atirou o espelho ao chão e esmagou com o sapato os pedaços de prata. A beleza é que o havia perdido, a beleza e a mocidade que implorara em sua prece. Se não fosse esse duplo privilégio, talvez sua vida permanecesse sem mancha. A beleza tinha sido para ele apenas uma máscara, e sua mocidade um escárnio. E que era a mocidade, contemplada em seu melhor aspecto? Uma estação verde, sem maturidade, a estação dos humores caprichosos e dos lânguidos pensares. Por que havia ele vestido essa fantasia? A mocidade tinha sido sua perdição.

Mas não seria melhor esquecer o passado? Ninguém o pode mudar. Por que não pensar somente no futuro? James Vane estava enterrado numa sepultura anônima do cemitério de Selby. Alan Campbell matara-se, uma noite, em seu laboratório, mas sem revelar coisa alguma do segredo que ele lhe tinha forçado a conhecer. Por esse lado, também, nada havia a temer. Mas, na realidade, não era a morte de Basil Hallward que mais perturbava o seu pensamento. Não; era a morte viva de sua alma. Basil pintara o retrato que arruinara sua vida inteira. Não podia perdoar-lhe por isso. Era esse retrato a causa de todo seu mal. Embora Basil lhe houvesse feito admoestações intoleráveis, tudo ele tinha suportado pacientemente. Se o assassinara, foi num momento de loucura. Quanto a Alan Campbell, seu suicídio tinha sido espontâneo, livremente escolhido. Disso estava inocente.

Uma vida nova! Era o que importava agora. Desejava-a com todo o ardor. Com certeza, já começara vida nova. Não acabava de poupar uma cândida criatura? Nunca mais procuraria seduzir a inocência. Queria ser bom.

Ao recordar-se de Hetty Merton, perguntou a si mesmo se lá em cima, no quarto misterioso, o retrato não teria mudado um pouco. Certamente já não era tão horrível quanto antes. Quem sabe se com uma vida pura não seria possível libertar-se completamente da máscara das paixões vis? Não teriam já desaparecido alguns sinais? Resolveu ir ver.

Pegou no candeeiro de cima da mesa e, sem ruído, subiu a escada. Quando retirava as barras de ferro que guardavam a porta, um sorriso jovial veio alumiar a mocidade mágica de seu rosto, brincando-lhe por um instante nos lábios. Sim, queria ser virtuoso e a tela horrível que fora obrigado a ocultar nada mais teria que inspirasse horror. Já se sentia livre desse pesadelo.

    Entrou devagar, fechou-se por dentro e, como fazia habitualmente, afastou o pano de púrpura que ocultava o retrato. Emitiu um gemido de dor. Mudança alguma era visível, a não ser nos olhos, uma expressão nova de astúcia e, junto da boca, a ruga atormentada da hipocrisia. Era o mesmo objeto repelente, talvez parecendo mais repulsivo ainda. A nódoa escarlate que manchava a mão da pintura, parecia brilhar mais, mais ao vivo sangue fresco. Então começou a tremer. Como? Seria apenas por vaidade que praticara sua boa ação? Ou por necessidade de sensações novas, como lhe insinuara Lorde Henry, com seu riso zombeteiro. Ou ainda, tinha ele simplesmente obedecido a essa paixão de representar uma personagem, a qual nos eleva, às vezes, acima de nós mesmos? Um pouco de tudo isso, talvez. Mas por que se teria alastrado a mancha vermelha? Parecia ter aumentado, como lepra horrível ao longo dos dedos rugosos. Também nos pés o sangue cobria a pintura, como se houvessem caído gotas. E agora até se enxergava sangue na outra mão, que não tinha tocado na faca. Confessar? Entregar-se a si mesmo e morrer? Fez um trejeito de escárnio. A ideia parecia-lhe monstruosa. Além disso, se viesse a confessar, quem acreditaria nisso? Do homem assassinado não se encontraria vestígio. Tudo sobre ele tinha sido destruído. Dorian queimara até os objetos que guardara embaixo. Seria simplesmente tido por louco. E se persistisse em suas afirmações, iria parar num hospital de alienados. Todavia, sua obrigação era confessar tudo, oferecer-se ao desprezo do público e expiar sob os olhares de todos. Há um Deus que ordena aos homens confessar seus pecados em face da terra e do céu. Por mais que fizesse, coisa alguma o purificaria enquanto não houvesse confessado o seu crime. O seu crime? Ergueu os ombros. A morte de Basil Halward parecia-lhe coisa de pouca importância. Pensava em Hetty Merton. Era certamente o espelho bem injusto de sua alma, esse retrato que tinha diante dos olhos. Vaidade? Curiosidade? Hipocrisia? Não haveria mais nada em sua abnegação? Sim, com efeito, alguma coisa mais ainda. Pelo menos assim julgava. Mas que poderia dizer?... Não, nada mais. Por vaidade, poupara Hetty. Por hipocrisia, tinha arvorado a máscara da virtude. Por curiosidade, ostentava a renúncia. Agora ele percebia que era assim.

    Mas então esse crime ia persegui-lo a vida inteira? Iria o passado acabrunhá-lo sempre? Ia ser obrigado a confessar? Isso, nunca. Não havia contra ele elemento algum de prova. Sim, o retrato constituía uma espécie de prova. Destruí-lo-ia. Por que é mesmo que o tinha conservado por tanto tempo? Outrora sentia prazer em observar as mudanças que nele se operavam, vendo-o envelhecer. Mas, havia pouco, sentia que se acabara esse prazer. Por outro lado, suas noites mantinham-no sem sono. E suas vigílias passara-as no terror, tremendo à ideia de que outros olhos vissem o horrível prodígio. Esse retrato lançara sobre suas paixões um véu de melancolia. Só com seu fantasma, ele entenebrecera muitos momentos de prazer. Tinha sido para ele como uma consciência. Sim, uma verdadeira consciência. Impunha-se sua destruição.

Olhando ao redor, Dorian viu a faca com que golpeara Basil Hallward. Limpara-a muitas vezes até fazer desaparecer a menor mancha de sangue. A arma reluzia, nítida, brilhante. Matara o pintor, mataria, da mesma forma, a obra de seu pincel e tudo quanto ela encerrava de mistério. Mataria o passado e, assim, estaria livre. Mataria essa tela maldita em que vivia uma alma, e suas horríveis admoestações acabariam. Depois, poderia viver em paz.

Pegou da arma e trespassou o retrato.

Ouviu-se um grito, depois um baque. E foi tamanho o horror desse grito de agonia que os servos acordaram aterrados e saíram de seus quartos. Dois *gentlemen* que atravessavam a praça, pararam e levantaram os olhos para a bela habitação. Foram à procura de um policial que trouxeram consigo. Esse tocou várias vezes. Ninguém respondeu. Excetuando-se uma janela iluminada, no último andar, toda a casa estava mergulhada nas trevas. O policial esperou um pouco; depois, retirou-se para debaixo do pórtico de uma casa vizinha, onde ficou em observação.

— De quem é essa casa, senhor guarda? — perguntou o mais velho dos *gentlemen*.

— Do Sr. Dorian Gray — respondeu o policial.

Os dois transeuntes trocaram entre si um olhar e afastaram-se, com ares de escárnio. Um deles era o tio de Sir Harry Ashton.

Dentro de casa, na parte reservada ao serviço, os empregados, semivestidos, cochichavam em voz baixa. A velha Leaf chorava, contorcendo as mãos. Francis estava pálido como um defunto.

Ao cabo mais ou menos de um quarto de hora, tendo levado consigo o cocheiro e um dos criados, decidiu-se ele a subir. Bateram. Não tiveram resposta. Chamaram. Silêncio absoluto. Finalmente, após vãos esforços para arrombar a porta, subiram pelo teto e daí desceram à sacada. As janelas, de fechos velhos, cederam facilmente.

Ao entrar, viram pendurado na parede um retrato esplêndido de seu amo, tal como o haviam visto da última vez, em todo o esplendor de sua mocidade delicada e de sua maravilhosa beleza. No chão, sobre os azulejos, jazia um homem, em traje de gala, uma faca atravessada no coração. Seu rosto estava murcho, enrugado, asqueroso. Foi somente ao examinarem os anéis que reconheceram quem era.

Impressão e Acabamento